KB081155

1

지은이 파르나르

삽화 あやみ

길찾기

|목차|

프롤로그…5

2회차…16

3회차…236

프롤로그

아쉬울 게 없는 인생이었다.

주말마다 테니스 클럽 다니시는 부모님은 건강하셨고, 내가 학업과 아르바이트를 병행해야 할 만큼 박복한 가정형편도 아니었다.

판타지, 무협, 게임, 소설, 영화, 만화….

나는 이런 걸 좋아하는 평범한 고등학생이었다.

10년 전까진 분명 그랬다.

"10년이 지난 지금까지도 이해가 안 돼. 어째서 나였을까? 판타지 세계는 사회부적응자를 구제해주는 장애인복지센터, 불우이웃돕기, 범우주적인 그린피스(Greenpeace)일 텐데."

판타지 소설과 만화에서는 분명 그랬다.

예를 들어, 학교 왕따라든가?

예를 들어, 방구석 폐인이라든가?

지구에서 살아가기 힘겨워하는 B급 인간들을, 판타지 세계로 소환해서 장밋빛 인생을 살도록 물심양면 지원해주는…. 뒤돌아보면 참 병신 같은 전개다.

그러니 이건 착오가 틀림없다.

"잘 들어봐. 나는 지구에서 잘만 살았어. 친구들이랑 매일 공짜 소설과 만화를 공유하고 토론하는 문화시민이었다고."

아니, 나는 학교 친구들보다 형편이 좋았다.

공짜이벤트와 불법다운로드를 찾아다니는 친구들 앞에서 당당히 100원을 쓸 수 있는 부르주아였다.

여기서 얼굴만 좀 더 잘생겼으면…. 아니, 됐다.

"그런 내가 어째서 인생의 패배자들이랑 똑같은 취급일까? 너도 잘못됐다고 생각하지?"

쓰러진 동료를 내려다보며 동의를 구했다.

물론, 확실하게 심장을 부쉈기에 살아날 가망은 없다. 그래도 나를 노려보는 눈빛만은 제법 살아있다. 여기가 법치국가 대한민국이었다면, 이 살육의 현장을 본 누군가가 경찰에 신고해서 피곤해졌겠지만….

이곳은 지구가 아니다.

힘 있는 자들이 지배하는 판타지 세계.

야만인들의 유토피아.

물리적인 힘만 있으면 돈, 명예, 권력, 여자…. 그 무엇이든 마음대로 가지고 빼앗을 수 있는 세상이다.

"미친놈…."

악의로 가득한 동료의 폭언도 나를 흔들진 못했다. 어디서 개새끼가 짖느냐는 정도의 감상뿐.

"인류를 위협하는 마왕을 쓰러트릴 용사님에게 미쳤다니. 머리가 아픈 거 아니야?"

나는 용사다.

정의(正義)의 사도로 선택받은 존재.

내가 정한 호칭이 아니다. 이 세계의 원주민들이 멋대로 나를 소환해놓고 그렇게 불렀다.

세계를 구할 전설의 용사라고.

"너 따위는 용사가 아니야…! 콜록!"

"유언은 그걸로 끝?"

"……."

입술 사이로 피를 울컥 토해낸 동료에게선 대꾸가 없었다. 더는 핏대 세우며 나를 노려보지 못했다. 나는 질긴 악연이었던 동료에게서 미련 없이 등을 돌렸다. 이미 그 주위에는 먼저 차가운 대지에 누운 동료들의 주검이 아무렇게나 널브러져 있었다.

검희(劍嬉)

요정왕(妖精王)

현자(賢者)

용병왕(傭兵王)

한때는 나보다 압도적으로 강했던 영웅들.

하지만 판타지 세계로 강제 소환되고부터 10년이 흐른 현재는 일대일로 내 상대가 못 됐다.

그래서 죽였다.

라스트보스, 마왕과의 일전을 코앞에 두고.

기습으로 싹 쓸어버렸다.

"야. 혹시 살아있으면 다시 지껄여봐."

"……."

"……."

"마왕을 죽인 후에 나도 죽인다며? 퉤! 지랄하고 있네."

가치관 차이 덕분에 이길 수 있었다. 동료들에게 이 판타지 세계는 태어나고 자란 고향별이다. 용사가 마왕에게 패배하면 가족, 친구, 애인이 악마들에게 유린당하기에 함부로 건드릴 수 없다.

반면에 나는?

이 세계가 어떻게 되든 알 바 아니다.

마왕을 죽이고 지구로, 가족들에게 돌아갈 것이다.

이제, 내 앞을 막아설 방해꾼은 없었다.

어두운 복도 좌우에 흩어진 살점과 뼛조각. 돌바닥에 고인 피 웅덩이가 내 신발을 질펵하게 적셨다. 인간의 시체도 있고, 괴물의 시체도 있고, 인간 비스름하게 생긴 악마(惡魔)들의 시체도 있었다. 모두가 사이좋게 공멸(共滅)했다.

용사를 이 앞으로 보내기 위해.

이 앞의 마왕을 지키기 위해.

"요, 용사님. 어째서…?"

아, 생존자가 있었나.

차가운 벽에 몸을 기댄 채 죽어가는 용병이 내게 질문했다.

용병왕의 측근으로, 아무리 긴박한 위기상황에서도 콧노래를 흥얼거리던 유쾌한 친구로 기억한다. 이름이 아마… 용병A라고 하자.

걸음을 멈춘 나는 안심하란 어조로 용병A에게 답해줬다.

"어째서 동료들을 죽였느냐고? 걱정하지 마. 마왕은 나 혼자서 처리할 테니. 거슬리던 동료들이 없어져서 컨디션도 최고야."

"……."

"오늘은 콧노래를 안 부르네."

용병A 대신 콧노래를 흥얼거리며 복도를 나아갔다. 길을 가로막는 시체와 장애물을 폴짝폴짝 뛰어넘었다.

아름다운 꽃밭을 산책 나온 아가씨처럼 발걸음이 가볍다. 용왕(龍王)이 만들어준 비늘갑옷을 입지 않았다면 훨훨 날아가지 않았을까.

몸만 흥겨운 게 아니다.

"흥~♬ 흐응~♪"

오늘의 나는 대단히 기분 좋았다. 대륙 제일의 미녀를 품에 안았을 때도 이 정도는 아니었다고 단언할 수 있었다.

그 흥취(興趣)를 담아서,

팡!

앞을 가로막은 화려한 대문을 힘껏 걷어찼다.

끼이익－쿵!

내 발차기를 견디지 못하고 파괴된 문 너머.

마왕의 접견실은 실내라는 게 믿기지 않을 만큼 굉장히 넓었다. 하지만 악마는커녕 멀쩡한 가구 하나 없는 살풍경만 이어졌다. 그랬기에 더욱 눈에 띄었다.

"마침내 여기까지 왔구나! 선택받은 용사여!"

접견실 출입구의 반대편 끝.

오색빛깔 보석으로 치장된 옥좌에 앉아있던 남자가 천천히 일어서며 나를 환대해줬다.

뾰족한 귀 위쪽에는 악마의 상징인 1쌍의 뿔이 돋아나 있었는데, 내가 지금까지 보아온 그 어떤 악마의 뿔보다도 크고 화려하게 치장되어 있었다.

그 특징만으로도 상대의 신분을 능히 짐작할 수 있었다.

"당신이 마왕?"

"그렇다! 짐이야말로 모든 마(魔)의 정점! 이 세상을 어둠으로 물들일 페도나르다!"

자기소개를 마친 마왕의 몸에서 검은색 기운이 솟구쳤다. 그 강렬한 퍼포먼스를 보면서, 지난 10년 동안 지겹도록 처치해온 분신, 짝퉁이 아님을 확신했다.

마왕 페도나르.

내 지구행 열차표.

이 순간을 얼마나 고대했는지 놈은 모를 것이다.

"하하! 용사여. 승리를 갈망하는 눈빛이 참으로 마음에 드는구나! 좋다! 인류의 도전을 받아주마…!"

"잠깐."

"……."

"싸우기 전에 묻고 싶은 게 있는데 말이야. 어째서 부하들의 죽음을 수수방관했지?"

지난 10년 동안 쭉 가졌던 의문.

눈앞의 마왕은 내가 멋대로 날뛰도록 놔둔 장본인이다. 지금 물어보지 않으면 앞으로 영영 기회가 없으리라.

흥취가 깨진 마왕 페도나르가 눈살을 찌푸린다.

"방관? 불쾌하군. 복수하기 위해 더 강한 부하를 늘 파견했었다."

"그리고 죽었지."

"그래서 더욱더 강한 부하를 보냈다."

"그리고 또 죽었지."

"용사여. 운 좋게 살아서 불만인가?"

마왕 페도나르가 어이없다는 어조로 핀잔준다. 참 한심하다는 듯이 바라보는 시선 또한 나를 울컥하게 한다.

그래서 지지 않고 받아쳐 줬다.

"처음부터 마왕님이 나섰다면, 나는 여기까지 못 왔을 텐데?"

지난 10년 동안, 마왕은 많은 걸 잃었다. 왕국을 전복할 계획, 영웅을 암살할 전략, 충성스러운 부하, 뛰어난 아들, 아름다운 노예, 최정예 악마군단, 우수한 장비, 산처럼 쌓아둔 재보, 드넓은 영토…. 장부(帳簿)를 작성할 수 없을 정도로 많이!

그리고 이때마다 나는 강해졌다.

내 최고의 스폰서는 인류가 아닌 마왕이었다.

"용사여. 그런 가정은 무의미하다."

"무의미하지 않…."

"네가 악마의 정치를 아느냐? 모르면 가만히 있거라."

"……."

마왕하고는 말이 통하지 않았다.

10년 동안 품어왔던 의문은 마지막까지 풀 수 없었다.

)(

언젠가 찾아올 용사를 위해 안배된 신전, 미궁, 유적 등을 방문할 때마다 귀가 닳도록 들은 '우정의 힘'이 없어도 문제없었다.

지켜야 할 대상이 없어도 나는 강했다.

이 야만적인 판타지 세계를 탈출해서 지구의 문화시민으로 돌아간다는 간절한 목표는, 내게 충분한 동기부여가 되어줬다. 10년이란 인고(忍苦)의 시간은 거짓말하지 않았다.

같잖은 잔재주는 필요 없었다.

"크! 용사여. 그 강대한 힘은 동료를 잃은 분노에서 나온 건가…?"

"아니. 수련의 성과다."

내가 죽였는데 분노는 무슨. 분노는커녕 아주 후련했다.

"그, 그런가. 아무튼, 훌륭한 싸움이었다…."

순수한 정면대결, 진검승부에서 패배한 마왕 페도나르의 두 눈이 천천히 감겼다. 나는 긴장을 놓지 않고 기다렸다.

1초, 2초, 5초, 10초….

하지만 죽은 마왕은 꿈쩍하지 않았다. 패자부활전, "이제부터 진심으로 상대해주마!" 같은 전개는 일어나지 않았다.

"…진짜냐? 이걸로 끝? 여보세요?"

"……."

"허…."

마왕을 이기고자 10년 동안 굴렀다.

그런데 이렇게 간단히?

성냥개비처럼 고꾸라진 마왕 페도나르의 주검을 보고 있자니, 저절로 욕이 목구멍까지 차올랐다.

허탈했다.

"염병. 모르면 몸이 고생한다더니…."

별것도 아닌 마왕을 과대포장 한 연놈들의 명단이 머릿속에 주르륵 떠올랐지만, 넓은 마음으로 이해해주기로 했다. 지금은 그들을 상대할 시간조차 아까웠다.

나는 하늘을 우러러보며 큰소리로 외쳤다.

"판타지 세계의 신이시여! 약속대로 마왕을 처치했습니다! 이제 지구로 돌려 보내주십시오!"

지난 일로 후회해봐야 소용없다.

나는 지구로 돌아가서 할 일들을 주르륵 떠올렸다.

효도, 연애, 게임, 식도락, 올림픽, 정의구현….

두근두근한 마음으로 귀환을 기다렸다.

▷용사님. 모험은 즐거우셨나요?

네네. 그러니 지구로 빨리….

▷진정한 용사의 길은 실로 험난합니다. 하지만 꿈과 희망을 잃지 않은 당신을 응원해준 수많은 인연이 있었습니다. 그들에게 우정과 사랑을 배우며 함께 성장한 당신은 마침내 사악한 마왕을 처치했습니다. 진심으로 축하합니다!

▷지금부터 성적을 알아볼까요?

"잠깐! 성적이라고…?"

처음 듣는 얘기다. 배신한 적 없는 내 직감이 경종을 울렸다.

무언가 이상하게 흘러간다고.

성적표

- 성적표를 꼼꼼히 확인해주세요!
- 이름: 강한수
- 전투력: S
- 업적: A-
- 평판: D+
- 인성: F
- 비고: 멀쩡한 동료를 왜 죽이고 지랄이야

멀쩡하지 않았습니다만?

동료들은 사사건건 내 생활에 참견하고 강요했다.

훈련을 빙자한 폭력과 인권모독은 기본. 자기 부주의로 알몸을 보여놓고 칼부림한 미친년도 있었다.

지난 10년 동안, 내가 겪은 억울한 사연과 부조리들을 나열하자면 정말 끝도 없다.

그러니 이건 정당한 복수….

▷불합격했습니다.

▷사유: 강한 힘에는 그만한 책임이 따르는 법입니다. 하지만 당신은 가진 힘에 어울리지 않는 인성을 가졌습니다. 세상의 질서와 평화를 위해, 시험 첫날로 회귀합니다.

▷재시험을 시작합니다.

"회귀? 재시험? 뭔 개소리야!"

아무리 제멋대로인 신(神)이라도 이럴 순 없다.

수세식 화장실도 없는 이 쓰레기장에서 또 구르라고? 기껏 죽여놓은 동료들이 살아난다고?

상상만으로도 소름이….

수상한 빛이 내 몸을 감싼다.

▷교직원 일동은 당신의 건승을 기원합니다!

▷관심용사로 지정됐습니다.

▷전문교사가 파견됩니다.

"빌어먹을…."

2회차

마왕 페도나르의 뚝배기를 깨기 10년 전.

내게도 연약한 시절이 있었다.

그날, 나는 고등학교 친구들이랑 열띤 토론을 벌였다.

빙 둘러앉은 낡은 책상 위에는, 교과서 대신 마법소녀풍 동인지가 당당히 놓여 있었다. 같은 반 여학생들이 "저 바보들이 또…." 같은 무례한 시선을 보냈지만, 취미는 존중받아야 마땅하다. 우리 또래에 어울리는 건전한 주제였다.

"공부 때려치우고 판타지 세계로 넘어가고 싶다…. 마왕에게 붙잡힌 공주를 구출해서 결혼하고 싶어."

"고작 공주냐? 나는 판타지 세계의 여러 종족 미녀들이랑 흥미진진한 모험을 떠날 거다."

두 친구는 자기 취향을 밝히며 열띤 토론을 벌였다. 야만인처럼 남의 여자를 빼앗고, 현대사회에서 배척받는 하렘을 만들겠노라고 선언한다.

우리를 보는 여학생들의 시선이 바보에서 벌레 이하로 평가절하됐지만, 판타지 로맨티시스트인 두 친구는 전혀 눈치채지 못했다.

그 옆도 만만치 않았다.

"모험? 시시하긴. 배워둔 과학과 역사는 장식이냐? 핵무기만 개발하면 세계정복도 가능하거든?"

"과학 30점짜리가 잘도 핵무기 만들겠다. 판타지 하면, 역시 금단의 10서클 마법이지. 한 방에 싹 쓸어버리는 거야!"

"풋! 마법? 샌님 같은 소리 하고 있네. 무협세계에서 넘어온 무공이야말로 진리! 소드마스터라고 들어는 봤냐?"

판타지 세계에서 하고 싶은 일.

친구들이 자랑하듯 읊는 꿈과 희망은 하나같이 허무맹랑한 것들뿐이었다. 절대로 일어날 리 없는 망상, 오컬트이기에 막 던지는 것이다.

"강한수. 너는 어때?"

동인지에 수록된 최신게임 인기순위를 훑으며, 친구들의 얘기를 건성으로 흘려듣던 내게 배턴이 넘어왔다. 빤히 쳐다보는 무언의 압박들. 나만 계속 입 다물고 있어서 불편한 모양이다.

'판타지 세계에서 뭘 하고 싶냐고?'

깊게 생각해본 적 없다.

차라리 화성 탐사가 훨씬 현실적이다. 가능하면 자동차나 비행기…. 하다못해 우주선으로 갈 수 있는 장소를 물어봐 줬으면 좋겠다. 화성이라면 내가 늙어 죽기 전에 밟아볼지도 모르니까.

빤히 쳐다보는 친구들의 시선이 점점 따가워진다.

어쩔 수 없이, 3초쯤 고민 후에 답했다.

"내 꿈은…."

그날의 개그상은 내 몫이 됐다.

판타지 세계로 납치되기 전날의 달콤한 추억이다.

)(

…달콤은 무슨.

유통기한이 한참 지나서 곰팡이에 꽃이 폈다.

내 꿈.

수세식 변기 개발이 어때서? 잘난 황제도, 예쁜 공주도, 대마법사와 소드마스터도, 요강이나 수풀 위에 쭈그려 앉아서 힘주는 인생인 건 똑같거늘.

유치한 꿈은 그 뒤에 생각해도 늦지 않다.

이제, 궁상맞은 추억팔이는 집어치우고, 꿈과 희망 없는 잔혹한 현실을 직시해보자.

여기는 무척 낯익은 실내였다.

새하얀 대리석으로 마감된 아치형 돔. 백색 형광등 대신 은은한 자줏빛을 자아내는 벽걸이 랜턴이 사방에서 내부를 밝히고 있었다. 바닥에는 도넛 모양의 복잡한 그림이 그려져 있었는데, 그걸 보자마자 절로 이가 갈렸다.

"용사납치용 마법진…."

고상한 전문용어로, 차원이동 마법진.

그 정중앙에 선 내 주위를 은색 갑옷 입은 사내들이 포위하듯 둘러싸고 있었다.

왕궁기사.

판타지 세계의 정예부대 같은 존재다.

대치 중인 나를 보며 긴장하는 왕궁기사는 단 한 명도 없었다.

그럴 수밖에 없는 것이, 지금의 나는 '고등학생 몸'이다. 저들처럼 보디빌더 같은 근육질하고는 인연이 없었다.

"허, 허허…."

절로 헛웃음이 나왔다. 어느 나라든 왕궁기사가 최정예집단인 건 틀림없지만, 내 앞에서 저리 고개 빳빳이 쳐드는 놈은 오랫동안 없었다. 하지만 그 말도 안 되는 상황에 직면하고 나니, 내가 10년 동안 쌓아 올린 힘을 잃었음을 절감했다.

통나무처럼 두꺼웠던 내 팔뚝이 개뼈다귀로 바뀌었다. 나머지 신체 부위도 비실비실해지긴 매한가지.

어디 몸뚱이만 그럴까. 소지하고 있던 고급 장비와 소모품이 몽땅 사라졌다. 수집한다고 투자한 세월이 회귀 한 방에 무효처리 됐다.

꿈이 아니다.

대한민국이 아니다.

지구도 아니다.

아무리 부정해도 현실은 바뀌지 않았다. 그렇다고 간단히 인정해버리자니 속이 부글부글 끓었다.

무려 10년이다, 10년!

남의 인생이라면 "오! 그래. 10년 동안 개똥밭에서 애쓰셨구먼?"이라며 대수롭지 않게 넘길 수 있었을 것이다. 하지만 당사자가 되면 얘기가 달라진다.

10년은 매우 긴 시간이다. 허약한 꼬마가 열심히 운동해서, 국가대표로 선발되어 세계적인 운동선수로 이름을 떨칠 충분한 시간이다. 결혼해서 가정을 꾸린다면, 옹알이하던 첫 아이의 초등학교 입학식을 보고도 남는다. 중학교 3년, 고등학교 3년, 대학교 4년. 합쳐서 10년 공부하면 여생이 편안해진다고 해도 놀잖는가?

10년.

3,650일.

87,600시간.

나는 이 기나긴 시간 동안 하루도 빠지지 않고 지구로 귀환을 갈망했다. 빌어먹을 동료들에게 수모와 멸시를 당한 날에는 특히 심했다. 원치 않았던 회귀도 모자라서 판타지. 이 끔찍한 현실을 어찌 간단히 인정할 수 있겠는가…!

"환영합니다, 용사님!"

"……."

꾀꼬리 같은 미성(美聲)이 내 정신을 일깨워줬다. 그 목소리의 주인은, 순백색 기조를 강조한 로브(Robe)를 입은 묘령의 여인이었다.

아는 얼굴이다. 내 흑역사의 한 면을 장식한 동료 중 하나.

하지만 그녀는 라스트보스 앞까지 함께하진 못했다. 모험 도중에 무너져내리는 유적에서 낙오되어 생매장당했기 때문이다.

그날, 나 혼자서 축배를 들었다.

이제는 다시 볼 일 없을 줄 알았는데.

"정신이 드셨나요?"

"아니."

회귀, 재시험.

질 나쁜 농담이 아니었다.

"그, 그런가요. 용사님, 슬슬 정신을 차려주세요! 예고도 없이

갑작스럽게 소환돼서 많이 혼란스러우시죠? 이곳은 판타지아. 용사님이 태어나고 자란 세계랑 다른 차원입니다. 당장 이해를 바라는 건 무리겠죠. 지금부터 차근차근 설명해드릴게요."

1) 마왕 페도나르그가 깨어났다.
2) 인류의 위기가 도래했다.
3) 신탁의 용사님을 소환했다.
4) 이 세계를 구해주세요!

그녀는 네 줄로 간단히 정리할 수 있는 내용을 장황하게 풀어서 설명했다.

회귀한 나는 다 아는 내용이었다. 어디 그뿐이랴. 인류를 위협하는 마왕 페도나르그의 뚝배기를 깨고 에필로그까지 찍고 온 참이다. 도중에 죽어서 회귀한 머저리 용사가 아니다.

"어머! 제 소개하는 걸 깜빡했네요. 저는 라누벨. 고대의 전설을 쫓는 여행 중, 신탁을 받고 용사님을 소환한 고고학자입니다. 라누벨은 고대언어로 '진리'란 뜻이에요."

고고학자 라누벨.

외모와 실력을 겸비한 천재마법사.

학구파라서 전투마법보다 보조마법에 특화되어 있지만, 악착같은 탐험가답게 생활력과 생존력, 체력 등이 전반적으로 우수한 편이다.

다만,

"생글생글 웃지 마라. 거슬린다."

"옛-?!"

바로 이년이 원흉이다.

나를 이 야만적인 세계로 납치한 장본인.

만약, 지금의 내게 마왕의 뚝배기를 깰 당시의 힘이 1%라도 남아있었다면, 가장 먼저 라누벨부터 죽여버렸을 것이다.

뭘 해도 밉상인 여자. 그게 고고학자 라누벨이었다.

"귀여운 척하지 말라고."

그래도 인정할 건 인정하자. 라누벨을 선택한 신(神)의 안목은 탁월했다고.

미래를 모르는 회귀하기 전의 나는… '1회차'라고 하자. 1회차의 나는 지금이랑 똑같은 상황에서 유감스러운 판단을 내렸다.

바로, 라누벨의 미모에 넋을 잃은 것이다. 살짝 변명하자면, 당시의 나는 사춘기였다. 그리고 라누벨은 예뻤다. 내가 좋아했던 게임캐릭터 코스프레 전문여배우가 오징어로 기억될 정도로, 그녀의 비주얼은 압도적이다.

하지만 이젠 아니다. 라누벨은 여전히 예뻤지만, 나는 달라졌다. 미인계에 홀리기엔 너무 멀리 와버렸다.

"그, 그런…."

"멀쩡히 잘 살던 사람 납치해놓고 도와달라? 너는 이 상황이 재미있니? 내 얼굴만 봐도 웃음이 빵빵 터져? 라누벨, 그 이름처럼 개념 말아먹은 진리로구먼. 뒤질래?"

라누벨의 화사한 미소가 얼어붙었다.

이제 좀 마음에 드는군.

"죄송해요…."

자라처럼 목을 움츠린 라누벨이 기어가는 어조로 사과했다. 하지만 어째서 용사가 화내는지는 모르겠다는 얼굴이다.

용사가 세상을 구한다.

이 판타지 세계에선, 음양의 조화만큼이나 당연하게 받아들여지는 상식이었다. 소환된 용사는 꿈과 희망을 싣고 모험을 떠나는 것이다. 역사책에 실린 역대 용사들이 다 그러했다.

철컥, 갑옷의 금속음이 들려왔다.

"용사님. 폐하께서 기다리고 계십니다."

시끄러운 라누벨의 입이 다물어지길 기다렸던 걸까. 주위에 대기하고 있던 왕궁기사 중 하나가 대표로 말을 건넸다.

신탁을 받았어도 라누벨은 어디까지나 조력자. 현재 내가 밟고 있는 차원이동 마법진에 들어간 재료비와 마법 촉매 등은, 국가 단위의 지원이 아니면 실현 불가능하다. 즉, 배후에 왕국이 있다는 뜻이다.

"나도 기다리는 중이다."

"…예?"

"왜 놀라는데?"

"그야…."

사람 말귀를 못 알아듣는 무능한 왕궁기사가 되묻는다. 뇌까지 근육으로 된 놈들에게 많은 걸 바란 내 잘못이다.

이해하기 쉽게 설명해주자.

"잘 생각해봐. 마왕을 무찌를 용사가 이 세계에 몇 명이나 있지?"

"당신뿐입니다."

왕궁기사는 별 고민 없이 즉답했다.

그의 말대로 용사는 나 하나뿐. 자동차 타이어처럼 얼마든지 왕자들이랑 교체할 수 있는 판타지 국왕 따위보다 훨씬 고귀하신 몸이다. 내가 죽으면 이 세계는 끝난다.

"이제 이해했겠지? 나를 영접하고 싶으면, 간 보지 말고 빨리 튀어오라고 국왕에게 전해. 내 시간은 비싸다. 불만 있으면 너희가 마왕 잡던가."

"……."

"……."

내 신통한 발언에 감탄한 모두가 말문을 잃었다.

반박할 말이 떠오르지 않을걸?

▷반박: 옛말에, 숨겨진 보석 앞에서는 그 누구도 머리를 숙이지 않는다고 했습니다. 당신을 낮추세요, 용사님. 자신을 높이는 자는 낮아지고, 자신을 낮추는 이는 높아지는 법입니다. 겸손은 하나의 미덕인 동시에, 평범함에서 벗어나게 해줍니다.

나를 가르치려 드는 장문의 잔소리.

건방진 '그것'이 사람 목소리인지 문자인지는 아리송했다. 내 머릿속에 직접 전달했기에 그 경계가 모호했다.

그래서 누구신지?

▷해답: 전문교사입니다. 인성 부분에서 F 학점을 받으셨더군요. 그것도 쉬운 일이 아닌데…. 하지만 너무 걱정하지 마시길! 그

런 당신을 위해 제가 파견된 거니까요. 당신이 어엿한 용사로 거듭날 수 있도록 최선을 다해 돕겠습니다. 제 교사자격증을 걸고.

"맙소사…."

판타지에 도덕 선생님이 출근하셨다.

▷해설: 강한수 학생이 놀라는 것도 무리는 아닙니다. 시험에 합격한 용사는 전문교사가 있는지조차 모르고 졸업하니까요. 불합격하더라도 조용히 재시험 보는 방향으로 대부분 진행됩니다. 교직원이 간섭하는 경우는 손에 꼽을 정도로 적습니다.

재시험이란, 회귀를 뜻한다.

한심하게 살다가 한심하게 후회하며 죽은 주인공. 그들은 아무런 연고도 없이 과거로 돌아가서 새롭게 시작한다.

회귀한 이유를 가르쳐주지 않는다.

왜?

▷설명: 실수를 스스로 반성하고 바로잡으란 취지입니다. 강물이 바다에 뛰어드는 속도보다, 사람이 실수에 빠지는 속도가 더 빠르다는 말이 있습니다. 실수는 누구나 합니다. 하지만 강한수 학생은 다릅니다. 결과만 보면, 당신은 성공했어요.

마왕 페도나르를 토벌했다.

용사의 역할을 깔끔히 완수했다.

다시는 인류의 평화를 위협하지 못하도록 악마들을 철저하게 멸절했다. 마왕도 영원히 부활 못 하게 영혼을 으깨줬다.

후환을 남기지 않은 완전정복이었다.

▷난감: 그래서 문제입니다. 고의로 실수를 반복한 당신은 마왕에게 참패의 쓴맛을 봤어야 정상입니다. 하지만 가뿐히 이겨버렸죠. 실패는 성공의 어머니라고 했습니다. 하지만 당신은 실패하지 않았기에 반성도 하지 않아요.

무슨 말인지 이해했다.

반성하지 않기에 잔소리하러 왔다는 거잖아?

▷긍정: 정확합니다. 선한 사람은 물과 같다고 했습니다. 물은 다투지 않고 만물을 이롭게 하기 때문이죠. 강한수 학생이 동료들을 위하는 깊고 넓은 바다가 되길 고대하겠습니다.

마왕이랑 멱살잡이하는 편이 더 쉬울 것 같다.

▷웃음: 이론은 여기까지고 지금부터는 실습입니다. 저는 내일 이맘때 다시 오겠습니다. 수고하세요.

)(

"동료라…."

골치 아픈 숙제다.

"저… 용사님, 어디 아프신가요? 갑자기 머리를 부여잡으시고…. 차원이동은 여전히 검증되지 않은 마법이에요. 알려지지 않은 부작용이 있을지도 모르니, 몸에 이상이 생기면 꼭 말씀해주세요."

라누벨은 끄나풀에 지나지 않았다.

나를 납치하도록 그녀에게 명령한 배후가 등장했다.

…도덕 선생이.

마왕을 쓰러트린 직후, 전문교사를 파견한다고 일방적으로 통보받은 건 기억한다. 하지만 너무 어처구니없어서 진지하게 받아들이진 않았다. 그런데 그게 진짜였을 줄이야!

'교직원 일동이라…?'

용사를 육성하는 교사집단으로 짐작된다.

놀기 좋아하는 학생을 학교나 학원에 가둬두고 온종일 공부만 시키듯, 이 야만적인 세계로 평범한 사람을 납치해서 '용사'란 이름의 전사로 키우는 게 아닐까.

이 조직의 목적은 알 수 없다. 하지만 내게 악의나 적의가 없다는 건 분명했다. 그렇지 않다면, 내가 이렇게 버젓이 살아있을 리 없기 때문이다. 마왕의 뚝배기를 깼던 나를 간단히 과거로 돌려보낼 수 있는 작자들이다. 수틀리면, 나 따위는 언제든지 죽일 수 있으리라.

그러니 일단은 협조하기로 했다. 대항할 뚜렷한 대안이 나올 때까지는.

"…라누벨. 왕에게 안내해."

도덕 선생은 겸손의 미덕이라고 했던가? 하고 싶은 말은 알겠는데, 일차원적인 접근법이다.

이건 왕과 나의 주도권 싸움이다. 나는 이 나라의 국민도 아니고, 납치범에게 복종할 의무도 없다.

나는 사냥개가 아니다. 무료 봉사자도 아니다.

인간으로서 내 정당한 권리를 쟁취할 것이다.

왕좌에 앉은 채 고개만 까딱거리며 "목숨 걸고 악마랑 싸워라."라고 명령하는 지배자 따위에게 굴복하지 않는다.

다만, 세상이 멸망해버리면 지구로 돌아갈 수 없으므로 노사관계처럼 적당한 타협점을 찾을 계획이다.

도덕 선생의 말도 일리는 있다. 내가 이길 게 뻔한 주도권 싸움도 좋지만, 지구의 문명인으로서 먼저 양보하는 아름다운 모습 또한 바람직한 접근법이 아닐까. 그러니 이쪽에서 먼저 가주기로 했다.

"용사님! 이쪽이에요!"

로브 안쪽에서 발을 동동 구르며 어쩔 줄 모르던 라누벨. 그녀는 내가 먼저 왕을 찾아간다는 말을 듣고 표정이 밝아졌다.

이런 용사는 처음 보는 모양이다. 바짝 굳었던 왕궁기사들의 표정도 서서히 풀어졌다. 명예와 자존심으로 먹고사는 그들은 왕과 숙녀를 수호하는 철밥통이기 때문이다.

판타지의 로맨티시스트.

유감스럽게도 용사의 편은 아니다.

"용사님. 폐하 앞에선 말을 가려주십시오."

왕궁기사가 위압적으로 나를 내려다보며 부탁했다.

상상해보라. 독일 전차, 러시아 불곰처럼 덩치 큰 사내들에게 둘러싸인 자신을. 심장이 쪼그라들어도 이상하지 않다.

"뭘 노려봐. 칠 거야?"

하지만 나를 위축시키기엔 역부족이다.

나는 용사님이다. 마왕 페도나르를 쓰러트릴 수 있는 유일한 희망. 그런 내가 죽거나 비협조적으로 나오면, 이 판타지 세계는 마왕에게 유린당한 끝에 멸망할 것이다.

그렇기에 이들에겐 용사를 두들겨 팰 배짱이 없다. 인류의 미래 따위 관심 없는 그 녀석만 조심하면….

"오오! 용사! 좋은 패기다!"

"…잠깐."

이 목소리는 설마—.

"소원대로 쳐주마!"

장신의 보디빌더 같은 왕궁기사들보다 머리 하나쯤 더 큰 거인이 호탕하게 웃으며 돌격해왔다.

나는 전혀 반응할 수 없었다. 돌솥밥그릇처럼 커다란 주먹이 내 안면으로 날아든다.

'죽는다.'

그 생각밖에 안 들었다.

1회차 막바지의 나였다면 간단히 피했겠지만, 지금은 강속구로 날아오는 야구공도 못 피하는 저질 고등학생 몸뚱이다.

이 자식이 여기서 왜 나와?

계산 착오다. 안일했다.

부웅—.

거인의 주먹이 내 왼쪽 귓가를 스치고 지나갔다. 음속을 돌파한 걸까. 한 박자 늦게 칼바람이 고막을 때렸다. 귀가 울리며 머리가 띵해졌다. 고막이 터졌는지, 귓구멍에서 피가 주르륵 흘러내렸다.

"알렉스 씨! 용사님을 죽이실 작정인가요?!"

라누벨이 창백하게 질린 얼굴로 거인을 나무랐다. 하지만 비난을 들은 거인은 아무렇지 않게 웃음으로 때웠다.

"하하! 담력 시험이야, 담력 시험. 보라고. 안 죽었잖아?"

"……."

그래. 나는 이게 마음에 안 들었다.

이 야만인들은 무고한 사람을 납치하고 폭력을 행사한다. 말로는 용사님, 용사님 이러면서 띄워주지만, 실질적인 대우는 인간 이하. 쓰고 버릴 사냥개 혹은 장난감.

하지만 이번엔 다를 거다.

'도덕 선생님. 이건 정당방위입니다.'

탁.

나는 거인 곁으로 오른발 한 걸음 앞으로 내디디며 허리를 살짝 숙였다. 오른손은 왼쪽 호주머니 안쪽으로 찔러 넣었다.

예상대로 샤프펜슬이 있었다. 송곳이나 날붙이에 비할 바는 아니지만, 내가 학창시절에 애용했던 0.3mm 샤프펜슬은 꽤 뾰족한 편이다. 무기로 쓸만하다.

상체는 숙이면서 무게중심이 앞으로 쏠린 불안정한 상태. 하지만 나는 당황하지 않고 육상선수처럼 그 추진력을 이용했다.

발도술(拔刀術)이라고 하기엔 조잡했다. 육체가 기술을 따라가지 못한 탓. 그래도 내 손놀림은 민간인이랑 궤를 달리했다. 사람 한 번 죽여본 적 없는 미지근한 검도장 사범하고는 다르다.

10년 경력의 용사. 남을 상처 입히는 건 자신 있다.

암살자처럼 살기(殺氣)를 죽인 채, 자연스럽게 바짝 붙어서 거인의 아래쪽 시야를 가렸다. 그리고 샤프펜슬을 휘둘렀다.

제대로 된 칼이 있었다면 심장이나 허리를 노렸겠지만, 피부가 돌처럼 단단한 이 거인에게 샤프펜슬로 상처 입힐 만한 부위는 단 하나밖에 없다.

"이, 이놈이?!"

거인이 식겁하며 뒤로 물러선다.

내 기습은 완벽했다. 하지만 그는 뒤늦게 눈치챘음에도 몸놀림이 재빨랐다.

찌이익-!

내 0.3mm 샤프펜슬은 거인의 바짓가랑이를 일직선으로 찢는 선에서 그쳤다. 유감스럽게도 살가죽을 찢는 감각은 없었다. 몸이 둔해서 내 뜻대로 되지 않았다. 1회차 육체 능력의 1%만 회복했어도 성공했을 텐데.

"아쉽네."

고자로 만드는 건 아쉽게도 실패.

단순한 보복 차원이 아니다. 이 거인에게만큼은 절대 꿀릴 수 없다는 마음이 강했다. 내 원한의 양으로 따지면, 다섯 손가락 안에 들어갈 것이다.

검왕(劍王) 알렉스.

1회차에서는 국왕을 알현하고부터 닷새 뒤, 왕족 전용훈련장에서 시행된 오리엔테이션에서 처음으로 알렉스를 만난다. 그리고 첫날부터 그에게 개처럼 맞았다. 실전 훈련이란 명목으로.

하지만 이번 2회차에서는 내가 당황하지 않고 소란을 일으키는 바람에, 녀석의 관심을 일찍 끈 모양이다.

일단은 내 검술 스승이기도 하다.

"알렉스 씨! 얼른 용사님께 사과하세요!"

얼굴이 홍당무가 된 라누벨이 빽 소리 질렀다.

마찬가지로 새빨개진 알렉스가 찢어진 바짓가랑이를 양손으로 가리며 항의했다.

"라누벨! 이걸 보라고! 나도 당했-."

"대체 뭘 보라는 거죠?!"

말문이 막힌 알렉스가 원흉인 나를 한껏 노려봤다. 하지만 내 옆에 선 라누벨이 쌍심지를 켜자마자 수그러들었다.

"큭! 그런 비실비실한 몸으로 암살자라고? 재미있군. 좋다, 빌어먹을 용사. 나, 왕궁기사단장 알렉스에게 이기면, 정식으로 무릎 꿇고 사과하겠다. 기사의 명예를 걸고 약속하지."

거짓말이다. 놈은 죽는 순간까지 사과하지 않았다.

"네 불알 두 짝을 걸고?"

"까불지 마라."

알렉스는 상처 입은 호랑이처럼 으르렁거리며 떠났다. 바짓가랑이를 양손으로 가린 우스꽝스러운 자세로.

그 뒷모습을 보며, 나도 가치관이 조금 변했다.

회귀(回歸).

무조건 나쁜 건 아니란 생각이 들었다. 1회차에서 쌓인 원한과 스트레스를 마음껏 풀라는 신(神)의 계시일지도 모른다.

피할 수 없다면 즐기란 말도 있잖은가?

“흐음….”

뱃멀미하듯 머리가 어질어질했다. 알렉스의 담력 시험이 내 고막만 찢은 게 아니었다. 귀 가장 안쪽의 반고리관이나 전정 기관을 건드린 게 틀림없다.

이 둘은 몸의 평형감각을 관장하는 기관이다.

이게 고장 나면?

세상이 뒤집히는 것처럼 느껴진다.

“용사님. 제가 마법으로 치유해드릴게요.”

제자리에서 휘청거리는 내 오른팔을 슬며시 붙잡으며 가녀린 몸으로 지탱해주는 라누벨. 그녀는 진심으로 나를 걱정해주는 척했다.

“됐어.”

매몰차게 라누벨의 손을 뿌리친 나는 눈을 감고 의식을 집중했다. 회귀하면서 모든 능력을 잃은 건 틀림없다. 하지만 그것이 내가 약해져야 할 이유는 못 된다.

내 노력의 10년을 무(無)로 돌린다고? 진짜 가소롭다.

터진 고막에서 흘러내리던 피가 뚝 멈췄다. 어지러움도 멈추며 자세가 안정됐다.

“어?! 용사님, 용사님! 그건 무슨 힘인가요?”

내 미세한 변화를 눈치챈 라누벨이 휘둥그레진 두 눈을 초롱초롱 빛내며 묻는다.

귀여운 척하지 말라고 방금 경고했거늘.

"궁금해?"

"네!"

"특별히 이번만 차근차근 설명해줄 테니, 귀 씻고 잘 들어."

"감사합니다!"

나는 머릿속으로 한 차례 정리 후, 입술을 뗐다.

"인체의 자율신경계를 수동으로 돌린 후, 망가진 반고리관을 고치는 거야. 어떻게 반고리관인 줄 아느냐? 전정 기관의 이석(耳石)이 잘못됐다면 세상이 기우는 것처럼 느껴졌을 텐데, 제자리에서 빙글빙글 회전하기만 했거든. 그건 반고리관의 림프액이나 감각모, 감각세포에 문제가 생겼다는 뜻이지. 자! 원인을 알았으니 그 뒤는 간단해. 소뇌(小腦)로 잘못된 감각정보를 계속 보내는 청신경을 잠시 끊어두고, 반고리관의 자연치유력을 집중적으로 올리면, 짜잔! 어머나! 벌써 나았네! 들어보니 간단하지?"

"…에?"

전혀 이해 못 한 라누벨이 두 눈을 깜빡거렸다. 현미경과 인체해부도를 모르는 판타지 주민에게 차근차근 설명해줘서 뭐하겠는가? 소귀에 경 읽기다.

하지만 오늘의 테마(Thema)는 겸손.

자애로운 미소를 담아서 그녀를 위로해줬다.

"몰라도 괜찮아. 사는 데 지장 없어."

"우우…."

라누벨이 입술을 삐죽 내밀며 또 귀여운 척했다. 하지만 이번엔 핀잔 주지 않고 넘어갔다. 어느새 목적지에 도착했기 때문이다.

왕궁기사가 우렁차게 외쳤다.

"폐하! 용사가 알현을 요청합니다!"

요청한 적 없는데.

멋대로 나를 아랫사람 취급하는 이놈들을 굴비처럼 엮어서 바다에 던져버리고 싶었으나, 일단은 친교(親交)를 다지기로 했다.

입가에 환한 미소를 그렸다.

도덕 선생은 내게 바다가 되라고 했다.

좋은 비유다. 바다가 돼서 몽땅 수장(水葬)시켜주마.

)(

국왕과 귀족이 기다린다는 건 새빨간 거짓말이다. 반신반의했던 용사 소환에 성공했다는 소식을 듣고부터 부리나케 준비를 시작했음을 나는 잘 안다.

지금쯤 뒷문으로 조용히 입장 중일 터. 그렇지 않다면, 문 앞에서 내가 오랫동안 대기할 이유가 없었다.

"용사님. 듣고 계십니까?"

늙은 귀족이 내게 정중히 물었다.

"그래."

"이제 곧 국왕 폐하를 알현하게 되십니다. 그러니 폐하 앞에선 지금 같은 가벼운 말투는 자제해주십시오."

"대체 몇 번을 말하냐. 알겠다고."

"몇 번을 말씀드려도 부족해서 그렇습니다."

"거참! 사람이 속고만 살았나."

마왕 페도나르보다 더 죽이고 싶은 알렉스랑 헤어진 후, 왕궁

복도를 한참 걸어서 도착한 고풍스러운 입구. 그 앞에서 깐깐하게 생긴 늙은 귀족에게 주의사항만 1시간쯤 들은 것 같다.

똑똑. 문 안쪽에서 작은 소리가 들려왔다.

준비가 끝났다는 신호.

"…제가 가르쳐드린 예법이 만족스러운 수준에 도달하셨습니다. 이제 들어가셔도 좋습니다."

"목석처럼 서 있는 예법도 있냐?"

"크흠!"

나랑 1시간 동안이나 입씨름을 벌였던 늙은 귀족이 무안했는지 고개를 돌린 채 헛기침했다. 내가 봐도 그는 최선을 다했다. 엉덩이 무거운 왕족과 귀족들이 허겁지겁 뒷문으로 입실할 때까지 용사를 상대로 있는 말, 없는 말 지어내며 시간을 끌었다.

그 덕분에 심심하지 않았으니 모른 척해주기로 했다.

끼익-.

거대한 문이 서서히 열렸다.

왕국의 역사와 세월이 묻어난 낡은 알현실. 그 가장 안쪽의 높은 단 위가 가장 먼저 내 시선을 끌었다.

"짐의 땅에 잘 와주었다! 용사여!"

얼굴이 노란색 고명 올린 만두처럼 생긴 중년 남성이, 옥좌에서 과장되게 일어서며 팔 벌려 환대해줬다.

이 나라의 국왕(國王)이다. 젊은 시절에는 전쟁터도 자주 나간 호전적인 인물이었다는데, 지금은 그냥 왕관 쓴 만두다.

알현실에는 짜증 나는 면상들이 주르륵 진열되어 있었다.

왕자, 공주, 왕비, 귀족, 기사, 마법사….

이 나라에 자욱하게 깔린 암운(暗雲)을 난 이미 알고 있지만, 이들에게 주옥같은 1회차 정보를 가르쳐줄 마음은 눈곱만큼도 없었다. 해결은 더욱 말도 안 되고.

"용사님. 국왕 폐하의 어전이십니다."

얼른 인사하라고 왕궁기사가 슬쩍 눈치 준다.

1회차 때는 정중히 인사했다. 평가는 썩 좋지 못했지만.

지금은 내가 미래를 알고 있기 때문일까? 머지않은 미래에 암살당할 만두 국왕에게 잘 보일 필요성을 못 느꼈다. 하지만 오늘의 테마는 겸손. 일단은 상대의 장단에 맞춰주기로 했다.

"환대에 감사합니다. 폐하."

싫어도 익혀야 했던 이 나라의 예법으로 인사했다. 단, 허리를 숙이되 절대 과하지 않게.

내가 굽실거리는 태도가 마음에 든 걸까?

국왕의 얼굴이 꽃빵처럼 활짝 펴졌다.

1회차에서 정치적으로 만난 여러 권력자가 표정 관리를 잘했는데, 이 국왕은 정말 예외 중의 예외였다. 지나치게 표정이 솔직하다. 좋게 말하면 인간미, 평범하게 평가하면 무능.

나를 구경하던 귀족들이 속닥거렸다.

"움직임에 절도가 있군."

"허! 내 아들놈보다 예법이 훌륭해."

"무식한 야만인을 상상했는데…."

1회차의 추억이 몰랑몰랑 피어났다. 이 야만인들에게 예의범절을 모르는 야만인 소리를 듣던 굴욕의 나날들.

하지만 이번에는 그렇지 않았다. 판타지 경력 10년. 나는 모든 종족과 나라의 예법과 문화를 꿰차고 있다. 좋아서 학습한 건 아니지만.

기분 좋아진 국왕의 얼굴은 1회차 때보다 해맑았다. 좌우 입꼬리가 올라간 뺨이 부풀면서 먹음직스러운 왕만두가 됐다. 그는 라누벨을 돌아보며 말했다.

"수고했다. 고고학자 라누벨."

"황공합니다, 폐하."

그녀에게 짧게 치하한 국왕은 다시 옥좌에 앉았다. 그러고는 기대에 찬 목소리로 내게 질문했다.

"용사여. 능력치가 보이는가?"

영어로 스테이터스(Status).

만두 국왕의 목소리가 좀 더 부드러워진 것만 빼면, 1회차랑 똑같은 전개였다.

이 판타지 세계에는 능력치가 존재한다. 친절하게 숫자와 글자로 표기해서 자신의 성장지표를 한눈에 알아볼 수 있게 해놨다. 마치, 가상현실게임의 홀로그램처럼.

Status

▷종족: 아크 휴먼	▷레벨: 1
▷직업: 용사(경험치 500%)	▷상태: 양호
▷스킬: 통역A 불굴F 암살F	

같은 행동이나 상황을 반복하면 스킬(Skill)이 된다. 그리고 숙련되면 자연스럽게 스킬 랭크(Rank)가 오르며 효율과 위력이 상승한다.

통역A는 1회차 때도 기본으로 주어졌던 스킬이다. 하지만 그 옆의 불굴F과 암살F는 검왕 알렉스의 담력 시험 영향일 터.

알고는 있었지만, 볼 때마다 헛웃음이 나왔다.

레벨부터 스킬까지. 아주 깔끔하게 초기화됐다.

"아주 잘 보입니다, 폐하. 1레벨, 직업은 용사입니다."

"오오! 용사의 특전을 알 수 있겠는가?"

"경험치 500%입니다."

"500%…!?"

국왕만이 아니라 주위의 모두가 경악했다.

그럴 수밖에 없다. 재능이랑 관계없이 남들보다 5배 빠르게 성장한다는 뜻이기 때문이다. 내가 1시간 동안 무언가를 반복하면 5시간 효율이 발생한다. 전설의 용사다운 사기적인 특전이다.

"용사님! 경험치 500%는 정말 굉장한 거예요!"

"오냐."

"아부가 아니라 정말로요!"

내 시큰둥한 반응에 라누벨이 호들갑 떨었다. 경험치 500%의 가치를 어떻게든 이해시키려고 옆에서 계속 쫑알거렸다.

그래서 좀 닥쳐달라고 말하려는 순간, 옥좌에서 느닷없이 벌떡 일어선 왕이 양팔을 번쩍 들며 힘주어 외쳤다.

"선택받은 용사여! 악마의 영토랑 가까운 이 나라에 위기가 도래했다! 악마들을 무찌르며 능력치를 올린 후, 마왕 페도나르를 쓰러트려다오!"

이 나라는 수많은 문제에 둘러싸여 있다.

왕자들의 후계자 다툼, 악마랑 손잡은 고위귀족, 사이비교에 빠진 왕비, 마을 처녀들의 실종, 엽기적인 연쇄 살인마, 기근, 역병…. 현기증 날 정도로 많다.

머릿속으로 주판을 빠르게 두들겨봤다.

감사하다는 말 한마디로 입 싹 닦는 무가치한 문제들은 제외. 내 전투력을 올려주거나 금전적인 이득을 주는 일들만 꼽아봤다.

…정말 손을 꼽아야 할 정도로 적었다.

국왕이 현실을 보지 못하고 악마의 영토 탓으로 돌리는데, 이 나라는 악마가 아닌 내부적인 문제가 압도적으로 많다.

마왕은 굉장히 양심적인 신사다. 빈손으로 오는 법이 없다. 내가 부하들을 쓰러트릴 때마다 꼬박꼬박 보상을 챙겨준다. 가끔은 너무 많이 퍼줘서 부담스러울 정도.

즉, 이대로는 수지타산이 안 맞아서 일 못 한다.

"폐하. 얼마만큼 지원해주실 겁니까?"

"지원?"

만두 국왕이 고개를 갸우뚱했다.

"용사인 그대를 소환했다. 우리 왕국은 인류를 구하기 위해 최고의 지원을 한 셈이지. 여기서 더 무엇을 한단 말인가?"

사냥개를 끌고 왔다. 뒷일은 사냥개가 알아서 해결할 문제다.

만두 국왕은 그렇게 말하고 있었다.

"그러면 거절합니다. 딴 용사를 알아보십쇼."

"뭣이?!"

모두가 경악한다. 흠. 마음에 드는 얼굴들이군.

"이 나라의 위기? 알 바 아니야. 당신들은 용사를 대하는 태도가 글러 먹었어. 무릎 꿇고 부탁해도 모자랄 판국에 명령? 이봐, 만두 국왕. 나는 이 왕국의 백성이 아니야."

"이놈! 감히 폐하께…!"

어느 귀족이 발끈했다. 그리고 나는 샤프펜슬로 보답했다.

"악?!"

이마빡에 0.3mm 샤프펜슬이 박힌 귀족이 짧은 비명을 지르며 의자에서 나뒹굴었다. 그래도 나로선 꽤 봐준 거다. 내 힘이 충분했다면 두개골을 관통했을 터. 그리고 마음을 독하게 먹었다면 단단한 이마빡 대신 눈구멍을 노렸을 것이다.

챙! 챙! 챙!

내 샤프펜슬 투척에 놀란 왕궁기사들이 일제히 검을 뽑았다. 그들은 내가 움직일 수 없도록 사방에서 칼날을 겨누었다. 하지만 그뿐이었다.

"죽일 수 있다면 죽여봐라."

나는 천천히 걸었다. 목에 겨누어진 칼날에 베이며 피가 흘러내렸지만, 개의치 않고 왕좌의 홀 쪽으로 걸어갔다.

칼날은 그 이상 파고들지 못했다. 내 뼈와 피부가 단단하기 때문이 아니다.

"헉?!"

"미친…!"

식겁한 왕궁기사들이 알아서 검을 치우고 있었다. 날붙이로 위협하며 포위망을 짰지만, 내 손가락 하나 베지 못했다. 긴장한 그들은 식은땀을 줄줄 흘렸다.

나는 유쾌한 어조로 말했다.

"왕이 죽으면 왕자가 대처할 수 있지. 그 왕자마저 잃는다면 공주가, 공주가 없으면 먼 친척이. 그렇다면, 용사가 죽으면 누가 대처할까? 어떻게 마왕의 멱을 딸래?"

목뿐만 아니라 온몸에 베이고 찔린 상처가 한가득했다. 뜨거운 피가 흘러내렸지만, 나는 조금도 위축되지 않았다. 이 야만인들은 겸손하게 상대해줄 가치가 없다. 가만히 놔두면 끝도 없이 기어오를 돼지들이다.

혼란에 빠진 왕궁기사들의 얼굴은 거무죽죽했다. 머지않은 미래에, 사랑하는 가족과 연인이 악마들에게 죽거나 범해지길 바라는 왕궁기사는 없었다.

알렉스처럼 세상에 관심 없는 위인 빼고는. 그놈만 조심하면 된다.

나는 1회차 경험으로 배짱을 부리는 것이다. 이들이 나를 절대 죽이지 못한다는 걸 안다.

판타지 세계가 멸망하든 말든 내가 알 바 아니다. 하지만 내가 이 땅에서 죽으면, 게임처럼 재시작하거나 부활한다는 보장이 없었다. 죽음은 나도 두렵다.

그러나 이 심리전은 내가 이겼다.

"폐하. 더 하실 말씀이라도?"

정치는 기세 싸움이다. 무조건 목소리 큰 놈이 이긴다.

"…용사여. 짐은 이 땅을 수호하기 위해 그대를 소환했다. 여러 귀족과 상인에게 마법 촉매를 사들이도록 주문하고, 라누벨에게 명하여 그대를 이 땅에 불러들였다."

"그래서?"

"그대는 우리 왕국 소유다!"

만두 국왕의 선언.

정말 웃기지도 않는 논리였다.

"나는 물고기가 아니야. 물고기는 낚은 어부가 주인이지만, 나는 용사다. 왕국 소유? 진짜 웃기는구먼. 세계에 공표해봐라. 이 왕국이 어떻게 되는지를."

귀족들이 웅성거렸다. 왕위를 노리는 두 왕자도 다르지 않았다. 저급한 악마를 숭배하는 사이비교에 빠진 왕비는 하고 싶은 말이 많은 모양이지만, 천박하게 나서진 않았다.

마음에 드는 분위기.

나는 여기에 마침표를 찍었다.

"나는 용사를 우대해줄 나라로 떠나겠다. 막거나 가두더라도 소용없어. 나는 손가락 하나 까딱하지 않을 테니. 인류의 희망인 용사를 핍박한 사실이 들통나는 순간, 이 나라의 운명은 끝나지. 어리석은 왕에게 찬동한 너희들도."

듣고 있던 귀족과 기사들이 숨을 삼켰다.

"용사여! 무슨 지원을 원하는가!"

초조해진 만두 국왕이 외쳤다. 그는 충신과 고위관료들의 의견도 묻지 않고 백지수표부터 넌지시 찔렀다. 패배 선언이나 다름없었다.

"고품질 의식주, 장비, 물약, 군사지도, 면책권, 룸서비스…."

"룸서비스?"

"요거."

나는 수줍게 새끼손가락을 까딱거렸다.

"……."

"그리고 폐하."

"아직 더 남았는가, 용사여!"

이 잠깐 사이에 이마의 주름이 늘어난 왕의 얼굴. 바닥에 떨어진 찐만두처럼 안타까웠다. 그렇다고 봐줄 생각은 없지만.

"Show me the money."

한 번 클리어한 롤플레잉게임은 따분한 법.

치트키치고 꽃길만 걷자.

)(

▷황당: 하루 만에 또 사고 칠 줄은 몰랐습니다. 외상으로 산 돼지는 쉴 새 없이 꿀꿀거린다는 말을 들어보셨나요? 금전적인 대가를 내놓은 국왕은 당신에게 계속 무언가를 요구할 겁니다. 탐욕은 가방을 썩게 하죠.

도덕 선생님. 타락은 너무 간 것 같은데요.

▷한숨: 안 좋은 타협이 좋은 소송보다 낫습니다. 이길 수 있어도 손해를 감수해야 할 때가 있는 법입니다. 시간이 넉넉했다면 곁에서 봐줄 텐데, 밀려드는 학생들로 바쁜 게 한입니다.

국왕이랑 담판 짓고 하루가 지났다.

온몸에 난 상처는 라누벨의 마법으로 치료했지만, 빈혈만은 어찌할 도리가 없어서 고급스러운 방에 기절하듯 드러누웠다. 그래도 피 흘려 투쟁한 성과가 있었다.

용사 활동비. 1회차에선 불가능했던 쾌거다.

그나저나 학생들?

▷설명: 방앗간 주인은 자기 방앗간이 돌아가기 위해서만 밀이 자란다고 생각하죠. 강한수 학생. 용사 후보는 당신만이 아닙니다. 이미 졸업생도 꽤 나왔어요. 지구로 무사히 귀환한 용사들은 어려운 이웃을 도우며 행복하게 살고 있습니다.

도덕 선생은 분발하라는 말만 남기고 떠났다.

오늘 얘기는 상당히 충격적이었다.

내가 방앗간 주인? 중2병이었다고…?

세상은 '나'를 중심으로 굴러가지 않았다. 판타지 세계로 넘어온 인간은 '한국인 강한수'만이 아니었다. 지구의 수많은 중2병 꿈나무가 용사로 육성되는 중이다. 거대한 실습실을 혼자 쓰면서.

1인(人)을 위한 차원 규모의 교육시설.

그 스케일이 너무 바보 같아서 현실감이 따라가질 못했다.

"용사님. 무슨 고민 있으세요?"

어제부터 잠잘 때를 제외하곤 온종일 내 곁에 붙어있는 라누벨이 고개를 갸웃하며 묻는다.

"라누벨. 이 땅에 소환된 용사가 나뿐인 건 확실해?"

"네? 네. 확실해요."

도덕 선생은 밀려드는 학생들로 바쁘다고 했다. 이 순간에도 수많은 용사가 마왕 페도나르를 무찌르기 위한 여행 중이라고.

하지만 이 세계의 용사는 나 하나뿐이다.

그렇다면,

'평행세계…?'

여기랑 똑같은 판타지 세계가 학생 수만큼 존재하는 걸까. 혼자 즐기는 오프라인 롤플레잉게임처럼.

바보 같은 스케일이 더욱 엉터리가 돼버렸다.

머리가 지끈거리기 시작했다. 그러니 일단은 보류. 지금은 하루빨리 고향별로 돌아갈 방법만 생각하기로 했다.

졸업생들이 지구로 귀환해서 행복하게 잘 산단다.

나도 그러지 말란 법은 없었다.

"라누벨. 따라와."

)(

만두 국왕에게 금화를 한가득 받았다.

기껏 소환해낸 용사가 떠난다는 말에 위기의식을 느낀 국왕은, 돈으로라도 내 환심을 사기 위해 국고를 활짝 열었다.

단, 조건이 있었다.

"와아! 이게 다 얼마지?! 인류를 구한 역대 용사 중에서 용사님처럼 돈 밝히시는 분은 없을 거예요. 정말 굉장해요!"

"쉿! 목소리 좀 낮춰. 사람들이 이상하게 쳐다보잖아."

만두 국왕은 용사의 동료가 될 예정인 고고학자 라누벨에게 돈주머니를 맡겼다.

내가 왕이었어도 그렇게 했을 것이다.

"용사님! 용사님! 저 마법구슬을 갖고 싶은데, 사도 괜찮을까요? 예전부터 꼭 갖고 싶었어요."

…만두 국왕은 감시자를 잘못 고른 듯하다.

나는 가격표를 힐끔 보고는,

"사버려."

내 돈 아니다.

"야호! 감사합니다!"

라누벨과 내가 걷고 있는 장소는 왕국 물류의 중심지, 수도의 대시장이었다. 자릿세가 높고 질 좋은 물건이 많이 들어오는 만큼 가격도 무시무시했다.

그중에서도 특히, 판타지의 전유물인 마법이 깃든 마법도구는 귀족들마저 겸손하게 하는 사치품이었다. 마법봉, 마법구슬, 마법가루, 마법빗자루, 마법…. 하여간 '마법'이란 단어만 들어가면 무조건 비싸진다. 지구에서 '첨단'이 비싸게 먹히듯이.

내 허락에 기분 좋아진 라누벨이 가게로 뛰어들어갔다. 그러고는 자기 머리통 크기의 구슬을 양팔로 끌어안고 나왔다.

무척 행복한 얼굴.

거리를 지나가던 청년들이 그런 라누벨을 넋 놓고 바라봤다.

"라누벨. 얼른 따라와."

"네. 용사님."

나는 혀를 한 번 차고는 강아지에게 손짓하듯 그녀를 불렀다.

이게 다 무지한 청년들을 위해서다.

가증스러운 라누벨에게 현혹된 모양인데, 이 젊은 천재마법사의 씀씀이를 감당하려면 부유한 대귀족쯤 돼야 한다. 데이트 한두 번이면 집안 기둥이 통째로 뽑혀나갈 테니까.

현재, 내 복장은 완벽한 판타지풍이었다. 입고 있던 교복이 왕궁기사들 때문에 너덜너덜해지기도 했지만, 1회차에선 교복 차림으로 당당히 이 거리를 활보하며 불필요한 관심과 시비를 불러들였기 때문이다.

지금은 그런 멍청한 짓을 하지 않는다. 10년 동안 생활하며 판타지 의상에 익숙해지기도 했고.

마음에 든다는 의미는 아니다.

나풀거리는 소매, 쫄쫄이 스타킹, 긴 옷깃, 공작새 깃털 모자, 호박 바지, 붉은색 구두, 꽉 끼는 사타구니, 반짝반짝 꽃무늬….

족보를 알 수 없는 패션 테러다. 하지만,

"복장이 엄청 호화롭군."

"귀, 귀족이다. 그것도 엄청난…."

"대단한 가문의 자제인가?"

나를 귀족으로 착각한 왕국의 백성들은 시비를 걸지 않았다.

귀족에게 잘못 걸리면 목숨이 10개여도 부족하기 때문이다.

내 옆에 착 달라붙은 채 졸졸 따라오는 라누벨을 보고 "애송이. 옆의 예쁜이를 놓고 꺼지면 살려주마." 같은 상투적인 대사를 읊는 수컷들이 안 보이는 이유도 같은 맥락이다. 즉, 쇼핑하기 좋은 환경이다.

"그런데 용사님. 어딜 가시는 거예요? 유명한 대장간이랑 약초 상점도 거들떠보지 않으시고. 용사님은 여기 처음이시잖아요."

"암시장."

"옛?!"

"제발 부탁인데, 좀 닥쳐주라. 너 때문에 멀쩡한 나까지 사람들이 이상하게 쳐다보잖아."

목을 자라처럼 움츠린 라누벨이 소심하게 대꾸했다.

"하, 하지만 암시장인걸요? 정의로운 용사님이 불법적인 경매에 손을 댄다니, 놀라는 게 당연하잖아요."

"라누벨."

"네."

"방금 산 마법구슬도 불법이다만?"

"앗?!"

그녀의 사리사욕으로 구매한 물품이다. 허락한 건 나지만, 그걸 사양하지 않고 덥석 문 것은 그녀였다. 즉, 우리는 공범이다.

"…용사님. 제가 곰곰이 생각해봤는데요. 인류평화에 도움만 된다면 암시장도 괜찮을 것 같아요. 맹독도 약에 쓰이잖아요~"

라누벨은 손바닥 뒤집듯 태도를 전환했다.

"이해했으면 조용히 따라와."

"네! 그런데 암시장은 어떻게 찾으실 거예요? 여기서 오랫동안 생활한 저도 소문으로만 접했는걸요. 경매 장소를 매번 바꾸는 탓에 잡기 힘들다고 들었어요."

예리한 질문이다. 아니, 당연한가.

이제 막 판타지 세계에 발을 들여놓은 신출내기 용사가 현지민보다 빠삭하게 안다는 건 충분히 수상했다.

이걸 뭐라고 둘러대는 게 좋을까… 아!

"내가 누구냐?"

"선택받은 용사님이시죠."

"그러면 잘 생각해봐. 용사가 평범하면 용사겠니? 경험치 5배 특전 하나만으로 마왕을 쓰러트릴 수 있었다면, 수천 년 살아온 용과 요정들이 진즉 마왕을 토벌했을걸."

"그, 그렇다면…?"

고고학자답게 똑똑한 라누벨의 눈빛이 묘하게 변했다.

"잘 들어. 마왕을 쓰러트릴 용사의 진면목(眞面目)은 능력치에 드러나지 않아."

"괴, 굉장해…!"

"이해했으면 말대꾸하지 말고 좀 닥쳐."

"우우…."

나는 1회차에서 애용했던 술집으로 향했다. 라누벨의 의문처럼, 매번 모임 장소를 바꾸는 암시장 위치는 잘난 나조차 알 수 없다.

물론, 암시장의 단골손님이었던 나는 몇 군데 기억하고 있다. 하지만 이번에는 만두 국왕의 후원으로 암시장 방문 시기가 대폭 앞당겨진 상태.

새로운 정보가 필요했다. 바로 이곳에서.

끼익-.

나는 녹슨 경첩의 미닫이문을 밀며 누추한 술집 안으로 들어갔다.

벽난로와 초롱불로 어둠을 몰아낸 실내가 한눈에 들어왔다.

먼저 온 손님들의 다양한 목소리가 뒤섞여있다.

"확 밀어버려! 지면 죽을 줄 알아!"

"호호! 그래서요?"

"여기에 맥주 한 잔! 아니, 둘!"

팔씨름 내기하는 사내들의 시끌벅적한 함성, 사내를 유혹하는 아가씨들의 간드러진 웃음소리, 구석에서 통기타를 연주하는 음유시인, 술잔을 바쁘게 나르는 여종업원….

내 추억의 모습 그대로다.

아주 천천히, 과거의 향수를 음미하며 안으로 발을 들였다. 사방에서 나를 경계의 시선으로 힐끔거린다. 내 등장으로 분위기가 싸해지진 않았지만, 기류라고 할 무언가가 달라진 것만은 틀림없었다. 처음 보는 얼굴이고 '귀족'인 탓이다.

1회차랑 달라진 술집 친구들의 태도에 내심 섭섭했지만, 나는 개의치 않고 바텐더 앞까지 걸어갔다. 유리잔을 닦던 바텐더가 먼저 말을 걸었다.

"귀족 나리께서 굉장한 미녀분과 함께 이 누추한 술집을 찾아주셔서 소인의 눈이 호강하는군요. 무엇을 주문하시겠습니까? 겉보기엔 낡았어도 왕국에서 거래되는 모든 주류를 취급합니다."

물 흐르듯 부드러운 말투다. 방울뱀처럼 찢어진 눈매가 날카로웠지만, 사람 좋은 미소와 깔끔하게 정돈된 콧수염, 새하얀 정장이 이를 무마해줬다. 1회차 그대로였다.

나는 친애하는 그 바텐더의 이름을 불렀다.

"토니."

"…귀족 나리께선 저를 아십니까?"

"제법 잘 알지."

용사님은 악의 세력을 무찌르고 다닌다.

그 악의 기준에는 마약이나 노예 같은 찜찜한 품목을 옮기는 밀수꾼, 유통하는 상인, 원하는 손님도 포함되어 있다.

통칭, 암흑상회.

1회차에서 용사 파티는 판타지 대륙 곳곳에 퍼져있는 암흑상회를 깨부수며 암호와 비밀아지트 위치를 많이 알아냈다. 유쾌한 모험은 결코 아니었다. 그 과정에서 괜찮은 친구도 잃은 탓이다.

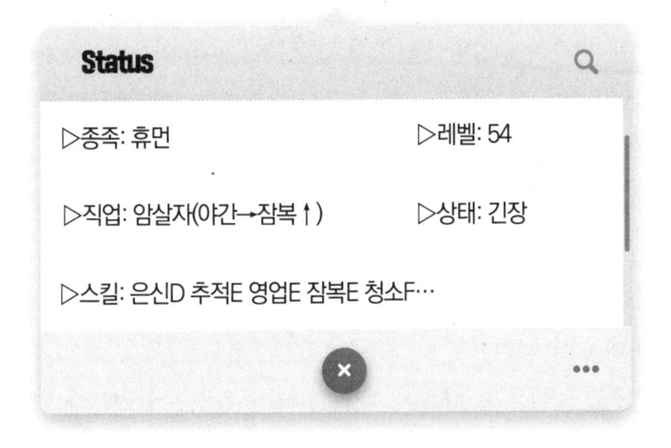

토니는 전직 암살자다. 은퇴 후에 술집을 개점한 그는, 방황하는 내게 이 야만적인 세계를 살아가는 방법을 가르쳐준 친구다. 정신적인 스승이라고 해도 과언이 아니다.

1회차 때처럼 이번에도 좋은 인연을 이어가고 싶지만, 걸리적거리는 라누벨도 있고, 오늘은 우정을 되찾으려고 찾아온 게 아니다.

나는 암시장에서만 쓰이는 '약속의 언어'를 읊었다.

"토니. 좋은 술이 조금 들어왔는가?"

"원하시는 가격대를 말씀해주시면 조금은 맞춰드리겠습니다."

옳거니! 너무 이른 타이밍이라서 '약속의 언어'가 다르면 어쩌나 걱정했었는데, 기우였던 모양이다. 내심 쾌재를 부르며 대화를 이었다.

"토니. 세 번 말하게 하지 말게."

"헛! 소인이 실례했습니다."

내 옆자리에 엉덩이를 찰싹 달라붙어 앉은 라누벨이 "용사님. 한번 말씀하셨어요."라고 눈치 없이 속닥거렸지만, 깔끔히 무시해줬다.

질문 1번, 이름 2번. 합쳐서 3번이다.

"나리께선 운이 좋으십니다. 오늘 들어온 27년산 흑맥주 블랙드래곤(Black-Dragon)입니다. 구운 양고기를 곁들이시면 그 풍미가 더욱 살아납니다."

오늘 들어온 술. 다음 암시장의 시간과 장소를 알려준다.

예를 들어, 토니가 이틀 전에 좋은 술이 들어왔다고 하면 "이틀 후에 열립니다."라고 해석하면 된다. 그리고 흑맥주 '27년산 블랙 드래곤'은 암시장의 정확한 위치를 가리킨다.

여기에 추가로, 술을 따르는 바텐더의 표정과 방향에 따라 약속장소가 완전히 달라질 수 있다.

"오늘?"

"그렇습니다."

"벌써 술을 개봉한 건 아니겠지?"

경매가 벌써 시작했다면 다음을 노리는 편이 낫다.

"그랬다면 다른 술을 소개해드렸을 겁니다."

"아아, 미안하네. 내가 의심이 많아서. 토니. 묻는 김에 하나만 더. 양고기의 질은 좋은가?"

구운 양고기. 이번 암시장의 주력상품이 '노예'란 뜻이다.

민주주의, 평등사상이 지배적인 지구에선 찾아보기 힘들지만, 이 야만적인 세계에선 노예가 제법 흔하게 거래된다. 지역마다 법이 조금씩 다른데, 대다수 나라가 전쟁포로 외 인간의 노예화를 금지했다. 그렇기에 불법이다.

"기대하셔도 좋습니다."

토니가 자신만만하게 대답했다.

이 바닥에서 허세와 과장은 매우 위험하다. 그러니 이번 암시장에서 경매될 노예들은 객관적으로 좋다고 봐도 무방하다.

내게는 무척 만족스러운 소식이다.

"주문은 그대로 양고기 2인분."

"2인분. 금방 대령하겠습니다."

불법적인 어둠의 경매장 2인석을 예약했다.

우중충한 술집을 나온 우리는 바텐더 토니에게 들은 암시장 약속장소로 조금 빠르게 이동했다.

원래는 시간적 여유가 있었지만, 라누벨이 양고기만 먹기엔 느끼하다며 샐러드랑 이것저것 추가로 주문하는 바람에 꽤 지체됐다.

실컷 먹고 만족한 라누벨이 내 얼굴을 빤히 쳐다본다.

"…왜?"

"용사님. 그 바텐더를 아세요?"

"토니? 잘 알지."

순진한 고등학생이었던 내게 여자와 약육강식(弱肉强食)을 가르쳐준 멋진 친구다. 내가 용사만 아니었다면 함께 사업을 벌였을 것이다.

"그의 이름을 어떻게 아셨어요?"

"용사니까."

전직 암살자 토니는 1회차부터 잘 알던 진정한 친구지만, 그렇다고 라누벨에게 거짓말만 한 건 아니다.

용사의 특전은 경험치 5배만이 아니다. 나는 타인의 능력치를 자유롭게 볼 수 있다. 어째서 나만 볼 수 있는지 의아했었는데, 도덕 선생의 얘기를 듣고 깨달았다. 용사 후보가 초반에 똥오줌 못 가리고 강자에게 덤벼서 개죽음당하지 않도록 배려한 것이다. 그 능력은 2회차에서도 유효했다.

"와아! 그러면 제 능력치도 보이세요?"

"당연하지. 200레벨."

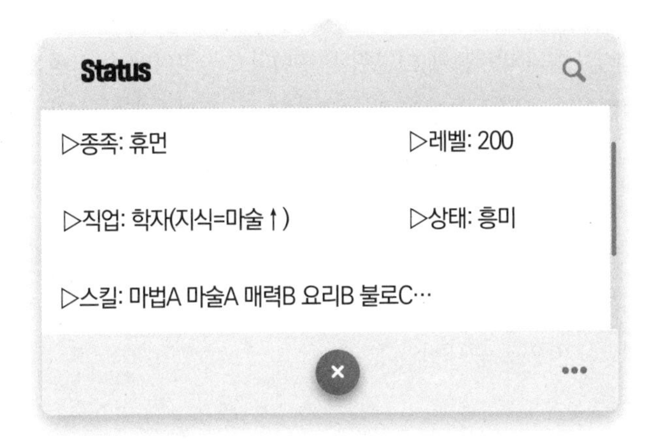

200레벨.

마왕 페도나르의 최하급 졸개만도 못하다.

하지만 라누벨은 스킬 등급이 매우 높은 편이라서, 잠재력 하나만큼은 무시무시하다고 평가할 수 있겠다. 상대적으로 일반인은 스킬 등급이 매우 낮다. 어느 수준이냐면….

Status

▷종족: 휴먼 ▷레벨: 8

▷직업: 도둑(주간=행운↓) ▷상태: 긴장

▷스킬: 시력E 도주F 살인F

평범한 성인이 되면 딱 저쯤 된다.

라누벨의 허리춤에 매달린 돈주머니로 슬그머니 손을 뻗는 저 청년처럼, 스킬은 물론이고 레벨마저 매우 형편없다.

죽을 때까지.

“앗?!”

라누벨이 짧은 비명을 질렀다. 동시에 나도 움직였다.

당황하는 라누벨 쪽은 아예 쳐다보지도 않고, 자동반사처럼 왼발을 옆으로 쭉 내밀었다.

툭.

내 발에 걸린 8레벨 도둑이 우당탕 자빠졌다.

하지만 라누벨에게서 훔친 돈주머니를 손에서 놓치지 않은 도둑은 잽싸게 몸을 일으키려 했다.

하지만 이번에도 내가 더 빨랐다.

“컥?!”

무릎으로 도둑의 등허리를 찍어 눌렀다.

요추(腰椎) 4번과 5번 사이. 허리디스크가 가장 많이 발생하는 부위다. 제때 치료하지 않으면 허리 통증은 기본이고, 다리 저림으로 일상생활이 힘들어진다. 내가 좋아하는 타격점 중 하나.

“호오? 제법 근성이 있잖아?”

고통으로 얼굴이 일그러진 도둑 청년은 돈주머니를 쥔 오른손을 포기하지 않았다. 그는 빈 왼손을 마구잡이로 휘저으며 저항했다. 만약, 이 시점에 도둑이 과감히 돈주머니를 포기했다면 내게서 도망칠 가능성이 있었을 것이다.

도둑은 8레벨. 1레벨인 나보다 육체 능력이 우수했다.

하지만 욕심이 화를 불렀다.

손끝에 힘을 준 내 수도(手刀)가 도둑의 목덜미를 가격했다. 지난 10년 동안 지겹도록 반복해온 작업이다.

바로 살인(殺人) 말이다.

우득.

목뼈가 부러지는 섬뜩한 소리가 들려왔다.

경추(頸椎) 6번과 7번 사이. 오래 앉아있는 학생과 직장인들의 목디스크가 빈번한 부위다. 팔 저림과 어깨 결림으로 고생하기 싫다면 자주 관리해줘야 한다. 이 도둑은 영영 관리할 수 없겠지만.

"깔끔하군."

옷에 핏방울은커녕 먼지 한 톨 안 묻었다.

지금부터 귀족과 부자들이 바글바글한 암시장에 갈 건데, 옷에 피가 묻어선 체면이 서지 않는다.

라누벨이 돈주머니를 주우며 말했다.

"용사님은 살인에 익숙하신 모양이네요."

"조금."

바보 같아서 100번째부터 세길 포기했다.

이건 내가 이상한 게 아니다. 이 야만적인 세계에는 살인자가 정말 많다. 살면서 전쟁을 한 번도 경험해보지 않는 남자가 드문 탓이다. 그래서 성인 남성 평균이 3레벨. 반면, 여성은 나이 불문하고 1레벨이다. 각설하고….

내가 죽인 도둑 청년은 8레벨이었다. 평균 3레벨을 한참 초과했다. 스킬 구성으로 보아선 전직 사냥꾼이나 병사도 아니다. 십중팔구 무고한 민간인을 상대로 살인을 수십 번 저지른 악질이란 뜻이다.

직업이 '용사'라면 얘기가 다르지만.

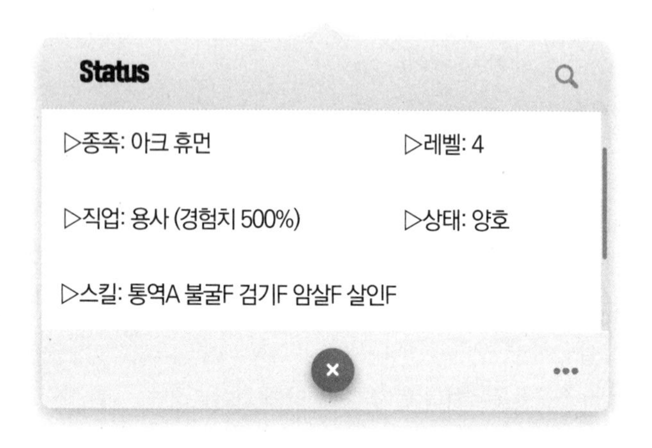

레벨이 쑥쑥 올랐다. 용사 특전인 경험치 5배 부스터 덕분인데, 도둑치고 레벨이 높아서 들어온 경험치가 짭짤했다.

첫 사냥부터 느낌이 좋다.

"아! 맞다. 용사님. 레벨이 오르지 않으셨나요?"

"올랐지."

무려 4레벨이다. 지구의 스포츠선수 수준이다.

"그 이유를 제가 설명해드릴게요. 살아있는 모든 동식물은 힘을 품고 있어요. 성장하면서 힘이 늘어나는 부류도 있지만, 대다수는 빼앗거나 섭취하는 방법으로만 올라요. 그리고 이렇게 축적된 힘은 능력치의 레벨로 표기돼요."

여기서부터 지랄 맞은 판타지가 시작된다.

살인을 많이 할수록 강해지는 시스템.

성장형 롤플레잉게임에서는 간단히 넘어가는 설정이지만, 이게 현실이 되면 악몽 같은 서바이벌이 된다.

너의 이웃을 죽여라, 그러면 강해질 것이다!

판타지 신(神)은 변태가 틀림없다.

)(

도둑의 시신은 시장을 순찰하는 치안대에 맡겼다.

우리의 신분은 라누벨이 보증해서 무난하게 넘길 수 있었다. 내가 용사란 사실은 당연히 밝히지 않았다. 며칠이면 왕국 전역에 소문이 쫙 나겠지만, 그때까지 최대한 감추는 편이 내가 움직이기 편했다.

"라누벨. 돈주머니 잘 챙겨."

"네~!"

"귀여운 척하지 마라. 맞는다."

"우우…."

내 경험상, 오늘은 손버릇 나쁜 손님이 더는 안 찾아올 것이다. 우리의 위험성이 이 바닥에 벌써 퍼졌을 테니까.

"토니의 손님이십니까?"

어느 음습한 골목.

암시장으로 향하는 약속장소에서 우리를 기다리던 삐쩍 마른 청년이 정중히 내게 질문했다.

판타지 세계의 대륙 전역에서 암약하는 암흑상회는 결코 만만한 상대가 아니다. 그 보안은 가히 결벽증에 가까워서, 꼬리를 잡아도 몸통에 도달하기 힘들다. 머리는 1회차에서도 끝내 찾지 못했다.

"손님이 아니라 원수다."

나는 마지막까지 방심하지 않고 약속된 암호를 말했다.

"하핫! 저를 따라오십시오."

사람 좋은 미소를 지은 청년은 바로 앞장섰다. 그리고 도착한 2층 목조건물. 겉보기에는 무척 평범했다. 그 내부도 어느 방에 들어서기 전까진 왕국 수도의 유복한 가정집이랑 똑같았다.

라누벨은 바닥에 그려진 도형을 보며 중얼거렸다.

"이건 공간이동 마법진이네요. 들어가는 재료가 엄청 비싼데…."

공간이동 마법진. 이름 그대로, 공간을 이동하는 마법진이다.

우수한 마법사가 그린 이 마법진에 충분한 촉매를 넣고 약속된 명령어를 읊으면 누구든 발동시킬 수 있다.

"암시장 애들은 철두철미하거든."

공간이동 마법진은 저렴한 물건이 아니다. 하지만 암시장에서 거래되는 자본과 상품, 고객의 안전과 신뢰를 고려하면 오히려 싼 편이다. 라누벨은 계속 두리번거렸다.

"와…. 전혀 몰랐어요. 수도의 암시장이면 당연히 수도 어딘가에 숨겨져 있을 줄 알았는데."

"촌년처럼 일일이 놀라지 마."

"우우…. 용사님이 이상한 거예요."

라누벨이 나를 '용사님'이라고 몇 번을 불러도, 우리를 여기까지 안내한 청년의 표정은 담담했다. 우리끼리 미리 약속해둔 가명쯤으로 생각하는 것이다.

"손님. 이걸 써주십시오."

우리는 정체를 감추는 용도의 가면을 받아서 착용했다.

나는 늑대탈, 라누벨은 여우탈.

가면 없이 암시장을 당당히 돌아다니는 관심종자가 간혹 있지만, 앞으로 여기저기 얼굴 팔릴 용사인 나는 그럴 수 없었다.

"조금 서둘러줬으면 하는데."

"네. 손님."

우리가 가면을 쓰고 마법진 위에 올라간 걸 확인한 청년이 '약속된 명령어'를 작게 중얼거렸다. 곧, 빛에 휩싸인 마법진이 발동했다.

번쩍!

우리는 순식간에 목조건물에서 어딘가로 이동했다. 그곳은 어두컴컴한 지하였다.

나는 라누벨이 빛을 밝히는 마법을 쓰려는 걸 제지했다. 주위에 잠복 중인 경비들을 자극할 수 있기 때문이다.

여기는 내 1회차 경험에 있는 장소였다. 왕국 수도의 서쪽에 자리한 숲 아래에 땅을 판 암흑상회가 만든 비밀 아지트. 사이비 종교에 심취한 어떤 멍청이가 여기서 악마소환을 하기 전까지는 암시장으로 종종 이용됐다. 나도 순수한 손님으로 몇 번 방문했었다.

"저희 매장을 찾아주셔서 영광입니다."

어둠 속에서 모습을 드러낸 중년의 안내인이 정중히 인사해왔다. 나는 고개만 살짝 까딱여준 후에 질문했다.

"경매는?"

"곧 시작합니다. 시간이 없으니, 짧게 설명 후 예약석으로 모시겠습니다. 입찰을 원하시면 좌석 앞의 종을 살짝 누르시면 됩니다. 무조건 선금(先金)이고 화폐와 보석만 취급합니다. 스스로 가면을 벗거나 신분을 밝혀서 발생한 손해와 문제는 저희가 책임지지 않습니다."

이미 알던 내용이다. 하지만 라누벨은 처음일 터.

"깍두기 아가씨. 안내인의 설명 잘 들었지?"

"저는 깍두기가 아니라 라– 우읍?!"

"너는 그냥 입 다물고 있어라."

"……."

고개를 열심히 끄덕이는 라누벨의 입술에서 손을 뗐다.

고고학자 라누벨. 판타지아 중앙대륙에서 제법 유명하다.

그런데 암시장에서 이름을 밝혀서 어쩌자고?

만두 국왕에게 돈을 왕창 뜯어낸 것까진 좋았는데, 그 관리자가 영 불안했다.

"절 따라오십시오."

우리는 안내인의 인도를 받으며 어두운 터널을 빠르게 이동했다. 절대로 여기선 사고 치면 안 된다. 생매장되고 싶지 않다면.

"용사님. 폭발 마법진이 사방에 설치되어 있어요."

라누벨이 소곤소곤 알려줬다.

나도 안다. 아니, 1회차 경험으로 절절히 통감한다.

"지하 5층 깊이에 파묻히기 싫으면 여기서 절대 까불지 말라는 깊은 뜻이지."

"아하!"

어두운 터널을 지나서 넓은 공간에 도착했다. 지하이기에 창문 하나 없었지만, 마치 지상의 낮처럼 밝고 공기는 쾌적했다.

"유익한 시간 되십시오."

공손히 인사한 안내인이 떠났다.

우리가 안내받은 장소는 방송사 시상식장을 연상시켰다. 그 형태는 관람석 쪽으로 돌출된 트러스트 무대(Thrust stage). 상품인 노예를 3D로 볼 수 있도록 배려한 것이다.

모든 손님은 프라이버시를 위해 동행별로 떨어지게 배치됐다. 좌석마다 배정된 원형 테이블 위에는 간단한 음료와 다과, 순금 탁상종이 준비되어 있다.

여기가 바로 암시장.

용사님 보정이 활약할 장소다.

"…그럼, 지금부터 경매를 시작하겠습니다!"

짝짝짝!

짝짝!

손님들의 무미건조한 박수를 받은 사회자가 인사말을 마치고, 쇠고랑을 찬 첫 번째 상품이 무대 위로 올라왔다.

"악마의 영토에서 살아남은 역전의 용사입니다! 온몸에 난 이 흉터들이 보이십니까? 강력한 악마를 쓰러트리고 죽어가는 그를 저희가 운 좋게 발견해서 치료했습니다! 은혜를 갚기 위해 스스로 노예를 자처한 역전의 용사! 검투사나 경호원으로 안성맞춤입니다!"

정말 그럴까? 그의 능력치를 확인해보자.

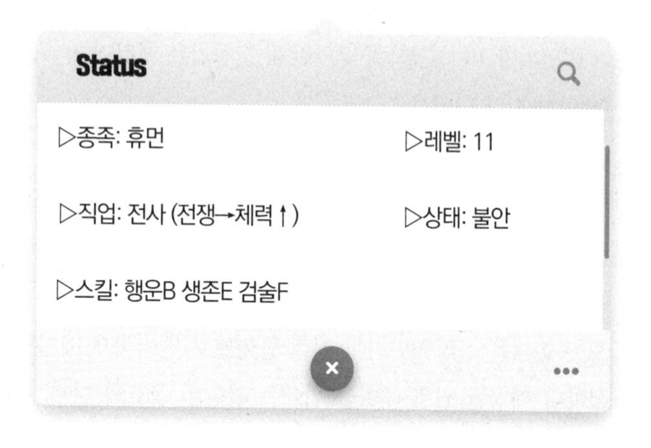

역전의 용사는 개뿔! 아무리 포장해도 내게는 안 통한다.

행운만 이상하리만치 높은데, 허풍으로 가득한 저런 약골을 돈 주고 사는 옹이구멍은 이 암시장에 없다.

여기는 한두 푼 나가는 벼룩시장이 아니다.

상품을 보는 안목들이 대단히 높⋯.

딩동!

딩동!

딩동!

다들 돈이 많은 모양이다.

"아! 용사님의 계획을 알겠어요! 뛰어난 노예를 사서 동료로 영입하시려는 거죠? 고대의 용사님들이랑 비슷한 발상을 하시네요!"

기대에 찬 라누벨의 두 눈동자가 은하수처럼 반짝거렸다. 나는 그녀의 추측을 마냥 부정할 수 없었다.

1회차 때, 정말 그랬던 적이 있었다. 노예 사냥꾼들에게 끌려간 동족을 구하려다가 자기마저 붙잡힌 멍청한 여자를 암시장에서 비싸게 샀었다.

미래의 요정왕이라고….

대가리에 인간혐오만 들어있는 민폐 캐릭터다.

딩동!

딩동!

그 와중에도 경매는 계속됐다.

11레벨 전사에 대체 얼마를 꼬라박는 걸까?

귀족 특유의 자존심 싸움으로 왜곡되면서 역전의 용사 몸값은 천정부지로 치솟았다. 이 사람들, 전부 제정신이 아니다.

"그나저나 용사님. 저 노예분 엄청나게 강할 것 같아요. 온몸에 난 명예로운 흉터와 부리부리한 눈썹을 보세요. 아! 그래도 독설하는 용사님이 더 멋지시지만요!"

"말을 말자."

행운만 높은 약골 전사가 마침내 팔려나갔다. 대형범선 5척은 살 수 있는 터무니없는 고액에. 내 돈이 아닌데도 현기증 났다.

"아쉽네요."

"깍두기 아가씨. 아쉬워할 거 없어. 경매는 이제부터 시작이야. 초장부터 저리 지갑을 헤프게 열면, 나중에 정작 사고 싶은 상품이 나와도 손가락만 빨고 있어야 해."

돈을 지나치게 아끼다가 전부 놓칠 수도 있지만.

사회자가 두 번째 상품을 소개했다.

"그녀의 고운 피부를 보십시오. 악마에게 점령당한 어느 귀족

가문의 영애입니다. 길가에서 우연히 주웠는데요. 정말로 귀족인지는 밤의 신사께서 직접 알아보시기 바랍니다! 드레스와 장신구는 서비스!"

정말로 귀족인지 한 번 볼까?

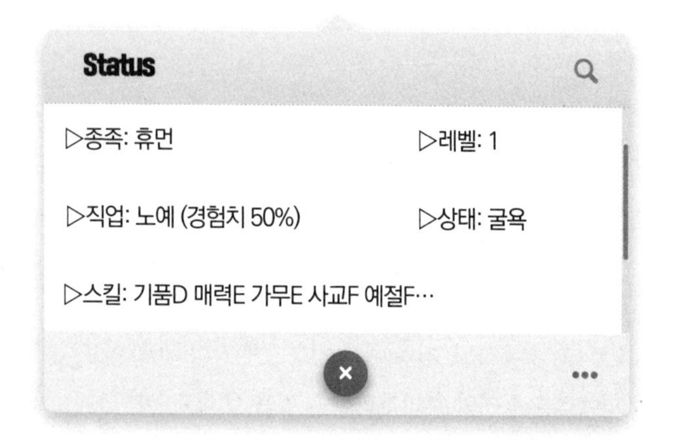

직접 알아볼 것 없이 귀족 영애가 확실했다. 보유한 스킬들이 판타지 서민 아가씨가 가지기 힘든 부류들이었다.

"용사님. 저 숙녀분…."

"미리 말해두겠는데, 우리는 놀러 온 게 아니다. 왕국에 충성해온 귀족을 구하는 건, 왕가의 일이지 우리 역할이 아니야. 명심해."

"네…."

내 기세에 눌린 라누벨이 침묵했다.

그리고 크게 걱정할 거 없다. 몰락했어도 귀족은 귀족. 학식과 예의범절을 갖춘 젊은 여성을 섹스파트너로 찾는 멍청이는 없다.

그녀는 영부인이나 영애의 전속시녀로 들어갈 확률이 매우 높다. 과거만큼 안락한 생활은 어렵겠지만. 라누벨의 상상처럼 끔찍한 대우는 안 받는다.

"축하드립니다!"

짝짝짝!

어느 귀족에게 비싸게 팔린 여성 노예가 퇴장했다. 낙찰된 몸값이 낮지 않은 거로 봐선, 그녀의 운명은 썩 괜찮을 것이다.

자고로 노예의 대우는 몸값에 비례하는 법이다.

라누벨이 조심스럽게 묻는다.

"괜찮을까요?"

"괜찮아. 우리가 데려가서 어설프게 돌봐주는 것보다는 훨씬 안전하고 행복할 거다. 내가 보장하지."

비싼 노예를 함부로 다루는 주인은 없다. 전혀 없다고는 할 수 없지만.

"다 안다는 듯이 말씀하시네요."

"알다마다."

너무 잘 알아서 탈이다. 1회차의 기억이 새록새록 솟아난다.

이 자리에 요정왕이 있었다면, 경매장을 힘으로 엎어버리고 모든 노예를 해방하자고 주장했을 것이다. 아니, 용사인 내게 동의를 구하지도 않고 먼저 돌진하곤 했었다. 그 뒷수습은 생각하지 않는다. 내가 그년 뒤치다꺼리로 고생한 걸 생각하면….

"이번에 만나면 대갈통을 쪼개버려야지."

"용사님?"

"…아무것도 아니야."

이 뒤부터 경매는 탄력을 받아서 빠르게 진행됐다.

나도 몇 번씩 간 보고 빠지길 반복했다. 팍팍 지르고 싶었지만, 돈주머니의 금화가 무한하지 않기에 조심스러웠다.

그리고 기회가 찾아왔다.

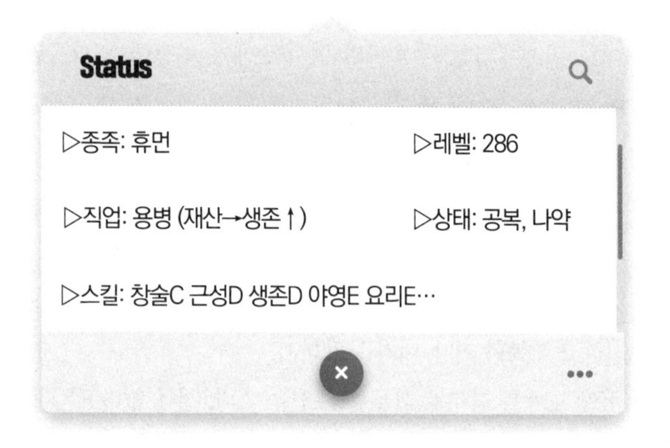

비틀거리며 무대로 올라온 남자는 넋을 놓고 있었다. 동공이 풀려있고 몸 상태도 영양실조로 삐쩍 말라 있었다. 하지만 내 눈에는 그의 가치가 또렷하게 보였다.

286레벨.

스킬과 상태는 아무래도 상관없다. 그는 지금까지 나온 어떤 노예보다도 레벨이 높았다. 그게 중요하다.

"왕국 북부에서 활약하던 용병입니다. 식사를 오랫동안 거부해서 꼴은 이렇지만, 뛰어난 창술을 보유하고 있습니다! 건강만 회복하면 훌륭히 써먹을 수 있을 겁니다!"

사회자가 열심히 애써보지만, 손님들은 시큰둥하기만 했다. 삶의 의욕 없는 노예를 설득하는 것도 일이기 때문이다.

그러다 끝끝내 설득에 실패하면?

돈만 날리게 된다.

그렇기에 입찰을 꺼릴 수밖에 없다.

"입찰해."

하지만 나는 그 반대였다. 저 용병은 내가 딱 원하는 맞춤형 노예였다.

"네!"

딩동! 내 지시를 받은 라누벨이 탁상종을 눌렀다.

뒤늦게 다른 손님들도 입찰경쟁에 뛰어들었지만, 간만 보고 썰물처럼 빠르게 포기했다.

"더 없으십니까?"

용병 노예의 동태 같은 눈깔을 보면 누구나 그럴 것이다. 여기 모인 손님들은 자신의 안목을 믿었다. 멀쩡했다면 입찰가가 5배쯤 뛰었으리라.

좌중을 쓱 둘러본 사회자가 초읽기에 들어갔다.

"셋, 둘, 하나…. 축하드립니다! 늑대탈 손님. 좋은 물건을 아주 저렴하게 구매하신 겁니다!"

축하를 건네는 사회자의 말대로다.

싸게 샀다. 주위의 다른 손님들은 동의하지 않겠지만, 남의 능력치를 볼 수 없는 자의 한계다.

짤랑…!

돈주머니에서 금화를 꺼낸 라누벨이 빠르게 계산을 마쳤다. 그러고는 내 귓가에 입술을 가까이 대고 묻는다.

"용병의 능력치를 보셨나요?"

"어. 286레벨."

"세상에나…. 대박! 알렉스 씨에 버금가네요!"

미래의 검왕이 섭섭해할 발언이다.

이 용병의 레벨이 상당히 높은 이유는 간단하다. 여기저기 돌아다니며 이것저것 많이 죽인 덕분이다. 그것도 쉬운 일은 아니지만.

알렉스가 본격적으로 강해져서 '검왕'으로 불리는 시기는, 수호하던 왕궁이 악마들의 습격으로 폭삭 주저앉은 이후부터다. 그 전까진 레벨이 낮아서 약했다.

평상시의 왕궁은 지극히 평화로운 탓이다. 평균 5레벨짜리 좀도둑을 잡아서 올릴 수 있는 레벨에는 한계가 있다.

"손님. 열쇠와 계약서입니다."

"테이블에 놔둬."

낙찰한 용병 노예는 우리 테이블 뒤쪽에 대기했다. 허튼짓하지 못하도록 수갑과 족쇄를 찼으며, 어깨 좌우에 덩치 좋은 경호원 둘이 감시하듯 붙어섰다.

암흑상회. 악(惡)의 소굴이라도 칭찬해줄 건 칭찬하자. 훌륭한 서비스 정신이다.

그때, 찰그랑 소리를 내면서 여전히 묵직한 돈주머니를 확인한 라누벨이 싱글벙글한 얼굴로 이상한 질문을 했다.

"용사님. 이제 돌아가나요?"

방금 합리적인 소비를 해서 기분이 좋다.

좋게 타이르기로 했다.

"너, 머리 아프니? 쇼핑은 이제부터 시작이야."

)(

경매는 중반으로 접어들었다.

뺏고 빼앗는 입찰경쟁으로 불붙은 손님들의 씀씀이가 커졌지만, 아직은 지갑 사정이 넉넉한 최적의 타이밍. 이때, 질 좋은 상품이 많이 올라온다. 나도 괜스레 설레고 말았다.

"용사님. 저, 속이 울렁거려요."

라누벨이 옆에서 맥빠지는 소리를 했다.

사람이 사람을 사고판다. 여기에 거부감을 느낀 그녀의 표정은 매우 어두웠다. 그래도 용케 발끈하거나 폭주하지 않고 얌전히 있었다.

솔직히 칭찬해주고 싶을 정도다. 그녀가 지하 5층 깊이의 암시장에서 날뛰면 100% 사망이니까. 생매장 앞에 모두가 평등하다. 용사라도 예외가 아니다.

"조금만 더 참아."

라누벨이 보채지 않아도 오래 있을 생각이 없다.

입찰경쟁이 치열한 중반부가 지나면 손님들의 지갑이 급격히 얇아지는데, 이때부터는 암시장도 손님 사정에 맞춰서 변변찮은 상품만 선보이기 때문이다. 그동안 나도 손가락 빨면서 구경만 하던 건 아니다. 괜찮은 노예가 나오면 찔러보고 포기하길 반복 중이다.

만두 국왕이 챙겨준 돈주머니는 여전히 빵빵했지만, 도덕 선생의 잔소리 때문에 당분간은 이 돈만으로 버텨야 한다.

오늘의 성과는 용병 노예 하나. 나쁘지 않았다.

"슬슬 나갈…."

지정석에서 막 일어서려던 내 움직임이 뚝 멈췄다. 전혀 상정하지 않았던 변수가 등장한 탓이다.

사회자가 외쳤다.

"대륙 최남단의 유명한 숲에서 주운 요정입니다! 보시다시피 정신은 좀 망가졌지만, 외모와 혈통은 확실합니다. 그리고 순결하죠. 우수한 2세를 바라시는 손님이라면 놓칠 수 없는 절호의 기회!"

"오오!"

"오오!"

요정을 빼놓고 판타지를 논하긴 힘들다.

영어로는 엘프(Elf). 인간의 욕망이 집약된 상위호환이다.

평균수명은 은행나무(2000~3000년)에 버금가며, 왕족으로 불리는 순수혈통은 반영구적으로 산다. 뼈다귀처럼 마른 체형과 뾰족한 귓바퀴가 특징이고, 이 귀에 성감대가 몰려있어서 만지면 예민하게 반응…. 음?

유일한 약점은 번식력.

자연법칙에 따라, 수명이 긴 요정은 출산율이 매우 저조하다. 피임약을 항시 복용하는 수준이다. 설상가상으로, 고자와 성직자처럼 성욕마저 낮다. 요정이 고결하다는 착각과 오해는 여기서 나왔다. 그 결과,

딩동!

딩동!

딩동!

상대적으로 높은 번식력과 왕성한 성욕을 겸비한 인간들의 땅따먹기에 패한 요정들은, 서부개척시대의 북아메리카 인디언처럼 깊은 숲속으로 도망쳤다. 그리고 '사냥감'으로 전락했다.

요정이 지구에 살았다면 환경보호단체 그린피스가 지켜줬겠지만, 이 야만적인 세계에는 밀렵꾼만 존재한다.

"용사님. 저 요정, 이상해요."

요정이 출품되고부터 두 눈이 초롱초롱 빛나기 시작한 고고학자 라누벨이 내 귓가에 작게 속닥거렸다. 속이 울렁거린다고 칭얼대던 모습은 온데간데없었다.

우수한 마법사인 그녀도 느낀 게 틀림없다. 저 요정이 특별하다는 것을.

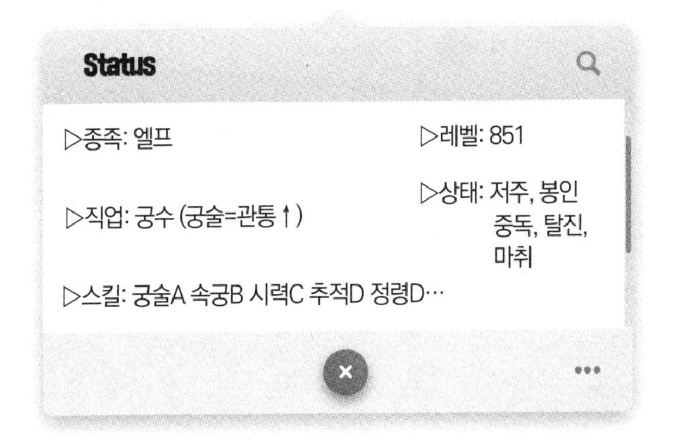

고민할 이유가 없었다.

딩동!

경매에 참여했다. 다른 손님들은 요정의 아름다운 육체와 혈통에 초점을 맞췄다. 하지만 나는 이 요정이 수컷, 고자, 병신, 추녀라도 상관없다. 레벨만 높으면 장땡이다.

851레벨.

마왕 페도나르가 기르는 애완견이랑 동급이다. 이 레벨대면 중급 악마쯤 될까? 우수한 종족 보정과 스킬 등급이 높으니, 약간 더 쳐줘서 중상급 정도….

하지만 현재는 그런 평가들이 무의미했다.

"상태가 아주 종합비타민이네."

헛웃음이 절로 나왔다. 가장 처음에 걸린 '저주'는 악마의 소행일 터. 상급 이상의 강력한 악마에게 패배하면 걸리는 상태 이상이다.

저주는 레벨을 대폭 떨어트린다. 저 요정처럼 800레벨대라면 최대 80레벨까지 낮출 수 있다.

모든 능력 1/10로 감소. 일단 걸리면 살아도 산 게 아닌 셈이다.

저주 뒤에 있는 봉인, 중독, 탈진, 마비는?

이것들은 요정을 생포한 암흑상회에서 반항하지 못하도록 하나씩 다단계로 추가한 게 틀림없다. 사나운 암표범 다루듯이.

딩동!

딩동!

딩동!

입찰경쟁이 치열했다. 하지만 불꽃축제의 폭죽처럼 금방 흐지부지됐다.

손님들은 이 요정의 레벨을 모르기에 지갑을 활짝 열지 않았다. 자신들이 생각하는 합리적인 가격선을 넘지 않는 것이다. 요정이 희귀해서 그나마 비싸게 먹힌 거다. 보통은 젊고 우락부락한 전사를 훨씬 높게 쳐준다.

여긴 야만적인 세계이기 때문이다. 힘으로 모든 걸 대변한다.

아름다운 여자를 돈으로 흥정하는 남자는 겁쟁이다. 힘으로 얻는 자야말로 진정한 사내대장부로 취급된다.

자신이 꼭 강할 필요는 없다. 노예든 용병이든 사병이든 '힘'을 동원해서 상대적 약자의 여자를 빼앗으면 된다.

'용기 있는 자만이 미녀를 얻을 수 있지.'

맞는 말이다.

하지만 힘이 없으면 미녀를 지킬 수 없다. 그렇기에 미녀보다 전사의 몸값이 더 비싼 것이다. 이 얼마나 아름다운 판타지인가?

자! 힘차게 눌러주자.

딩동-!

"또 입찰하는 늑대탈 손님! 셉니다! 이 신사분께 도전하실 분, 더 없으십니까?"

모두가 고개를 젓는다. 보기 드문 미색의 요정임은 인정하지만, 저만한 몸값이면 강력한 전사를 하나 더 고용하는 게 이득이라고 판단한다. 사회자도 이 낙찰가에 대단히 만족하는 눈치.

그가 천천히 초읽기에 들어갔다.

"셋, 둘…."

콰과광-!

바로 그때, 폭음이 경매장을 뒤흔들었다.

출입구 하나가 무너져 내렸다. 자연적인 현상이 아니다.

어두컴컴한 터널에 잠복해있던 경비들로 막지 못할 만큼 강력한 불청객이 암시장을 침입했다는 신호였다. 지하 5층 깊이에 뚫어놓은 터널이 무너지면 꼼짝없이 생매장돼야 정상이지만, 침입자는 그리 호락호락하지 않았다.

터널 붕괴가 거짓말처럼 멈췄다.

꾸물꾸물.

균열이 간 천장에서 사정없이 떨어지던 흙과 바위 등이 살아있는 생명체처럼 움직이기 시작한 탓이다.

'땅의 정령.'

대자연 속에 존재하는 순수한 영혼이다.

땅, 불, 바람, 물, 마음-!

다섯 가지 속성을 하나로 모으면, 마왕 페도나르도 상대할 수 있다고 전해지는 판타지 정신생명체다. 이 정령이랑 친해진 사람은 간단한 부탁만으로 마법사의 마법보다 굉장한 기적을 손쉽게 행사할 수 있다.

바로 지금처럼.

쿠구구구-!

터널은 무너지긴커녕 이전보다 폭이 더욱 확장됐다. 위에서 누르는 막대한 질량의 흙과 바위를 역으로 밀어내서 단단히 굳힌다.

정령 한둘 동원돼선 어렵다. 못해도 수십.

아무나 가능한 정령 친화력이 아니다. 이만큼이나 많은 정령을 능숙하게 부릴 존재라면-.

"요정인가!"

"정령을 부리는 요정이 침입했다!"

"막아! 경비! 경비!"

인간의 상위호환으로 취급되는 요정밖에 없다.

암시장 곳곳에 잠복해있던 경비들이 일사불란하게 움직였다. 손님이 죽거나 다치면 암흑상회 평판에 금이 가기에 총력을 기울인다.

경비들의 평균 레벨은 150. 웬만한 왕국의 기사보다 레벨이 높았다. 그만큼 많은 아수라장을 헤쳐왔다는 증거였으며, 암흑상회에 소속된 경비답게 더욱 독종들만 모아놨다.

반면,

"모두 공격!"

"동족을 구하자!"

침입자는 다수의 요정이었다.

그들은 특수한 누에고치의 실로 짠 얇은 비단을 겹치고 겹쳐서 방어력을 높인 요정 고유의 전투복을 착용하고 있었다.

주로 다루는 무기는 활. 여기에 정령과 검술이 간간이 섞어서 쓴다. 평균 레벨은 200으로, 암시장 경비들보다 높은 편이었다. 하지만 이곳은 적진 한복판이었으며, 수적 열세 또한 치명적이었다.

그런데도 요정들은 전혀 밀리지 않았다.

"정령들이여―!"

소리 높여 외치는 한 여성의 존재 덕분이다. 그녀는 다른 요정들보다 귀가 길었다. 복장은 남들이랑 똑같으나 몸 주위에 흐르는 분위기가 달랐다.

당연히 그럴 수밖에.

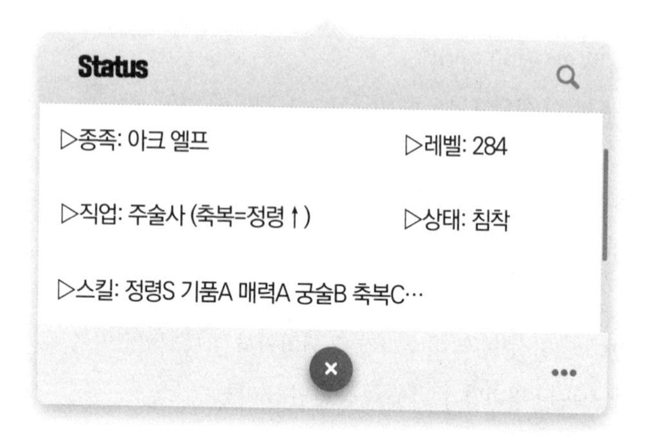

요정 왕족이 누추한 암시장까지 행차했다. 심지어 낯이 익었다.

동족을 구하기 위해 더 많은 동족을 위기로 몰아넣는 이상한 악취미는 1회차랑 똑같았다.

요정왕(妖精王) 실비아.

현재는 공주에 지나지 않지만, 요정왕이 쿠데타로 죽으면서 모험을 그만두고 고향으로 돌아가서 왕위를 계승한다. 미래의 요정왕인 셈.

모험에 동참하기 전이라서 아직은 레벨이 낮았다. 하지만 타고난 혈통인 그녀의 스킬 등급은 전성기 못지않게 매우 높았다.

특히, 정령S가 깡패였다.

“으아아악?!”

“사, 살려줘~!”

“불이야!”

뱀처럼 생긴 불의 정령들이 불을 뿜으며 날뛸 때마다 경비들이 혼비백산하며 비명을 질렀다. 마법으로 어떻게든 대항해보지만, 정령의 숫자가 압도적으로 많았다.

실비아 공주의 호위로 따라온 요정들도 강했다. 뒤편에서 마법 주문을 읊는 마법사를 활로 저격하는 솜씨가 일품이다.

"늑대탈 손님! 이쪽으로!"

그 와중에도 손님들의 대비를 우선시하는 암시장의 직업정신은 눈물겨울 정도였다.

반면,

"용사님. 저희도 구출에 가세할까요?"

그들의 노력을 비웃듯 라누벨이 제안했다.

웅웅—.

라누벨은 마법으로 반투명한 방패를 소환했다. 그걸로 사방에서 튀어오는 불똥들을 부지런히 방어하는 중이었다.

그녀는 겁먹거나 당황한 얼굴이 아니었다. 침투한 요정들을 도와서 암시장을 혼쭐내길 원하는 올곧은 눈빛. 경매가 진행되는 내내 불편해하더니 마침내 폭발한 듯했다. 그 숭고한 정의감은 잘 알겠다.

"너는 대피소에 가서 대기해."

"옛?! 어째서요?!"

말대꾸하지 말라고 그리 일렀거늘.

"구출에 가세한다고? 너 바보니? 우리가 조금 전에 구출한 용병은 어쩌라고? 이대로 죽게 놔둘까? 맙소사! 앞으로 쭉 함께할 동료를 버리겠다니! 너, 그렇게 사는 거 아니다."

"아…."

이미 우리를 뺀 손님들은 전부 피신한 상태였다. 하지만 족쇄를 차서 움직임이 제한된 상당수의 노예가 전투에 휘말려서 허무하게 죽고 말았다.

나는 라누벨의 등을 떠밀었다.

"여기는 용사인 내가 알아서 할게. 너는 새로운 동료랑 대피소에서 기다리고 있어. 돈주머니 잘 지키고."

"우우…. 네."

라누벨은 마지못해 움직였다. 죽긴 싫었던 용병도 순순히 그녀의 보호를 받으며 따라갔다.

그리고 나 혼자 남았다. 계획대로.

"사회자!"

"헉! 손님! 도망치지 않으시고…."

"묻는 말에나 대답해. 저 요정은 내 소유가 맞겠지?"

사회자는 당황한 와중에도 또박또박 대답했다.

"그렇습니다. 선급이 기본원칙이나, 정황상 낙찰이 확실한 손님의 소유가 틀림없습니다. 지금부터 이 요정의 생살여탈권은 늑대탈 손님에게 있습니다. 그러니 함께 대피소로 이동하십시오. 마취약을 먹인 상태라서 반항은 미약할 겁니다."

사회자는 바보가 아니다. 역으로 매우 똑똑한 엘리트에 속한다. 침투한 요정들의 목적이 이 노예란 사실을 눈치챘다. 그리고 전황이 썩 좋지 못하다는 것도 파악했다.

저주와 약물에 찌든 요정을 챙길 틈이 없었다. 그래서 손님에게 떠넘기기로 한 것이다.

"자네, 수완이 좋군."

딱 내가 원하는 대답이었다.

"과찬이십니다."

그 말을 끝으로 사회자는 허리춤의 검을 뽑았다. 무대 위의 광대 같았던 이 남자야말로 암시장의 숨은 실력자였다.

호위가 변변찮은 손님들을 대피소로 옮기는데 전념한 암시장 정예들도 속속 합류하기 시작했다. 나는 미래를 짐작할 수 있었다.

여기서 미래의 요정왕은 생포된다. 그리고 노예로 전락한다.

이 난리를 치고도 그녀는 생채기 하나 없이 이 암시장에 버젓이 출품된다. 화풀이나 능욕 같은 저열한 보복은 당하지 않는다.

상품 가치가 떨어지기에.

그렇게 경매로 벌어들인 수익 일부는 그녀에게 살해당한 경비의 유가족들에게 전달된다.

그것도 나름 좋은 전개이다만….

"안녕. 요정 아가씨."

사건의 발단인 851레벨 요정에게 말을 걸었다.

"당신은…?"

그녀는 몽롱한 상태에서도 나를 단번에 알아봤다. 평범한 인간이 아님을 본능적으로 눈치챈 듯했다.

"단도직입적으로 말하지. 네가 살아있으면 실비아가 항복할 거야. 내 말뜻을 이해했어?"

미래의 요정왕은 전투에서 패배한 게 아니다. 함께 싸운 모든 요정이 죽고 그녀만 건재한 상황에서, 암시장 간부는 이 요정으로 인질극을 실행한다.

부하와 친구들을 죽음으로 몰아넣었다는 죄책감에 빠진 그녀는 전투를 포기하고 붙잡힌다. 그리고 노예로 팔린다.

당사자에게 대충 들은 사연이다.

"…네. 그 아이는 여리죠."

이 요정은 제대로 이해한 듯했다. 정신이 약물과 저주에 찌든 힘겨운 상태일 텐데도, 죽음과 희생을 각오한 초연한 표정을 자아냈다.

죽음이 두려운 나로선 불가능한 마음가짐.

마지막 불꽃처럼 아름답게 타오른다.

나는 요정의 잘록한 허리를 왼팔로 우악스럽게 끌어안았다. 오른손으로는 그녀의 뒷목을 지탱하며 머리를 고정했다.

그리고 깊게 입맞춤했다.

"으음…."

"우읍?!"

탁탁, 힘없는 주먹으로 두드리는 미약한 앙탈이 있었으나 잠깐뿐이었다. 뾰족한 귀 끝을 살살 간지럽혀주자, 그녀는 자동반사처럼 양팔로 내 등을 더듬듯 끌어안으며 호응하기 시작했다.

서로의 혀와 타액을 빨며 깊게 탐닉했다. 난생처음인 듯한 그녀는 서툴렀으나 굉장히 열정적이었다. 덕분에 이 요정의 마음이 깊숙이 전해져왔다.

그녀는 실비아 공주를 걱정하고 있다. 하찮은 자신 때문에 항복하진 않길 원한다. 비참한 노예생활을 잠시라도 경험해보지 않길 바란다. 그 간절한 소망이 몸짓 하나하나에서 느껴졌다.

덕분에 나도 즐길 수 있었다.

정말 고마워.

우득—!

동그랗게 치켜뜬 요정의 두 눈이 사르르 감겼다. 목이 부러진 그녀의 가느다란 팔다리가 힘없이 축 늘어졌다. 레벨을 90%가량 깎는 악마의 저주 덕분에 어렵지 않았다.

나는 마지막 여운을 즐기듯 천천히 그녀에게서 입술을 뗐다. 그리고 바닥에 가지런히 눕혀줬다.

851레벨을 죽였다.

"게임 시스템은 진짜 멋진 병맛이야!"

그리고 방대한 힘이 전해져왔다.

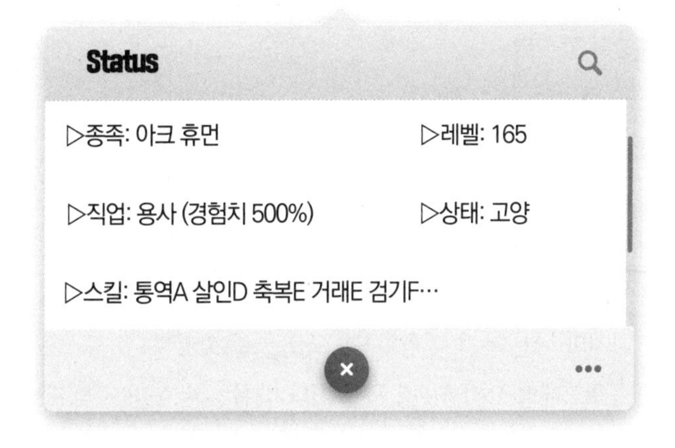

평범한 방식으로 성장했다면 족히 1년은 걸렸을 것이다. 하지만 851레벨을 죽이면서 단숨에 레벨이 폭등했다.

심지어 이 요정은 죽으면서 나를 축복해줬다.

콧노래가 절로 나오는구먼.

"흥~ 흐응~♪"

재능과 혈통 따위 필요 없다. 수단과 방법을 가리지 않고 강자를 죽이기만 하면 너도나도 강자가 될 수 있다.

흠. 죽이려면 약간의 노력과 운은 필요하려나?

아무튼, 누구에게나 기회가 열려있다.

꿈과 희망이 넘치는 아름다운 판타지!

물론, 내가 이길 때만 좋다.

"늑대탈 손님?! 어째서 노예를…!?"

사회자가 경악한다.

비싼 돈 들여서 산 요정을 죽인 이유를 이해 못 한 탓이다. 우리가 이 혼란 속에서 뜨겁게 입맞춤할 때부터 저 얼굴이었다. 그가 당황할 만하다.

"문제없어. 돈은 제대로 줄게."

남들 기준에선 비효율의 극치이기 때문이다.

강력한 851레벨 전사를 죽여서 레벨을 올리기보다는, 회유해서 부하로 거두는 편이 압도적으로 이득이다. 아니, 애초에 암시장에선 이 요정이 851레벨이란 사실조차 몰랐다.

하지만 나는 용사. 경험치 5배 특전을 받고 있다.

즉, 851레벨 요정을 5명 죽인 거나 다름없는 효율. 그리고 아직 끝난 게 아니다. 이 주위에는 '경험치'가 많이 남았….

피융-!

화살촉이 내 뺨을 스치고 지나갔다. 요정 궁수의 소행이었다.

꽤 가까운 거리에서 내가 851레벨 요정을 죽이는 광경을 목격한 시점부터 '적'으로 인식한 것이다.

분노와 슬픔으로 일그러진 예쁜 얼굴.

그 궁수만 화난 게 아니었다.

"네놈이 감히 스승님을…!"

미래의 요정왕이 통곡하듯 절규했다. 죽인 851레벨 요정이 그녀의 스승이었던 모양이다. 정령은 타고나는 부분이 크니, 궁술을 배운 게 아닐까.

전투 중이던 요정들도 나를 노려보기 시작했다. 암시장 경비들이 그들 앞을 막지 않았다면, 일제히 내게 달려들었을 만큼 그 기세가 제법 흉흉했다.

"이거 참…."

스르릉—.

나는 바닥에 떨어져 있는 어정쩡한 검을 주워들었다. 내가 좋아하는 묵직한 대검이 아닌, 양손과 한손 사이의 어중간한 바스타드(bastard) 계열. 하지만 대충 쓰고 버리기엔 딱 적당했다.

현재 내 레벨은 165.

4레벨로 할 수 없었던 일들이 이젠 가능하다.

가령,

"자! 내 꿈을 위해 힘차게 베어볼까!"

나는 받은 만큼 일한다.

요정 공주님이 노예로 전락할 일은 없을 것이다. 히쭉.

팟!

무릎을 살짝 굽혔다가 펴며 도약했다.

그러나 기운 빠지게 165레벨의 육체가 시작부터 비명을 지르며 삐걱거렸다.

레벨이 오르면 조금은 나아질 줄 알았는데, 마왕의 뚝배기 깬 전성기랑 비교하면 4레벨이나 165레벨이나 잔챙이인 건 마찬가지였다. 하지만 이 또한 상대적이다.

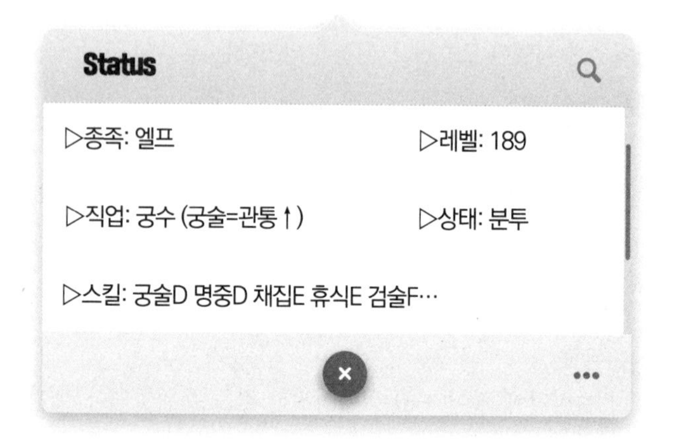

내 뺨에 상처를 낸 요정 궁수의 능력치다. 보유한 스킬들이 매우 어정쩡하다. 심지어 대응도 어설프다. 자기가 쏘면 당연히 맞으리라 생각하는지 거리를 벌리려고 하지 않는다.

요정이 활시위를 놓는다.

피용—.

화살은 일직선으로 돌진해오는 내 급소를 정확히 노렸다. 너무 정직해서 웃음이 나올 지경이다.

이봐. 눈동자 굴리는 게 다 보인다고.

탁! 휙! 탁!

나는 화살을 피하거나 칼날로 쳐냈다. 포물선을 그리며 날아오던 화살이 바람의 정령이나 마법으로 궤도를 틀거나 빨라지는 판타지 속성이라도 가미되면 모를까, 이딴 평범한 화살은 애들 소꿉장난이나 다름없다. 심지어, 예쁜 눈깔로 미리 위치까지 가르쳐준다.

"어, 어떻게…?!"

요정이 믿기지 않는다는 얼굴로 뒤늦게 후퇴했다. 당황하면서도 잽싸게 활대를 버리고 허리춤의 단검을 뽑는 시도가 훌륭했다.

다만, 대응이 잘못됐다.

화르륵!

내 옆구리를 노리는 불의 정령도 포함해서.

나는 치켜든 바스타드를 수직으로 내리그었다.

"히익—?!"

요정이 허겁지겁 단검을 머리 위에 수평으로 들며 막았으나, 온몸의 무게를 실은 내 돌파력을 저지하진 못했다.

정령의 불에 덴 등허리는 무시하고 그러려니 넘어갔다. 뼈와 힘줄만 안 다치면 전투에 전혀 지장 없다.

퍽—.

"일단 하나."

예쁜 머리가 수박처럼 좌우로 쪼개진 요정이 나뒹굴었다.

검술이라고 부를 것도 없었다. 호신용이든 휴대용이든 단검을 선택했으면, 도망치지 말고 이 오빠의 넓은 가슴 쪽으로 깊숙이 파고들었어야 했다. 단검은 장검보다 사정권이 좁으니까. 하지만 이 어여쁜 요정은 거리를 좁히긴커녕 벌리려고 애썼다.

명백한 경험 부족. 인간을 상대로 싸워본 적이 없다는 뜻이다. 아니면 멀리서 우아하게 활쏘기만 해왔던가.

쨍그랑.

나는 그 자리에서 바스타드를 버렸다.

189레벨로 강화된 요정의 두개골을 쪼개는 과정에서 날이 상해버렸기 때문이다. 완전히 못 쓸 정도는 아니지만, 더 좋은 무기를 막 발견한 참이다.

탁!

핏덩이가 된 요정의 손에서 벗어난 단검을 허공에서 낚아챘다.

스틸레토(Stiletto) 계열로, 이 단검은 검신(劍身)이 가늘고 끝이 매우 뾰족한 게 특징이다. 찌르기에 특화된 암살용 무기인 셈.

나는 공성 병기처럼 묵직한 양손 무기를 선호하는 편이지만, 이 스틸레토는 조금 예외였다. 바스타드랑 충돌하고도 날에 흠집 하나 없다. 꽤 공들여서 만든 상등품일지도?

"이놈! 그녀를…!"

직후, 요정 사내가 포효하며 내 뒤편에서 달려든다.

"더한 바보가 있네?"

피부에 닿는 싸한 공기의 흐름으로 진즉 눈치채고 있었지만, 기습할 거면 소리는 지르지 말아야 할 것 아닌가. 양동이나 심리전을 한순간이나마 의심했을 정도로 노골적인 공격이다.

그 습격자의 무기는 검신이 얇고 긴 레이피어(rapier). 비실비실하게 생긴 요정 수컷에게 어울리는 장검이다. 내 취향이랑 완전 정반대지만, 저것도 탐났다.

상대는 오른손잡이. 그래서 나는 왼손에 스틸레토를 쥐었다.

요정이 레이피어로 내 등을 노리며 찔러왔다. 나는 팽이처럼 몸을 회전하면서 스틸레토를 역수로 쥐고 비스듬히 세워서 레이피어의 칼날에 맞댔다.

틱, 티딕!

금속끼리 마찰하며 푸른 불꽃이 튀겼다.

나는 그 상태에서 열차 레일을 타듯 레이피어의 칼끝에서 손잡이까지 스틸레토로 긁으며 거슬러 올라갔다.

그리고 마침내,

"안녕?"

"헉…!?"

땀내 나는 사나이들끼리 진하게 포옹할 수 있는 거리. 단검이 극단적으로 유리한 타이밍이 왔다. 그걸 아는 요정 사내의 시선이 스틸레토에 꽂혔다. 이 단검의 다음 동선을 경계하는 것이다.

진짜 알기 쉬운 친구다.

이 때문에 터져 나오려는 웃음을 간신히 참은 나는, 아까부터 빈손이라 심심한 오른손을 꽉 말아쥐었다. 그리고 힘찬 주먹으로 답례했다.

퍽—.

"꾸엑?!"

내 오른손이 기생오라비처럼 생긴 요정 사내의 갸름한 턱주가리에 정통으로 박혔다. 주둥이가 돌아가고 고개는 위로 젖혀진다. 이 친구의 왼손도 부랴부랴 뭔가 하려고 했던 모양이지만, 거기까지 신경 쓰기엔 내가 너무 바빴다.

덥석.

정신을 놔버린 요정 사내의 모가지를 움켜쥐었다. 그리고 방패처럼 이리저리 움직이며 날아오는 화살과 정령의 공격들을 막아냈다.

푹, 푹, 퍽, 펑, 푹….

이 친구는 레벨이 높아서 엔간한 방패보다 튼튼했으며, 요정 특유의 마른 체형이라 가볍기까지 했다. 게다가 아직 살아있기에 더욱 가치 있었다.

화살 공격이 잦아들었다.

"요정 친구. 내 무기랑 바꾸자."

"컥―?!"

스틸레토를 요정 사내의 복부 깊숙이 꽂았다. 주요 혈맥은 피했으니 쉽사리 죽진 않을 것이다. 왼손에 우정의 증표로 교환한 레이피어를 쥐고, 오른손에는 방금 사귄 친구를 방패처럼 들고 돌격했다.

우리의 우정에 놀란 요정들이 우왕좌왕했다. 아직 살아있는 동족을 공격하는 걸 망설이고 있었다. 그래서 결정을 좀 도와주기로 했다.

레이피어를 휘둘렀다.

"꺄―?!"

"이걸로 둘."

지팡이를 쥔 요정 소녀의 귀여운 머리통이 허공으로 떠올랐다. 그러자 십여 마리의 정령이 전장에서 신기루처럼 사라졌다.

노릇노릇 잘 익은 내 허리의 복수다.

촤아악―!

목의 절단면에서 피가 분수처럼 솟구쳤다.

그리고 바로 옆.

머리가 실종된 귀여운 요정의 피를 뒤집어쓴 예쁜 요정이 친구의 이름을 울부짖으며 횡설수설했다. 나는 그녀의 벌어진 입에 레이피어를 찔러 넣어줬다.

"꺄악—?!"

"노래를 참 잘하네. 셋."

뇌 중에서도 호흡, 심장 박동, 소화 운동 조절 등을 관장하는 연수(延髓)를 헤집어놓았으니 살아날 가망은 없다.

그리고 이 친구도 슬슬 한계에 달했다.

"우리의 짧은 우정은 이만 잊을게. 넷."

우득.

방패로 잘 써먹은 요정 사내의 모가지를 부러트렸다. 과다출혈로 자연사해버리면 경험치가 증발해버리기 때문이다.

우정의 증표로 교환한 스틸레토는 회수하고, 그의 시체는 불의 정령이 내뿜은 화염방사에 활활 타버렸다.

일반적인 시체는 0레벨. 태생부터 튼튼한 종족을 빼고는 방패로 쓸 수 없는 고깃덩어리다. 특히, 요정은 개뼈다귀처럼 약하다.

"저 인간을 죽여!"

"용서 못 해!"

격분한 요정들이 일제히 내게 활과 지팡이 등을 겨누는데, 그건 대단히 경솔한 행동이라고 충고해주고 싶다.

이곳엔 나 혼자만 있는 게 아니다.

암시장 경비원들은 동료의 죽음에도 냉철하게 전투에 임했다. 분노한 요정 공주님이 나를 신경 쓰지 못할 만큼 거칠게 침입자들을 밀어붙였다.

반면, 요정들은 감정에 쉽게 휘둘렸다.

긴 수명을 가진 요정들은 이웃, 동료, 친구 같은 주변인들이랑 수백 년씩 함께하는 탓이다. 그렇게 오랫동안 공동체 생활하면서 가족 같은 분위기가 자연스럽게 형성된다.

이건 장점인 동시에 약점이다.

그리고 현재는 이 약점이 두드러지게 드러났다.

"탈출구를 봉쇄해!"

"늑대탈 손님을 엄호한다!"

"측면 지원을 서둘러!"

암시장 경비들이 밀어붙이기 시작했다. 가족 같은 동료들의 엽기적인 죽음에 냉정함을 잃은 요정들이 빈틈을 마구 보인 결과였다. 요정들이 도미노처럼 줄줄이 무너졌다.

"아아! 이런…!"

마른 지푸라기마냥 픽픽 쓰러지는 요정들의 비참한 최후를 볼 때마다 안타까워서 눈물이 날 지경이다.

"내 아까운 경험치들이…!"

실시간으로 줄어들고 있었다. 그럴수록 요정 공주님의 정신상태도 심각해졌다. 농약 한 사발 들이킨 미친년처럼 정령들이랑 마구 날뛴다. 그런데도 강했다.

레벨을 더 올리지 않으면 오늘이 내 제삿날이 될 터. 소심하게 싸울 때가 아니었다. 손가락 한두 개쯤 잘릴 각오로 임하자.

내 성장은 이제부터 시작이다.

) (

…말이 씨가 된다고 했던가? 정말로 손가락이 싹둑 잘렸다.

위자료로 짭짤한 경험치를 받았다.

"비겁한 놈. 연약한 척하다가 검기를 쏘다니."

나는 맨손으로 칼날 잡기를 시도했다가 잘린 오른손 검지를 흙먼지 속에서 주웠다. 우쭐대다가 손가락 대신 목이 날아갈 뻔했다.

약 10초 전에 싸늘한 주검이 된 가해자의 깨끗한 전투복으로 손가락 절단면에 묻은 흙먼지를 꼼꼼히 닦았다.

톡.

그리고 세심하게 원위치에 붙였다.

살짝 삐뚤어진 것 같지만, 기분 탓일 것이다.

"허억, 헉, 흐읍…. 네놈은 악마냐?"

1회차 때처럼 또 혼자 살아남은 미래의 요정왕이 거친 숨을 몰아쉬며 내게 질문했다. 분노를 넘어서서 질린 얼굴. 진심으로 나를 악마로 착각하는 듯했다.

"피차 몰살시켜놓고 그렇게 말하면 섭섭하지."

내 간섭으로 역사가 바뀌었다.

인질극을 벌이지 못한 암시장 측은 폭주하는 요정 공주님의 항복을 받아내지 못했고, 끝내 전멸에 가까운 타격을 받았다.

이곳에서 150레벨대 인간이 얼마나 많이 죽었는지는, 공주님의 달라진 레벨만 봐도 알 수 있었다.

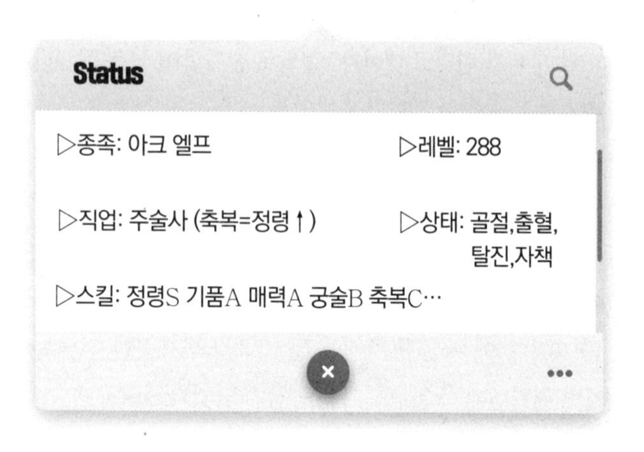

무려 4레벨이나 올랐다.

그리고 나는?

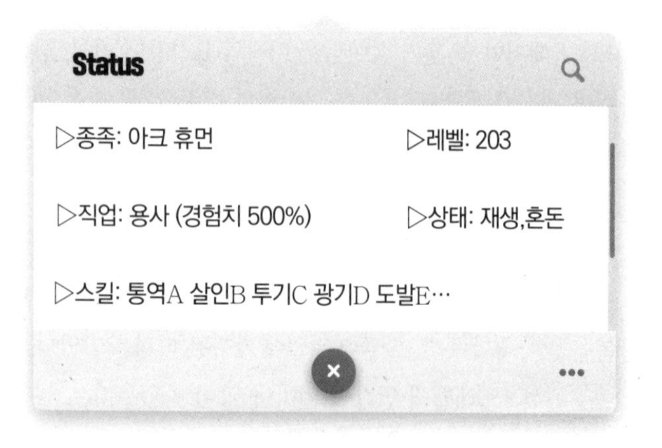

이 암시장에서만 199레벨이 상승했다.

…스킬? 사소한 변수니 신경 쓸 거 없다.

이번에 용사 특전 경험치 5배 효과를 톡톡히 봤다. 평균 200레벨대 요정을 죽일 때마다 레벨이 쭉쭉 오르며 강해졌다.

내 꿈을 위해 경험치가 되어준 요정 친구들의 성원과 협찬에 감사하는 바이다. 이 기세대로 매일 레벨을 올린다면 6개월 안에 마왕 멱살도 잡을 수 있지 않을까!

앞으로 남은 경험치는 하나.

절대 놓쳐선 안 되는 옛 동료였다.

실비아의 상태는 탈진, 골절, 출혈. 그것도 매우 심각한 수준이었다. 암시장 최정예들이 확실하게 그녀의 생명을 깎아놓았다는 뜻이다. 그녀는 이제 한걸음 내딛기도 힘겨운 상황.

하지만 최고의 공격수단은 여전히 유효했다.

“악마! 네놈은 여기서 나와 함께 죽는다! 땅의 정령들이여!”

요정 공주가 격렬한 목소리로 외쳤다. 그녀는 자신을 따라왔다가 죽은 동료와 친구들의 주검을 버려두고 도망칠 생각이 없는 듯했다.

요정 시체는 제법 비싸게 거래된다. 처녀가 ‘순결’을 상징하듯이, 요정의 피와 뼈는 ‘영원’의 의미가 담긴 마법 촉매로 자주 쓰인다. 정육점 고기처럼 해체된 채로.

인간혐오에 찌든 실비아가 그걸 모를 리 없었다.

그래서,

“여기를 우리 모두의 무덤으로 만들 생각인가? 웃기는군. 이 개미지옥으로 동료와 친구들을 초대한 건 너잖아. 안 그래?”

이 공주는 땅의 정령으로 암시장을 함몰시킬 계획이었다.

자신도 함께.

"악마! 네놈 때문이야! 네놈만 없었어도 이렇게 되지 않았어! 우리가 이겼을 거라고! 이기면 문제없었어!"

"패배할 각오도 없이 동료를 끌어들이지 마라. 민폐니까. 그리고 아까부터 계속 악마라고 우기는데…."

나는 그녀에게 천천히 다가갔다.

요정들의 새빨간 피로 물든 늑대탈을 벗었다.

두두두, 뚝–.

암시장을 무너트릴 기세던 땅의 정령들이 파괴를 멈췄다. 요정 공주가 간절히 부탁해도 꼼짝하지 않았다.

친구인 그녀가 죽는 게 싫어서?

그렇지 않다.

"어째서 이 악마를 감싸는 거야–?!"

실비아가 미지(未知)의 상황에 혼란스러워했다.

절대적으로 신뢰해온 정령들의 배신.

그 때문에 넋을 놔버린 요정 공주님의 심장에, 나는 스틸레토를 자연스럽게 꽂아줬다. 그런 후, 이유를 가르쳐줬다.

"정령은 말이지, 친구라면서 살인기구처럼 부려먹는 네년의 거짓된 우정보다 용사님을 훨씬 중요하게 생각해."

정령들은 자연을 사랑한다. 그 자연을 지키려면?

용사님이 마왕 페도나르를 토벌해주지 않으면 안 된다. 그전에 생매장으로 죽어선 정말 곤란하다.

"용사…?"

실비아가 두 눈을 부릅뜨며 되묻는다. 내가 농담이라고 해주길 바라듯이.

"3번째는 만나지 말자. 실비아."

털썩.

미래의 요정왕은 용사님의 발판이 되었다.

영광으로 알도록!

)(

▷당혹: 그래서 요정들을 몰살시켰다고요? 분노와 복수가 결합하면 잔인함이란 딸을 낳는다고 했습니다. 딸은 성가시고 어려운 존재죠. 선은 납처럼 무겁고, 악은 깃털처럼 가볍습니다. 이래선 마왕을 쓰러트려도 졸업하기 힘들 것 같은데요.

억울합니다! 존경하는 도덕 선생님!

저 난폭한 요정들이 먼저 절 공격했다고요!

▷판결: 인내는 평화를 거두어들이고 성급함은 후회를 거두어들입니다. 참았으면 좋게 해결되지 않았을까요? 인내와 세월은 힘이나 분노보다 더 많은 것을 할 수 있습니다. 강한수 학생. 서두르지 말고 주위를 차분히 돌아보세요. 무엇이 보이나요?

…경험치?

검왕 알렉스를 이젠 죽일 수 있을 것 같습니다.

▷당황: 약한 동료를 경험치로 보지 마세요! 거인의 어깨 위에

앉은 난쟁이는 거인보다 더 멀리 보고, 교황과 농부가 뭉치면 교황 혼자보다 더 많은 것을 알 수 있습니다. 상대가 마음에 안 들더라도 웃는 얼굴로 화합을 다져보세요. 숙제입니다.

도덕 선생님은 어려운 숙제를 내주고 떠났다.

이번에는 이틀 뒤에 온다나?

"그동안 고민 좀 해봐야겠는걸…."

"뭘요?"

내 혼잣말을 주워들은 라누벨이 고개를 갸웃하며 묻는다.

"라누벨. 너야말로 여기서 뭐 하니?"

"저요? 용사님 보좌요!"

"내가 암시장 뒷수습을 맡긴 거로 기억한다만. 요정들의 시신을 고향에 보내는 작업만 해도 그리 간단치 않을 텐데."

요정의 시신은 마법 소재로 쓰임새가 많다. 그 암시장에 그냥 놔두면 누군가 정육점 고기처럼 부위별로 발라서 마법사들에게 비싸게 팔아치울 것이다. 이것만은 막아야 했다.

고생은 내가 했는데 남이 먹게 놔둘 순 없지!

이 문제를 해결하기 위해 꽤 머리를 굴려야만 했다.

함께 싸워준 암시장 전우들의 유가족도 챙기지 않으면 안 됐다. 그 많은 요정 시신을 지하 5층에서 왕궁까지 옮기는 것도 일이다.

그래서 가진 돈주머니의 금화를 활짝 풀어서 요정들의 시신을 저렴하게 매입하는 방향으로 진행했다. 암시장 관계자에게 운반비를 지급해서 왕궁까지 안전하게.

"요정왕이랑 협상은 어떻게 됐어?"

"마법구슬로 자초지종을 이야기해서 잘 풀렸어요. 요정 나라 사절단이 왕국에 조만간 방문하기로 했답니다. 용사님이 강력하게 주장하신 대금도 같이요."

"그래. 그게 가장 중요하지."

암시장에서 요정 시체를 인수하기 위해 돈주머니를 탈탈 털었다. 누군가 다시 채워주지 않으면 진짜 곤란하다.

세상을 구할 용사라고 해서, 마을이나 도시 주민들이 공짜로 재워주고 입혀주지 않는다. 힘들고 지친 여행자를 상대하듯 바가지나 안 씌우면 다행이다. 여행자금이 없으면, 소설이나 만화 속 용사처럼 용병업이라도 뛰어서 품팔이하지 않으면 굶어 죽기 딱 좋다.

판타지 3일 차. 모두가 내 레벨을 착각하고 있다.

4레벨로.

그렇기에 요정왕도 자기 딸이 용사에게 덤볐다가 역으로 살해당했다고는 전혀 상정하지 못했으며, 암시장 경비도 전멸하면서 내 활약을 기억하는 자는 아무도 없었다.

양패구상(兩敗俱傷)으로 라누벨도 알고 있다.

"이봐, 용사. 장의사로 전업했다는 소문이 파다하던데."

…이런 소문은 정말 사소한 문제다.

왕궁전용훈련장에서 왕궁기사들을 가르치던 알렉스가 나를 발견하고는 유치하게 도발해왔다.

이틀 뒤에 여기서 신고식이 있을 예정이다. 그날을 고대하는 모양이다.

너두? 나두!

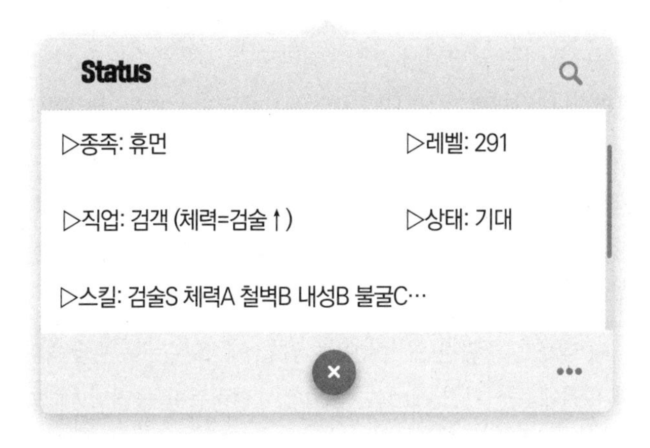

검왕 알렉스는 타고난 전위(前衛)다. 영어로 탱커(Tanker).

사람들은 세상을 벨 수 있는 검술이 있어야만 대단한 검사라고 착각하는데, 전장에서 실질적으로 원하는 검사는 아군을 지켜주면서 오랫동안 많은 적을 벨 수 있는 자다.

알렉스가 훗날 '검왕'이라고 불리게 되는 이유는, 철벽처럼 아군을 보호하는 선에서 끝나지 않고 단독임무도 가능했기 때문이다. 적진 한복판에 떨어져도 고립되지 않고 유유히 돌아올 수 있는 검술과 맷집을 보유하고 있었다.

검왕의 상위호환이 '용사'다.

"맞아. 장의사로 전업했지. 알렉스, 네 관을 짜기 위해."

"…주둥이로는 마왕도 잡겠군."

"글쎄."

내 1회차 경험을 반추하자면, 분하게도 마왕 페도나르가 나보다 입담이 세다. 주둥이 배틀에서 완패했다.

이번에는 꼭 이기고 말리라!

"용사. 이틀 앞당겨서 오늘부터라도 지도해줄 수도 있다. 하루 빨리 내게 사과받고 싶다면 시장이나 기웃거릴 때가 아닐 텐데?"

"안 급하니 꺼져."

훈련을 시작하면 레벨이 들통난다. 요정왕이 나를 의심하는 전개만은 피하고 싶다. 겉으로는 4레벨처럼 행동하지 않으면 안 된다.

내 레벨은 조만간 알리바이를 만들 예정이다. 깊은 숲속의 고대 유적에 들어가서 레벨을 올렸다고, 얼렁뚱땅 둘러댈 때까지만 숨기면 된다.

'나도 제법 성장했는걸?'

도덕 선생의 가르침을 실천해냈다. 성실하게 '인내'하고 있다.

예전의 나였으면 울컥해서 벌써 알렉스의 멱을 땄을 텐데, 그의 도발을 '물'처럼 흘려버리는 경지에 이르렀다.

나는 어쩌면 천재가 아닐까?

"용사님. 그래서 오늘은 뭘 하실 거예요?"

라누벨이 경계하듯 묻는다. 어제 암시장이 그만큼 충격적이었던 걸까? 이해하기 힘들었다. 시체로 산을 쌓은 것도 아닌데.

"새로운 동료랑 친분을 다져야지."

"아…. 그 용병분."

요정들 문제로 어제부터 계속 깜빡하는데, 원래는 내 경험치로 치환될 예정이었던 노예 하나를 살려서 왕궁까지 데려왔다.

"건강은 좀 회복했어?"

약한 동료를 경험치로 보지 말라는 도덕 선생의 경고도 있어서, 여행 짐꾼으로라도 쓸 계획이다.

1회차에서는 고대문명의 유산이나 전설의 유적을 찾는답시고 판타지아 오지까지 탐험했었지만, 이번에는 시간을 허비해가며 이곳저곳 돌아다닐 생각이 없었다. 내게 필요한 곳만 골라서.

"네! 노예가 아닌 용사의 동료가 된다는 말을 듣고부터 의욕이 엄청나요! 왕궁주방장이 식겁할 정도로 먹어대면서 빠르게 체력을 회복하는 중이랍니다!"

"그거 다행이군."

286레벨에 어울리는 회복속도다.

판타지에서 서바이벌 형식으로 제공하는 레벨 효과는 엄청나다. 롤플레잉게임 같이 원하는 능력치를 선택해서 집중적으로 올릴 수 없는 대신, 전반적인 상승효과가 있다.

수명, 내성, 민첩성, 힘, 재생력, 오감, 마력….

전부 나열하자면 끝도 없다.

'하! 진짜 생각할수록 열 받네. 내가 10년 동안 올린 레벨이 회귀 한 방에 초기화되다니.'

이번 회귀는 나에게 확신을 심어줬다. 판타지는 결국 판타지. 교직원 일동이나 그 배후가 마음만 먹으면 언제든지 내 레벨과 스킬을 초기화할 수 있다는 사실을 확인했다.

마법, 마술, 무공, 정령, 각인, 축복….

용사의 경험치 5배 특전을 받는 내가 조금만 노력하면 얻을 수 있는 판타지 스킬들. 그 전부가 '내 것'이 아니었다. 초월적인 누군가 개입하면 사라질 허구(Fantasy).

과학만이 유일한 진실이고 힘이다.

앞으로는 장비 수집과 의존도 또한 대폭 낮출 생각이다. 지구로 돌아갈 때 압류되면 의미 없기 때문이다. 용사 전용무기인 성검(聖劍)도 포함해서.

마왕을 쓰러트리고 지구로 귀환하는 모든 용사에게 휴대용 핵무기를 쥐여줄 리 없었다. 지구를 부술 의도가 아니라면.

"흠! 생각보다 갈만한 곳이 별로 없네…."

판타지 세계에서 판타지를 제외하면 남는 게 별로 없었다.

과학기술은 모든 분야에서 지구가 압도적이다. 그나마 있는 과학마저도 여기선 '마도공학'이라고 하여, 과학과 마술을 섞은 족보불명의 퓨전이 주류다. 내가 추구할 힘은 아니다.

"용사님. 오늘은 어디 가시는데요?"

라누벨이 깜찍하게 목소리를 깔며 묻는다.

귀여운 척하지 말라고 지적하기도 지친 나는 머릿속으로 목적지까지의 거리를 계산해봤다.

"…하루 만에 다녀올 수 있는 거리가 아니야. 왕국의 공간이동 마법진을 이용해서 거리를 좁혀도 이틀. 오늘부터 여행 갈 채비를 서둘러야 해. 요정 나라 사절단에게 대금을 받자마자 출발한다."

두 발로 걸어서 이동할 생각은 추호도 없었다. 교통비가 좀 들더라도 빠르고 편안하게 갈 생각이다.

비룡, 마차, 공간이동 마법, 대형범선, 마도열차….

찾아보면 여기도 교통수단이 은근히 많다.

이것들의 가장 큰 장점은?

안전한 마을 밖으로 나와서 위기를 자초한 마을주민이나, 수상한 무리 등에게 발목 잡힐 확률이 대폭 낮아진다.

돈으로 시간과 안전을 살 수 있다. 그것이 내 지론이다.

"먼 거리면 국왕 폐하의 윤허가 필요할 듯한데요."

"해줄 거야. 만두 국왕이 원하는 것쯤은 잘 알거든. 일을 마치자마자 꼭 돌아온다고 약조하면 순순히 허락해줄 터. 감시자로 알렉스가 따라올지는 미지수지만."

"유적인가요?"

"아니. 위대한 존재를 만나러 간다."

위대하고 위대하며 위대한 존재다.

내 정신적인 스승이 술집 바텐더 토니라면, 찾아뵈려는 존재는 물리적인 힘의 스승이다. 우리는 정말 우연히 만났다.

"고룡(古龍)…?"

"그런 나잇값 못하는 날도마뱀이랑 비교하는 건 그분께 실례다. 너는 그렇게만 알고 있어."

"헤에~"

라누벨이 흥미로운 눈길로 나를 바라본다.

"…왜?"

"용사님이 누군가를 존경한다는 게 신기해서요. 뭐든 다 안다는 식으로 남을 깔보시잖아요."

"깔볼 만하니 깔보지."

판타지 야만인들을 존중하라는 게 억지다. 황족, 왕족, 귀족, 대상인 등도 예외는 아니다. 잘난 마법으로 수세식 변기도 개발하지 않고 더럽게 사는 자들을 동등하게 바라볼 수 있겠는가?

못 하는 게 아니다. 이들은 불필요하다고 느껴서 안 하는 것이다. 문명이 아닌 문화의식의 차이다.

우리는 이후에 여행준비품목에 관해서 이야기했다. 하지만 내가 주도적으로 나설 필요는 없었다. 유명한 유적과 고대신전 등을 찾아다니는 고고학자 라누벨은 여행에 매우 익숙한 까닭이다.

신탁을 받은 '용사의 동료 1호'답다.

상습적으로 귀여운 척하지 않으면 더 좋을 텐데.

"용사님. 폐하께서 찾으십니다. 요정 나라 엘브하임의 사절단이 막 도착했다고 합니다."

그때, 빠른 걸음으로 다가온 왕궁기사의 보고.

아직 하루도 안 지났는데, 요정 나라의 사람이 도착했다. 고귀한 공주님이 사망했으니 당연한 걸까. 나로선 기다릴 필요가 없어서 좋았다.

"만두-큼! 영명하신 폐하의 뜻대로 알아서 처리하시라고 전해줘. 나는 돈만 받으면 돼."

"사절단에서 용사님을 뵙길 청하고 있습니다."

"거절해달라고 해."

이러면 만두 국왕이 빵긋할 것이다.

"그게 좀 어려울 것 같습니다. 사절단에 엘브하임 제1 왕자가 동행하는 바람에…."

"미친."

더럽게 센 중간보스가 나를 부르고 있었다.

안 갈 수가 없었다.

)(

아크 엘프(Arch-Elf). 요정 왕족은 이론상 영원히 산다.

안티에이징(Anti-aging)은 모든 요정의 기본 옵션이고, 레벨이 조금만 높아져도 질병에 완전면역이 되기에 타살(他殺) 외에는 죽을 일이 정말 없다. 심지어, 이 왕족을 죽일 수 있는 강자도 이 세계에 별로 없다. 레벨의 특성 때문이다.

한 번 올린 레벨은 세월이 흘러도 내려가지 않는다.

특수한 힘의 작용으로 빼앗기거나 잃는 경우는 종종 있지만, 자연적으로는 절대 하락하지 않는다.

그리고 요정 왕족은 영원히 산다.

이게 무슨 연관이냐?

경험치가 퇴적층처럼 쌓이면서 영원히 강해진다는 뜻이다.

물론, 스킬은 세월에 묻혀서 사라지거나 등급이 하락하기도 하지만, 꾸준히 연마하면 이것도 레벨처럼 꾸준히 올라간다.

그래서 이런 괴물도 탄생한다.

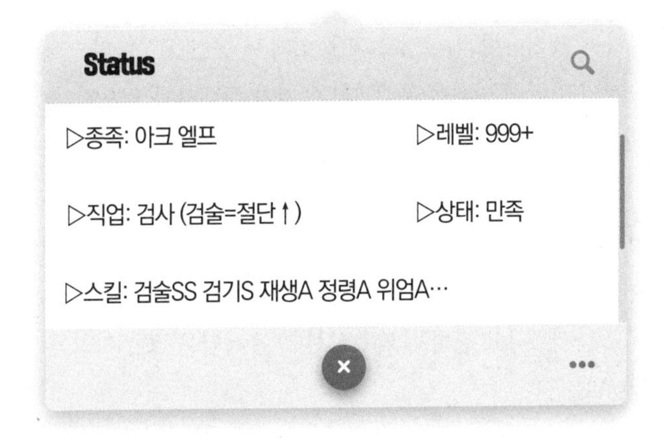

용사 특전으로 파악 가능한 능력치 한계선은 999레벨까지다. 레벨이 그것보다 높으면 저렇게 플러스로 표시된다.

1000레벨도 999+

5000레벨도 999+

그래서 이때부터는 운과 감에 의존해서 상대의 전투력을 추측하는 수밖에 없다.

이 '보이지 않는 레벨'을 경계한 나는, 주위의 무성한 소문만 믿고 긴 시간을 수련과 모험에 투자했다.

하지만 마왕 페도나르는 내 예상보다 한참 약했다.

당시에 내가 체감한 위험성으로 따지면, 이 잘생긴 요정이 훨씬 위였다. 마왕처럼 제대로 준비하고 싸운 상대가 아니었던 탓이다. 그렇기에 나는 '중간보스'라고 명명했다.

그 이력은 아래와 같다.

현직 요정왕이 쇄국정책(鎖國政策)을 펼친다.

판타지아 중앙대륙을 차지한 인간들이랑 교류하지 않고, 요정나라에 틀어박힌 채 고립된 길을 수백 년 동안 고수했다.

그리고 이에 반감을 품은 제1 왕자가 쿠데타를 일으킨다. 그는 부친을 살해하고 왕위를 계승한다. 이름이 아마….

"나서스라고 합니다. 소문이 자자한 전설의 용사님을 뵙게 되어 무한한 영광입니다. 또한, 제 여동생과 동포들의 몸을 지켜주셔서 뭐라고 감사드려야 좋을지…. 아! 왕자라는 딱딱한 호칭은 빼고 나서스라고 편히 불러주십시오. 용사님은 그럴 자격이 있으십니다."

…무척 호감 가는 인물이다.

모든 요정이 실비아처럼 난폭한 건 아니다.

"만나서 반갑습니다, 나서스. 우리의 만남처럼 인간과 요정이 화합하는 아름다운 세상이 되길 간절히 기원합니다."

"저야말로 바라는 바입니다."

"건배!"

"하하하!"

중간보스랑 친해져서 나쁠 거 없잖아?

오늘도 나는 도덕 선생의 가르침을 잘 실천했다.

"저의 조국 엘브하임은 천천히 멸망으로 향하는 중입니다. 유감스럽게도 현 요정왕께선 눈과 귀를 막고 인간 여러분을 여전히 얕잡아보고 계십니다. 영원히 산다는 건 축복인 동시에 저주입니다. 방심하는 순간, 자신의 시간이 멈췄다는 사실조차 인지하지 못하게 되니."

"고생이 많으십니다."

"아차! 용사님 앞에서 추한 모습을 보여드렸군요. 흥에 취해서 과음한 모양입니다."

"괜찮습니다. 하하!"

나는 이 요정 왕자가 점점 마음에 들었다.

레벨, 외모, 능력, 안목, 철학, 예의….

무엇 하나 흠잡을 구석이 없었다. 지구의 현대인이 환생해서 빙의했다고 말해도 믿어질 정도로 신사적이다.

현 요정왕은 옹이구멍이 틀림없다. 나서스 왕자가 쿠데타를 일으킨 이유는 후계자 책봉 때문이었다. 요정왕이 제1 왕자를 놔두고 막내딸을 다음 왕으로 지목했다.

실비아가 왕의 재목이었느냐? 절대 그렇지 않다.

통치자의 덕목인 제왕학은 아예 배우지도 않았고, 놀기 좋아해서 왕국 밖을 싸돌아다니기 일쑤였다.

책봉 당시의 레벨은 중급 악마에게 털릴 수준이었는데, 자기보다 약한 인간이 "예쁜이. 우리랑 놀자."라고 말하면, 산 채로 태우는 잔혹한 성격의 나르시시스트(Narcissist)였다. 그 결말이 이거다.

"실비아에게 인간을 얕보지 말라고 몇 번이나 얘기했었습니다. 하지만 그 아이는 늘 콧방귀만 꼈지요. 언젠가 이런 날이 올 줄은 예상했었지만, 실제로 겪으니 슬프군요."

나서스 씨. 당신 상태는 '만족'입니다만?

현 요정왕은 자기를 닮아서 인간혐오가 정신병 수준인 막내딸 실비아를 무척이나 아꼈다. 우수한 장남에게서 왕위계승권을 빼앗을 정도로. 스스로 불화를 자초한 셈이다.

"상심이 크시겠습니다."

"그 아이의 죽음이 엘브하임의 미래가 될 것 같아서 두려울 따름입니다. 용사님께서 많이 도와주십시오. 저희도 용사님이 마왕 페도나르를 쓰러트리실 수 있도록 지원을 아끼지 않겠습니다. 이것은 저의 애검 엔드미온입니다. 왕국의 3대 비보 중 하나이오니, 성검을 얻으신 후에 돌려주십시오."

나서스가 허리춤에 찬 보검을 내게 넘겨줬다.

비실비실한 요정에게 어울리지 않는 묵직함이 느껴지는 바스타드였다. 쓸데없이 가벼운 성검보다 마음에 들었다.

"…당신의 성의를 잊지 않겠습니다."

정말로 잊지 않겠다!

엘브하임 3대 비보 정령검(精靈劍) 엔드미온.

1회차 때, 실비아 공주를 도와서 나서스 왕자를 쓰러트리고 그녀를 왕위에 올려주고도 얻지 못했던 명검이다. 그런데 이렇게 쉽게 얻을 줄이야!

진정한 왕의 그릇은 이렇게나 달랐다. 그래서 살짝 미안해졌다. 엔드미온을 돌려줄 마음이 없으니까.

우리의 우정과 신의를 어기겠다는 건 아니다.

나서스 왕자는 성검을 획득하면 엔드미온을 돌려달라고 했는데, 나는 마왕의 뚝배기를 깰 때까지 성검을 얻을 계획이 없었다. 이거면 마왕을 썰기엔 충분하다.

"용사님께서 마음에 드신다니 다행입니다."

"무척이나."

스르릉—.

푸른 용의 가죽으로 만든 고풍스러운 검집에서 정령검 엔드미온을 조심스럽게 뽑아봤다. 청아한 정령의 기운이 꽃향기처럼 진하게 전해져왔다.

나는 앙탈이 심한 마검(魔劍) 계열이 자극적이라서 더 좋지만, 이런 청순한 맛도 싫어하진 않는다. 내 취향대로 천천히 길들이면 되니까. 우리는 좋은 한 팀이 될 것 같은 진한 예감이 들었다. 그렇지?

부르르….

정령검 엔드미온도 동의하듯 떨었다. 깜찍한 녀석.

"그나저나, 용사님은 힘이 굉장히 좋으시군요. 4레벨로 엔드미온을 들기 버거우실 줄 알았는데."

"…제가 원래 좀 셉니다."

"역시 용사님이십니다. 하하!"

"하하하!"

그 순간, 나는 깨달았다. 나서스 왕자가 내 레벨을 대충 눈치챘음을. 어쩌면 여동생 실비아를 죽인 인간이 용사라는 것까지 짐작했을지도 모른다. 이걸 시험해보려고 왕국의 보물을 넘겨준 걸까?

그렇다면 정말 무서운 자다.

내가 물욕에 약한 건 어떻게 알고….

담소가 끝나자마자 사절단은 귀국길에 올랐다. 예쁜 머리가 좌우로 쪼개진 딸의 시신을 보고 발광하는 심약한 요정도 있었지만, 나서스 왕자의 훌륭한 지휘 아래에 시체인수가 무사히 마무리됐다. 대단히 만족스러운 거래였다.

빈손으로 재시작한 나는 3일 만에 풍족해졌다.

빵빵한 여행자금.

204레벨.

정령검 엔드미온.

덤으로 짐꾼과 고고학자.

국왕까지 달달 볶아서 여행준비를 신속하게 마친 훌륭한 용사와 그 외 잡것들은 신나는 모험 길에 올랐다!

위대한 존재가 사는 마을로.

) (

여행은 굉장히 쾌적했다.

출발하기 직전에 알렉스가 위험하다고 반대해서 잠시 지체되긴 했지만, 녀석이 손꼽아 기다리는 신나는 오리엔테이션은 열흘 뒤에 갖기로 합의했다.

걸어서 이동했으면 족히 1년은 걸렸을 먼 거리. 하지만 공간이동 마법진이란 사기적인 교통수단은 이 시간을 극단적으로 좁혀줬다. 1년이 1초로 단축됐다. 이 기술만은 어떻게든 지구에 도입하고 싶을 정도다.

공항에 여러 항공편이 있듯이, 공간이동 마법진도 '마법사의 탑'이란 공공시설에서 돈을 주고 이용한다.

짧게 줄여서 마탑(魔塔). 어째서 탑일까?

내 1회차 동료였던 '현자'는 이렇게 대답했다.

마법사는 연구비와 희귀재료가 많이 필요한 직업이다. 아무리 천재라도 이론만 빠삭해선 한계가 있기 때문이다. 실험을 통해서 검증하지 않으면 다음 단계로 넘어갈 수 없다.

그래서 필연적으로 후원을 많이 받아야 하고, 물자가 풍부한 영지나 국가에 소속되어 고임금을 받으며 생활할 수밖에 없다.

여기서부터 문제가 생긴다. 마법사와 도시는 물과 기름처럼 안 맞는 탓이다. 그 이유는,

1) 마법이 폭발하면 위험하다.
2) 밖이 시끄러워서 집중이 안 된다.
3) 매연이 별을 가린다.
4) 좀도둑을 신경 써야 한다.

5) 마력의 순도와 밀도가 떨어진다.

그 밖에도 많지만, 이 5가지가 대표적이다.

하지만 전폭적인 후원을 못 받으면 연구 자체를 못 하기에, 고대의 마법사들은 도시에서 살아갈 방법을 고심했다.

그리고 나온 해결책이 높은 탑이었다. 고층아파트의 장점이랑 비슷하달까. 모든 문제가 단번에 해결됐다.

판타지 세계의 건물들은 대도시라도 3층을 넘기지 않는다. 그 한복판에 10층 높이의 탑을 올리면 그 꼭대기는 외부랑 단절된 마법사만의 사적인 공간이 된다. 방구석 폐인이 완성되는 것이다.

"그리고 여자를 만날 기회도 없어져서 필연적으로 동정 대마법사가 되지…."

"저희 마탑을 방문해주셔서 감사합니다~♪"

"…꼭 그렇지도 않은 모양이지만."

나긋나긋한 미모의 아가씨가 우리를 환대해줬다. 검은색 고깔모자와 짧은 치마가 마녀(魔女)를 연상시켰다.

하지만 그 복장은 어디까지나 상업적인 서비스일 뿐. 그녀는 공간이동 마법진 이용객을 받는 접수원이다. 마법진을 가동해줄 마법사는 뒤편에서 뒷짐 지고 흐뭇하게 바라보고 있었다. 우리가 아닌 접수원의 허벅지를.

대마법사의 경지에 '현자'밖에 오르지 못한 이유를 알겠다.

"신분을 증명할 만한 물건을 제시해주세요~"

판타지 세계에서도 여권 같은 게 필요하다. 현상수배범이나 적대국 밀정을 국외로 탈출시킬 순 없기 때문이다.

"여기. 폐하의 인장과 허가증이다."

우리는 만두 국왕의 친필 서한으로 확인절차를 대폭 생략했다. 심지어 대기번호조차 없었다. 이것이 바로 권력과 자본의 힘이다.

"마법사님? 마법사님…!"

"…음? 어흠! 그, 그래. 어디로 보내면 된다고?"

"어휴! 집중 좀 해주세요. 또 이러신다."

"미안하다. 미지의 심연에 대한 고찰에 빠져서…. 마법 얘기다. 흠흠! 사과의 뜻으로 일 끝나고 케이크를 사주마."

"와! 약속하신 거예요, 마법사님!"

"물론이고말고!"

범죄의 향기가 나는 마법사였다. 하지만 나로선 공간이동 마법만 제대로 발동해주면 아무런 문제 없었다.

마법사가 약속의 주문을 외웠다. 마법진이 환하게 빛나고….

번쩍!

우리는 1년이란 시간과 거리를 단축했다. 여행길에 필연적으로 마주칠 귀찮은 사건들로부터도 해방됐다. 진짜 마음에 드는군.

"…저기, 용사님."

"왜?"

"여행이 여행 같지 않아요."

라누벨이 옆에서 입술을 삐죽 내밀며 칭얼댔다. 이 거슬리는 계집애가 생활마법과 요리에 능통하지 않았다면 무조건 떼어놓고 왔을 것이다.

1회차에서 라누벨이 생매장으로 탈락한 첫날은 기분이 날아갈 듯 좋았지만, 이틀째부터 불편함이 이만저만이 아니었다.

게임과 현실은 엄연히 다르다.

용사를 가장 힘들게 하는 존재는 강력한 악마 따위가 아니다. 숙면을 방해하는 풀벌레와 불청결한 위생시설이다. 과장 하나 안 보태고 통계를 내보면, 마왕 페도나르가 보낸 심야의 암살자보다 모기들이 내 피를 더 빼앗았다.

바로 이때, 라누벨이 빛을 발한다.

그녀의 생활마법은 이런 잡다한 불편함을 해소해준다. 완벽히는 아니더라도 현대인의 감성으로 견딜 수 있는 수준까지. 딱 능력만 마음에 든다.

"라누벨. 너는 내 돈 주고 편하게 오는 것도 불만이니? 왜? 숨 쉬는 것도 편해서 싫다고 하지 그러냐."

"우우…."

입술이 붕어가 된 라누벨은 바로 찌그러졌다. 그러자 오른손에 창을 든 덩치 큰 짐꾼이 그녀를 옹호하듯 앞으로 나섰다.

"저는 라누벨 양의 말도 일리가 있다고 봅니다. 이렇게 단번에 와버리면 레벨과 스킬을 올릴 기회가 없습니다."

"너에게 안 물었어. 닥쳐."

"……."

자기가 정말로 전설의 용사님 동료가 된 줄 착각하는 짐꾼도 조용히 시킨 나는 주위를 둘러봤다. 내가 판타지 세계로 납치되자마자 보았던 전경이랑 비슷했다.

발밑에 거대한 마법진이 있고, 외곽에는 혹시 모를 비상사태에 대비한 경비병들이 선 채로 꾸벅꾸벅 졸고 있다. 그리고 왕국과 가문의 깃발이 보였다. 동맹국의 마탑에 무사히 도착했음을 시사해줬다.

공간이동 마법 자체는 이동시간이 없어서 편하지만, 목적지까지 한 번에 가는 직항은 없다.

A마탑에서 B마탑으로.

미리 약속된 촉매로 연결된 마법진끼리만 이동된다.

공항에 도착하면 공항버스나 지하철 등을 이용하듯이, 우리는 지금부터 다른 교통수단을 이용해야 한다.

"라누벨, 짐꾼. 따라와."

입국절차를 빠르게 마치고 마탑 밖으로 나왔다.

북적북적한 도시 거리. 내 기억 속에 있는 풍경이었다.

"용사님. 저, 여기 와본 적 있어서 지리를 잘 알아요! 용병중개소는 저쪽이에요!"

라누벨이 아는 척했다. 고고학자인 그녀는 여기저기 많이 가본 길잡이였다. 판타지아 중앙대륙의 모든 도시와 명소를 빠삭하게 알고 있다.

하지만 나는 시큰둥하게 반문했다.

"거길 왜 가냐?"

"예? 그야, 목적지 근처로 향하는 상단이 있을지도 모르잖아요. 상행도 돕고, 마차도 공짜로 얻어타고, 산적을 물리치고, 명성도 올리고, 돈도 벌고, 사람도 사귀고, 레벨도 올리고, 불침번도 같이하고…."

라누벨이 용병의 장점을 쭉 나열했다.

"그런 하찮은 아르바이트에 할애할 시간 없어."

"아루바트…?"

"그런 게 있어."

나는 그녀의 의견을 일축했다.

짐을 잔뜩 실은 상단이랑 함께하면 이동속도가 느려진다. 푼돈 좀 벌겠다고 상행을 도울 이유가 없었다. 지저분한 용병들이랑 어울리기도 싫고.

"왜요? 급하지 않잖아요."

"부활한 마왕이 언제 우리를 습격해올 줄 알고? 그래도 너는 안 급하다고 단정할 수 있어?"

전혀 안 급하다. 그 신사적인 마왕은 10년이나 나를 기다려준다. 하지만 라누벨은 그 사실을 모르지.

"그, 그건…."

"이해했지? 이해 못 했어도 닥치고 따라와."

"우우…. 네."

)(

우리는 무사히 목적지에 도착했다.

오는 도중에 위기에 빠진 상단의 간절한 구조요청 따위는 전혀 듣지 못했다. 기분 탓이다.

내 1회차 기억 속의 마을 전경 그대로다. 정확히 이틀 걸렸나?

예고했던 도덕 선생님도 오셨다.

▷한숨: 용사가 모험을 회피하면 어떡하나요. 구르는 돌에는 이끼가 끼지 않는다고 했습니다. 용사의 경험치 500% 특전을 악

용하지 말고 정상적인 모험으로 레벨을 올려주세요.

첫인사부터 잔소리.

그리고 대놓고 구르란다.

▷당황: 무조건 고생하라는 저주의 의미로 한 말이 아니었습니다. 여행자에게 가장 무거운 짐은 빈 주머니입니다. 여행을 나온 이상, 어떤 성과라도 있어야 하지 않을까요?

그건 지당하신 말씀.

성과라면 지금부터 있을 겁니다.

지친 준마를 마을 여관에 딸린 마구간에 맡긴 후, 위대한 존재가 머무는 촌장의 집으로 향했다. 그리고 문을 두드리며 정중히 말했다.

"마스터 몰랑. 불초 용사가 가르침을 청합니다!"

끼이익-.

녹슨 경첩 소리와 함께 문이 조심스럽게 열렸다. 그리고 그 틈새로 고개만 빼꼼 내민 주근깨 소녀가 내게 질문했다.

"누구신데, 우리 몰랑이를 찾으세요?"

이 마을 촌장의 딸이었다.

1회차에선 그녀랑 제법 친하게 지냈었는데, 나 같은 정상인에게 회귀는 역시 어울리지 않는다. 좋은 사람들과 함께한 좋은 추억까지 싹 망상으로 치부되기 때문이다.

촌장의 딸은 내 기억보다 훨씬 어렸다. 어엿한 숙녀가 아닌 풋풋한 소녀. 1회차에선 지금으로부터 9년 뒤에 만났으니 당연했다. 당시엔 유부녀였고 젖먹이 아들을 늘 품에 안고 있었다.

그리고,

몰랑몰랑~

항상 몰랑거리는 위대한 존재도 함께했다. 훗날 태어날 젖먹이 아들 대신 소녀의 가슴에 베개처럼 폭 끌어 안겨있었다.

내 등 뒤에서 까치발 들고 어깨너머를 본 라누벨이 두 눈을 동그랗게 뜨고는 말끝을 흐렸다.

"위대한 존재가 슬라임…?"

슬라임(Slime).

수많은 판타지 게임에 등장하는 젤리 몬스터.

둥글둥글한 찐빵처럼 생긴 슬라임은 이 판타지 세계에서도 1레벨부터 가장 흔하게 만나볼 수 있는 경험치 덩어리다.

어디서든 살고, 무엇이든 먹어치우고, 번식력도 우수하다. 지구랑 비교하면 참담한 수준인 판타지 도시의 하수구시설이 막히지 않고 장기간 유지되는 것도 슬라임이 청소해준 덕분이다.

나는 라누벨에게 근엄한 어조로 말했다.

"슬라임이라고 얕보지 마라. 이분은 평범한 슬라임이 아니시다."

"네, 맞아요! 몰랑이는 몰랑거려요!"

소녀의 부연설명대로다. 일반적인 슬라임은 말랑거린다. 이 위대한 존재처럼 몰랑거리지 못한다.

"…에?"

"라누벨. 네 눈은 옹이구멍…. 아니, 됐다. 설명보다 보여주는 편이 빠르겠지. 꼬마 아가씨. 귀엽고 사랑스러운 네 친구를 이 오빠가 잠시만 안아봐도 될까? 아주 잠깐이면 돼."

내 복장은 여전히 귀족처럼 화려했다. 눈치가 빠른 소녀는 뒤편에서 숨죽인 채 지켜보는 촌장 부부를 힐끔 본 후에 말했다.

"우리 몰랑이를 헤치지 않으실 거죠…?"

"약속할게."

나는 조심스럽게 위대한 존재를 넘겨받았다.

몰랑몰랑!

낯선 나를 경계하듯 거칠게 몰랑거리셨지만, 소녀가 어루만지며 타이르자 금방 얌전해지셨다.

몰랑몰랑….

그분을 안은 나는 선 채로 명상하듯 눈을 감았다. 차분히 그 몰랑거림을 느꼈다.

'그래! 바로 이 감촉이야!'

슬라임은 내가 아는 가장 완벽한 생명체다.

젤리 같은 몸을 자유롭게 출렁거릴 수 있고, 무엇이든 가리지 않고 먹으며 빠르게 소화해낸다.

가장 놀라운 점은 '뇌(腦)'가 없다는 것이다. 그런데도 말랑거리면서 풍부한 감정표현이 가능하다. 육체에 국한되지 않은 영적인 존재란 뜻이다.

반면에 인간은 어떠한가?

특정 관절 외에는 움직임이 제한되어 있다. 도마뱀처럼 죽은 척하거나 신체 일부를 자르고 도망치는 일이 불가능하다.

노화된 육체는 회복되지 않는다. 못 먹는 동식물 종류가 많고, 부패하거나 오염된 음식물은 아예 엄두도 못 낸다. 수분을 하루만 공급 안 해줘도 몸에 이상이 생긴다.

인간은 굉장히 불완전한 생명체다.

몰랑몰랑~

그러니 우리는 학습해야 한다.

인류는 그렇게 생존해왔고 앞으로도 그럴 것이다.

여기서 1차원적인 어리석은 인간은 강력한 판타지를 손에 넣으려고 발버둥 친다. 무공, 마법, 정령, 초능력, 마검, 성검, 신성력, 신의 권능, 게임 능력치, 용의 심장, 요정 마누라….

하지만 내 생각은 다르다. 인간의 강함은 오직 '과학'에서만 나온다. 지구 인류의 발자취가 그 사실을 입증해준다.

지구를 넘어서 우주로!

판타지 세계관에선 감히 상상도 못 할 위엄이다. 화성에서 싸우는 무림고수는 없잖은가? 한계치가 다른 학문이란 뜻이다.

"이 오빠가 재미난 걸 보여줄게."

헬스트레이너를 얕잡아보는 사람이 있는데, 트레이너가 짜는 식단과 교습은 오컬트(Occult)가 아닌 사이언스(Science)다. 엄연한 학문이며, 건강과학이다. 높은 효율과 미용 증진은 기본이고, 무리한 운동에서 오는 부작용과 후유증이 없도록 도와준다.

내가 지금부터 하려는 것도 마찬가지다.

'자동시스템 제어.'

모든 생물은 죽지 못해서 산다.

아주 간단한 예를 들자면, 우리가 끔찍한 고문이나 절망 끝에

"죽고 싶어!"라고 아무리 간절히 애원해도 심장은 멈추지 않는다.

내 몸인데도 내 마음대로 못한다. 이건 자동시스템 때문이다.

고상하게 일컬어, 자율신경계(Autonomic nervous system).

자율신경은 호흡, 신진대사, 체온조절, 소화, 분비, 생식 같은 생체활동의 기본이 되는 항상성을 유지해준다.

예쁜 여자를 보면 불끈하고, 고소한 냄새에 침을 질질 흘리고, 운동을 많이 하면 심장이 벌렁거리는…. 이런 무의식적인 행동이 전부 자율신경계의 영향이다.

이 시스템이 사라지면 어떻게 될까?

그 즉시, "동작 그만!"처럼 심장과 폐가 멈추면서 죽는다. 그렇기에 모든 생물은 자율신경계를 마음대로 통제하지 못한다.

슬라임만 빼고.

"어?! 용사님 근육이 빵빵해졌어요!"

"맙소사! 용사님. 그건 무슨 조화입니까?"

슬라임은 숨 쉬듯 자연스럽게 전신을 통제할 줄 안다. 너무나 당연한 일이라서 남에게 가르쳐주진 못한다.

하지만 어디에나 예외가 있는 법.

몰랑몰랑?

온종일 몰랑거리는 이 위대한 존재만은 귀엽게 몰랑거리면서 간단히 전수해줄 수 있다. 딱히 의도하고 몰랑거리는 건 아니지만, 그만큼 '몰랑몰랑'은 슬라임의 특색이 두드러지는 원초적인 율동을 내포하고 있다.

1회차에선 진지하게 배우지 않았다. 판타지 모험 9년 차에 접어들면서 심신(心身)이 극도로 지쳐 있었던 탓에 마스터 몰랑이 얼마나 위대한 존재인지 한참 늦게 깨달았다.

그러나 이번엔 다르다. 2회차의 나는 배울 자세가 되어있다.

마스터 몰랑의 가르침을 정확히 이해하고 영혼에 새겼다.

"감사합니다! 마스터 몰랑!"

몰랑몰랑?

위대한 존재는 내가 감사하는 이유를 전혀 모르겠다는 듯이 좌우로 몰랑거렸다.

그 마음 이해한다. 이건 내가 멋대로 배워간 기술이기 때문이다. 일명, 커스터마이징(Customizing). 마법이나 무공처럼 책의 이론을 독학하는 방식으론 절대 습득하지 못한다. 자기 몸으로 직접 이 율동을 느끼면서 깨닫는 수밖에 없다.

열심히 몰랑거리면 돼!

이걸 어떻게 묘사한단 말인가? 말과 글로는 설명이 안 되는 심오한 학문이다.

"용사님! 용사님! 어떻게 하신 거예요?"

라누벨이 두 눈을 초롱초롱 빛내며 묻는다.

나는 은근슬쩍 귀여운 척하며 내 두꺼워진 팔뚝에 엉겨 붙으려는 그녀를 단호하게 밀어낸 후에 되물었다.

"성장호르몬이라고 들어봤니?"

"…네?"

"모르면 됐어."

내분비샘은 호르몬을 통제하는 기관의 통칭이다. 송과선, 시상하부, 뇌하수체, 갑상샘, 부갑상샘, 부신, 신장, 이자섬, 난소, 정소 등등.

이런 내분비샘에서 분비된 호르몬은 육체의 기능을 조절한다. 사람의 성장도 이 호르몬의 통제를 받는다. 성장호르몬은 뇌하수체 전엽에서 분비되는데, 뼈와 연골 같은 성장 세포를 증식시키는 인슐린유사성장인자(IGF-1)의 합성을 촉진한다.

두 호르몬은 근육과 인대, 힘줄 강화뿐만 아니라, 호르몬 원료인 지방 분해에도 관여한다. 보통은 무산소운동으로만 분비가 촉진된다.

하지만 만약, 이걸 자유롭게 조절할 수 있다면 어떻게 될까?

불끈불끈!

멋진 육체를 손쉽게 만들 수 있다. 내 입맛대로.

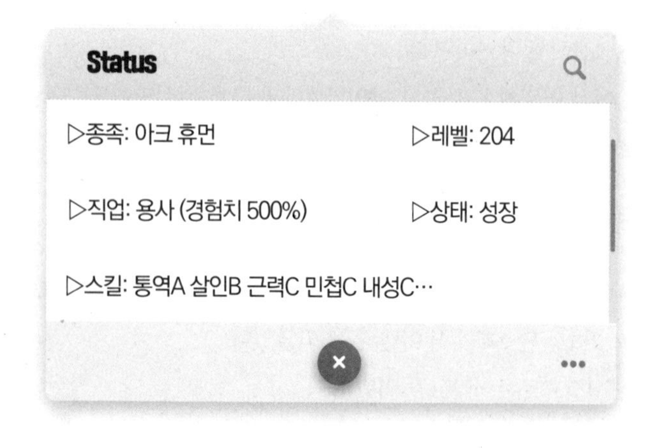

스킬 등급을 최대치까지 올리려면 시간이 좀 소요될 것이다. 하지만 말 그대로 시간문제일 뿐. 이젠 기다리기만 하면 된다.

▷당혹: 여행의 성과가 이건가요? 보고도 이해가 안 됩니다. 슬

라임이 위대한 스승? 처음 듣는 기사(奇事)입니다. 아몬드를 얻으려면 단단한 껍질을 벗겨야 하는 법입니다. 노력 없이 스킬을 얻을 수 있다면 누가 노력하겠어요?

도덕 선생님. 그걸 왜 저에게 물으십니까?

남이야 좌로 구르든 우로 구르든 내가 알 바 아니다. 그리고 말은 바르게 해야 하지 않을까? 원치 않은 회귀로 10년 노력이 증발한 내게 그 누구도 노력 운운할 순 없다.

설사 신(神)일지라도!

▷침묵: 네. 옳은 지적입니다. 교직원 일동을 대표해서 진심으로 사과드립니다. 전투력 S학점은 강한수 학생이 최초였습니다. 인성 F학점도 최초였지만…. 불합격이야 어떻든 간에, 당신의 경이적인 노력을 우리가 재시험이란 명목으로 짓밟은 건 사실입니다. 앞으로 이 주제에 관해선 왈가불가하지 않겠습니다. 다시 한번 사과드립니다.

아, 네….

도덕 선생님이 사과하다니!

▷웃음: 스승에게 많이 배우고, 동료에게 더 많이 배우고, 제자에게 그보다 더 많이 배웁니다. 이것이 세상의 이치죠. 그런데 저는 오랫동안 잊고 있었습니다. 인성 F학점으로 재시험은 교내 역사상 처음 있는 일이니 그럴 수밖에요. 강한수 학생. 고맙습니다.

도덕 선생은 욕 같은 칭찬을 날린 후에 떠났다. 다음에는 불시에 찾아오겠단다.

몰랑몰랑-!!

"아차차! 죄송합니다! 마스터 몰랑!"

나는 신경질적으로 몰랑거리는 위대한 존재를 서둘러 소녀에게 돌려줬다. 그리고 감사의 뜻으로 수고비를 듬뿍 안겨줬다. 그 액수에 놀란 촌장이 참견했다.

"나리! 이렇게 많이 주실 필요는…!"

"괜찮습니다. 정 부담되시면 마스터 몰랑의 사료라도 잘 챙겨주십시오. 그거면 충분합니다."

판타지아 중앙대륙 북서부 구석에 틀어박힌 촌(村)까지 이틀 걸려 찾아온 목적이 막 완수됐다.

과학의 힘. 이것은 기술(Skill)이 아닌 기교(Technic)다. 지식과 경험의 산물. 내가 언제 어디서 무엇을 하던 나는 나.

프랑스 철학자, 데카르트(Descartes)는 말했다.

Cogito, ergo sum. 나는 생각한다, 고로 나는 존재한다.

이 판타지 세계가 의심스럽고, 실제로 개꿈일지도 모른다. 하지만 이처럼 생각할 줄 아는 내 존재까지 부정할 순 없다. 회귀도 이것만은 건드리지 못한다.

"용사님! 저도 몰랑이를 안아볼래요!"

"저도…. 흠흠!"

호기심을 참지 못한 라누벨과 짐꾼이 나를 흉내 냈다.

나는 손을 휘휘 내저으며 마음대로 하라고 놔뒀다. 못 하게 할 이유가 전혀 없었으니까. 단지, 조금 죄송할 따름이다.

몰랑몰랑….

위대한 존재의 수난이 시작됐다.

마스터 몰랑. 이 잡것들이 귀찮게 해도 좀 참아주시길!

“밤늦기 전에 돌아와.”

라누벨과 짐꾼에게는 원 없이 만져본 후에 여관으로 돌아오라고만 해뒀다. 그때까지 살아있다면.

자율신경계란 개념조차 모르는 인간이 마스터 몰랑의 가르침을 깨우치면 100% 사망이기 때문이다. 당사자로선 정말 영문도 모른 채 심장과 폐가 멈춰버린 셈. 대책 없이 물에 빠진 상태라고 할까? 허우적거리다가 질식사할 것이다.

아무튼,

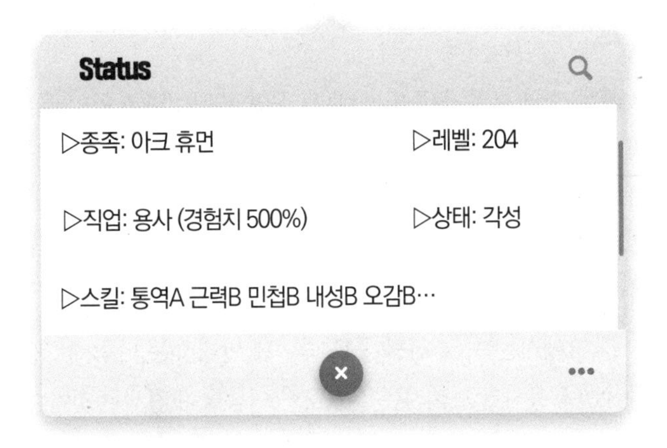

실시간으로 진화하는 내 육체 이상으로 스킬 등급이 골고루 폭등 중이었다. 미완성도 마왕의 뚝배기를 깰 만큼 대단했지만,

마스터 몰랑의 완성된 가르침은 내 예상을 아득히 뛰어넘는 효율을 발휘했다.

나로선 매우 반가운 소식. 앞으로 남은 건?

"204레벨 알리바이를 만들 장소인데…."

그러면서 '업적'도 고려하지 않으면 안 된다.

지구로 귀환하려면 마왕 페도나르를 쓰러트리는 것 외에도 4과목 성적이 모두 높아야 하기 때문이다.

전투력, 업적, 평판, 인성.

전투력이 낮으면 마왕을 아예 못 쓰러트리니 논외로 치더라도, 1회차에서는 업적을 신경 쓸 필요가 없었다. 10년 동안 여기저기 떠돌면서 온갖 참견을 다 했기 때문이다. 업적이 저절로 쌓였다.

하지만 이번 2회차는 다르다.

이대로 가다간 업적 F학점 확정이다.

"그건 곤란하지."

기껏 죽인 요정 공주를 또 보긴 싫었다. 확실하게 죽인 실비아의 멀쩡한 모습을 본다면 나라도 소름 돋는다. 똑같은 모험을 3번 반복하는 것도 질리고.

다행히 이 인근에 어린 용(龍) 한 마리가 숨어 산다. 온순해서 사냥을 등한시한 탓에 레벨과 스킬도 매우 낮다.

1회차에서는 동료 전원이 못 죽이게 반대하는 바람에 그림의 떡이었다. 용사가 강해지는 걸 동료란 연놈들이 견제한 것이다.

하지만 2회차에서는 그 누구도 내 졸업을 방해하지 못한다.

용학살자(Dragon Slayer)!

판타지에서 이보다 확실한 업적이 또 있을까?

이것만이 아니다. 용 자체도 좋은 사냥감이지만, 그 심장도 경험치 덩어리다. 섭취하면 레벨을 단숨에 뻥튀기할 수 있다. 레벨이 낮다고 알려진 나에게 최고의 알리바이가 되어주리라.

게다가 이건 정상적인 사냥이다. 완벽하다.

"이러면 도덕 선생도 불만 없겠지?"

우리는 마을 여관에서 하룻밤 머물렀다. 마음 같아서는 바로 출발하고 싶었지만, 판타지 세계관 최강의 엉터리 생명체 중 하나인 용(dragon)을 사냥하려면 나도 만반의 준비를 해야 했다. 아직은 연약한 5일 차 용사였기에.

용이 어리듯 나도 햇병아리였다.

천연방향제.

이 사냥은 용에게 먼저 들키면 실패다. 이 도마뱀이 날개를 펴고 하늘로 날아버리면 현재의 나로선 잡을 방법이 없기 때문이다.

그렇기에 기습이 중요하다. 냄새와 소리를 은폐한 채, 꿀잠 중인 용에게 접근해서 날갯죽지나 피막을 찢어놓아야 승산이 생긴다. 방향제는 마을 수렵꾼에게 구할 수 있었다.

그다음으로는 시간. 현재 내 몸은 세포 활성화로 혼돈 그 자체였다. 전성기 시절의 육체를 복구 중.

204레벨이 상승효과를 일으키면서 근육 성장에 가속도가 붙었다. 하지만 스킬 S등급은 용사 특전으로도 만만치 않았다. 그래도 한 번 지나갔던 길이기에 오래 걸리진 않을 것이다.

가장 큰 문제는….

"하아암~!"

"후암…."

아까부터 계속 하품하는 잡것들이 매우 거슬렸다.

몰랑거리는 위대한 존재의 매력에 푹 빠진 라누벨과 짐꾼은 정말로 밤늦게 돌아와서 바로 침대에 곯아떨어졌다.

유감스럽게도 둘은 아무것도 깨우치지 못했다. 했다면 침대 대신 무덤에 들어갔을 텐데.

그러고는 아침부터 꾸벅꾸벅 졸기 시작했다.

"야. 안 따라와도 돼."

용은 나 혼자서 때려잡을 계획이다. 이 둘이 혹시라도 참전했다가 비명횡사해버리면 도덕 선생이 분명 잔소리해댈 테니까. 아니, 잔소리로 끝나면 다행이다.

짐꾼은 몰라도 고고학자 라누벨은 유명인이다. 그녀가 용사 파티에 들어가서 닷새 만에 죽어버렸다는 소문이 퍼지면 어떻게 될까?

내 '평판'이 곤두박질칠 것이다. 업적을 올리려다가 평판이 내려가면 주객전도다. 이 비극을 막기 위해서라도 근처에서 알짱거리지 못하게 미리 쫓아두는 편이 나았다.

그런데 이게 또 쉽지 않았다.

"용사님이면 저희를 버리고 가실 것 같아서요!"

"저도 라누벨 양이랑 같은 생각입니다."

이 잡것들은 생떼를 부리며 악착같이 따라왔다. 눈곱이나 떼고 말하면 조금은 설득력이 올라갔을 텐데.

나는 어깨를 으쓱했다.

"후회하지 마라."

마을 주변은 지극히 평범한 숲이다.

토끼, 사슴, 여우, 소나무, 진달래, 송충이, 모기, 모기, 모기…!

애초에 평범하지 않았다면 마을이 형성되지도 못했다. 그러나 여기서 조금만 더 들어가면 오크 군락지가 나온다.

오크(Orc).

구수한 우리말로 번역하면, 돼지 도깨비쯤 될까.

코가 돼지처럼 납작해서 그렇게 연상될 뿐, 꿀꿀 돼지랑 유전자 연관성은 전혀 없다. 뚱뚱하긴커녕 보디빌더 같은 근육질이다.

순수한 외래어라서 통역A로도 '오크'였다. 돼지 도깨비라고 부르면 웃기긴 하겠네.

"GuGu!"

"KuKu!"

오크를 포함한 대다수 몬스터(Monster)는 원시적인 언어를 사용하기에 번역이 안 됐다. 심지어 자기들끼리도 의사소통이 안 돼서 보디랭귀지를 주로 사용한다.

수명이 극단적으로 짧고, 근본 없이 태어나는 탓이다. 놈들은 롤플레잉게임의 사냥용 더미처럼 불쑥불쑥 솟아난다.

발생 조건은 마력이 밀집된 청정지역.

그 까닭에 도시나 마을에선 잘 태어나지 않는다. 쉽게 요약하면, 무한한 경험치 공급원이다.

"용사님! 오크 정찰대예요!"

"저희도 가세하겠습니다!"

잡것들이 마법의 불덩이와 창을 들고 앞으로 나서려 했다. 내 경험치를 노골적으로 빼앗으려 한다. 이래서 동료가 불필요한 것이다.

“빠져있어.”

스르륵~.

나는 새하얀 천에 둘둘 말려 있던 푸른 검집에서 정령검 엔드미온을 뽑았다. 그 광채를 본 오크들이 움찔거리며 몸을 떤다. 놈들의 생존본능이 이 검의 위험성을 감지한 것이다.

현재 내 레벨은 204. 가장 약한 용조차 잡기 힘들다.

하지만 그건 처음부터 알고 있었다. 그렇기에 용의 은신처까지 가는 길목에 있는 오크 군락지가 중요한 것이다.

여기서 레벨 좀 올릴 계획이다.

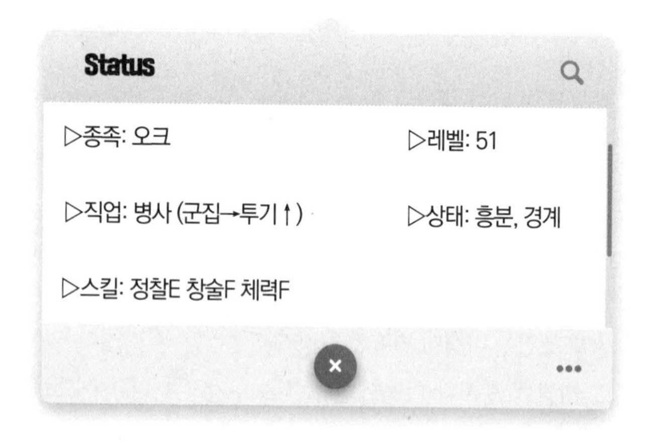

50레벨.

어딘가에 소속된 정규기사를 꿈꾸는 수습기사 수준의 레벨이다. 오크의 스킬이 매우 형편없어서 실제로 붙으면 기사가 압승하겠지만, 방심하면 철밥통이 깨지는 수가 있다. 종족 특성 때문이다. 수컷만 존재하는 오크는 인간 남성보다 신체 능력이 다방면으로 뛰어나다.

근력, 민첩, 후각, 맷집, 내성…. 똑같이 1레벨이란 가정하에, 지구의 고등학생이 오크랑 1대1로 마주치면, 주인공 보정으로도 절대 이길 수 없다.

"TuTu!"

"BuBu!"

내가 암시장에서 요정들을 사냥하면 습득한 도발E 때문일까? 오크들은 겁에 질렸으면서도 용맹하게 싸우는 쪽을 택했다. 나로선 매우 고마울 따름이다.

정찰대라서 오크들의 평균 레벨은 낮았다. 그래도 티끌 모아 태산이라고 했다. 도덕 선생이 권장하는 성장법이기도 하다.

오크는 전부 합쳐서 열넷.

가벼운 몸풀기로 딱 적당한 숫자였다.

팟.

살짝 굽힌 무릎을 펴며 도약했다. 날아오는 화살과 투창은 무시한 채 일직선으로. 화살촉이 내 옷을 꿰뚫고 피부를 찌르며 붉은색 핏방울이 조금 튀었지만, 돌처럼 단단한 내 피부에 박히진 못했다.

"QuQu?!"

"KuKu?!"

당황하면서도 창을 정면으로 내지르는 오크들. 돌격을 막는 대처법으로 나쁘지 않은 선택이지만, 내 무기는 놈들의 조잡한 창으로 막기엔 너무나 강력했다.

정령검 엔드미온. 마왕 페도나르의 멱도 딸 수 있는 무기다.

여기에 높은 스킬 등급과 204레벨로 버무려진 힘이 합쳐지면, 눈앞에 오크들을 상대로 압도적인 전투가 가능하다.

서걱—.

무기를 베고,

서걱—.

머리도 베고~

잔뜩 멋 부린 검술이나 보법 같은 건 필요 없다. 눈과 귀만 조심하면서 오크 정찰대를 휩쓸었다. 방어 따위는 개나 줘….

거기는 아니다! 이 악마야!

"YuYu~~?!"

…회피는 필요 없다.

찢어진 피부는 침 바르면 낫고, 옷도 새로 사면 된다. 어차피 용이랑 싸우면 옷이 사라지는 건 기정사실이기에 아까워할 필요 없다. 중요한 건 효율과 스킬 성장이다.

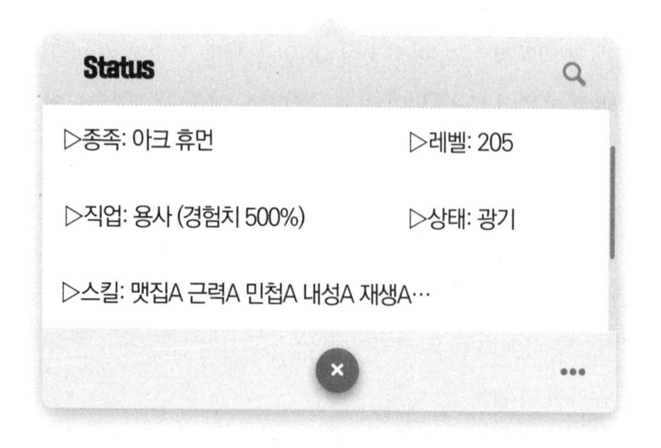

몸으로 때웠더니 맷집 등급이 쭉쭉 올라갔다. 안 맞으면서 우아하게 싸우는 걸 좋아하던 친구들이 있었는데, 흐느적거리는 몸은 좋은 경험치 덩어리다.

기관총 총알을 피하는 건 영화에서만 가능하다. 현실에서는 눈먼 화살이 엉덩이 같은 곳에 잘 꽂힌다. 그러니 괄약근 단련은 필수다.

"내 엉덩이가 좀 섹시하긴 하지?"

"WuWu…!"

아까부터 계속 내 후방만 노골적으로 노리던 도깨비 궁수가 뒤돌아서서 발 빠르게 도망치기 시작했다. 놈이 마지막 한 마리였다.

잽싸게 마법 번개를 생성한 라누벨이 외쳤다.

"용사님! 제가 처리…!"

"놔둬."

"예?! 어째서요?!"

"그래야 군락지의 오크들이 한곳에 모이지. 내가 일일이 찾아다니면서 사냥하려면 시간이 너무 걸리고 귀찮아."

나는 오크의 녹색 피로 온몸을 물들인 상태였다.

좀 더 세심하게 싸웠다면 피를 덜 묻힐 수 있겠지만, 돼지코를 가진 오크의 예민한 후각으로부터 인간 냄새를 감추려면 이 방법이 가장 효과적이다. 이 위에 마을에서 산 방향제를 뿌렸다.

사전준비 완료.

우리는 도망친 오크 궁수의 발자국을 따라갔다.

"용사님보다 내 레벨이 훨씬 높은데…."

"제 창술을 보여드리고 싶었는데…"

두 잡것이 숲을 걷는 내내 뒤에서 궁시렁댔다. 대충 들어보니, 오크들을 함께 무찌르지 못해서 불만인 모양이다.

우리도 용사의 어엿한 동료라고 쫑알쫑알.

나는 걸음을 뚝 멈췄다.

"왜, 왜요?"

라누벨이 목을 움츠리며 귀여운 척했다. 찔리긴 하는 모양이다.

"지금부터 너희에게 작전을 설명해줄게. 우리는 우정의 힘으로 오크 군락지를 포위섬멸 할 거야. 예상 숫자는 5천. 400레벨 족장과 300레벨 주술사, 200레벨 투사만 주의하면 돼. 질문 있어?"

"저요! 저요!"

라누벨이 손을 번쩍 들었다. 나는 얼른 해보라는 뜻으로 고개를 까딱였다.

"지원군은 언제 도착하나요?"

"뭔 지원군?"

"……"

"라누벨은 군락지의 서문(西門), 너는 동문(東門), 나는 북문(北門)으로 진격한다. 남문(南門)까지 틀어막고 싶지만, 우정의 힘이 모자라니 어쩔 수 없지."

사실, 나는 우정의 힘을 좋아하지 않는다. 상대가 강적이란 이유만으로 둘러싸고 여럿이서 협공하는 방식에 정의(正意) 따위는 없다고 생각한다. 하지만 현실을 외면할 만큼 어리석지도 않다.

나는 아직 약하다. 충분히 강해질 때까지는 수단과 방법을 가릴 처지가 아니다. 힘이 없으면 협(俠)도 없다.

"그렇다고 너무 걱정하지 마. 남쪽은 강이 흘러서 오크들에게는 배수진(背水陣)이나 다름없거든. 퇴로가 막힌 군락지 오크들이 독기를 물고 덤벼들 거야. 짜릿하겠지? 레벨 오르는 소리가 벌써 들리는 것 같지 않아? 또 다른 질문 있으면 해봐."

"……."

너무 완벽해서 더는 없는 모양이다.

우리의 우정을 보여주자.

) (

적을 속이려면 아군부터 속이라고 했다.

정말로 내가 무식하게 정면돌파할 생각이었다면, 더러운 오크의 피를 온몸에 뒤집어쓰지 않았을 것이다. 그리고 두 잡것도 위장시켰겠지.

하지만 그러지 않은 이유는, 라누벨과 짐꾼은 5천 오크의 시선을 끌어줄 미끼이기 때문이다.

"흠…. 미끼는 표현이 좀 그런가?"

치밀한 전략가인 내가 사악하게 들려서 정정하겠다. 오크 간부들을 암살하기 위한 고도의 유인책이다. 그 시작은 라누벨이었다.

쾅! 화르륵!

오크 군락지에 불덩이 마법이 작열했다.

이걸 신호로 군락지 서쪽과 동쪽에서 전투가 벌어졌다. 200레벨 마법사 라누벨의 마법이 화려하게 팡팡 터지고, 286레벨 짐꾼의 창이 오크들을 찌르고 벴다.

"KuKu!"

"MuMu!"

도망친 오크 궁수 덕분에 조금은 대비할 시간을 가진 오크들이 우르르 양쪽으로 몰려나가기 시작했다. 모세의 기적처럼 군락지 중앙이 한산해졌다.

"단순한 오크 같으니."

하기야 놈들이 똑똑했으면, 이런 원시적인 나무 울타리를 치고 살지 않았을 것이다.

나는 울타리를 가볍게 뛰어넘었다.

그리고 조용히 침투했다. 군락지 중앙까지 편안하게.

"CuCu…."

"KuKu…."

코가 발달한 오크는 자신의 후각을 맹신하는 경향이 강하다. 그래서 냄새만 지우면 간단히 속일 수 있다.

어째서 이걸 모르는가?

영리한 인간들을 상대해본 경험이 적은 탓이다.

수명이 극도로 짧고 언어는 조잡해서, 후세를 위해 교훈 같은 걸 남기지 못한다. 그래서 늘 제자리걸음이다.

제법 가까운 거리에 인간들의 마을이 있어도 습격하지 않는 이유 또한 같은 맥락이다.

놈들에게 인간은 미지의 생명체다. 그래도 보는 눈은 있어서, 인간 마을에 세워진 튼튼한 울타리와 깨끗한 옷이 자신들보다 월등히 좋다는 자각은 있다. 그 결과, 상위종족으로 인식하는 것이다.

이유는 또 있다. 숲을 지나가는 인간 무리랑 오크들이 종종 마주친다. 그리고 전투가 벌어지는데, 상단을 호위하는 용병들은 오크보다 강하다. 귀족 마차를 지키는 기사들은 말할 것도 없고.

그 결과, 오크는 모든 인간이 자신들보다 강하다고 착각한다.

'이게 착각임을 깨달은 후부터가 문제지.'

마을을 침략하고 여자와 식량, 무기 등을 약탈한다. 인간 맛을 알게 된 놈들은 그대로 폭주. 그 오크 부족은 기사단이나 용병대 등에 토벌될 때까지 인간 거주지를 닥치는 대로 습격한다.

"저기군."

족장의 거주지는 허술하게 지은 통나무집이었다.

우정의 힘에 놀란 오크들이 밖으로 우르르 몰려가면서, 족장의 집을 지키는 경비는 단 한 마리도 없었다.

통나무 틈새로 내부 상황이 훤히 비쳤다.

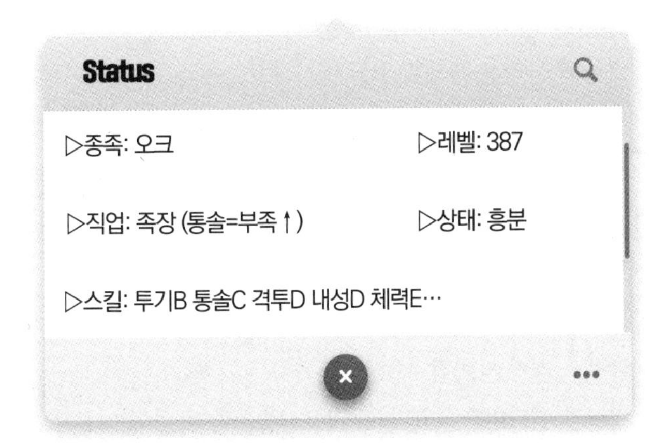

9년 일찍 방문한 탓일까?

피부가 시커먼 오크 족장의 레벨이 내 기억보다 상당히 낮았다. 그 거구에 깔린 예쁜 요정은 또 뭐고.

"HuHu!"

"하윽! 흑흑!"

…두 종족의 화합으로 한창 바쁜 것 같다.

나중에 다시 와야 할까?

"…아차. 내 정신 좀 보소."

어째서 사람들이 관음증에 빠지는지 알 것 같다. 근육질 오크의 테크닉이 장난 아니다. 수컷만 존재하는 오크의 욕구불만이 활화산처럼 펑펑 터진다. 여기에 자지러지는 요정의 신음과 비명 또한 수위를 더해줬다. 방해하기 미안할 정도이다만….

쾅—!

통나무를 베며 돌입했다. 오크 족장이 비무장 상태로 요정의 엉덩이에 집중하는 지금이야말로 암살할 절호의 기회였다.

"KuKu—?!"

화들짝 놀라는 흑돼지 얼굴.

하지만 오크 족장의 387레벨은 장식이 아니었다. 일전에 알렉스가 그랬듯이, 놈 또한 기습을 뒤늦게 눈치챘음에도 육체의 우위로 대응이 매우 빨랐다. 근처에 놔둔 녹슨 철검을 휘두른다.

서걱—.

그러나 금속끼리의 충돌음조차 들리지 않았다.

알렉스 때랑 차이점.

정령검 엔드미온은 0.3mm 샤프펜슬이랑 차원이 다른 무기였다. 비교하는 것 자체가 모독이다.

좌아악—!

오크 족장의 녹색 피가 막사 내부를 물들였다. 그러나 나는 멈추지 않았다.

얕아.

뼈를 베는 감각이 없었다. 정령검 엔드미온의 절삭력이 우수하다는 건 틀림없지만, 387레벨 오크의 뼈를 공기처럼 벨 수준은 아니다.

“GuGu!”

“VuVu!”

막사에서 들린 돼지 멱 따는 소리에 놀란 오크들이 몰려왔다.

조용히 처리하고 싶었지만, 1회차에서 동료들을 단숨에 몰살시킬 만큼 완벽했던 내 전성기 실력이 나오지 않았다.

낮은 스킬 등급, 레벨, 육체, 장비….

실패 원인은 꽤 복합적이다. 지금보다 강해질 필요성이 더욱 절실해졌다.

“내 경험치가 되어랏!”

후방에서 몰려드는 오크는 무시했다. 300레벨 주술사의 공격은 다소 위협적이지만, 금방 부상을 회복할 족장에 비할 바는 아니다. 나는 오직 눈앞의 오크만을 주시했다.

꾸욱.

엄지발가락을 짓누르듯 묵직하게 오른발을 한 걸음 앞으로, 동시에 오른팔을 뻗으며 엔드미온을 놈의 심장 쪽으로 질렀다.

“TuTu…!”

오크 족장은 피하려고 뒷걸음치다가 벌러덩 넘어졌다. 볼썽사납긴 해도 내 회심의 찌르기는 확실히 피해냈다.

하지만 다음은 어쩔 건데? 쓰러진 놈이 할 수 있는 건 없었다.

"꺅?!"

정정한다. 딱 하나 있었다.

오크 족장은 방금까지 친교를 다지던 요정의 가느다란 발목을 붙잡고 자신 앞으로 당겼다. 놈의 단순한 생각을 읽은 난 헛웃음을 터트렸다.

"인질극이니?"

"FuFu."

인간과 요정은 겉보기에 차이가 거의 없다. 대다수는 두 종족의 귓바퀴 모양으로 단번에 구분해내지만, 오크는 후각으로 인간과 요정을 구별한다. 그런데 여기서 착각이 온 것이다.

오크의 피를 뒤집어쓴 나는 인간 냄새가 나지 않는다. 예쁜 요정도 오크랑 살을 섞으면서 요정 고유의 체취가 옅어졌다. 즉, 우리를 동족이라고 인식한 것이다.

그래도 오크치고 제법 머리를 굴릴 줄 알았다.

푹-.

하지만 그게 한계다. 정령검 엔드미온의 뾰족한 칼끝이 요정의 아담한 가슴을 찔렀다. 피멍과 상처로 가득한 피부를 뚫으며 안쪽 깊숙이.

푹-!

그리고 등까지 관통하여 뒤편의 오크까지 꿰뚫었다.

"Gu…?"

목에 칼이 박힌 오크 족장이 의문에 찬 시선을 내게 보낸다. 아무래도 이전에 이 방법으로 재미 좀 봤었던 모양이다. 하지만,

"내게 인질극은 통하지 않아."

판타지 세계의 인연은 나에게 먼지나 다름없다. 오크 군락지까지 흘러든 요정의 사연 따위 궁금하지 않았다.

"가, 감사합…."

요정은 숨이 끊어지기 직전에 내게 고맙다고 했다. 파트너가 어지간히도 마음에 안 들었던 모양이다.

나도 조금 고맙다.

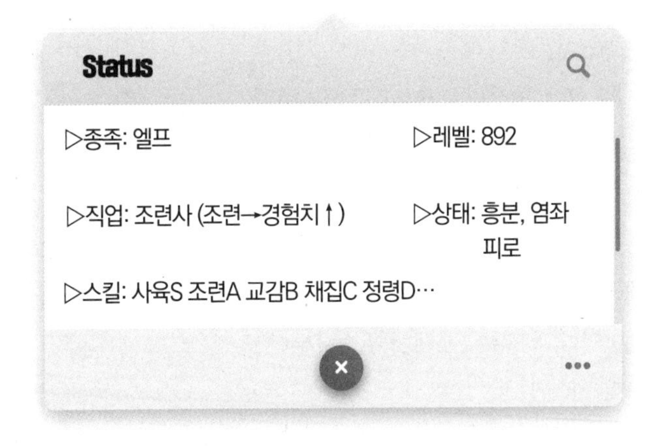

요즘 만나는 요정마다 레벨들이 깡패다. 경험치도 팍팍 주고.

1회차의 나는 이 시기에 알렉스에게 처맞고 왕궁에서 빌빌거리고 있었다. 소중한 경험치 덩어리들이 세상을 떠나는 줄도 모른 채. 이래서 정보가 중요한 것이다.

'단순한 우연인가?'

이 조련사는 암시장에서 입맞춤한 요정이랑 어딘가 비슷했다. 예쁜 요정, 800레벨대, 악마의 저주. 공통점이 무려 셋이나 됐다.

1회차의 나는 온갖 참견을 다 하며 돌아다녔지만, 이처럼 초창기에 퇴장한 인물들의 정보까지는 알지 못했다.

"흠…. 아무렴 어때."

몰라도 마왕의 뚝배기를 잘만 깠다. 그거면 된 거 아닌가? 비밀을 파헤쳐봐야 귀찮은 일에 휘말려서 시간을 빼앗길 뿐이다.

나는 내 모험을 할 뿐이다.

"얄리얄리 얄라셩 얄라리 얄라~♪"

이 노래의 후렴구처럼.

"YuYu?"

"오크야. 청산별곡이라고 들어봤니?"

"Yu…?"

"무식하긴!"

387레벨 족장 오크랑 892레벨 조련사 요정을 죽였다. 그리고 내 레벨은 또 미쳐 날뛰기 시작했다. 오크 몇 마리가 달려들든 문제없었다. 우선은 296레벨 주술사부터.

"KuKu?!"

놈이 근거리에서 던지는 불덩이를 맨몸으로 맞아주면서 그대로 돌진했다. 그리고 화상 치료비로 돼지머리를 챙겼다.

때구르르…!

시원하게 잘도 굴러간다.

"덤벼, 친구들."

"QuQu!"

"KuKu!"

원래는 몸을 사리면서 암살로 끝장낼 계획이었다. 하지만 복권

(892레벨 요정)이 터지면서 불필요해졌다.

오크 군락지. 빠르게 정리하고 다음 스테이지로 넘어가자.

"…뭔가 깜빡한 것 같은데. 아!"

기억났다.

"용사님~!"

"살려주십시오~!"

오크들에게 포위된 잡것들이 용케도 아직 버티고 있었다.

용사 동료 1호기 라누벨은 그렇다 쳐도, 이름 모를 짐꾼이 빌빌거리면서도 여태 살아있는 건 무척 의외였다. 하지만 그 근성이 싫진 않았다.

"엄살은. 좀만 기다려."

나는 200레벨대 오크 투사 셋의 협공을 엔드미온으로 베어냈다. 대단한 기술이 가미된 접전은 아니었다.

너도 한 방, 나도 한방!

하지만 나는 멀쩡했고 오크 투사들은 줄줄이 머리통을 내려놨다. 실시간으로 내가 강해지고 있음이 느껴진다. 좋은 흐름이다.

"용사님~!"

도와달라고 아양을 떠는 라누벨은 무시하고, 꿋꿋하게 창 들고 버티는 짐꾼부터 구하기로 했다.

그를 포위한 오크 무리 쪽으로. 나는 조잡한 창과 날붙이를 무시하고 들이박았다.

"KuKu~?!"

"CuCu~?!"

내 앞을 막아선 오크들이 볼링핀처럼 줄줄이 쓰러졌다. 조금은 전성기 기분을 낼 수 있었다. 볼링핀 평균 레벨이 1/10로 줄어들긴 했지만. 지금은 이걸로 충분했다.

"감사합니다. 덕분에 살았습니다, 용사님. 헉헉…."

"…짐꾼."

"네."

"어째서 그리 악착같이 버틴 거지?"

짐꾼은 당장 죽어도 이상하지 않은 몰골이었다. 그는 5천 오크가 서식하는 군락지로 무모하게 돌진하라는 내 지시에도 군말 없이 따랐다. 그리고 내가 올 때까지 도망치지 않고 우직하게 버텼다. 이유를 알 수 없었다.

"용사님께서 노예의 굴레로부터 저를 자유롭게 해주셨습니다. 그때부터 제 목숨은 당신 것이었습니다."

"…그게 끝?"

"이유가 더 필요합니까? 크으으…. 긴장이 풀리면서 더는 못 버티겠습니다. 죄송합니다. 조금만 쉬겠습니다."

그 말을 끝으로 바닥에 드러눕는 짐꾼. 먼지가 입에 들어가든 말든 쫙 벌린 채 기절하듯 곧장 잠든다. 드르렁드르렁 코까지 골면서.

헛웃음이 절로 나왔다. 주위에 오크가 아직 바글바글하거늘.

"…진짜 웃기는 녀석일세."

요정왕 실비아에게 듣고 싶었던 말이 있었다.

그걸 공기 취급해온 짐꾼이 기습적으로 할 줄은 몰랐다. 이 파티, 조금은 괜찮을지도….

"용사님~! 마력이 다 떨어졌어요~!"

"……."

아니, 우정의 힘은 역시 번거롭다.

)(

오크 5천 마리를 사냥하는 것도 일이다. 매초 1마리씩 잡는다고 쳐도 84분이나 걸리기 때문이다. 우정의 힘으로 셋이서 분담하면 28분.

하지만 나는 거의 혼자서 빠르게 몰살시켰다. 놈들이 겁먹고 뿔뿔이 흩어지지 않았다면 더욱 단축됐을 것이다.

"KuKu~!"

마지막 오크가 볼썽사납게 쓰러졌다.

친목으로 똘똘 뭉친 요정들처럼 복수심에 불타며 악착같이 덤벼줬으면 편했을 텐데, 오크들에게는 최소한의 의리조차 없었다.

승산이 없다고 판단되자마자 뒤도 안 돌아보고 도망친다. 지킬 가족이 없으니 당연한 판단이다.

흐물흐물….

오크들의 시체가 하나둘 녹으며 땅속으로 스며들었다. 자연의 힘이 뭉쳐서 태어난 몬스터(Monster)가 힘을 잃고 자연으로 되돌아가는 것이다. 시체가 남는 경우는 단 하나. 경험치로 화(化)하지 않고 자연사했을 때뿐이다.

그리고 요정은?

"좋은 마법 재료지."

이대로 썩어 문드러지거나 들짐승의 먹이가 되도록 놔두는 짓은 죽은 자에 대한 모독이다. 인류를 구할 용사님의 품위유지비로 환전된다면, 그녀도 만족하고 마음 편히 눈을 감을 수 있을 것이다.

"저기, 용사님? 묻어주는 거 아니었어요?"

라누벨이 이상한 소리를 한다.

"내가 왜?"

"죽은 요정이 가엽잖아요."

어느새 깨어난 짐꾼도 동의하듯 고개를 끄덕였다.

나는 정령검 엔드미온을 감싸고 있던 새하얀 천으로 요정의 시체를 미라처럼 둘둘 감으며 답했다.

"나참. 가여워서 몸뚱이라도 좋은 일에 써주겠다는 거잖아. 그리고 라누벨. 너는 대단히 오해하고 있는데. 나는 정의로운 용사야. 여자를 토막 내서 판매하는 짓은 하지 않아."

"어?"

"뭐냐, 그 뜻밖이란 표정은."

"그야…."

라누벨은 주위를 둘러보며 말끝을 흐린다.

"야. 오크랑 요정이 같니? 너희 둘은 요정의 시체를 챙겨서 마을로 돌아가. 그리고 나서스 왕자에게 연락해. 그러면 장의사가 시체대금 들고 찾아올 거다."

"아!"

"역시 용사님!"

돈도 돈이지만, 이 잡것들을 떼어낼 좋은 구실이다.

오크를 상대로 이렇게 빌빌거려선 용은 아예 엄두도 못 낸다.

그러니 이건 모두에게 좋은 일이다.

"용사님! 도망치시면 안 돼요!"

"마을에서 기다리고 있겠습니다!"

오크 군락지에서 우정의 힘을 마음껏 발산하며 욕구불만을 해소한 라누벨과 짐꾼. 둘은 요정의 시체를 짊어지고 도망치듯 귀환길에 올랐다. 그 뒷모습들을 보며, 솔직히 조금 걱정됐다.

"마스터 몰랑을 귀찮게 하지 말아야 할 텐데…."

너무 귀찮게 하면 몰랑거리면서 깨물기 때문이다.

이게 생각보다 아픈데, 그 몰랑몰랑한 몸으로 어떻게 깨무는지는 나도 정말 모르겠다.

아무튼, 홀가분한 마음으로 몸을 돌렸다.

이제 용을 암살하러….

▷피곤: 불시에 온다고 했지요?

어머! 존경하는 도덕 선생님, 오셨습니까.

현재까지 이상 없습니다.

▷설교: 아니요! 유감스럽게도 있습니다! 가여운 요정의 생명을 너무 쉽게 포기한 게 아닐까요? 생명이 있는 한 희망이 있습니다. 인생은 죽음으로 향하는 여정이라고 하지만, 간단히 포기하란 의미는 결코 아닙니다.

그건 지나친 오해이십니다.

나는 오크 군락지에서 발견한 요정을 포기한 적이 없다.

892레벨. 이걸 어떻게 포기한단 말인가?

흥분한 흑돼지 밑에 깔린 가련한 여인을 본 순간, 강한 운명의 이끌림을 느꼈다. 우리가 곧 하나가 되리란 밝은 미래를 보았다. 실제로 그렇게 흘러갔고.

그녀는 좋은 경험치가 되어줬다.

▷두통: 마음을 완고하게 하는 자는 불행에 빠진다고 합니다. 스스로 기쁨을 찾지 않는 자는 기쁨을 누릴 수 없어요. 새로운 인연을 소중히 해보세요. 몰랐던 행복을 찾을 수 있을 겁니다.

"새로운 인연이라…."

어렵네. 일단 용(龍)부터 먹고 생각합시다!

그러면 행복해질 것 같다.

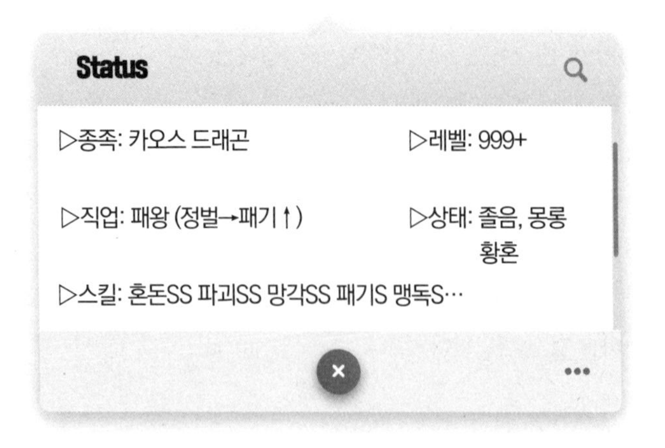

"…흠."

"Chao…?"

"실례했습니다."

어린 용의 둥지 주소는 제대로 찾아왔다. 화산 분화구처럼 생긴 큼직한 구렁에 칠흑색 날도마뱀이 태평하게 드러누워 있었다.

다만,

"Chaooooo-!!"

"망할."

집주인이 아직 안 바뀌어있었다.

뒤돌아선 나는 숲속을 달렸다. 용을 사냥하러 온 용사가 역으로 토벌당한다면, 업적과 명성은커녕 음유시인의 싸구려 농담거리조차 안 될 것이다.

"Chaooo!"

상대는 고룡 중의 고룡이었다. 능력치 상태에 표시된 '황혼'이 그 증거. 임종이 얼마 안 남았다는 뜻이다.

물론, 황혼이라도 나잇값 못하는 비만 도마뱀이면 괜찮은데, 직업이 놀랍게도 '패왕'이었다. 얼마나 호전적인지 알 수 있는 대목.

그래서 레벨과 스킬 모두 깡패였다.

저 패왕의 용은 무명(無名)이 당연히 아니다. 1회차에선 만나긴커녕 자연사한 줄도 몰랐지만, 수많은 나라를 멸망시킨 사악한 용 이야기에 단골처럼 등장하는 친구였기에 귀동냥으로는 알고 있었다.

3쌍의 날개, 덩치, 칠흑색 비늘, 호전성….

묘사가 정확히 일치했다. 망룡왕(忘龍王) 뇌비우스.

마왕 페도나르의 부활로 위험순위에서 살짝 밀렸지만, 판타지아 원주민이 꼽는 '5대 재앙'의 한 축을 담당하는 존재다. 나머지 재앙들을 1회차 말년에 줄줄이 토벌해봐서 아는데, 지금의 나로선 어떻게 해볼 수 없는 괴물딱지였다.

펄럭! 펄럭!

하늘로 날아오른 거대한 흑룡(黑龍)의 날개 3쌍이 개기일식처럼 내 머리 위의 태양을 가렸다. 위를 힐끔 보니, 망룡왕이 주둥이를 쫙 벌리고 있었다.

'용의 숨결…!'

판타지 세계관에서 용이란 엉터리 생명체를 더욱 엉터리로 만들어주는 최강의 공격수단.

용의 숨결(Breath).

용왕쯤 되면 그 위력은 자연재난보다 끔찍하다.

"Chaooo~~!"

거친 표효와 함께 망룡왕의 주둥이에서 쏘아진 시커먼 독액이 폭포처럼 지상 위로 떨어졌다.

콸콸~!

맹독이 홍수처럼 사방으로 퍼져나간다. 용의 숨결에 닿은 모든 동식물이 순식간에 검게 변하며 죽었다.

산이나 바위 위 같은 고지대로 도망쳐도 소용없었다. 독액에서 뿜어져 나온 독가스 또한 치사성이 매우 높았던 탓이다.

하지만 나는 무사할 수 있었다. 그냥 빗맞은 덕분이었다.

"늙어서 노안(老眼)이 왔나? 숨결 명중률이 형편없네."

나는 마을 반대방향으로 달렸다. 잡것들이야 어떻게 되든 상

관없지만, 위대한 존재께 피해를 주는 것만은 피하고 싶었기 때문이다.

망룡왕의 출현으로 예정이 좀 많이 어그러졌다. 그러나 절망적인 수준까진 아니다.

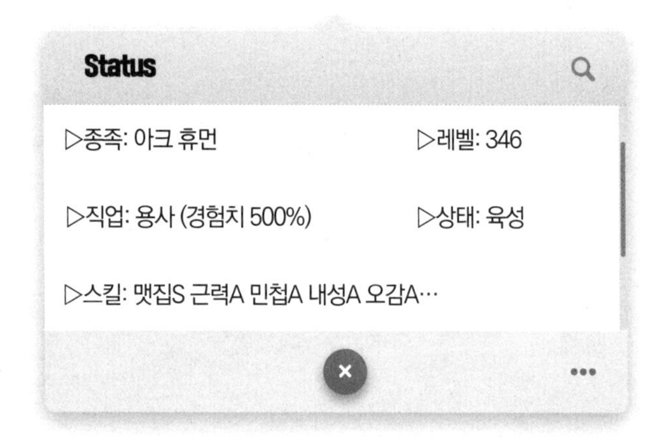

오크 군락지를 쓸어버린 이후부터 폭풍 성장 중이다.

아직은 S등급 스킬이 하나밖에 없었다. 하지만 S등급을 찍는 건 1회차에서도 어렵긴 마찬가지였다. 노력으로 올릴 수 있는 한계치가 A등급이란 말이 정설로 받아들여질 정도. 하지만 내게는 해당하지 않았다.

'마스터 몰랑. 감사합니다.'

내 몸은 수동으로 움직이는 중이었다.

세균과 독이 침투하면, 골수에서 대량으로 생성한 백혈구가 식균 작용으로 항체(抗體)를 만들고 항원(抗原)을 제거한다. 몸에 상처가 생기면, 백혈구에서 분리된 혈소판이 혈액 응고로 피딱지를 형성하며 순식간에 출혈을 틀어막는다. 판타지의 회복, 해독 마법 따위는 필요 없다.

스르륵….

독가스에 노출되어 시커멓게 변했던 피부가 원상태로 되돌아왔다.

망룡왕의 숨결도 근본적으로는 독. 머리 위로 곧장 떨어졌다면 위험했겠지만, 멀리 빗나가면서 백혈구가 항체를 만들 시간을 벌었다.

이걸로 독은 면역.

하지만 해결해야 할 위협은 아직 더 남아있었다.

"KuKu…!"

"BuBu?!"

용의 숨결을 피해서 도망치던 오크 무리랑 마주쳤다. 놈들은 나랑 같이 사이좋게 도망치길 거부하고 덤벼들었다.

이유는 간단했다. 머리부터 발끝까지 맹독을 뒤집어쓴 나는 오크들에게 매우 위협적인 존재였기 때문이다. 그래서 접근을 막고자 공격하는 것이다.

하지만 나도 양보할 수 없었다.

"비켜–!"

오크들의 공격을 맨몸으로 맞으며 돌파했다. 온갖 날붙이가 내 육체를 강타했으나 무시했다. 그러면서 냉정하게 주위를 살피다가, 레벨이 높은 오크가 보이면 정령검 엔드미온으로 멱을 따줬다.

"CuCu~?!"

나는 고통을 즐기는 변태가 아니다. 인내심도 대단하지 않다. 과학으로 밀어붙일 뿐.

육체의 통증은 엔도르핀(endorphine)이 억제해준다. 보통은 격한 운동 스트레스나 출산 때만 뇌하수체와 시상하부에서 엔도르핀이 대량으로 분비되지만, 내게는 그런 제한조건이 없었다.

단, 남용은 금물. 마약처럼 황홀경을 느끼게 하는 중독성 때문이다. 조절이 필수적인 호르몬이다.

"캬아~! 뽕에 취한다~!"

"HuHu…?"

"죽어! 죽어! 내 경험치가 되어랏! 냐하하하!"

"QuQu~?!"

전투 중에는 부신수질에서 분비된 아드레날린(adrenaline)이 뇌와 뼈대 부분의 혈관을 확장해서 반사신경과 기능을 강화한다. 또한, 아드레날린은 소화 기능을 억제해서 전투 중에 생리현상으로 고통받지 않게 도와준다.

그러나 이 호르몬도 과하면 위험하다. 고혈압으로 쓰러지는 수가 있다.

"끈질겨!"

"Chaooo!"

나는 계속 달렸다.

망룡왕도 계속 따라왔다.

강력한 몬스터가 망룡왕의 맹독 숨결에 중독돼서 빌빌거리면, 나는 살포시 다가가서 정령검 엔드미온으로 모가지만 톡 따줬다.

최고의 팀플레이!

내 레벨이 경이적인 속도로 올라갔고, A등급에서 멈춘 스킬들도 한계를 돌파하며 다방면으로 성장했다. 다른 말이 필요 없다.

"하핫! 이런 버스 기사는 처음이야!"

"Chaoooo-!"

죽이 잘 맞는 우리는 밤낮없이 판타지아 대륙을 모험했다. 그 누구도 우리의 앞을 가로막지 못했다.

악마, 숲, 영웅, 괴물, 기사단, 용병, 도시…. 청소기 앞의 먼지처럼 싹 쓸려나갔다.

'내일도 오늘 같으면 좋겠네!'

그렇게, 시간 가는 줄도 모른 채 며칠이 흘렀을까? 영원할 것 같았던 우리의 우정과 모험에도 종착지가 있었다.

만남처럼 작별도 갑작스러웠다.

)(

"Chaooo~~~?!"

나의 친애하는 파트너, 망룡왕 뇌비우스가 밤하늘을 우아하게 날다가 비명을 지르며 지상에 곤두박질쳤다.

쿵-!

처음에는 마왕의 습격을 의심했다. 우리의 지독한 우정을 시샘한 스폰서가 아니고서는, 판타지아 세계관 최강의 용을 한 방에 추락시키기란 불가능하기 때문이다.

그런데 아니었다.

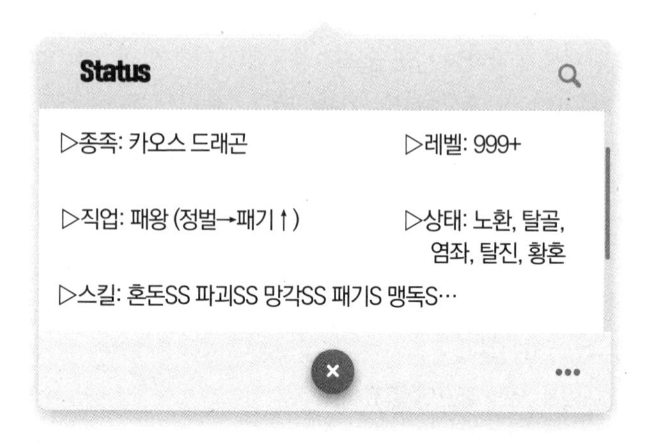

나이는 속일 수 없었다. 최강의 용이라도 세월 앞에서는 어쩔 수 없는 모양이다. 오랜 비행으로 척추와 날갯죽지에 무리가 왔고, 체력에도 비상이 걸리며 몸이 따라주질 못했다.

반면에 나는 어떠한가면….

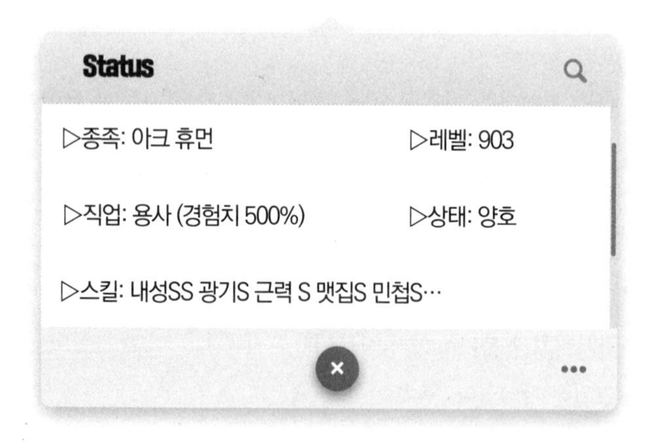

화려하게 성장했다!

내 레벨은 평화로운 대륙에서 사냥으로 단시간에 올릴 수 있는 한계치에 근접했다. 여기서 더 올려서 999레벨을 돌파하려면, 경험치가 알찬 악마 부하를 많이 보유한 스폰서의 도움이 절대적으로 필요하다.

딱 적당한 타이밍에 모험이 끝났다. 문제가 있다면,

"이건 평판에 좀 치명타일지도…?"

나는 주위를 찬찬히 둘러봤다. 용의 숨결에 대지가 맹독으로 오염되고, 살아있는 생명체 따위는 찾아볼 수 없었다.

시력이 나쁜 망룡왕이 엉뚱한 방향으로 숨결을 토해서 소멸한 도시가 적지 않았다. 이 주변만 그런 게 아니다. 판타지아 중앙대륙의 절반이 이 꼴이다.

마왕 페도나르는 손가락 하나 까딱 안 하고 인류를 공포의 도가니에 빠트린 셈이다. 무서운 놈.

▷탄식: 정말 무서운 학생이군요!

아! 도덕 선생님. 정말 오랜만에 오셨네요.

▷고민: 위기상황이 계속되는 바람에 끼어들 틈이 없었습니다. 저 때문에 잘못되면 큰일이니까요. 그래서 전투가 끝나길 기다렸던 건데, 평화로웠던 대륙마저 끝나버렸네요.

끝나다니요. 포기하긴 아직 이릅니다!

저에게 쉽게 포기하지 말라고 하셨잖습니까?

2회차에는 희망이 있습니다!

판타지아 차원은 중앙대륙을 중심으로, 비슷한 땅덩이의 4개 대륙이 십자가 형태로 자리하고 있다. 동대륙, 서대륙, 북대륙, 남대륙. 그리고 망룡왕과 나의 주요 활동지역은 중앙대륙이었다.

그 주변의 4개 대륙은 지금도 멀쩡했다. 큰 타격을 받은 중앙대륙 또한 절반이나 무사했다. 통계학으로 따지면 인류 터전의 90%가 온전한 셈.

그러니 포기하기엔 너무 이르다.

▷긍정: 맞습니다. 용사에게 희망은 중요한 덕목이죠…. 아무튼, 믿을 만한 명마(名馬)라도 말굴레를 벗겨서는 안 됩니다. 1회차 기억과 정보를 맹신하는 바람에 이 사달이 난 거잖아요?

부정하진 않겠다. 어린 꼬마 용이 사는 줄 알았는데, 임종을 앞둔 최고령 용이 떡하니 있을 줄 누가 알았겠는가? 굉장히 호전적이고 강력하기까지 했다.

이젠 인성을 걱정할 때가 아니었다. 업적을 올리려다가 평판이 너덜너덜해졌다.

"대신에 얻은 것도 있지."

"Chao…."

기력이 다한 망룡왕 뇌비우스는 빠르게 죽어가고 있었다. 도중에 나를 포기하고 둥지로 돌아가거나, 날개를 접고 잠깐이라도 휴식을 취했다면, 못해도 1년은 더 살았을 것이다.

하지만 이 용은 마지막까지 패도(霸道)를 걸었다. 그것은 놈 스스로 선택한 길이었다.

"이봐. 만족해?"

죽어가는 와중에도 그 패기와 위용을 잃지 않은 망룡왕. 나는 쓰러진 놈의 거대한 머리에 다가가며 물었다.

용이 그 입을 벌리며 답했다.

"Chao."

"그렇군."

용(龍)의 언어는 어떤 스킬로도 번역되지 않는다. 오랫동안 용을 연구한 학자도 알아듣지 못한다. 오직, 자신을 낮춰서 인간종으로 변신(Polymorph)한 용이 인간의 언어로 말해줄 때만 대화가 성립된다.

하지만 지금은 예외였다. 파충류의 표정 따위를 내가 알 순 없지만, 망룡왕이 웃고 있다는 확신 비슷한 기분이 들었다.

즐거운 패배였다고.

"나도 즐거웠어. 뇌비우스."

푹.

나는 망룡왕의 미간에 정령검 엔드미온을 박았다.

이 정도로 간단히 죽을 존재가 아니었지만, 생명의 불꽃이 다해가는 와중에는 산들바람도 위험한 법이다.

"Chaooo…."

용의 마지막 의지도 크게 한몫했다. 여전히 삶에 미련이 있었다면 달랐겠으나, 놈은 중앙대륙 절반을 파괴할 만큼 치열했던 승부의 결과에 만족했다. 그래서 내게 기꺼이 승자의 권리를 허락했다.

오랜 세월 동안 쌓아온 자신의 힘을 넘겨준다. 그 양은 상식을 벗어난 수준이었다.

촤아악~!

작은 산맥에 버금가는 용체(龍體)가 새까만 맹독의 홍수로 변하면서 지상을 또 한 차례 휩쓸었다.

망룡왕 뇌비우스. 최후의 최후까지 끔찍한 용이었다.

뚝배기를 깨자마자 깔끔하게 죽어주던 마왕 페도나르가 이건 좀 본받았으면 좋겠다. 악당이라면 근성이 있어야지.

"…어라?"

능력치 변화를 본 나는 당황하고 말았다.

이 용은 단순히 경험치와 심장만 남기고 떠난 게 아니었다. 자신의 정체성이라고 할 수 있는 '혼돈'까지 내게 맡겼다.

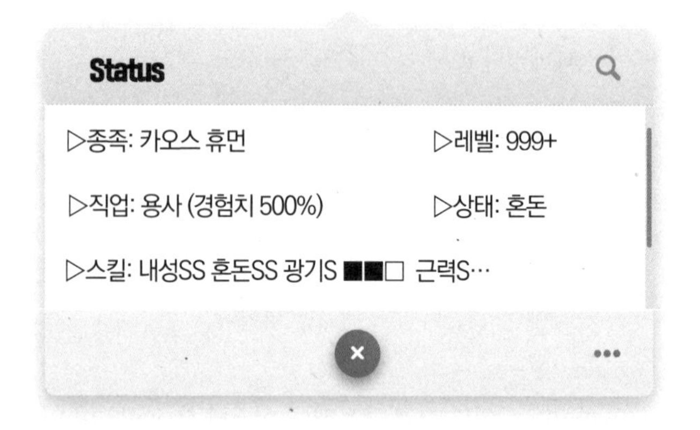

그 덕분에 내 능력치도 혼돈에 빠져버렸다. 종족도 혼돈이고, 스킬도 혼돈이고, 상태도 혼돈이다.

온 세상이 혼돈으로 가득했다!

그런데….

도덕 선생님. 저 모자이크는 뭔가요?

▷혼란: 그, 그건 저도 잘….

평소처럼 시원한 답변이 아니고 우물쭈물 댄다.

이 엉터리 교육시스템을 짠 교직원도 모르는 능력치인 걸까? 아니면 다 알면서도 모르는 척하는 걸까?

솔직히, 아무래도 상관없다.

"이거 참~♪"

주택복권 은박지를 긁기 직전처럼 설레기 시작했다.

▷의문: 카오스 드래곤은 사냥이 불가능해요. 용사 후보가 든든한 동료들을 모아서 충분히 성장했을 때는 이미 수명이 다해서 자연으로 돌아간 후이기 때문입니다. 이건 있을 수 없어요. 회귀했다고 가능한 업적이 아닙니다. 그렇지 않나요?

도덕 선생님. 일개 학생이 뭘 알겠어요.

나는 만만한 어린 용의 경험치를 먹으러 왔을 뿐이다. 집주인이 망룡왕인 줄 알았다면 절대 안 왔을 것이다.

얼떨결에 잡아버렸지만.

그리고 얻었다.

■■□

이 모자이크 스킬은 아직 비활성화 상태였다. 하지만 어떻게 활성화하는지는 어렴풋이 이해하고 있다.

자! 복권을 긁어볼 시간이다.

▷깜짝: 강한수 학생! 기다려주세요! 옛말에, 그 주인이 누군지 모르는 개는 뒤쫓지 말라고 했습니다. 상부에서 조사를 마칠 때까지 건드리지 않는 편이 좋지 않을까요? 빠르게 알아보겠습니다! 그때까지만 기다려주세요!

도덕 선생은 부리나케 떠났다. 그 직후, 내 입에서 절로 비웃음이 튀어나왔다.

"풋! 주인 없는 개? 뇌가 딱딱한 선생이라서 뭘 모르네."

사람은 하지 말라고 하면 더욱 하고 싶어지는 법이다.

나약한 인류는 '뜨거운 꽃'을 만지는 어리석음을 반복한 끝에 불을 다스리는 경지에 도달했다.

호기심이야말로 인간을 발전시킨 원동력.

판도라의 상자는 열라고 존재하는 것이다. 못 열어보게 할 거면 애시당초 상자에 넣지 말았어야 했다.

원인제공자는 교직원 일동. 내가 잘못한 건 없다.

"자…. 어디…."

스킬을 활성화하는 방법은 간단하다.

망룡왕의 심장.

그것은 테니스공 크기의 칠흑빛 하트(♥)였다. 산맥을 연상시키던 망룡왕의 초현실적인 덩치랑 비교하면, 그 힘의 원천인 심장은 너무나 작고 귀여웠다.

말랑말랑.

심지어 그 감촉마저도!

검은색 페인트로 칠한 슬라임인 줄 알았다.

그럼, 엉뚱한 감상은 이쯤하고….

꼴깍.

나는 젤리처럼 말랑말랑한 망룡왕의 심장을 한입에 삼켰다.

용을 죽이면 대량의 경험치만 얻고 끝나지만, 그 심장을 섭취하면 경험치와 용의 속성 일부를 계승한다.

망룡왕의 속성은 혼돈.

이 심장은 모자이크 스킬을 여는 열쇠가 될 것이다.

휘이이잉-!

내 몸속에서 혼돈이 휘몰아쳤다.

육체가 믹서기에 갈리는 듯한 감각.

변태 같은 무림고수와 소드마스터라면 "강해질 수만 있다면 고통쯤은 얼마든지 참아주겠어!"라며 미련하게 견디겠지만, 나는 엔도르핀을 분비해서 영화감상 하듯 술렁술렁 넘겼다.

"…따분하네."

고통을 즐기는 변태들의 심정을 조금은 알 것 같다. 정신 멀쩡히 뜨고 수술이 끝나길 가만히 기다리는 기분이다.

뭘 하면서 시간을 때울까? 누군가 노래라도 불러줬으면….

■■□ → ■■F

오! 끝났다. 스킬 이름이 들어갈 자리는 여전히 시커먼 모자이크였지만, 하얀색 모자이크는 F등급으로 표시가 바뀌었다. 스킬이 활성화됐다는 뜻이다.

“흐음. 일단은 블랙박스(Black-Box)라고 해둘까.”

진짜 이름을 알 수 있을 때까지.

사실, 스킬 이름이야 개똥이든 소똥이든 아무렴 어떤가? 효과만 좋으면 장땡이지.

나는 오랫동안 사용하지 않았던 능력치 기능을 개방했다. 자세히 살펴보기라는 것이다.

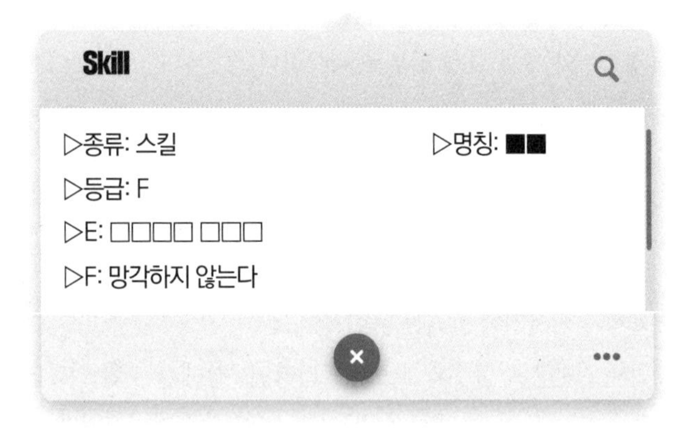

모든 스킬은 등급이 오를 때마다 새로운 효과가 추가되거나 기존 효과를 강화한다.

이 살펴보기 기능은 질 나쁘게도, 다음 등급의 효과를 가르쳐주면서 희망 고문을 한다. 그런데 나는 이마저도 모자이크로 가려져서 E등급 효과를 볼 수 없었다.

“망각(忘却)하지 않는다고? 뭘?”

하지만 재미있을 것 같다. 버그 냄새가 난다.

효과가 대단하지 않아도 솔직히 상관없다.

멀쩡한 사람을 제멋대로 회귀시킬 만큼 대단한 교직원을 당황시켰다는 것만으로도 그냥 좋다. 그거면 된 거 아닌가?

나는 이 신나는 기분을 품은 채 귀환길에 올랐다.

위대한 존재가 사는 마을로.

)(

"용사님! 너무 늦으신 거 아니에요?"

"잘못되신 줄 알고 걱정했습니다."

마을에 도착하자마자 두 잡것이 환영해줬다. 내 돈으로 기름진 음식을 많이 먹었는지 피부가 반들반들하고 신수가 훤해졌다.

죽은 요정이 불쌍하다고 구시렁댈 때는 언제고?

그녀의 시신을 팔아서 호의호식 중이었다.

나는 라누벨을 돌아보며 물었다.

"우리가 헤어지고 며칠이나 지났는대?"

"오늘까지 딱 7일째네요. 용사님. 그동안 뭐하고 계셨어요?"

"…너희들 몰라?"

이걸 어떻게 모를 수 있지?

"네. 일정을 제대로 안 가르쳐주셨는데 저희가 어떻게 알겠어요. 어휴! 말도 마세요. 용사님이 안 계시는 동안, 500년이나 자취를 감췄던 망룡왕 뇌비우스가 나타나서 중앙대륙을 쑥대밭으로 만들었답니다. 대륙의 쟁쟁한 영웅호걸들이 나섰지만, 빈번히 실패하고 몰살당했어요."

"…그랬었군?"

용사와 망룡왕의 환상적인 콤비. 과장 살짝 보태서, 우리의 모험은 생존자를 남기지 않았다.

망룡왕 뇌비우스는 워낙 덩치가 컸기에 아주 먼 거리에서도 관측됐지만, 인간인 나는 가까이서 대면하지 않으면 파악이 힘들었다. 설사, 시력이 좋아서 봤어도 의미없다. 용사의 얼굴을 아는 자가 몇이나 되겠는가? 그 얼굴마저도 맹독을 뒤집어써서 새까맣기만 했다.

나도 망룡왕의 숨결을 이용한 경험치 수확으로 바빴다. 그래서 마주치는 누구에게도 내가 용사임을 알리지 않았다. 즉, 아무도 진실을 모르고 있었다.

'이거, 어쩌면….'

나는 머릿속으로 빠르게 주판을 두들겼다.

결론은 금방 나왔다.

"너희 둘, 듣고 놀라지 마. 내가 망룡왕 뇌비우스를 토벌했다!"

업적과 평판을 동시에 올릴 기회다.

"용사님이요?!"

"헉! 용사님께서…!"

"그래. 망룡왕의 시체는 경험치로 변해서 사라졌고, 유일한 증거물인 심장도 내가 그 자리에서 먹어버렸지만, 확실해. 못 믿겠으면 여러 정보통으로 확인해봐. 망룡왕의 습격 소식이 더는 안 들릴걸?"

나는 라누벨과 짐꾼에게 각색해서 설명해줬다. 이러쿵저러쿵해서 용사가 무찔렀노라고. 둥지에서 조용히 황혼기를 보내던 망룡왕이 나 때문에 깨어나서 날뛰었다는 내용은 당연히 뺐다. 이

거 들통나면 평판은 끝장이다.

"와아…! 정말 굉장하세요! 5대 재앙을 혼자서…!"

"역시 용사님이십니다!"

평화로운 마을에서 빈둥빈둥 놀기만 한 게 찔렸던 걸까, 두 잡것은 침 튀겨가며 내 업적을 찬양하기 시작했다.

반응이 썩 괜찮았다. 나를 의심하는 조짐은 없었다.

'좋아! 아주 훌륭한 완전범죄야!'

사실, 여기까지 오는 내내 평판을 걱정했었다. 하지만 이 멍청한 판타지 원주민들은 망룡왕 뇌비우스의 출현을 자연재해로 착각해줬다.

덕분에 문제 될 게 없었다. 나는 망룡왕을 처치한 훌륭한 용사로만 기억될 것이다. 사람들이 믿어줄지는 의문이지만.

나는 소환되고 고작 보름 된 용사인 까닭이다. 1회차의 나를 기준으로 계산하면, 생명체를 죽인다는 거부감에 미적거리다가 간신히 10레벨을 달성했을 시기다.

그렇다. 10레벨!

보름 된 햇병아리 용사에게 마왕과 망룡왕은 너무나 머나먼 별천지의 존재였다. 용사 특전을 고려해도 불가능했다. 내가 쓰러트렸다는 사실을 믿어줄 것 같지 않았다.

"저희는 믿어요!"

"그렇습니다!"

라누벨과 짐꾼의 아부가 싫진 않다. 그러나 이 둘은 내가 오크주둔지에서 활약하는 모습을 보았기에 맹신하는 것이다. 내 실력을 모르는 대다수 원주민은 그렇지 않다. 그러면 어떻게 해야 할까?

"…간단하군. 또 잡으면 돼."

망룡왕 뇌비우스처럼 이름값 높은 강적을 토벌해서 증거물을 제시하면 믿어줄 것이다.

명성과 업적을 동시에 올릴 최고의 해결책.

레벨이 낮은 처음만 어렵다. 한 번 물길을 트며 그 뒤부터는 간단하다. 5대 재앙도 첫 토벌만 힘들었고 이후에는 손쉬운 편이었다. 최적의 일정표와 경로가 내 머릿속에 좌르륵 연상됐다.

"용사님. 뭘 또 잡으신다는 거예요?"

라누벨이 천진난만하게 고개를 갸웃하며 묻는다.

내가 열심히 갈궈서 귀여운 척이 좀 줄어드는가 싶었는데, 잠시 안 본 사이에 원상태로 돌아갔다. 그 교정은 나중으로 미뤄두고 질문에 답해줬다.

"거물을 또 잡을 거야."

5대 재앙 이상의 경험치 덩어리를.

"네?! 귀국은 어쩌시고요? 알렉스 씨랑 오리엔테이션을 갖기로 한 약속날짜까지 이제 하루 남았어요."

"아…! 알렉스…!"

나는 이마를 쳤다. 어떻게 그 친구를 깜빡할 수 있지?

아무리 명성과 평판에 눈이 멀었어도 '동료'를 잊어선 안 된다. 만약에 라누벨이 얘기해주지 않았다면 그냥 지나칠 뻔했다.

고마워서 그녀의 뺨에 뽀뽀하고 싶을…. 아, 이건 너무 갔나.

"그리고 용사님."

"말해. 지금은 기분이 좋아."

알렉스를 어떻게 요리해야 잘했다고 소문이 날까?

"요정 장의사가 알려준 정보인데요. 저희가 확보한 요정 시신은 엘브하임 왕비님의 수호기사 중 하나래요. 여기서 더 놀라운 점은 뭔지 아세요?"

"암시장에도 하나 있었다는 거겠지."

"맞아요!"

딱히 놀랍지도 않다. 요정들의 평균 레벨은 100쯤 한다.

안티에이징의 축복을 받은 요정들이 오래 사는 건 틀림없지만, 경험치를 쌓을 기회가 인간 용병보다 적어서 200레벨을 넘는 전사는 정말 극소수다. 800레벨은 말할 것도 없고. 왕비를 지키는 중책을 맡는 게 당연하다.

아무튼,

"라누벨. 잘 들었으니 이제 닥쳐."

내 인내심도 슬슬 고갈됐다.

"네?!"

"나머지 이야기는 네 가슴속에 고이 묻어놔. 상급 악마에게 요정왕의 마누라를 빼앗기고 실종된 수호기사들을 수색하는 임무 따위는 내가 알 바 아니야."

"……."

"뭐냐. 그 거북한 눈깔은."

이년이 멀쩡한 사람을 귀신처럼 쳐다본다.

"용사님. 그 사실을 어떻게 아셨어요?"

"척하면 척이지. 내가 용사 경력 10년-쌓을 예정인 몸이다. 이 정도는 서론만 들어도 알 수 있어."

귀찮은 사건은 귀신같이 감지해낼 수 있다. 1회차에선 망할 동료들 때문에 회피하지 못하고 뒤치다꺼리를 도맡아서 처리해야 했지만.

"그러면 저거는요?"

"저거?"

"이 마을 쪽으로 달려오는 사두마차요! 복면 쓴 산적들에게 쫓기는 듯해요!"

라누벨의 해설대로다. 튼실한 백마 4필이 모는 화려한 마차였다. 따로 깃발은 없었지만, 마차에 새겨진 은빛 여우 문양을 나는 알고 있다.

신성제국 제1 황녀의 표식.

그녀는 중앙대륙의 북부를 지배하는 거대한 나라의 씨족이다. 여기서 그 나라의 국경이 가깝긴 했다.

고귀한 황족이 저리 다급하게 국경을 넘는 이유야 뻔했다.

숙청(肅淸).

'이상하네. 황제가 붕어하려면 아직 5년쯤…. 아차!'

망룡왕이 황궁을 무너트렸다는 사실이 뒤늦게 떠올랐다. 그래서 황제가 일찍 죽었고, 평범한 황태자와 똑똑한 황녀의 골육상전(骨肉相戰)이 벌써 벌어진 모양이다.

1회차에서 이 싸움은 황태자의 압승으로 끝난다. 고위귀족들이 똑똑한 여황제보다는 만만한 황제를 바란 결과였다.

패배한 황녀는? 미인계를 써서 용사 일행에 빌붙는다.

여황제에 오를 때까지.

"진짜 얍삽한 여자였지…."

짐꾼은 마을을 떠날 채비를 위해 마구간에 가고 없었다. 마을 주민들은 땡볕을 피해 집안에 틀어박혀 있었다.

저 불청객들을 눈치챈 사람은 나와 라누벨뿐. 그렇다면,

"…앗! 동쪽 하늘에 최신형 마법지팡이가 날아간다!"

"정말요?!"

라누벨의 시선이 마차 반대편 하늘로 돌아갔다.

이 틈에 나는 숨을 들이켰다. 그리고 조용히 내뱉었다.

"후우~~"

망룡왕 뇌비우스의 숨결에 비할 바는 아니지만, 내가 생성한 독가스가 입김을 타고 사두마차 쪽에 살포됐다.

"히이잉~?!"

"히잉~?!"

힘차게 달리던 말들이 단말마를 지르며 고꾸라졌다. 채찍질하기 바쁘던 기사도 그 직후에 마부석에서 추락했다.

쿠당탕-!

사두마차는 길 한복판에 전복됐다.

"커억?!"

"독…!"

두건으로 정체를 감춘 신성제국의 추적자들도 예외는 아니었다. 멈춘 마차에 접근한 그들은 순차적으로 픽픽 쓰러졌다. 독무(毒霧)에서 탈출한 생존자 따위는 없었다.

고요해졌다.

"용사님. 하늘에 마법지팡이는커녕 아무것도 안 보이는데요?"

"그래? 내가 잘못 본 모양이네."

우리는 아무것도 보지 못한 거다.

시체는 주인이 없다. 먼저 줍는 사람이 임자다. 우리는 황녀 일행의 마차에서 보석상자를 발견할 수 있었다.

이대로 순순히 황제 자리를 오라비에게 넘길 수 없다는 황녀의 강력한 의지가 엿보이는 액수였다.

마음 같아서는 황녀가 입고 있는 고풍스러운 검은색 속옷까지 홀딱 벗겨서 챙겨가고 싶지만, 가져갈 수 있는 짐에 한계가 있어서 포기해야만 했다. 이게 다 라누벨 때문이다.

"불쌍해요. 이들에게 쫓긴 사연이 있는 듯한데."

용사의 동료 같은 대사를 읊고 앉았다.

…말이 좀 이상한데?

아무튼,

"야. 라누벨. 너는 이 여자만 불쌍하고 나는 행복해 보이니? 마을에서 4차원 가방 마술이라도 익히지 않고 뭐했어?"

"에…. 몰랑이랑 놀았어요."

"괴롭힌 거겠지!"

위대한 존재가 라누벨만 보면 몰랑거리면서 두려워한다. 얼마나 귀찮게 만져댔는지 상상이 안 됐다.

라누벨이 수심에 깃든 얼굴로 묻는다.

"용사님. 이 아름다운 여성분은 누굴까요?"

"마차의 문양을 보면 알잖아."

"처음 보는데요."

"…음?"

고고학자 라누벨이 모르는 가문의 문장은 없다. 그런데 그녀가 모른다고 단언하면, 정말 최근에 생긴 가문이란 뜻이다. 나는 뒤늦게 깨달았다.

'아아, 그렇군. 시기상 분가(分家)한 지 얼마 안 됐나.'

신성제국 황제는 냉철하고 현명한 인물이었다. 훗날, 두 자식의 후계다툼으로 제국이 분열할 것을 예견한 그는 일찌감치 평범한 아들을 후계자로 책봉하고, 똑똑한 딸의 야욕을 끊고자 황가(皇家)에서 제명하는 강경책을 선택했다. 그리고 딸에게 '후작' 지위를 내렸다.

하지만 똑똑한 황녀는 포기하지 않고 야금야금 자신만의 세력을 키웠다. 그 과정에서 허울뿐이었던 그녀의 가문 문양 또한 덩달아 유명해진 건 당연지사.

그래도 끝내 실패한 황녀는 용사 일행에게 빌붙었고, 그녀의 눈물과 친목질이 국가전복으로 이어진다. 비극의 시작이었다.

"라누벨. 여기 시체를 마법으로 다 태워."

"네?! 하지만…."

"벌거벗긴 이 여자의 똥구멍에 꼬챙이를 찔러서 깃발 대용으로 쓰는 광경을 보고 싶으면 놔두고."

"히익?!"

평범한 황제와 귀족들의 화합으로 빠르게 안정을 되찾던 신성제국은 야만적인 용사 일행의 공격으로 심각한 타격을 받는다.

쉽게 표현해서, 달걀로 바위를 깨버렸다. 다수결의 원칙을 깨고, 극소수가 다수를 몰살시켰다. 그 결과, 정말 아무것도 남지 않은 빈껍데기가 된 신성제국은 몰락의 길을 걷는다. 승리에 취한 용사 일행은 "똑똑한 여황제가 나라를 잘 다스릴 거야!" 같은 개소리나 시부렁댔다.

쿠데타로 나라 전체가 피폐해졌다. 전국적으로 줄어든 군사력과 무너진 치안은 통치자의 IQ가 높다고 저절로 해결되지 않는다.

작은 도시를 경영하는 게 아니다. 긴 시간과 자본을 요구하는 대규모 국가사업이다. 자본을 구하려면?

세금.

자연히 올라간 세금으로 고통받는 건 백성이다. 세금 높인 지도자치고 잘하는 놈을 못 봤다.

선황제의 걱정은 최악의 형태로 마무리됐다.

화르륵!

우리는 귀금속을 뺀 황녀를 포함한 모든 시신을 커다란 마차에 욱여넣고 불태웠다.

이것은 내 1회차의 속죄였다. 살면서 그렇게 많은 욕을 먹어보긴 처음이었다.

"이번에는 평화로운 신성제국이 되길."

진심으로 기도했다. 이미 국토 절반이 망룡왕의 맹독에 오염됐는데, 후계다툼까지 없어지면 너무 불쌍하잖은가?

)(

우리는 이틀 걸려서 왕국으로 되돌아갔다.

약조한 열흘에서 하루 지각하긴 했지만, 만두 국왕은 내 썩은 미소를 짓자마자 대범하게 용서해줬다.

그리고 마침내,

"하하! 용사. 왕궁훈련장에 잘 왔다! 계집처럼 상처 하나 없는 피부를 보니, 제대로 된 훈련을 받아본 적이 없는 모양이군. 하지만 걱정하지 마라. 왕국 제일의 검이 너를 훌륭한 용사로 키워주마! 그것도 단시간에. 으흐흐."

알렉스의 오리엔테이션이 시작됐다.

나와 알렉스를 포위하듯 널찍한 원을 그리며 둘러싼 왕궁기사들이 흥미로운 시선으로 바라본다.

구경꾼은 그들만이 아니었다. 흙먼지 가득한 훈련장 밖의 그늘진 장소에는 왕족과 귀족, 신관, 하녀, 마법사 등이 옹기종기 모여서 관전할 채비를 갖췄다.

마을 씨름판에 들어온 분위기. 하지만 낯설지 않다.

강렬한 경험은 쉽사리 잊히지 않는 법이니까.

그 말대로, 1회차의 나는 낯선 세계에 떨어져서 향수병이 빠질 틈도 없이 인권모독을 온종일 당해야만 했었다.

구타, 치유, 구타, 치유, 구타….

첫날에는 정말 개처럼 얻어맞기만 했다. 기절하면 뒤편에 대기한 신관에게 치료받은 후에 또 맞았다. 명분은 그럴싸했다.

"단시간이라…."

"그렇다. 단시간. 부활한 마왕이 언제 진격해올지 알 수 없는 비상시국이니까. 나는 너를 속성으로 가르칠 거다. 실전 훈련이라고 들어봤냐? 스킬 숙련도를 올리는 데 매우 효과적이다."

알렉스가 주먹을 붕붕 흔든다. 내 머리통을 후려치고 싶어서 근질근질한 모양이다.

"그러다가 죽으면?"

"안 죽어. 초보자를 상대로 내가 힘 조절을 못 할 것 같아? 아프거나 다치더라도 걱정하지 마라. 저쪽에 대기 중인 신관과 마법사들이 바로 치유해줄 테니. 아! 그리고 네게 거부권은 없다. 인류의 운명이 걸린 사안이니 엄살은 받아주지 않아."

"많이 아플 것 같은데."

"그쯤은 참아라. 남들은 내게 실전 훈련을 받으려고 줄을 서서 기다린다. 복에 겨운 줄 알아라."

"용사에게 원한을 사는 건 괜찮고?"

"네 도량이 좁은 거겠지."

시시콜콜한 자기소개는 생략됐다. 1회차에선 짧게나마 그 시간을 가졌었는데, 2회차 알렉스는 빨리 나를 때리고 싶어서 오리엔테이션 일정을 팍팍 생략했다.

그의 능력치에도 잘 표현되어 있었다.

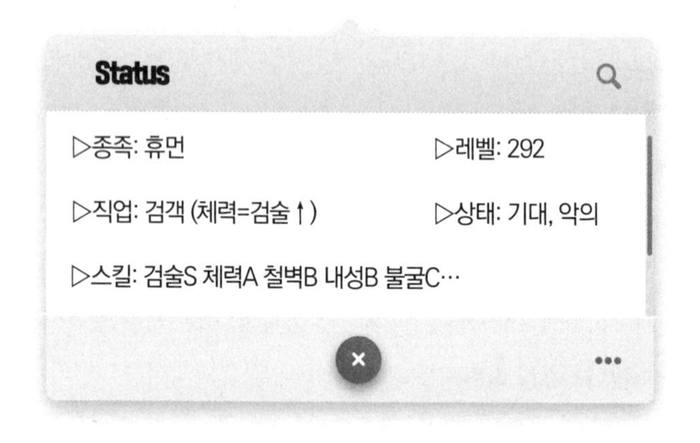

상태 악의(惡意). 1회차 때는 못 봤던 것 같은데?

나는 피식 웃으며 말았다.

"알렉스. 훈련은 내가 아니라 네가 받아야 하지 않을까? 고작 292레벨로 누굴 가르쳐."

"기어오르지 마라. 덜 맞고 싶으면."

이마에 힘줄이 돋은 알렉스가 으르렁거렸다.

"진심으로 해주는 충고야. 내가 오크 주둔지를 쓸어버리고 망룡왕을 토벌했다는 얘기를 해준 거로 안다만?"

알현실에서 라누벨이 나 대신 보고했다. 만두 국왕을 포함해서 아무도 귀담아듣지 않았지만.

"하! 그딴 거짓말을 믿을 거 같냐. 이봐, 용사. 훈련받기 싫어서 핑계를 댈 거면 좀 더 현실성 있는 거로 해라."

"큭큭!"

"풋!"

"키득!"

우리의 대화를 듣고 있던 왕궁기사들이 알렉스를 따라서 천박하게 어깨를 들썩이며 웃었다.

1회차의 기억이 새록새록 났다. 그때도 저들은 나를 저런 눈으로 보았었다. 흙바닥을 엉금엉금 기면서 어떻게든 알렉스로부터 도망치려는 나를 한심하게 내려다봤었다.

아무도 내 편을 들어주지 않았다.

"입 닥쳐. 철밥통들아. 재밌어 보여? 너희 처자식이 처맞아도 그렇게 웃을래? 내가 멱살 잡고 온종일 때려줄까?"

"……."

"……."

내 말을 들은 왕궁기사들의 얼굴에서 표정이 사라졌다. 그리고 슬금슬금 뒷걸음치며 하나둘 해산했다.

하지만 전부 떠난 건 아니었다.

“너희는 뭐냐?”

내 질문을 받은 자들이 시선을 피하며 답했다.

“처자식이 없습니다.”

“여자를 만날 기회가 없었습니다.”

“작년에 아내랑 사별했습니다.”

대답하는 왕궁기사들의 울적한 마음이 내 영혼마저 울렸다.

저들에게는 관전할 자격이 충분했다.

“그래! 너희들은 거기 있어도 돼! 내가 인정하마! 이 용사는 언제나 솔로(Solo)의 편이니까. 마음껏 웃어!”

즐거운 쇼가 될 테니.

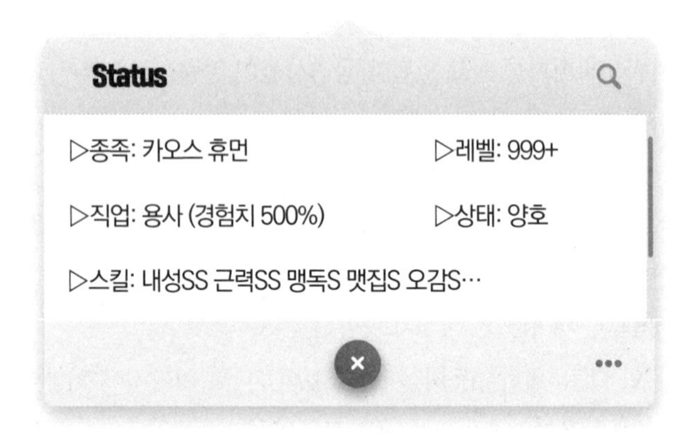

알렉스의 능력치랑 비교 자체가 안 됐다. 알렉스 100만 대군이 몰려와도 몰살시킬 자신 있었다.

블랙박스?

F등급 스킬이라서 정렬 우선순위상 끄트머리로 밀려났다. 펼치기 기능을 따로 활성화하지 않으면 보이지 않는다.

망각하지 않는다. 그 효과의 쓰임새는 여전히 오리무중….

"용사! 실전에선 말하고 공격하지 않아. 예고 없는 기습을 늘 조심해야 하지! 바로 지금처럼!"

알렉스는 1회차랑 똑같은 말을 하며 내게 돌진해왔다. 하지만 노리는 부위는 전혀 달랐다.

"거참…."

복부를 공격해왔다면 맷집S의 성능을 보여줄 생각이었는데, 거기는 내 기분이 더러워질 것 같아서 일부러 못 맞아주겠다.

그렇다고 방어하지도 않았다. 괘씸해서 역으로 먼저 걷어차는 쪽을 택했다.

퍽—!

"커억—?!"

오른쪽 다리의 무릎 관절이 기형적인 방향으로 꺾인 알렉스가 비명을 지르며 나뒹굴었다.

"……."

"……."

이 이상 사태에 구경꾼들이 입을 쫙 벌렸다. 마음에 드는 반응들이다.

"알렉스. 엄살 그만 부리고 얼른 일어나. 실전에서 너의 적은 친절하게 기다려주지 않아."

"이놈…!"

그래도 미래의 검왕(劍王)다웠다. 내 가벼운 도발에 두 눈이 충혈된 알렉스는 두 손으로 땅을 박차며 잽싸게 몸을 일으켜 세웠다.

하지만 그게 다였다. 오른쪽 다리가 완전히 박살 난 알렉스는 몸의 무게중심을 왼쪽 다리에 집중한 채 제자리에 서 있는 게 고작이었다. 물론, 내가 알 바 아니다.

"아아악?!"

알렉스의 뒤로 잽싸게 이동해서 꼬리뼈 부분을 올려 찼더니, 예상대로 힘찬 오페라가 들려왔다.

녀석은 아직 검왕이 아니다. 현재는 일개 왕국의 왕궁기사단장일 뿐. 하급 악마 한둘만 습격해와도 바로 쩔쩔맬 약자다.

그런 주제에 남을 가르치시겠다고?

"이봐, 알렉스. 일단 너부터 실전경험이 빈약한데 누굴 가르치겠다는 거야?"

"으으…"

"외견과 상식으로 남을 재단하지 마라. 신중한 자들은 진짜 실력을 감추고 행동하니까. 잘 들어. 모든 싸움은 승률 50% 고정이야. 이기지 못하면 진다. 너처럼 기세등등한 멍청이는 이 법칙을 무시하다가 일찍 죽어버리지."

"네놈이…! 크윽!"

고꾸라진 알렉스는 곧장 일어서지 못했다. 근성으로 견딜 수 있는 한계치를 넘어선 탓이다. 그의 육체는 붕괴 직전이었다.

뒤편에서 대기하고 있던 신관의 외침이 들려왔다.

"용사님! 그러다가 알렉스 단장이 죽겠습니다!"

"당연하지. 실전에선 원래 잘 죽어."

나는 이 실전 훈련을 당장 멈출 생각은 없었다. 1회차의 알렉스가 내게 그랬던 것처럼 나 또한 강행했다.

물론, 오래 끌 생각은 없었다.

"다음 가르침. 잘 싸워서 이기는 건 하책이야. 안 싸우고 이기는 게 상책이지. 반드시 상대의 피를 봐야만 실전인 건 아니야. 너 같은 야만인은 이해하기 힘들겠지만."

"이놈…."

흙바닥에 쓰러진 알렉스가 나를 노려본다.

나는 그 면상을 걷어찼다.

"그리고 가장 명심할 것. 실전은 냉혹해. 남을 해코지할 때는 역으로 당할 각오도 있어야 돼. 그걸 망각하는 순간, 너는 동료와 수하들을 위기에 빠트릴 거다."

매우 중요하다. 내가 그 최대 피해자였기 때문이다.

이리저리 걷어차인 알렉스는 썩은 오징어처럼 흙바닥에 퍼져서는 손가락 하나 꿈쩍하지 않았다.

"내가, 내가 너 따위에게…."

알렉스는 현실을 부정하기 바빴다. 그래서 내 가르침을 아예 들으려 하지 않는다.

"쯧쯧. 현실부정. 약자들만 상대해온 병신이 처음으로 패배했을 때 보이는 보편적인 증상이군."

"……."

"자! 그러면, 중간교육과정을 생략하고 마지막 가르침을 내려줄게. 실전에서 가장 중요한 게 뭔 줄 알아?"

우리의 눈이 딱 마주쳤다.

"설마…?"

내 눈빛을 보자마자 정답을 눈치챈 알렉스가 입을 쫙 벌렸다. 모두에게 전하고 싶은 말이 있는 모양이다.

하지만 내가 더 빨랐다.

우득.

알렉스의 경추(頸椎) 6번과 7번 사이를 밟아서 부러트렸다.

너무나 변변찮은 경험치. 그래도 수강료를 아예 안 받는 것보다는 낫잖은가?

정답을 공개했다.

"후환을 남겨두지 말 것."

내 실전 훈련은 귀찮은 복습이 필요 없다.

▷황당: 황녀와 검왕을 살해하셨더군요. 과거 앞에서는 모자를 벗고, 미래 앞에서는 웃옷을 벗으라고 했습니다. 과거의 실패를 무시하진 않되, 미래를 위해 내려놓아야 합니다. 실패해본 당신이라면 그 둘을 좋은 미래로 이끌 수 있지 않았을까요?

오! 도덕 선생님. 빨리 돌아오셨네요.

좋은 미래는 모르겠고, 실패는 걱정하지 마십시오. 제가 황녀를 암살했다는 사실을 아무도 눈치채지 못했으니까요!

내 평판에는 전혀 문제없다.

무고한 신성제국 백성들도 권력투쟁의 아픔을 겪지 않아도 된다. 권력욕에 찌든 황녀를 교화시키기보다는 깔끔하게 죽여두는 편이 가장 변수가 적고 성공적이다.

게다가 쉽잖아?
알렉스는 논할 가치조차 없다.

▷두통: 가장 멋진 승리는 자기 마음을 이기는 것입니다. 1회차 원한을 내려놓으란 의미였습니다…. 현자(賢者)가 화를 내면 더 이상 현자가 아니게 됩니다. 어리석은 인간에게 참회할 기회를 줘야 하지 않을까요? 관용은 용사가 갖춰야 할 중요한 덕목입니다.

오늘따라 선생 잔소리가 찰지다.
이러다가 마왕에게 관용을 베풀라고 할 기세다.

▷부정: 그것은 용사의 존재 의의를 부정하는 행위입니다.

두고 보면 알겠지요~
깜짝 놀란 신관과 마법사가 서둘러 달려왔다. 그들은 알렉스의 맥박을 짚어보고는 하나같이 얼굴이 창백하게 질렸다.
“주, 죽었습니다….”
“왕국 최고의 검호가 이리 허무하게….”
“신이시여….”
알렉스의 죽음이 충격적인 모양이다. 왕족과 왕국을 수호하던 남자가 싸늘한 주검이 되어 사라졌으니, 불안에 떠는 것도 어느 정도 이해됐다. 나도 그 책임을 느낀다.
알렉스가 개새끼란 생각은 지금도 변함없다. 다시 기회가 오더라도 망설임 없이 죽일 거다. 그리고 이 선택에 대한 책임을 떳떳

하게 짧아질 것이다.

"걱정하지 마! 이 용사님에게 맡겨달라구?"

힘없는 민중들에게 안도감을 주는 환한 미소를 지었다. 꽤 자신하는 부분이다.

"헉!"

"히익?!"

"딸꾹!"

…이놈들은 힘없는 민중이 아니라서 저리 두려워하는 것이다. 속옷까지 탈탈 털어보면 분명 찔리는 짓을 했을 게 틀림없다.

얼굴들을 기억해두자.

"왕궁기사단! 전원 집합! 살기 싫으면 말고."

"헉?!"

"지, 집합-!"

내 명령에 불복하는 왕궁기사는 없었다. 그들은 신속하게 내 앞에 오와 열을 맞춰 섰다. 군기가 바짝 잡힌 늠름한 얼굴들.

2회차를 시작했을 때, 거슬리던 광경 중 하나가 방금 사라졌다. 왕궁기사들이 흠모의 눈으로 나를 바라보고 있다.

딱 내가 원하는 그림이다.

'그래! 멀쩡한 사람이 회귀했으면 이 정도는 해줘야지!'

1회차에서 10년이나 걸렸던 일을 2회차에선 10일로 단축했다.

용사의 비호 아래에 똘똘 뭉친 지금 같은 결속력이라면, 왕국에 산재한 문제들을 빠르게 해결할 수 있을 것이다.

지금부터 우리가 할 일이다.

"제군들. 보다시피, 단장 알렉스가 실전 훈련 중에 죽었다. 실전

같은 훈련을 하다 보면 종종 벌어지는 일이지. 실전에서 가장 중요한 능력은 폭력이 아닌 안목이야. 그걸 외면하고 날뛰면 알렉스처럼 단번에 골로 가는 거지. 이해 못 한 자살 희망자 있나?"

"……."

"……."

대꾸는 없었다. 모두가 내 가르침을 받아들인 모양이다.

"좋아. 내 오리엔테이션은 여기서 끝내고, 지금부터 우리는 이 왕국을 좀먹는 문제들을 빠르게 제거할 것이다. 음? 이해를 못 한 얼굴들인걸? 그러면 지금부터 손모가지 걸고 질문받겠다. 질문 있는 기사는 잘리고 싶은 손을 번쩍 들도록."

"……."

"……."

궁금증들이 말끔히 사라진 모양이다.

진도가 빨라서 좋군.

"지금부터 두 팀으로 나누겠다. 라누벨이 이끄는 절반은 왕비의 별장으로 가서 보라색 옷장을 열면 비밀통로가 나올 거야. 그 길을 따라 쭉 들어가면 집회장이 나올 텐데, 그곳의 악마숭배자를 싹 정리하고 증거물을 몰수해오도록. 왕비? 앙탈이 심하면 죽여도 돼. 어차피 교수형이야. 나머지는 나랑 왕국 내부를 청소한다."

원래는 유료 서비스다. 하지만 알렉스를 죽인 책임과 빚이 있다. 나는 야만적인 검왕 따위가 없어도 이 왕국의 치안과 평온이 유지될 수준까지 정화해줄 것이다. 뒷말 안 나오도록 확실하게!

신성제국 백성들에게 욕먹으며 단련된 내 실력을 보여주겠다.

▷놀람: 강한수 학생. 무슨 심경변화인가요?

아! 아직 계셨습니까?

도덕 선생님. 보시고 평판 점수 잘 매겨주세요. 정말 열심히 일하겠습니다.

) (

야만적인 판타지 세계에 납치된 나는 10년 동안 무수히 많은 사건을 거의 무상으로 해결해줬다.

전부 완벽하게 해결했다고 하면 거짓말이지만, 나를 소환한 왕국의 문제들은 발단부터 해결책까지 빠삭하게 안다고 자부한다.

어린 용(龍) 먹기나 다름없다.

정확히 5일 걸렸다.

왕궁의 정문으로 이어지는 넓은 중앙광장.

이곳에서 왕국의 모든 해충을 죽이는 이벤트가 개최됐다. 아직은 생포해둔 상태지만, 곧 처리할 예정이다.

주최자는 당연히 나. 하지만 오늘의 주인공은 내가 아니다.

"짐꾼. 준비됐어?"

"네. 용사님."

영원히 깨끗한 물탱크는 없다. 주기적으로 청소해주지 않으면 구정물로 변한다.

이 왕국의 치안도 다르지 않다. 1급수 같은 청결을 유지하려면 제2의 알렉스가 꼭 필요하다. 그것도 내게 충성하는 똘똘한 놈으로. 그래서 짐꾼을 골랐다.

"내가 얼마나 경험치를 소중하게 생각하는지 알지?"

"네. 용사님! 매우 잘 압니다!"

무거운 짐 대신 흉흉한 창을 쥔 짐꾼이 씩씩하게 대답했다. 가만히 앉혀두고 온종일 정신교육 한 보람이 있었다.

우리 주위에는 경험치 덩어리들이 바글바글했다. 오늘의 이벤트를 위해 굴비처럼 줄줄이 엮어서 예쁘게 모아놓은 죄인들이다. 원래는 바다에 수장시킬 예정이었지만, 그럴싸한 계획은 늘 변경되기 마련이다.

죄인의 직업과 성격도 다양했다.

"폐하! 폐하! 살려주십시오! 용사가 미쳤습니다!"

아직도 포기하지 못한 친구가 있었다. 그 근성으로 어릴 적부터 사람을 납치해서 강간하고 고문했으니, 참으로 유감스러울 따름이다. 능력치도 제법 준수하다.

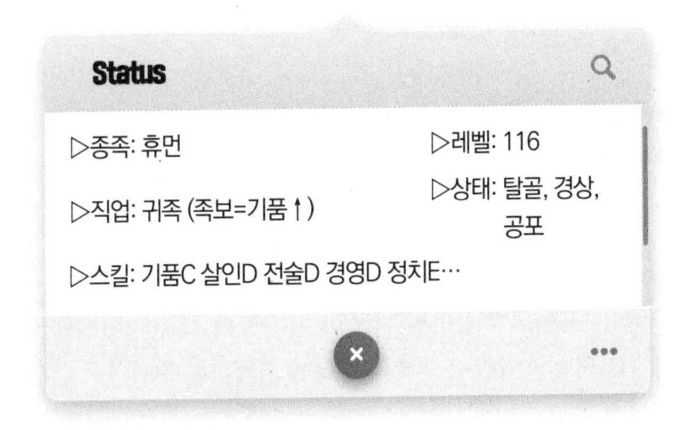

귀족들은 무병장수하기 위해 여러 방법으로 레벨을 올린다.
돈으로 구할 수 있는 영약(靈藥)이 인기는 가장 많지만, 그 희소성과 가격이 만만치 않아서 경험치 사냥이 주를 이룬다.
하지만 꼭 몬스터만 잡으란 법은 없다. 사람도 경험치를 준다.
인간들 간의 전쟁이나 몬스터 토벌을 자주 다니는 군벌 출신은 경험치를 구할 기회가 많아서 그나마 낫다. 가난한 문벌들이 늘 문제다. 젊음을 유지하며 무병장수하고는 싶은데 영약 살 돈이 아깝거나 없고, 아프거나 죽을지도 모르는 전쟁터와 사냥터도 가기 싫다.
날로 먹고 싶다는 심보. 이러면 자연스레 살인으로 이어진다.
시작부터 살인마로 입문하는 귀족은 없다.
처음은 죽여도 무관한 죄수와 노예부터.
여기서 만족하고 끝내면 문제가 안 되는데, 레벨을 더 올리려고 무고한 서민을 건드리면 심각해진다.
무조건 사형감이다.
"죽여."
"네."
짐꾼의 창이 귀족의 가슴을 꿰뚫었다.
"와아아아!"
"용사님! 만세!"
"꼴 좋다!"
구경 나온 시민들이 환호했다. 내 가족과 이웃을 납치해서 경험치로 써먹은 악랄한 귀족의 죽음에 기뻐하는 것이다.
하지만 이건 입가심용에 불과하다. 메인 요리는 이제부터다.

"사랑하는 임이시여! 소녀는 억울하옵니다! 폐하~!"

이벤트용 굴비랑 차별되게 나무기둥에 따로 묶인 초췌한 미녀가 왕궁을 바라보며 애원했다.

이 자리에 정말 힘들게 모셨다.

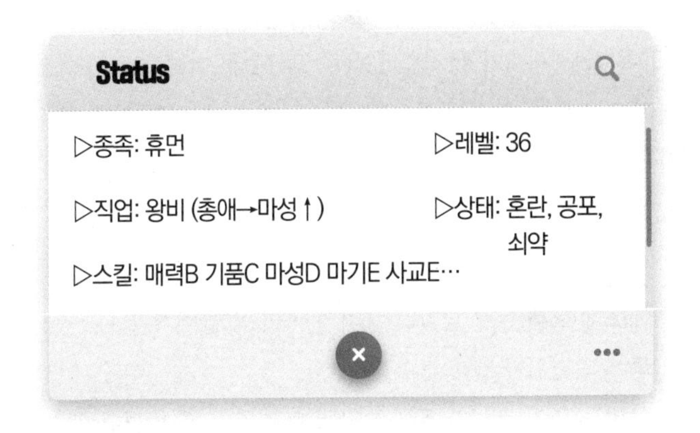

만두 국왕의 예쁜 마누라다.

어떤 여자든 꽃처럼 아름다워지길 바란다. 이미 아름답다면 그 아름다움을 오랫동안 유지하고 싶어 한다. 경험치를 입수해서 레벨을 올리는 방법이 가장 보편적이지만, 이게 어려운 여성들은 스킬에서 해법을 찾는다.

매력, 마성, 불로, 축복, 무공, 마법….

하지만 이건 레벨보다 훨씬 올리기 힘들다. 스킬 숙련도 때문이다.

그래도 미모와 젊음을 쉽게 유지하고 싶었던 왕비는, 왕국을 좀먹던 사이비교에서 그 해답을 찾았다. 악마랑 계약해서 '악마의 힘'을 빌린 것이다. 스킬 '마기(魔氣)'가 그 증거.

자신의 아름다움을 위해 남편을 배신하고 악마에게 나라와 백성들을 팔아넘긴 것이다. 그런데도 본인이 뭘 잘못한 줄 모른다.

그래서 판결은?

“이년도 죽여.”

“…용사님. 갱생의 여지가 있지 않겠습니까?”

“이 짐꾼 새끼가 아직도 교육이 덜 됐네. 미녀라고 봐주고, 왕비라고 봐주면 어느 백성이 용사와 국가를 믿겠니? 네가 대신 죽을래?”

“아, 알겠습니다.”

푹-!

예쁘게 오래 살고 싶었던 왕비의 몸이 축 늘어졌다.

좋은 경험치가 됐다.

왕비는 범죄의 현장에서 붙잡혔고 증거 또한 뚜렷했기에 빠져나갈 구멍이 없었다. 그래도 만두 국왕은 조용히 은폐하길 원했다. 후계자 책봉 때문이다.

악마숭배자의 자궁에서 태어난 ‘불길한 존재’가 다음 우리의 왕이 된다고 상상해보라. 이걸 순순히 받아들일 백성은 없다.

그래서 만두 국왕은 아내의 유감스러운 죄목은 덮어두고 지하감옥에 유폐, 악마의 습격에 왕비가 살해됐다는 식으로 정리하길 원했다.

하지만 나는 그럴 필요성을 못 느꼈다.

왜냐하면,

“어머니…!”

“어마마마…!”

후계다툼 중인 두 왕자도 곧 퇴장할 예정이기 때문이다.

피를 나눈 형제끼리 서로 죽이려는 것도 거슬리는데, 그 활동 자금을 마련하려고 온갖 추잡한 비리와 뒷거래에 손을 댔다.

사재기, 고리대금업, 투기, 암살, 정략결혼, 협박….

이놈들은 갱생의 여지가 없다.

"지옥에 가거든 형제끼리 싸우지 말고 효도해라. 두 번 해라. 판결 끝. 죽여."

"네!"

푹! 푹!

평균 200레벨의 두 왕자가 짐꾼의 창에 찔려 사망했다.

구경하던 백성들은 놀라긴 해도 그리 충격받은 얼굴이 아니었다. 자연스럽게 이 상황을 받아들였다.

보통은 있을 수 없는 일이다. 판타지 세계에서 왕족이란, 하늘의 구름 같은 존재이기 때문이다. 그래서 나는 이들을 지상으로 끌어내렸다. 왕비부터 악마숭배자로 공표한 후에 죽이고, 그녀가 낳은 왕자들을 이어서 처형하는 식으로 충격을 완화했다.

그게 정답이었다.

아무도 내 판결에 반론을 제기하지 않았다.

이걸로 분위기가 무르익었다.

"짐꾼. 나머지 잡것들은 빠르게 정리해."

"잡것들? 아! 네! 용사님!"

푹! 푹! 푹! 푹! 푹….

백성들은 이제 그러려니 바라볼 뿐이었다.

왕족까지 처형되는 마당에 귀족과 유명인이 눈에 차겠는가?

복잡한 재판 없이 빠르게 정리됐다. 사악한 귀족일수록 레벨이 높았다. 덕분에 짐꾼의 레벨도 쭉쭉 올라갔다.

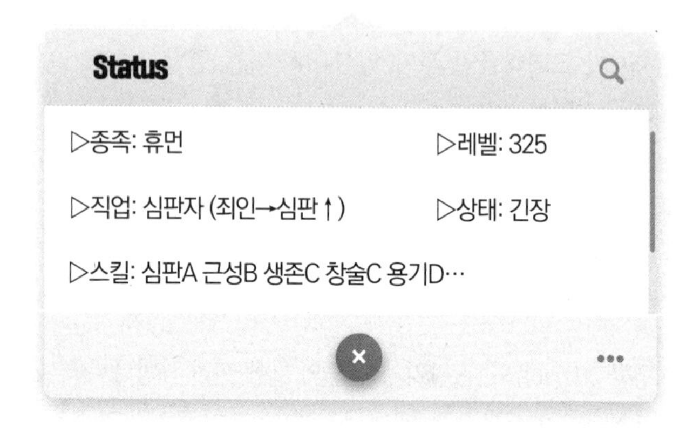

보름 전까지만 해도 그는 286레벨 노예 인생이었다. 하지만 10년 경력의 훌륭한 용사님의 지도편달로 빠르게 성장한 짐꾼은, 이렇게나 멋진 사내대장부로 둔갑했다.

직업도 싸구려 용병에서 심판자로 바뀌었다.

스킬 구성도 참으로 알차다.

"어디 보자…. 그래. 이제 괜찮은 여자만 옆구리에 붙여주면 영웅의 풍모가 완성되겠군!"

아주 적합한 여성이 있다.

왕국의 공주님.

탈탈 털었음에도 곰돌이 속옷밖에 안 나오다니. 쳇!

그녀는 백성들에게 사랑받는 캐릭터라서 무명(無名)의 용병 출신으로는 감히 엄두도 못 내지만, 왕비가 사고 치는 바람에 기회가 왔다.

인생은 원래 한 방이다.

"용사님? 아무리 그래도 이건 좀…."

"왜?"

"제가 공주님의 가족을 살해했습니다만…?"

아하! 난 또 뭐라고. 이 짐꾼은 여전히 덩치 큰 새가슴이었다.

"말은 똑바로 해. 살해가 아니라 처형이지. 누군가 해야 할 일이었어. 왕비와 왕자들은 네 가슴 속에 영원히 살아갈 거야. 경험치로. 우리는 이미 한 가족!"

탈탈 털어서 곰돌이 속옷밖에 안 나온 공주님이라도 '악마숭배자의 딸'이란 불명예와 의혹에서 영원히 도망칠 수 없다. 공주로서 가치가 급락했다.

"그러니 너 정도면 과분한 신랑감이지. 자신감을 가져!"

"첫날밤에 독살당할지도…."

"어허! 이 용사님만 믿으라구~"

내가 널 왕(王)까지 키워줄게!

내 명성이 판타지아 전역으로 퍼져나갔다.

상심이 큰 만두 국왕이 칩거에 들어가는 부작용이 있었지만, 왕국의 대다수 국민은 정의로운 용사님을 찬양하기 바빴다.

주변국들도 예외는 아니었다.

"용사님의 무궁한 승리를 기원합니다! 이것은 제국에서 준비해본 약소한 선물입니다! 꼭 받아주십시오!"

"착용감이 어떻습니까? 저희 왕국에서 심혈을 기울여서 제작한 갑옷입니다. 용사님께서 마왕을 쓰러트릴 때 보탬이 됐으면 좋겠습니다."

"안녕하십니까, 용사님. 저희 공주님이 생떼를 부려서 찾아뵙게 됐습니다. 아! 데릴사위는 절대 아닙니다! 절대!"

각국에서 귀한 선물과 예쁜 아가씨들을 한 보따리씩 보내왔다. 그러면서 자기 나라가 얼마나 백성들에게 잘해주는 곳인지 침 튀겨가며 설명했다.

"선황제께서 최근에 붕어하신 후에도 신성제국은 평온합니다. 용사님께서 번거롭게 방문하실 필요 없습니다."

"마왕이 부활하지 않았습니까? 인류가 용사님의 발목을 잡아선 면목 없지요. 저희 왕국은 범죄율이 매우 낮습니다."

"해상왕국은 매우 안전합니다! 귀족들이 매일 해적을 퇴치합니다. 용사님을 누추한 바다까지 모실 생각은 눈곱만큼도 없습니다."

나는 웃으며 답례해줬다.

"여자는 됐고, 선물만 잘 받겠습니다."

여자라면 이 왕국 수도에도 많다. 왕국 전역에서 신데렐라를 꿈꾸며 몰려든 어여쁜 아가씨들로 넘쳐난다. 굳이 공주, 영애, 규수를 고집할 필요 없다.

지친 내가 손을 내밀었을 때, 복잡하게 따지지 않고 웃는 얼굴로 호응해주면, 창녀나 과부라도 상관없다.

중요한 건 '마음의 치유'다.

나도 처음부터 그렇게 생각했던 건 아니다.

너무나도 힘들었던 1회차 시절, 토니의 술집에서 만취한 상태로 자살을 진지하게 고민했던 적이 있었다.

그때, 나를 만류하고 적극적으로 위로해준 사람은 아름다운 공주나 요정이 아니었다. 길거리에서 흔히 볼 수 있는 아가씨였다.

구원은 그리 멀리 있는 게 아니다. 자기가 외면할 뿐.

"고대의 용사님들은 경건하셨는데…."

"불쌍한 중생들이었네."

라누벨의 불만을 일축한 나는 선물들을 쭉 둘러봤다.

성의를 보인 티는 역력했지만, 지금의 내게 실질적으로 도움 되는 영약이나 장비는 없었다. 내가 300레벨쯤 됐다면 고맙게 써줬겠지만.

"짐꾼."

"네. 용사님."

"이 선물들은 네가 전부 처리해라."

"예에?!"

"두 번 말하게 하지 마. 장비와 도핑 같은 건 상관없지만, 경험치 올려주는 영약은 팔지 말고 다 먹어라. 팔다가 내게 걸리면 죽는다. 진짜 죽는다."

"명심하겠습니다!"

씩씩한 대답이 마음에 들었다. 짐꾼이 영약을 먹고 고급 장비로 무장하면 알렉스의 빈자리는 충분히 메꿔질 터.

왕국에서 내가 할 일은 이제 없었다.

"라누벨."

"네! 하지만 저는 아무것도 안 주셔도 돼요!"

"당연히 안 주지. 미쳤냐?"

"……."

"따라와. 진정한 용사가 무엇인지 보여줄게. 너는 보고 느낀 것을 사람들에게 전달해주기만 하면 돼."

"뭘 하시려고요?"

라누벨이 고개를 갸웃하며 묻는다.

아주 좋은 질문이다. 귀여운 척만 안 했으면 더 좋았을 텐데.

나는 정령검 엔드미온을 챙기며 답했다.

"업적 작업."

내 최고의 스폰서, 마왕 페도나르가 챙겨줄 때까지 느긋한 전원생활을 만끽하는 것도 나쁘지 않지만, 첫 악마의 등장 시기는 지금으로부터 1년 뒤다.

인간적으로 너무 늦다. 그래서 직접 챙겨가기로 했다.

"업적이요?"

"따라오면 알게 될 거야."

이제, 본격적으로 졸업을 준비할 때다.

)(

1회차에선 정말 별의별 일을 다 했다.

마을소녀가 숲에서 잃어버린 애완고양이를 찾아주거나, 혼자 사는 노인을 위해 약초를 구해오거나, 소심한 새끼의 연애편지를 짝사랑하는 여자에게 배달해주거나….

돈도 안 되고 아무도 안 알아준다! 어디까지나 자기만족.

이마저도 동료들만 흐뭇해할 뿐이고, 나는 아까운 시간과 심력만 낭비해서 스트레스만 쌓여갔다.

하지만 이번 2회차는 다르다. 업적이 확실한 일들만 골라서 할 생각이다.
이미 절반은 성공했다. 내가 왕국을 정화한 이후부터였을까?
망룡왕 뇌비우스 토벌.
소환되고 보름밖에 안 된 용사가 5대 재앙 중 하나를 홀로 사냥했다는 소문을, 판타지 원주민들이 믿기 시작했다.
앞으로 큼직한 이벤트 하나만 더 성공하면 된다.
"용사님. 여긴 왜 온 거예요?"
쪼르르 쫓아온 라누벨이 생뚱맞은 질문을 했다.
용사가 어딜 가는 이유야 뻔하잖은가?
"문제를 해결하러 왔지."
"요정 나라를요? 정복이라도 하시게요?"
이곳은 엘브하임 중심부에 세워진 마탑. 나서스 왕자의 전폭적인 협조로, 공간이동 마법진을 이용해서 단숨에 왕국의 수도까지 올 수 있었다.
요정이 사는 도시와 마을은 그야말로 판타지의 표본이다.
건물, 벤치, 보도블록, 가구, 장식물, 성벽….
이 모든 게 예술품이기 때문이다.
물의 정령과 땅의 정령이 빚은 찰흙으로 형태를 잡고, 불의 정령이 그것을 도자기처럼 굽는 식으로 만든다.
여기서 끝이 아니다.
대부분 집에는 커다란 날개바퀴가 달려있다.
바로 풍차(風車)다.
체형이 비실비실한 요정들은 남녀 불문하고 노동에 취약이다. 그래서 물을 퍼내거나 곡식을 빻는 데 풍차를 주로 이용한다.

바람의 정령이 이때 활약한다.

“라누벨이 웬일이래. 정답.”

“히익?! 진짜 정복하시려고요?! 혼자서?!”

“쉿! 목소리 낮춰, 멍청아.”

“…….”

라누벨이 양손으로 입을 막으며 고개를 끄덕거렸다.

1회차의 나는 이런 얼빠진 애를 어떻게 오랫동안 데리고 다녔던 걸까? 진짜로 존경심마저 든다.

그때, 고급스러운 복장의 요정들이 다가왔다. 아는 얼굴도 있었다.

“환영합니다! 용사님. 엘브하임에 잘 와주셨습니다!”

나서스 왕자가 환한 미소로 우리를 환대해줬다. 나도 웃는 얼굴로 보답했다.

“입국을 허가해주셔서 감사합니다. 나서스.”

안 해줬으면 무척 언짢았을 것이다.

“별말씀을요. 자! 가시지요. 용사님을 위한 환영회를 준비해뒀습니다. 제가 직접 모시겠습니다.”

“뭘 그렇게까지…”

“사양하지 않으셔도 됩니다. 저야말로 귀빈을 모시게 되어 대단히 영광입니다.”

흠. 도저히 싫어할 수 없는 왕자다!

뇌물과 아부가 나쁘다는 사람이 있는데, 물질적인 성의야말로 최고의 표현수단이다. 형태 없는 마음은 믿을 수가 없다. 오고 가는 물질 속에서 신뢰가 싹트는 법이다.

애정만으로 농작물이 자라진 않잖은가? 좋은 비료와 제충제, 비닐하우스 등이 필요하다.

그런 의미에서,

"연회. 기대되는군요."

나서스 왕자는 충분한 성의를 보였다.

1회차에서 이런 오라비를 죽여주고 왕좌까지 앉혀줬는데도 맨 입으로 싹 닦던 미래의 요정왕, 실비아 공주보다는 100배 낫다.

우리는 연회장으로 이동했다.

)(

요정들의 주식은 곡류와 과일이다.

이것은 요정이 고상하거나 평화주의자라서 그런 게 아니다. 동물을 죽이거나 식물의 잎사귀를 뜯으면, 마음의 정령이 그들의 '고통'이나 '공포'에 반응해서 분노하기 때문이다.

그 결과, 요정의 식문화와 습관이 편중됐다.

"실비아는 직접 사냥한 고기를 구워서 먹길 좋아했습니다. 그래서 자주 정령들의 분노를 사곤 했지요. 누가 저 말괄량이를 데려갈지 걱정했습니다. 이젠 걱정조차 할 수 없게 됐습니다만…."

"아아, 그렇군요."

나는 나서스의 이야기에 대충 맞장구쳐줬다.

미래의 요정왕 실비아.

무려 9년이나 함께 돌아다녔다. 그 여자가 요정답지 않게 육식을 매우 좋아한다는 건 진즉부터 알고 있었다. 그래서 난폭했던 걸까?

연회는 과일과 빵을 조합한 요리들이 주를 이뤘다. 맛은 대체로 썩 훌륭했다. 고기와 생선 같은 담백한 재료를 포기한 만큼 다른 곳에서 맛을 내려고 연구한 티가 역력했다. 토마토와 고추, 파프리카 같은 채소도 간간이 보였다. 저건 허용범위란 건가?

"용사님. 강해지신 것 같습니다."

나서스가 의미심장한 미소를 지으며 말했다.

여전히 예리한 친구다.

"조금?"

"하하! 조금으로 망룡왕 뇌비우스를 쓰러트릴 수 있는 용사님의 배포에 감탄할 따름입니다! 자! 제 잔을 받아주십시오. 100년에 한 번 열리는 과일로 담근 술입니다."

그렇게 연회가 무르익어갔다.

하지만 내 눈은 언제나 주위의 요정들 능력치를 쫓고 있다. 그 중에서도 한 여기사의 움직임을 쭉 주시했다.

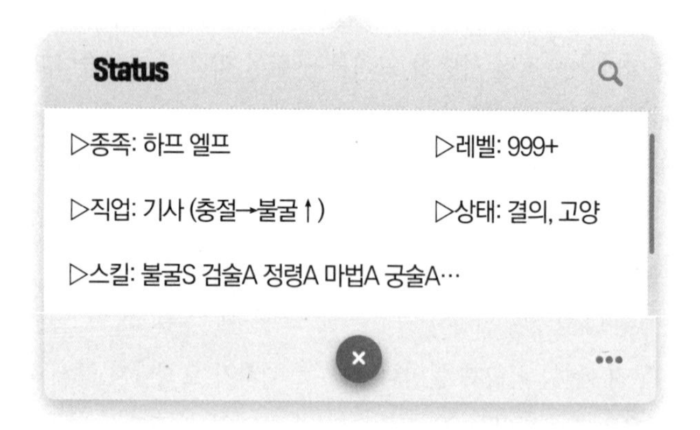

중간보스 나서스의 부관이다.

엘브하임을 통틀어서 3번째로 강한 존재. 나서스 왕자의 쿠데타가 성공할 수 있었던 결정적인 이유다. 왕국의 최강자는 단연 요정왕이지만, 2위와 3위가 동시에 기습해오면 속수무책일 수밖에 없다.

겉보기에는 20대 초반이지만, 영원히 사는 왕족을 제외하고는 최연장자로서 존경받는 교관 겸 기사다.

다방면으로 유능한 하이브리드(hybrid).

적재적소에 필요한 스킬을 사용하는데 매우 능통했으며, 여기에 불굴S와 기사 직업의 시너지는 실로 악몽이었다. 혼자서 용사 파티 전원을 압도했었다. 끝내, 비겁한 우정의 힘에 패배하긴 했지만!

이름은 요정A였던 걸로 기억한다.

"에이리스. 그녀는 제가 가장 신뢰하는 부관입니다. 고지식한 게 흠입니다만, 인간의 강함을 누구보다 잘 이해하고 있지요."

"아, 네."

에이리스, 그런 이름이었던 것 같다.

눈치가 비상한 나서스 왕자는 부관 에이리스를 곧장 불러서 내게 소개해줬다.

그녀는 왕족이 아닌데도 요정의 수명을 초월했다. 높은 레벨과 스킬, 수련의 힘이었다. 요정이 안티에이징을 타고났어도 황혼기에 가까워지면 30대 중반 외모가 되는데, 그녀는 풋풋한 20대 모습을 유지 중이었다. 그중에서도 특히….

"용사님. 제 가슴이 신경 쓰이시나요?"

"음…. 조금?"

요정치고 커도 너무 컸다. 1회차 때, 나는 목숨이 오락가락한 와중에도 그런 의문을 느꼈었다.

요정이 요정 같지 않다.

에이리스가 별거 아니란 투로 대답했다.

"제 할머니가 인간이셨습니다. 악마에게 저주를 받고 죽어가던 할아버지를 할머니께서 구해주셨고, 두 분은 사랑에 빠지셨습니다. 할아버지께선 돌아가실 때까지 저를 끔찍이 귀여워하셨지요. 제가 할머니를 무척 닮았다면서. 특히 가슴이요."

"신사셨군."

요정답지 않은 그 적극성에는 살짝 존경심마저 든다.

"독특한 취향이라고 생각합니다만…."

여기사가 쓴웃음을 지었다.

하지만 이걸로 내 의문 하나가 풀렸다. 요정 왕국에서 가장 존경받는 기사가 왕을 배신하고 왕자에게 가담해서 쿠데타를 도운 이유.

나서스 왕자는 요정과 인간의 화합을 바란다. 에이리스로선 선택의 여지가 없었다.

우리는 먹고 마시며 오랫동안 연회를 즐겼다.

그렇게 분위기가 무르익어 가는데….

쾅!

연회장 문이 거칠게 열렸다. 그리고 일련의 무리가 들어왔다.

그 선두의 청년이 일그러진 표정으로 소리쳤다.

"나서스! 이게 무슨 짓이냐!"

제1 왕자의 이름을 막 부를 수 있는 요정은 없다.

단 한 사람 빼고.

"용사님의 환영회 중이었습니다. 아버지."

왕자의 아버지. 즉, 현직 요정왕.

1회차에선 이미 쿠데타로 죽은 후라서 만나볼 기회가 없었다. 그래서 얼마나 잘난 왕이었는지 확인할 수 없었는데….

어디, 능력치 한 번 볼까?

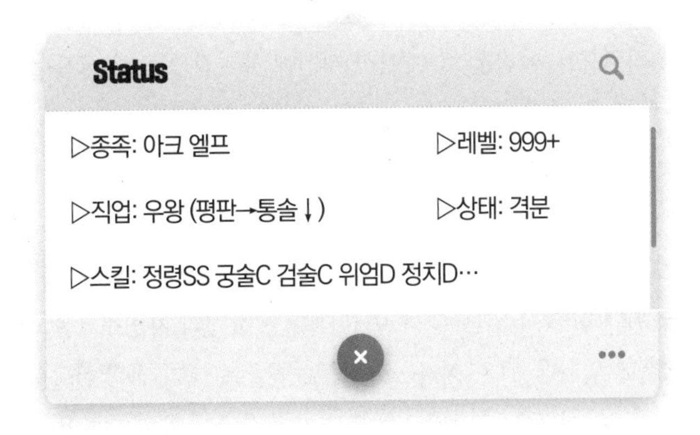

기절초풍할 노릇이다. 종족과 직업을 가린 채 참담한 스킬 등급만 봤다면, 간신히 999레벨 넘은 요정인 줄 알았을 것이다.

하지만 상대는 요정왕.

레벨 하나만큼은 끝내주게 높은 존재였다.

'세상에나! 어린 용보다 쉬운 경험치 덩어리가 세상에 존재했었다니!'

세상은 역시 넓다. 요정 왕국을 선택한 게 정답이었다.

"용사? 인간이잖으냐!"

요정왕의 한마디에 연회장 분위기가 싸해졌다.

이곳은 나서스 왕자의 측근들로 넘쳐났다. 인간을 무시하는 요정왕의 발언에 민감할 수밖에 없었다.

하물며 상대는 나.

그 인간은 세상을 구할 용사님이었다.

"아버지. 용사님 앞입니다."

"흥! 더러운 인간 따위를 짐이 신경 쓸 것 같으냐. 나서스. 너야말로 정신 차려라. 인간은 네 여동생을 살해한 해충들이다. 마음의 정령으로 살펴본 그 아이의 시신에 새겨진 공포와 굴욕을 너도 느꼈을 텐데? 그런데도 인간의 편을 들 셈이냐!"

요정왕이 내게 삿대질하며 부들부들했다.

저거, 지금 베어도 될까?

"나의 왕이시여. 실비아가 죽은 건 인간의 잘못이 아닙니다. 하늘 위에 하늘이 있는 줄 모르고 적대한 요정의 자연스러운 최후였을 뿐입니다. 그 아이가 느낀 공포와 굴욕. 죽기 전에 현실을 깨달은 모양이군요. 오라비로서 동생의 성장이 기꺼울 따름입니다."

"이놈! 나서스-!"

발끈한 요정왕이 정령들을 소환했다. 그리고 소환이 해제됐다.

"폐, 폐하!"

"왕이시여?!"

"허걱-?!"

함께 온 수호기사와 수행원들이 찢어지는 비명을 질렀다.

요정왕은 아래를 내려다보고는,

"이, 이 무슨 엉터리 같은…."

털썩.

정령검 엔드미온이 가슴에 박힌 요정왕이 피를 울컥 토하면서 맥없이 고꾸라졌다.

레벨은 결코 만능이 아니다. 만능은커녕 스킬을 보조해주는 부속에 가깝다. 그렇기에 스킬이 변변찮으면 레벨이 아무리 높아도 무용지물이다.

또한, 스킬이 공격에 편중되어있어도 방어가 취약해진다. 일전에 죽인 800레벨대 요정 궁수와 조련사가 좋은 예.

반면에 나는?

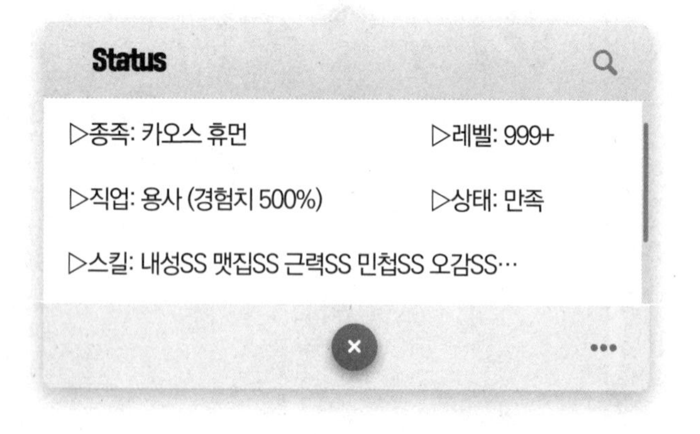

상위 등급의 스킬들이 기본기에 대단히 충실했다. 정령 빼면 시체인 요정 하나 족치는 건 일도 아니다.

…음?

모두가 나를 바라보고 있었다.

"……."

"……."

이 용사님께서 무슨 말이라도 해주길 바라는 초롱초롱한 눈빛들.

그래서 내 1회차 필살기를 꺼내기로 했다. 성공률이 매우 높아서 자주 애용했었다. 표정과 억양이 포인트다.

"어이쿠! 손이 미끄러졌네. 미안!"

두 번 미끄러지면 동료도 잡는 금손(Golden-hand)이다.

실력도 실수다.

요정왕의 죽음.

그 소식은 빠르게 대륙을 강타했다.

아주 오랜 세월을 살아온 요정왕의 인맥은 굉장히 넓고 깊었다. 1회차에선 요정왕이 쿠데타로 죽고 나서스 왕자가 즉위하자마자, 판타지아 대륙 곳곳에서 비난 성명을 발표했다. 이후, 용사 일행은 요정왕 지인들의 원조와 응원을 받으면서 엘브하임으로 진격했다….

하지만 이번에는 양상이 크게 달랐다.

요정왕 따위가 용사님을 공격했다! 심지어 명분도 하찮았다.

용사가 인간이란 이유로 '먼저' 공격했다는 사실이 알려지면서 사태는 걷잡을 수 없이 커져만 갔다.

요정왕의 지인들도 "이 미친놈은 친목질로도 안 되겠다."라며, 오랜 친우의 죽음을 애도하긴커녕 침묵을 지켰다.

좋은 흐름이다. 아무도 나를 걸고 넘어가지 않았다.

내 평판에는 아무런 지장 없다.

▷피로: 왕자의 도발에 넘어간 요정왕을 죽이셨더군요. 상대방

을 설득하는 것은 말이 아닌, 말하는 자의 품행입니다. 정당방위라고 하기엔 과했던 게 아닐까요? 너무 당긴 활은 부러지는 법입니다.

도덕 선생님. 이젠 불쑥불쑥 등장하시네요.

▷부정: 이번에는 저도 예정에 없었습니다. 사전에 왕자의 쿠데타를 저지한 사례는 종종 있었지만, 요정왕을 직접 살해한 용사는 강한수 학생이 최초였습니다. 심지어 빨라도 너무 빨라요! 그래서 조사차 나온 겁니다.

아하! 이래저래 관심받는군요.
특별전형으로 졸업시켜주면 더 고마울 텐데.

▷미안: 그건 곤란합니다.

도덕 선생은 그 말만 남기고 휙 떠났다. 정말로 요정왕이 내게 살해당했는지만 확인하려고 온 듯했다.
망할 잔소리꾼 같으….

▷깜빡: 급한 서류만 해결하고 금방 돌아오겠습니다! 아무리 늦어도 내일 중으로는 올 겁니다. 그때까지 동료들이랑 사이좋게 지내주세요! 부탁합니다. 아셨나요?

네! 도덕 선생님! 걱정하지 마세요!
동료라고 해봐야 둘밖에 없다.

▷경고: 옛 동료도 포함입니다.

도덕 선생은 이번에야말로 진짜 떠났다.
도무지 이해할 수가 없군. 알렉스 대타로 짐꾼을 키워서 왕국의 요직에 집어넣었다. 아무런 문제도 없는 데 저리 호들갑 떠는 이유가 뭘까?
아무튼, 인간 vs 요정.
이런 전쟁 구도가 완성되기 직전까지 갔다.
인간에게 밀려 사냥감으로 전락한 요정들이 왕국을 유지할 수 있었던 이유는 요정왕의 존재가 매우 컸다.
터무니없이 높은 레벨의 초월자.
실제로 싸워보면 정말 별거 아니겠지만, 스킬이 똥이란 정보를 모르는 인간들에게 요정왕은 막연한 두려움의 대상으로 전쟁억제력이 있었다.
그런데 죽었다.
전쟁 명분도 충분했다.
용사님을 도와서 요정 나라를 쳐부수자!
…그러나 오지랖 넓은 용사님께서 자비를 베푸셨다.
모든 요정이 요정왕처럼 인간혐오에 찌든 경험치 덩어리는 아니라고 옹호해줬다. 그렇게 전쟁의 불씨는 빠르게 꺼졌다.
물론, 나도 공짜로 일한 건 아니었다.

경험치 먹고, 업적 챙기고, 평판 오르고, 선물도 받고, 여자도….
음. 아무튼,

"굉장한걸."

나서스 왕자를 내 두 번째 스폰서로 임명해도 될듯하다. 이번에 지구로 돌아가면 영영 후원받을 일이 없겠지만.

굉장한 건 굉장한 거다.

"저를 두고 하는 말씀이신가요?"

침대 위에 비스듬히 누워있던 요정 여기사 에이리스가 새침한 어조로 내게 묻는다.

연회가 끝난 어젯밤부터 좀 많이 괴롭히긴 했다.

내 시선을 눈치챈 그녀는 밑으로 흘러내린 이불을 끌어올리면서 굴곡진 가슴을 아슬아슬하게 가렸다.

…하지만 신기하잖아? 요정 가슴은 LCD 모니터가 정상인데.

"물론, 그쪽도 굉장하지."

인간과 요정의 화합에 적극적으로 찬성하는 바이다. 두 종족의 장점만을 취하면 굉장한 혼종이 탄생하는 듯하다.

에이리스가 그 증거.

인간 왕국에서는 내가 용사라고 소개하면 아가씨들의 눈빛이 그윽하게 바뀐다. 자신의 성적 매력을 강조하는 건 기본이고.

하지만 요정 왕국은 달랐다. 요정 아가씨들은 용사인 내게 호기심은 가져도 연애의 대상으로는 보지 않았다.

오기가 생긴 나는 연회장에서 수많은 요정 여성을 만나봤지만, 단 한 명도 내게 농담조의 추파조차 던지질 않았다. 순도 100% 요정은 답이 없다.

그러나,

"남자는 정말 오랜만이었어요."

인간의 피가 1/4 흐르는 에이리스는 내 보검(寶劍)을 요염한 눈길로 힐끗 보고는 배시시 웃었다.

그녀의 남편은 약 2천 년 전에 복상사(腹上死)했다. 결혼 이틀 만에 벌어진 참사로, 요정답지 않게 정열적인 그녀를 감당 못 한 것이다.

졸지에 과부가 된 에이리스는 요정 사내들이 쉬쉬하는 바람에 재혼은커녕 하룻밤 불장난조차 즐기질 못했다. 무려 2천 년 동안!

"덕분에 잘 쉬었어. 에이리스."

"정말로 쉬신 거 맞나요? 저는 물먹은 정령처럼 지쳤습니다만."

"아주 잘 쉬었어. 지친 내 마음이."

도덕 공부로 쌓인 스트레스가 조금은 해소됐다.

"…인간의 자극적인 언어표현은 한시도 방심할 수가 없군요. 불처럼 뜨겁고 바위처럼 단단한 용사님. 당신의 앞날에 축복만 가득하시길."

"고마워."

나는 에이리스랑 마지막으로 진득한 입맞춤을 즐긴 후, 침실을 나와서 떠날 채비를 서둘렀다. 엘브하임에 더 체류할 이유가 없기 때문이다.

방문 목적을 쉽게 완수했다.

요정왕 사냥.

내가 굉장하다고 혼잣말한 이유다.

요정왕이 좀 많이 못나긴 했어도, 순수한 레벨만은 망룡왕보다도 훨씬 높았다.

그걸 또 용사 특전으로 5배 뻥튀기!

평범한 영웅이 '5대 재앙'을 혼자서 다 죽인 것 이상의 막대한 경험치를 순식간에 손에 넣은 셈이다.

"장비도 이 정도면 썩 훌륭하고."

자연스럽게 왕위를 계승한 나서스가 감사의 뜻으로 이것저것 많이 챙겨줬다. 투구, 갑옷, 목걸이, 반지, 귀걸이, 물약….

이 이상의 무장과 소모품은 단시간에 구하기 어렵다. 맞춤형으로 제작해야 하기 때문이다. 유적을 뒤지거나 사냥으로 습득한 고급 재료를 싸 들고, 전설의 대장장이나 연금술사를 찾아가야 한다. 번거로움을 넘어서서 시간이 많이 소요된다.

"용사님~!"

진한 다크서클이 생긴 라누벨이 나를 발견하고 달려왔다.

호기심 많은 고고학자인 그녀는 밤새도록 요정 왕국 전역을 돌아다녔을 것이다. 1회차에서도 그랬으니까. 지식이 풍부한 라누벨도 엘브하임만은 처음인 까닭이다.

요정 왕국은 오랫동안 폐쇄적인 생활을 해왔다. 겉보기엔 도시와 마을 등이 예술품처럼 아름답지만, 조금만 깊게 파고들면 정말 아무것도 없다.

정치, 경제, 기술, 철학, 미술, 음악….

수만 년 전의 방식을 그대로 고수하고 있다. 문명을 거부한 현대의 원시인이라고 표현해도 과언이 아니다. 그게 학자들에게는 매력적으로 보이겠지만.

"라누벨. 민속촌은 잘 구경했어?"

"모자라요. 며칠만 더요! 하루만이라도!"

"안 돼."

뭐든 시기가 중요한 법이다.

현재, 나는 중앙대륙 절반을 초토화한 망룡왕을 토벌하고, 무능한 요정왕을 처단했다고 널리 알려져 있다. 그러니 지금의 인기가 식기 전에 마왕까지 쓰러트려야 한다.

지금이라면 평판 A학점을 딸 수 있을 것이다. 업적이 살짝 불안하긴 했지만, 그건 마왕의 영토에서 악마들을 몰살시키다 보면 저절로 충족될 터.

"용사님. 제가 이렇게 부탁하는데도요?"

우수에 젖은 눈동자로 나를 올려다보는 라누벨. 귀여운 척하는 평소보다 세게 나왔다. 어지간히 요정 나라가 마음에 들었던 모양이다. 하지만,

"그렇게 좋으면 여기서 살던가."

나는 그녀의 같잖은 미인계를 코웃음 한 방으로 쳐냈다.

"우우…."

복어처럼 뺨을 부풀린 라누벨과 나는 곧장 공간이동 마법진을 이용해서 왕국으로 돌아갔다.

그곳에도 좋은 일이 한창 진행되고 있었다.

)(

"축하한다. 짐꾼. 내가 뭐라고 했냐. 충분히 된다고 했지? 백성들에게 사랑받는 공주라도 지켜줄 남자가 없으면 개털이야. 너 정

도면 아주 과분한 신랑감이지."

"용사님. 그러니 저도 슬슬 이름으로…."

"정말 축하한다! 부하A!"

"아, 네."

소심한 부하A와 아름다운 공주의 결혼식!

진전이 없었던 둘의 관계는 요정왕이 죽었다는 소식이 퍼지자마자 번개탄처럼 급속도로 진행됐다. 만두 국왕과 귀족들이 공주를 설득했다는 모양이다.

그 결과, 벌써 첫날밤까지 보냈다.

"흐뭇한 겹경사로군."

"용사님. 신부의 표정이 어두운데요?"

라누벨의 지적을 들은 나는, 박수갈채를 받으며 결혼식장에 막 입장 중인 공주의 능력치를 살펴봤다.

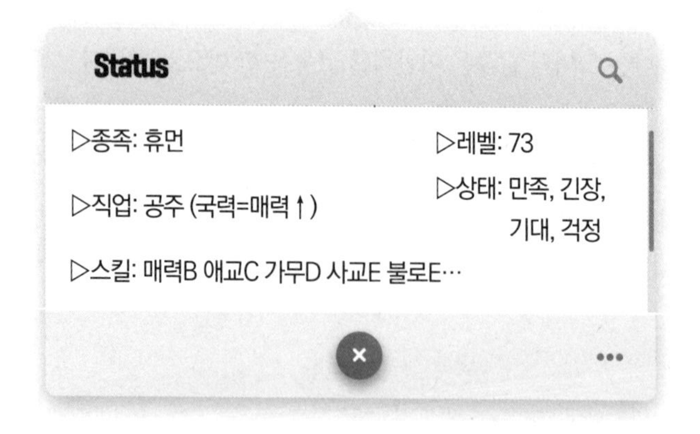

레벨과 스킬은 준수했고, 상태도 매우 양호했다. 처음 결혼해보는데 마냥 설레고 행복하기만 할 리 없잖은가?

신혼생활, 출산, 산후조리, 후계문제….
앞으로 걱정이 태산일 것이다.
"라누벨. 네 알량한 기분 탓이야. 손뼉이나 쳐."
"우우…. 네."
짝짝짝!
짝짝!
아름다운 결혼식이 막바지에 접어들었다. 신랑·신부가 결혼반지를 끼고 혼인맹세를 하려는 순간,
콰당─!
문을 박차며 결혼식장에 멋대로 난입한 청년이 "나는 이 결혼 반댈세!"라고 외치면서 소란을 일으켰다. 왕궁기사들이 뒤따라 난입했다.
"저 자식을 잡아!"
"이게 무슨 행패인가!"
"신성한 결혼식을…!"
문제를 일으킨 청년은 내 기억에 있는 자였다.
1회차 때, 동맹국이랑 정략결혼이 결정된 공주를 설득해서 제3세계로 야반도주를 시도했던 용병B. 뛰어난 용병으로 제법 알려진 젊은 실력자다. 하지만 딱 그뿐.
내 관점에서 용병B는, 시녀들이랑 자주 왕궁 밖으로 놀러 나가는 공주에게 치근대는 힘센 양아치였다.
스르릉─.
나는 정령검 엔드미온을 뽑았다. 신성한 결혼식을 방해한 저 야만인을 살려둘 이유와 필요성을 하나도 찾을 수 없었다.

"자, 잠시만요!"

마음씨 착한 공주가 봐달라고 애원하기 시작했다.

너무 무른 판결 같지만, 결혼식장을 피로 물들이면 부정 타기에 쫓아내는 선에서 정리하기로 했다.

이 소란이 끝난 직후,

"저 남자분. 공주님을 끔찍이 사랑했었나 봐요."

라누벨이 이상한 말을 했다.

"사랑? 추잡한 소유욕이 낳은 집착이지."

해맑았던 부하A의 굳은 표정이 내 시선을 끌었다.

쯧쯧! 얼마나 가슴이 아플꼬….

그러다가 문뜩, 동료들을 잘 챙겨주라던 도덕 선생의 신신당부가 떠올랐다.

"그래, 그렇지…."

나는 무슨 경우에도 후환을 남기지 않는다.

)(

결혼식장에서 두들겨 맞고 쫓겨난 용병B는 포기하지 않았다.

치유사 동료에게 응급치료를 받은 후, 어둠을 틈타서 왕궁에 몰래 숨어들었다.

목적지는 신부의 방.

놈은 이제 막 결혼한 유부녀를 노리고 있었다.

정의로운 용사로서 모른 척할 수 없잖아?

푹!

정령검 엔드미온이 용병B의 목을 꿰뚫었다.
"컥-! 요, 용사…!"
"가정파괴범은 응징이다."
남의 아름다운 신부를 시샘하고 보쌈하려 하다니? 대체 얼마나 성욕과 감정을 주체 못 하는 원숭이인 걸까.
하지만 그것도 이제 끝.
나는 용병B의 시체를 흔적도 없이 분쇄했다. 한 줌의 시커먼 독소(毒素)로.
"이거, 기분이 묘한걸?"
시원한 사이다를 들이켠 것 같은 청량감!
이딴 가정파괴범을 처리해봐야 내 업적이나 평판에는 아무런 도움이 안 될 텐데도 그냥 뿌듯했다.
부하A가 행복해졌으면 좋겠다.
"음음. 느낌이 좋아."
내가 잘하고 있다는 청신호가 틀림없다.
에필로그에 가까워진 기분이다.

부하A의 행복을 빌어주며 작별한 용사와 라누벨.
두 사람은 홀가분한 마음으로 마왕 페도나르의 방대한 영토에 발을 들였다.
여기서부터는 논스톱이다. 마왕의 성까지.
"라누벨. 너는 안전한 뒤편에 찌그러져 있다가, 이 용사님이 악마들을 몰살시키는 멋진 모습을 널리 전파하도록. 마법으로 그 정도는 할 수 있지?"

"아마도요…?"

My lady Earth. 지금 만나러 갑니다.

내 업적 작업은 순조롭게 진행됐다.

악마를 일일이 잡으러 다니기도 귀찮아서 중앙대륙 최남단에 자리한 마왕의 영토 전역에 맹독을 살포했다. 경험치 소실이 좀 있겠지만, 내 레벨은 티끌 모아 태산을 하기엔 너무 멀리 왔다.

강과 호수, 하늘 등이 빠르게 오염됐다.

털썩.

철퍼덕.

모든 생명체가 픽픽 쓰러졌다.

망룡왕 뇌비우스의 숨결에는 한참 못 미치지만, 내 항체는 이독제독(以毒制毒) 방식으로 새로운 독을 혼합해냈다.

장점은 무색무취(無色無臭).

꼭 독살하고 싶은 연놈이 있는데, 평판과 인성논란 때문에 망설이는 소심한 용사를 위한 독이다.

악마들에게도 매우 효과적이다.

▷경악: 어디서부터 지적해야 좋을지 모르겠습니다.

아! 도덕 선생님. 모르시는 게 당연합니다.

너무 완벽해서 지적할 곳이 없지요?

맹독을 버틴 간부급 악마는 찾아가는 서비스로 처리했다.

놈들의 은신처와 약점, 특징, 공략법 등은 1회차에서 몸소 학습해뒀기에 거침없었다.

이제, 마왕 페도나르와의 일전(一戰)만을 앞에 두고 있었다.

감회가 새롭다. 1회차에선 거슬리는 동료들의 비위를 맞춰가며 마왕의 본거지까지 비효율적으로 진격했었기 때문이다.

비겁한 우정의 힘으로 협공해놓고 뭐 잘났다고 파티를 날마다 벌이는지….

하지만 2회차에선 그럴 필요가 없었다.

내가 살포한 맹독에 속수무책으로 당한 중앙대륙의 악마들은 멸족에 가까운 타격을 받았다. 인류 침공은커녕 앞으로 재기조차 힘들 것이다.

별동대를 구성해서 마왕만 간신히 패퇴시키는 게 고작이었던 역대 용사들이랑 차별된 확실한 성과.

위업과 평판 S학점은 떼놓은 당상이다.

▷난감: 악마는 아무래도 좋습니다.

도덕 선생님! 그게 포인트인데요?!

▷한숨: 강한수 학생. 귀엽고 청순한 공주님이 마음에 들지 않았나요? 사랑은 걸을 수 없으면 기어서라도 갑니다. 다소 불미스러운 일이 있긴 했지만, 그래도 공주님이랑 맺어질 가능성은 충분했습니다. 사랑에 기회보다 더 좋은 신하는 없다고….

네! 마음에 들지 않았습니다!

현재, 나는 남의 눈치 볼 필요 없을 만큼 강하다. 공주가 정말 마음에 들었으면, 벌써 자빠트려서 침 발라뒀을 것이다.

내가 미쳤다고 양보하겠는가? 그냥 별로였을 뿐이다.

대한민국 시골아가씨도 고귀하신 공주님보다는 덜 촌스럽다. 그래도 몸매는 좋으니 하룻밤쯤은 오케이? 하지만 공주란 족속들은 순결과 정조를 꽤 엄격하게 따진다. 잘못 놀렸다가 코 꿰이는 수가 있다. 그건 곤란하다.

▷침묵: 아, 네. 그, 그렇군요. 괜한 참견해서 미안합니다….

별말씀을.

▷격려: 흠흠. 이제 결과만을 앞두고 있군요. 저의 마지막 조언입니다. 세상을 있는 그대로 받아들이면, 세상도 당신을 부드럽게 감쌀 겁니다. 이 세계를 좀 더 아껴주세요. 그러면, 강한수 학생의 무운과 졸업을 빕니다.

네네. 감사합니다.

그래서 몇 점?

▷인사: 당신이 어떤 성적이 나올지는 저로서도 알 수 없습니다. 채점은 교직원 권한 밖이니까요. 예상외로 짧은 교육시간이었지만, 제 잔소리를 듣느라 수고하셨습니다.

도덕 선생님도 수고하셨습니다!

나는 2회차에서 있었던 일들을 되새김질해봤다.

전투력, 업적, 평판, 인성.

내 예상과 계획을 벗어난 위기는 몇 차례 있었지만, 재빠른 임기응변으로 슬기롭게 대처해서 4과목 중 무엇 하나 부족함이 없다고 나는 자부할 수 있게 됐다.

"라누벨."

"네. 용사님."

내 업적을 널리 알리는 홍보 담당을 맡은 라누벨이 긴장한 어조로 내 부름에 답했다. 그동안 미운 정이라도 든 걸까. 마지막이니 덕담 한마디쯤 해주기로 했다.

"너도 그동안 수고했다."

"네…. 네에?!"

"너는 용사에게 무작정 아양 떠는 이상한 계집애지만, 덕분에 여행 내내 심심하지 않았다. 네 씀씀이를 감당할 수 있는 부잣집 도련님 만나서 너 닮지 않은 아이 낳고 행복하게 살아라."

"돌려 까이는 기분인데요?!"

라누벨이 항의했다.

얘는 덕담해줘도 지랄이로군.

"기분 탓이야. 여기서부터는 나 혼자 간다. 괜히 응원한답시고 기웃거리다가 죽어서 내 경력에 흠집 내면 가만 안 둔다."

그때는 홀라당 벗겨서 벽걸이로 쓸 거다.

"우우…. 조심하세요. 용사님."

"오냐."

나는 텅 빈 복도를 천천히 걸어갔다.

1회차에선 마왕의 성에 인간과 악마들의 뼈와 살점으로 한가득했었다. 하지만 현재는 한산했다. 몽땅 대피한 탓이다. 악마들은 내가 살포한 맹독을 피해서 몽땅 도망쳤다.

오직, 마왕만 자기 왕좌를 고집스럽게 지키고 있었다. 참으로 바람직한 상황이다.

"흥~ 흐응~♪"

내 마음처럼 뻥 뚫린 고속도로 같다. 아무도 내 앞을 가로막지 않았다.

1회차에선 이 돌파구를 뚫는답시고 막대한 희생을 치렀다. 판타지아 대륙 곳곳에서 모여든 영웅호걸들이 가족을 놔둔 채, 용사의 마지막 전투를 위해 몸을 불살랐다.

그들이 죽을 때마다 나는 양심의 가책을 느꼈다.

'내가 약한 게 원인이었지.'

나도 구차한 변명거리라면 있다.

1회차 내내 동료란 것들이 내 성장을 방해하고, 허구한 날마다 사고를 쳤다. 그러면서 노는 건 또 얼마나 좋아하던지…. 거기에 불필요한 시간을 빼앗기지 않았다면, 나는 훨씬 빠르게 강해졌을 것이다. 바로 지금처럼.

나 혼자서 전부 짊어졌다.

생판 남의 목숨과 희생도 요구하지 않았다.

과부와 불효자식, 고아는 없었다.

"…완벽해."

1회차보다 모든 성적이 우수하다. 전투력은 많이 부족한 감이 있지만, 마왕을 못 쓰러트릴 정도는 아니다.

평판, 업적, 인성.

걸리는 게 전혀 없었다.

판타지 원주민들은 이 순간에도 나를 찬양하기 바빴다. 홍보대사로 임명한 라누벨이 열심히 내 활약을 전파한 덕분.

검토 끝.

내가 졸업 못 할 이유는 없다.

"자…. 그럼."

1회차 때랑 디자인이 똑같은 거대한 대문.

저 너머에서 마왕 페도나르가 용사인 나를 기다리고 있다.

가슴이 또 설렜다. 10년의 여정을 압축해서 다시 여기까지 왔다. 지구로 돌아가기 위해 교직원 일동이란 수상한 집단의 비위도 맞췄다. 정말 최선을 다했다고 자부한다.

이제, 내 앞을 가로막는 유일한 장애물을 힘껏 걷어찼다.

쾅-!

"크흠! 노크할 줄도 모르는가? 예의를 모르는 용사로군."

마왕 페도나르.

내 최고의 스폰서는 부하들이 몰살당했음에도 차분했다. 아니, 차분함을 넘어서서 여유와 유희마저 보내고 있었다. 1회차에선 보지 못했던 이벤트가 한창 진행 중이었다.

"너, 너무 빤히 쳐다보지 마세요…."

전라(全裸)의 요정이 기어가는 목소리로 내게 애원했다.

…요정 수컷들이 터무니없이 무능한 걸까?

이 종족의 여성들은 툭하면 다른 종족이랑 뜨겁게 열애하거나 붙잡혀 있다. 혹은 둘 다이거나.

나는 그 요정의 능력치를 보고 수긍했다.

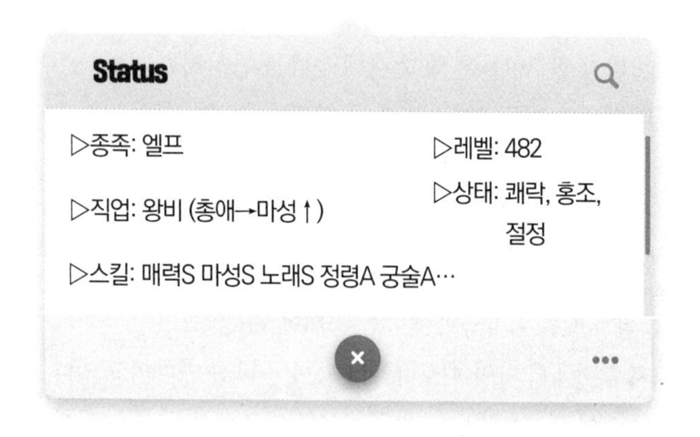

직업이 왕비(王妃).

악마에게 납치됐다던 요정왕의 마누라가 틀림없었다.

하지만 그녀의 몸에서 구속되거나 손찌검의 흔적은 찾아볼 수 없었다. 마왕의 목을 양팔로 끌어안고 있는 자세 또한 강제하고는 한참 멀었다. 상태에도 세뇌나 약물의 흔적은 없었다.

아주 평범한 관계였다.

1회차에서 실비아 공주는 "내 어머니는 악마들에게 잔인하게 살해되셨다!"라고 했는데, 아무래도 추측성 발언이었던 모양이다. 진실이란 참으로 잔인하군.

"크흐흠—!"

흐트러진 옷맵시를 정돈한 마왕이 과장되게 헛기침하며 분위기 쇄신을 시도했다.

"뭐, 그 마음 이해해. 마왕님."

나는 씩 웃으며 신사들만의 언어로 답해줬다.

온종일 옥좌에 앉아서 용사가 오길 기다리는 것도 따분할 터. 마왕에게도 취미생활 한두 개쯤 있는 게 당연하다. 취미는 존중받아야 마땅하다.

"전설의 용사여. 인간적으로 너무 빠른 거 아닌가?"

아쉬움 가득한 얼굴의 요정 왕비를 조용히 퇴실시킨 마왕 페도나르가 어이없다는 말투로 내게 따졌다.

빠른 게 어때서? 마왕의 진의를 알 수 없었다.

"난 원래 인간이다만?"

인간이 인간적으로 행동했을 뿐이다. 지구 대한민국에서는, 답답한 친구에게 부모님 안부를 묻는 독특한 문화가 있다.

이 새끼, 저 새끼….

부모님께 효도(孝道)하려면 빠릿빠릿하게 움직여야 한다.

회귀까지 했으면, 이 정도는 기본이지.

"용사여. 소환되고 한 달밖에 안 된 거로 아는데."

"정확히 22일."

"……."

"왜?"

"용사여! 역대 용사들은 동고동락해온 동료들이랑 꿈과 희망을 싣고 모험 끝에 내 앞에 섰었다. 찬란하게 빛나고 있었지! 하지만 그대는 동료는커녕 성검(聖劍)조차 없이 내게 도전하려 한다. 그 이유가 무엇인가?"

"바보 같은 질문인걸."

마왕도 이미 답을 알고 있을 터.

"동료와 성검 없이도 당신을 이길 수 있을 것 같아서잖아. 안 그래?"

나는 마왕의 능력치를 보았다.

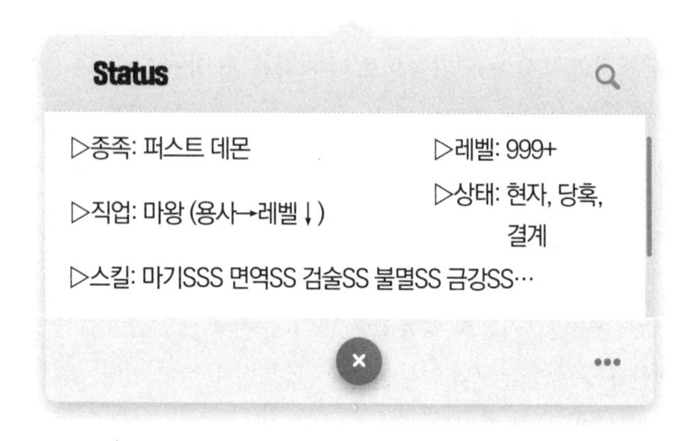

참으로 화려하다.

병신 같은 직업만 빼놓고 보면.

혼자서 판타지아 대륙 전체를 씹어먹을 수 있는 능력치인데도 직업 하나가 발목을 잡는다.

용사랑 싸우면 레벨 페널티를 받는다.

레벨이 떨어진다는 건, 모든 스킬 효과의 감소를 뜻한다. 아무리 스킬 등급이 높아도 레벨이 낮으면 전체적인 효율이 감소한다.

용사가 인류의 희망인 이유. 정공법으로는 마왕 페도나르를 쓰러트릴 수 없다. 판타지 세계에서 가장 높은 레벨과 SSS등급의 마기, SS등급 스킬로 도배한 괴물을 무슨 수로 이긴단 말인가?

판타지아 대륙을 잘 뒤져보면 강자는 많다. 무시무시한 5대 재앙이 있듯이, 인류를 지키는 강력한 수호자 또한 다수 존재한다.

이 수호자들은 세상사에 절대 간섭하지 않고, 마왕 페도나르의 준동만을 스토커처럼 주시하며 힘을 비축한다.

그들은 전성기의 나보다 강하다.

하지만 '최초의 악마'를 이기진 못한다.

"허허! 용사여. 실로 오만하구나!"

헛웃음을 터트리며 옥좌에서 일어선 마왕 페도나르가 손가락을 까딱거리며 나를 도발했다.

용사에게 성검(聖劍)이 없기 때문일까? 마왕은 허리에 찬 마검(魔劍)을 뽑지 않고 장식으로 놔뒀다. 나를 깔보는 티가 역력했다.

"그럼, 사양하지 않고."

정령검 엔드미온을 뽑았다.

끼기기긱—!

칼날이 진동하며 끔찍한 귀곡성이 메아리쳤다.

이 안에는, 내가 지금까지 학살한 수많은 악마의 원한에 오염된 마음의 정령이 다수 깃들어 있다. 앙탈이 심해서 길들이는데 애먹었다.

"용사여. 그 마검의 이름은 뭐지? 그렇게 역동적인 기운은 처음 보는데."

"정령검 엔드미온이야."

"……."

마왕 페도나르가 놀라서 말문을 잃었다.

이거 참 보람차군!

"귀여운 파트너. 준비됐지?"

오만방자한 마왕에게 우리의 환상적인 콤비를 보여주자고!

끼기기긱-!

)(

레벨이 급격히 하락한 마왕 페도나르는 내 상대가 못 됐다. 어린아이 손목 비트는 수준으로 손쉽게 이겼다. 비유가 아니라 정말로.

"커억?!"

전투가 시작되고부터 단 세 합 만에 모가지가 날아간 마왕이 단말마를 내지르며 고꾸라졌다.

철퍼덕, 툭.

너무하다 싶을 정도로 허무한 최종결전. 마왕은 급격히 떨어진 레벨에 적응하지 못하고 우왕좌왕하다가 적응할 틈도 없이 무너졌다.

이건, 내 예상 밖이었다.

"하하! 그랬군! 이제야 알겠네. 마왕의 페널티! 그건 용사랑 비슷한 레벨로 떨어지는 거였어!"

두 번 싸워보니 알겠다.

용사가 1레벨이면 마왕도 1레벨.

용사가 30레벨이면 마왕도 30레벨.

용사가 5000레벨이면 마왕도 5000레벨.

아주 환상적인 직업 페널티였다.

그래서였다. 마왕 페도나르는 내 성장을 억지로 도운 거였다.

높은 등급의 스킬을 다수 보유한 마왕은 용사의 레벨이 높아질수록 전투에서 유리하기 때문이다. 그 반대가 되면 취약이고.

"퉤! 괜히 개고생했네. 진짜 쓰레기 같은 모험…."

▷용사님. 모험은 즐거우셨나요?

네! 매우 보람찬 모험이었습니다!

지구로 돌아가서도 열심히 살겠습니다!

▷진정한 용사의 길은 실로 험난합니다. 하지만 꿈과 희망을 잃지 않은 당신을 응원해준 수많은 인연이 있었습니다. 그들에게 우정과 사랑을 배우며 함께 성장한 당신은 마침내 사악한 마왕을 처치했습니다. 진심으로 축하합니다!

나오는 멘트가 1회차랑 똑같다.

진행자가 너무 성의 없다고 따지고 싶지만, 채점에서 불이익을 당할 수 있기에 잠자코 결과가 나오길 기다렸다.

그리고 마침내,

▷지금부터 성적을 알아볼까요?

운명의 순간이 왔다.

"제발 가즈아아아…!"

3회차

성적표

- 성적표를 꼼꼼히 확인해주세요!
- 이름: 강한수
- 전투력: A+
- 업적: SS
- 평판: E
- 인성: F-
- 비고: 졸업시키면 지구와 용사들이 위험함!

존경하는 채점관님! 변호할 시간을 주십시오!

저는 지구에서 조용히 지낼 겁니다.

상식적으로 생각해보세요. 제가 태어나고 자란 고향별을 부술 리 없잖습니까? 사라지면 어디서 살라고….

▷불합격했습니다.

미친! 대체 왜!

▷사유: 전생의 기억을 반성하고 뉘우치긴커녕 악용했습니다. 옳고 그름을 떠나서 지나친 폭력은 반감과 공포를 부르는 법입니다. 세상의 질서와 평화를 위해, 시험 첫날로 회귀합니다.

▷재시험을 시작합니다.

빛이 내 몸을 감쌌다.

▷교직원 일동이 수업내용을 조정합니다.

▷교직원 일동은 당신의 발전을 기대합니다.

▷관심용사가 상향조정됩니다.

▷전문교사가 파견됩니다.

)(

"환영합니다, 용사님!"

분위기 파악 못 하고 싱글벙글한 라누벨의 앙증맞은 목소리가 내 귀를 자극했다. 기껏 교정해놨는데 또다시 귀여운 척하는 그녀의 거슬리는 얼굴과 말투를 보니, 내가 또 회귀했음을 실감했다.

"이 3회차 실화냐…."

정말 상상도 못 했다. 판타지 소설이나 영화에서는 인생에 실패한 주인공에게 딱 1번 더 기회를 주고 끝난다. 그런데 나는 마왕을 잡고 명백한 성공한 인생임에도 회귀만 2번째였다.

이 무슨 개떡 같은 고구마 전개일까?

소설로 썼으면 독자들에게 100% 욕먹고 망했다.

“저기, 용사님? 정신이 드셨나요?”

“아니.”

고혈압으로 쓰러질 것만 같다.

“그, 그런가요! 용사님, 슬슬 정신을 차려주세요! 예고도 없이 갑작스럽게 소환돼서 많이 혼란스러우시죠? 이곳은 판타지아. 용사님이 태어나고 자란 세계랑 다른 차원입니다. 당장 이해를 바라는 건 무리겠죠. 지금부터 차근차근 설명해드릴게요.”

라누벨에게 똑같은 설명을 3번째 듣는다. 마왕 페도나르의 뚝배기 1번, 모가지 1번 날리고 온 용사님 앞에서 뭔 개소리를….

“어머! 제 소개하는 걸 깜빡했네요. 저는 라누벨. 고대의 전설을 쫓는 여행 중, 신탁을 받고 용사님을 소환한 고고학자입니다. 라누벨은 고대언어로 ‘진리’란 뜻이에요.”

그 빌어먹을 ‘진리’란 자기소개 또한 3번째. 토씨 하나 틀리지 않았다. 여기서 라누벨을 죽이고 시작하면, 2회차랑 똑같이 진행 중인 3회차가 새롭게 다가오지 않을까?

진지하게 그 방향을 고민했다.

▷식겁: 참아주세요! 한마디 말이 일을 그르치기도 하고, 한 사람이 나라를 안정시키기도 합니다. 강한수 학생. 기분전환이나 화풀이를 목적으로 무고한 동료를 시작부터 죽이지 말아주세요!

아, 도덕 선생님. 또 만났네요.

▷위로: 정말 유감입니다. 그나마 위안이라면, 모든 과목을 통틀어서 SS학점은 강한수 학생이 최초란 거예요. 카오스 드래곤을 토벌하고 마왕을 22일 만에 쓰러트렸기 때문일까요? 당신의 이름은 명예의 전당에 기록되어 영원히 남게 될 겁니다! 진심으로 축하합니다!

그런 입바른 소리는 됐습니다.

제 마음은 온종일 번개탄 위에 올려둔 쥐포처럼 시커멓게 타버리기 직전입니다.

"저기, 용사님?"

"……."

내 모험의 어디가 잘못됐는지 전혀 감을 잡을 수 없었다.

나는 최단기간에 최소한의 희생으로 최대의 결과를 얻어냈다. 이건 내 주관적인 판단이 아닌 객관적인 지표다.

그런데 1회차에서 D학점을 받았던 평판이 E학점으로 떨어졌다. 있을 수 없는 현상이었다.

짐작 가는 거라면 망룡왕 버스. 중앙대륙 절반이 파괴된 게 원인일 것이다. 아무도 내가 망룡왕을 깨웠다는 사실을 모른다. 하지만 중앙대륙 절반이 파괴된 건 사실이다.

이성적으로 판단할 줄 아는 사람이라면 "고작 열흘 된 용사가 뭘 할 수 있겠어."라고 이해해줄 것이다.

하지만 사랑하는 가족을 잃은 자들은 아니다.

누군가를 원망하고 싶으리라.

"완전히 동네북이군…."

용사란 직업은 좋은 샌드백이다. 1회차에서도 그랬다.

기껏 목숨을 구해줬더니, 잃어버린 짐보따리와 실종된 가족을 찾아내라고 발광하는 연놈이 적지 않았다.

털북숭이 산적에게 벌거벗겨진 채 강간당할 뻔한 걸 구해줬더니, 자기 알몸을 본 책임을 운운하는 여자도 있었다.

언제나 잘못은 용사에게 돌린다.

망룡왕이 깨어나자마자 토벌하지 못하고 민간피해가 발생한 시점부터 이미 용사의 평판은 깎여나가고 있던 셈이다.

불합리와 부조리의 극치.

"저기, 용사님? 폐하께서 기다리고…."

"좀 닥쳐봐."

"우우…."

나는 라누벨에게 한마디 쏘아준 후에 지끈거리는 관자놀이를 지그시 눌러줬다. 지금은 만두 국왕이랑 놀아줄 기분이 아니다.

하지만 이놈들은 용사의 기분 따위 안중에 없었다.

철컥.

지켜보고 있던 왕궁기사 하나가 앞으로 나섰다.

이것도 2회차랑 똑같은 패턴이었다.

"용사님. 혼란스러운 건 이해하지만, 시간이 너무 지체됐습니다. 폐하께서 기다리고 계십니다. 이만 가시지요."

…내가 이때 뭐라고 답했었더라? 아!

"나도 기다리는 중이다."

"예?"

“깡통아. 잘 들어봐. 마왕을 무찌를 용사가 이 세상에 몇 명이나 되겠냐?”

“둘입니다.”

왕궁기사가 별 고민 없이 즉답했다.

그의 말대로 용사는 둘… 둘?!

“저기, 안녕하세요? 아까부터 계속 불렀는데 대답이 없으셔서…. 저는 대한민국 서울에 살고, 직업은 고등학생입니다. 나이는 17살. 취미는 게임과 독서입니다.”

파릇파릇한 청소년이 내게 말을 걸어왔다.

나랑 다른 똥색 교복을 입고 있다. 평범하게 생긴 계란형 얼굴은 검은색 뿔테 안경 외에는 주목할 점이 없었고, 왜소한 체격과 근육량으로 보아선 평소에 운동이랑 그다지 친하지 않았음을 시사해줬다.

하지만 나는 시선을 떼지 못했다. 그 남학생의 교복 호주머니에서 반쯤 튀어나온 스마트폰 케이스에 새하얀 수녀복 캐릭터가 그려져 있었던 탓이다.

허벅지 좌우가 트인 치마 안쪽은 검은색 망사스타킹과 가터벨트. 성스러움과 배덕함이 공존하는 복장의 미녀였다.

한순간이지만, 그리운 기분이 들었다.

직책은 성녀(聖女).

저 스마트폰 케이스는, 나도 잠깐 즐겼던 롤플레잉 게임의 여주인공을 모델로 한 캐릭터상품이었다.

“하, 하하…. 이건 제 소소한 취미입니다.”

“그렇군.”

소소하다고 하기엔 지나치게 대범한 액세서리. 생긴 거랑 달리 범상치 않은 친구란 것만은 잘 알겠다. 능력치야 뭐….

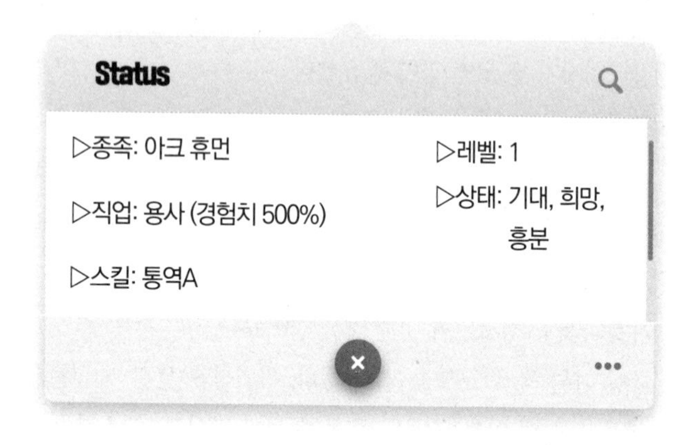

전부 평범하고 상태만 조금 비정상이었다.

수상한 중세풍 복장의 인간들에게 영문 모를 장소로 납치당했음에도 침착함을 넘어서서 환영하는 분위기다. 몰래카메라로 착각하는 걸까?

"성함이 어떻게 되세요?"

"…아아, 그렇지. 내 정신 좀 보소. 강한수. 사는 곳은 대한민국…."

철컥!

왕궁기사가 거슬리는 금속음을 울리며 눈치를 줬다. 오랜만에 동향을 만나서 기분이 좋아졌던 나는 주위를 힐끔 돌아보고는 눈살을 찌푸렸다. 마냥 좋아할 상황이 아니었던 탓이다.

"얼른 가시지요."

왕궁기사가 내게 위협적으로 눈에 힘을 주면 낮게 말했다.

나는 호주머니에 든 0.3mm 샤프펜슬을 뽑으려다가 멈췄다. 2회차처럼 똥배짱을 부리기엔 위험부담이 너무 컸던 탓이다.

용사가 둘.

희소성이 대폭 줄어들었다. 비협조적인 용사A를 죽이고 용사B만 채용해도 판타지 세계는 멸망하지 않는다.

그래도 아직 희망은 있었다. 용사끼리 공조해서 협상 테이블로 국왕을 끌어내면….

"네! 기사님! 강한수 씨도 어서요! 마왕을 쓰러트리고 판타지 세계를 구하는 임무라니! 와아! 벌써 기대되네요!"

혼자만 신난 용사B가 용사A를 재촉했다.

용사B는 용사끼리 공조는커녕 이 야만인들을 위해 공짜로 목숨 걸고 일해줄 마음으로 충만했다.

용사A는 두통이 몰려왔다.

"자자, 일단은 진정하시고…."

"판타지 주민들은 한국식 이름을 발음하기 힘들 테니, 앞으로 저를 지크라고 불러주세요. 강한수 씨도 새로운 이름 하나 짓는 게 어때요? 아! 지크는 안 돼요. 제가 먼저 선점했으니."

"……."

판타지 적응속도가 미쳤다.

용사 지크.

그 이름을 어디서 따왔는지는 쉽게 짐작할 수 있었다.

스마트폰 케이스에 그려진 성녀랑 같은 게임의 주인공 캐릭터 이름이 '지크'이기 때문이다.

메인 스토리에서는 성녀랑 나중에 결혼한다.

이 친구의 욕망이 고스란히 느껴졌다.

"이봐."

"지크입니다."

"…그래, 지크. 부모님이 안 보고 싶어? 친구들은? 다들 널 걱정하고 있을 거 아니야."

"딱히. 괜찮은데요?"

"……."

부모님이 지어주신 소중한 이름을 같잖은 이유로 버릴 때부터 짐작했어야 했는데. 이 녀석은 사회부적응자가 틀림없다.

"강한수 씨. 걱정하지 마세요."

"뭘?"

진심으로 궁금해서 지크에게 물었다. 바로 조금 전에 마왕 페도나르의 모가지를 따고 온 내가 뭘 걱정하는지를.

"당신은 제가 지켜드리겠습니다."

"…하아?"

이 새끼, 진심으로 하는 소린가?

나는 뒷목을 문지르며 스트레스를 달랬다.

동향에 대한 반가움은 이미 사라지고 없었다. 교직원 일동은 어디서 이런 불효자식을 주워온 건지….

▷흐뭇: 방황하는 강한수 학생을 위해 엄선해서 고른 용사 후보입니다. 회귀도 안 했는데 놀라운 적응력이지요?

도덕 선생님. 놀라움을 넘어서서 문화충격 수준입니다.

지크는 씩씩하게 앞장서서 걷는 라누벨의 건강한 엉덩이를 넋 놓고 바라보는 중이었다. 납치됐다는 자각 자체가 없는 듯했다.

…1회차의 나도 저랬을까?

정말이라면 진지하게 자살을 고려해볼 것이다.

▷칭찬: 강한수 학생은 교직원 사이에서도 인정한 노력파입니다. 그 노력의 방향성을 제대로 잡아줄 친구만 곁에 있으면 충분히 졸업할 수 있다고 저희는 판단했습니다. 붉은빛을 가까이하면 반드시 붉게 된다고 하죠. 친구를 본받아서 훌륭한 용사로 거듭나시길 빕니다!

의도는 잘 알겠다.

마음 같아서는 엎어버리고 싶은데….

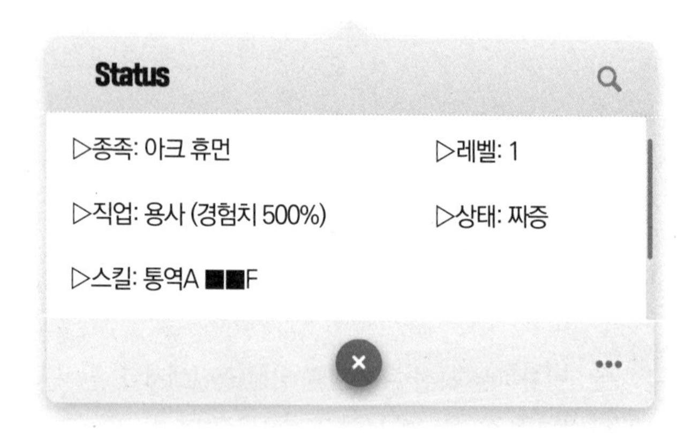

회귀의 능력치 초기화는 정말 답이 없다.

몰랑몰랑~~.

마스터 몰랑의 가르침은 기억하고 있기에 절망적인 상황까지는 아니었지만, 처음부터 또다시 시작하라고 하면 나도 사람인지라 지친다. 그나저나….

“이 블랙박스는 대체… 음? 호오라…?”

“강한수 씨. 무슨 문제라도 있나요. 블랙박스?”

지크가 묻는다. 나를 진심으로 걱정한다기보다는, 라누벨이랑 시선이 마주치며 무안해진 자기가 도망칠 구실이 필요했던 것뿐이었다.

“…아니. 아무것도 아니야.”

하나도 바뀌지 않았다.

내 2회차는 무의미하지 않았다.

나는 망각하지 않았다.

)(

납치범들에게 협조적인 지크 덕분일까? 소란스러웠던 2회차랑 다르게, 3회차에선 알렉스의 담력 시험 이벤트가 벌어지지 않았다. 무난하게 납치범들의 의도대로 흘러갔다.

우리는 알현실 입구에서 예의범절을 배웠다.

완벽하게 왕국 예법을 구사하는 나 때문에 늙은 귀족이 경악하긴 했지만, 2회차처럼 헛소리로 시간을 질질 끌진 않았다. 지크가 계속 몸개그 해준 까닭이다. 덕분에 나도 지루하지 않았다.

끼이익-.

굳게 닫혀있던 문이 열렸다.

"용사들이여! 짐의 땅에 잘 와주었다!"

회귀하면서 만두 국왕의 신수도 훤해졌다.

2회차에선 마누라와 두 아들의 처형식 이후부터 얼굴이 썩은 만두처럼 푸르딩딩하게 변했었는데.

"안녕하세요! 국왕님!"

"풋."

"푸읍!"

지크의 한심한 인사에 여기저기서 실소가 터졌다.

하지만 나는 이 친구를 비웃지 않았다. 처음에는 누구나 실수하기 때문이다. 1회차에선 나도 마찬가지였고.

그렇다고 함께 어울려줄 생각은 없었다.

"환대에 감사합니다. 폐하."

"허!"

"오오!"

내 차례에선 귀족들의 감탄사가 터졌다. 나는 그들의 칭찬을 담담히 넘겼다. 2회차로도 충분한데 무려 3회차다. 복습도 3번째.

못하면 정상인이 아니다.

"용사들이여. 능력치가 보이는가?"

만두 국왕이 기대를 담아서 우리에게 묻는다.

지크가 먼저 대답했다.

"네! 종족은 아크 휴먼. 직업은 용사. 특전은 경험치 5배. 스킬은 통역A. 상태는…. 매우 양호합니다!"

"잘 보입니다."

너무 잘 보여서 탈이다.

스킬이 많아서 조금 어지럽긴 하지만.

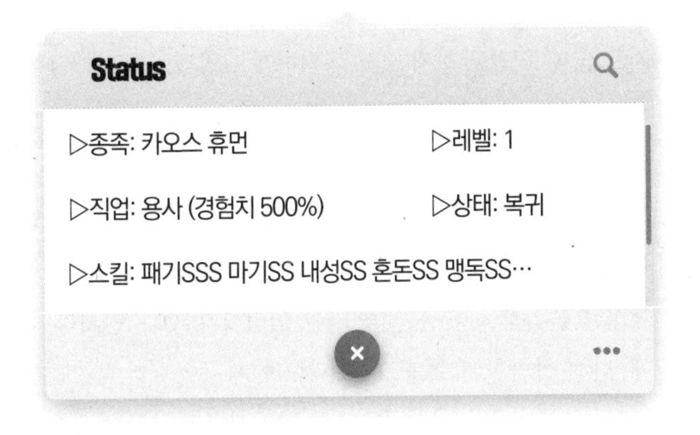

블랙박스 F등급 효과가 활성화됐다.

교복에 가려진 내 육체가 망각을 거부하고 과거로 되돌아갔다. 마왕 페도나르를 쓰러트린 직후에 얻은 '마기SS'가 그 증거.

내 2회차 전성기로.

마왕 페도나르를 쓰러트린 직후로.

3회차가 시작되기 직전으로!

'레벨은 복구가 안 돼서 아쉽네.'

하지만 레벨은 그다지 걱정하지 않았다.

경험치는 주위에 많잖아?

"지크! 그리고…. 깡한쑤? 선택받은 용사들이여! 악마의 영토랑 가까운 이 나라에 위기가 도래했다! 악마들을 무찌르며 능력치를 올린 후, 마왕 페도나르를 쓰러트려다오!"

빵긋한 만두 국왕이 공짜로 일하라고 요구했다.

이에 발끈한 우리는,

"네! 국왕님! 우리에게 맡겨주세요!"

"……."

지크가 내 의견도 묻지 않고 씩씩하게 그렇겠노라고 대답했다. 심지어 나까지 자연스럽게 끌어들였다.

'…동향이고 뭐고 죽일까?'

하지만 성자 같은 이해심으로 꾹 참았다. 도덕 선생은 이 범상치 않은 친구만 따라다니면 쉽게 졸업할 수 있다고 했으니까.

예정된 졸업장을 찢을 만큼 나는 어리석지 않다. 한차례 심호흡 후, 나는 상큼한 미소를 그리며 지크에게 동조했다.

"그렇습니다, 폐하. 저희에게 전부 맡기시고 푹 쉬십시오."

영원히.

나는 준비가 끝났다.

▷공황: 강한수 학생, 당신은 도대체…?

1레벨이라도 클래스가 다르다.

블랙박스의 힘으로 스킬들이 온전히 보존됐다. 덕분에 내가 고를 수 있는 선택지의 폭이 대단히 넓어졌다.

…어쩌지?

바닐라랑 초콜릿 맛 중에서 고르다가, 갑자기 32가지 맛의 아이스크림 가게를 소개받은 기분이다. 선택 장애가 오기 시작했다.

▷후회: 약속은 어리석은 자들이 걸리는 덫이라더니…. 앞으로 강한수 학생의 성장은 논하지 않겠다고 전에 약속했었습니다. 하

지만 어떻게? 회귀했는데도 스킬이 남아있는 건가요?

도덕 선생님. 저는 SS학점을 받은 학생입니다.

라누벨의 엉덩이나 힐끔힐끔 훔쳐보는 소심한 신출내기 용사랑 급이 다른 베테랑이죠.

회귀만 벌써 2번째! 3회차!

그런데도 비범하지 않으면 병신 아닙니까.

▷당혹: 모, 모르겠습니다. 어째서 이런 일이….

혼자서 횡설수설한 도덕 선생은 떠났다.

교직원 일동은 내가 또 회귀하면 문제의 모자이크 스킬도 함께 사라질 줄 알았던 모양이다. 하지만 블랙박스는 살아남았다. 제멋대로인 판타지 신(神)의 횡포로부터.

"큭큭…!"

나는 알현실에서 퇴실하자마자 배꼽을 잡고 한참 동안 웃었다. 2회차에서 쌓인 스트레스 일부가 풀리는 기분이다.

"강한수 씨. 뭔가 재미난 일이라도 있나요?"

지크가 아쉬운 얼굴로 라누벨을 배웅한 후에 내게 물었다.

아! 내가 너무 티 냈나?

"그냥. 이 판타지 상황이 너무 기가 막혀서. 그리고 지크. 앞으로는 거리낌 없이 편하게 불러. 한수라고. 우리는 문화시민들이 살아가는 아름다운 지구로 귀환을 꿈꾸는 소중한 동료니까."

내게 졸업장을 안겨줄 중요한 친구다. 동료로 부족함이 없다.

"흠흠! 그, 그렇지. 동료! 그러면 편히 말하게. 한수야! 그런데 지구로 귀환? 나는 안 할 건데."

"뭐-?!"

"켁켁?! 이거 놓고 말해! 수, 숨 막혀!"

"마왕을 안 잡겠다고?!"

그러면 이 새끼는 아무짝에도 쓸모없다. 안 그래도 용사가 둘이라서 협상 실패로 짜증 났는데.

"그래도 마왕은 잡을 거야!"

"…그래?"

나는 자동반사처럼 움켜쥐었던 지크의 경추(頸椎) 6번과 7번 사이를 놔줬다. 바닥에 주저앉은 친구가 눈물을 찔끔한다.

"콜록콜록! 한수는 힘이 세네."

"그야…."

우리는 똑같이 용사고 1레벨이지만, 보유한 힘은 향유고래와 멸치만큼 그 차이가 매우 컸다. 여기서 끝이 아니다. 레벨이 오를수록 이 힘의 격차는 좁혀지긴커녕 더욱 벌어질 것이다.

"나랑 똑같이 1레벨이고 스킬도 통역A뿐이면서 굉장하네."

"…음?"

이 녀석이 지금 뭐라고 하는 거야? 이거 혹시….

"몸도 좋은 걸 보니, 지구에서 운동 열심히 했나 봐."

"조금."

용사는 타인의 능력치를 마음대로 볼 수 있다.

그건 용사끼리도 예외가 아니다. 하지만 지크는 내 능력치를 보고도 엉뚱한 소리를 했다.

내 스킬이 통역A뿐이라고?

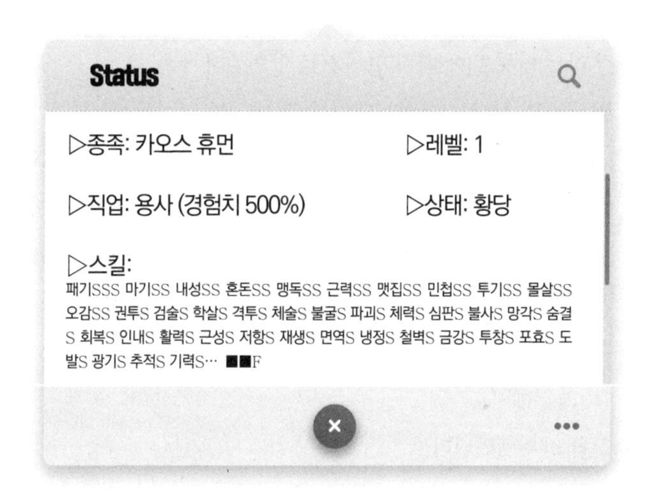

이게 안 보인다고?

지크는 블랙박스의 존재조차 모르는 듯했다.

나는 당혹감을 감추고자 화제를 돌렸다.

"이봐, 지크. 너는 지구로 귀환할 마음이 없다면서 마왕은 왜 잡겠다는 거야? 무엇을 위해?"

"마왕이 부활해서 이 세계가 위기에 빠졌다잖아!"

지크가 주먹을 불끈 쥐며 망설임 없이 대답했다.

"흐음…. 그런가."

태어나고 자란 고향별로 돌아갈 마음은 없지만, 앞으로 살아갈 판타지를 지키기 위해 싸우겠다는 뜻으로 해석됐다.

나는 지크의 꿈을 존중해주기로 했다.

마왕만 함께 쓰러트려 준다면!

녀석이 졸업을 거부하고 유급하든 휴학하든 말아먹든 내가 상관할 문제가 아니다.

우리는 닷새 뒤에 다시 만나기로 합의했다.

알렉스의 신나는 오리엔테이션에서.

지크는 왕궁 밖으로 나가서 자유롭게 판타지 세계를 구경하고 싶어 했다. 하지만 나는 10년 넘게 여기서 생활했다. 관광객이 아닌 현지민이나 다름없는 상태. 그래서 동행을 거절했다.

시커먼 남자 둘이 짝꿍처럼 붙어 다녀서 뭐하겠는가?

"용사님~ 어디 가세요~?"

"…라누벨?"

"넵! 라누벨입니다!"

"귀여운 척하지 말…. 아무튼, 네 이름을 몰라서 불러본 게 아니야. 어째서 네가 여기 있느냐고 묻는 거지. 너는 지크 뒤를 졸졸 쫓아다니는 거 아니었나?"

소환된 직후부터 나는 라누벨에게 매몰차게 대했다.

반면, 지크는 라누벨에게 사근사근했다.

2회차까지는 용사가 하나라서 그녀에게 선택권이 없었지만, 현재는 둘이다. 동료 1호는 원하는 용사와 모험을 고를 수 있었다. 그녀가 어떤 용사를 더 챙겨주고 싶은지는 비교해볼 필요도 없다.

그런데,

"제가 왜요?"

라누벨이 고개를 갸웃하며 귀여운 척했다.

"지크는 어쩌고?"

"저야 모르죠."

"라누벨. 그 녀석도 용사야."

지크가 숙녀 엉덩이를 빤히 쳐다보는 실례를 저지르긴 했지만, 내가 아는 라누벨은 자유분방해서 그 방면으로 굉장히 관대했다. 그렇다면 이유가 뭘까?

내 앞에서 알짱대는 이 라누벨은 2회차 기억이 없다. 제삼자라고 해도 좋다. 우리는 접점이 없으며, 오늘 처음 만난 사이다.

하지만 그녀는 내 앞에 있다. 대체 왜?

"저는 전설을 쫓는 고고학자랍니다."

"그래서?"

"이 판타지아 대륙으로 소환된 역대 용사들의 삶과 업적 등을 연구했어요. 그들은 여러 공통점이 있는데, 한쑤 용사님은 뭔가 달라요. 지크는 제가 예상했던 용사의 모습 그대로였고요."

라누벨이 하려는 말은 이가 갈릴 정도로 잘 이해했다. 그래서 내가 졸업 못 하고 3회차, 삼수생이 된 거겠지!

하지만,

"그거랑 나를 쫄래쫄래 따라오는 거랑 무슨 상관인데?"

"우움…. 신기해서?"

"꺼져!"

"앗! 그러지 말고 같이 가요. 용사님!"

나는 라누벨을 무시하고 계속 걸었다.

목적지는 왕비의 별장.

왕족 전용 사냥터로서 일반인의 출입이 엄격히 금지된 작은 숲, 그 한복판에 세워진 호화로운 목조건물이다.

1회차 때 알게 된 공공연한 비밀이지만, 자극적인 야외플레이를 좋아하는 만두 국왕의 명령으로 설계됐다.

초창기에는 왕비랑 거의 매일 들락거렸지만, 두 아들과 딸이 성장하면서 더는 이 아슬아슬한 밀회가 힘들어졌다. 이에 왕은 단념하고 쉼터를 왕비에게 추억의 선물로 줬다. 그러나 출입금지령은 여전히 유효해서 굉장히 폐쇄적인 공간이 됐으니…. 결국, 밀회의 장소로 악용됐다.

"예상대로 경비견이 있군."

별장을 지키는 멍멍이가 5마리. 조련사와 시녀, 왕비 외의 사람이 접근하면 무조건 짖도록 훈련되어 있다.

"저기, 용사님? 여기는 출입금지구역인데요."

"싫으면 돌아가던가. 너 혼자."

"우우…."

입술이 붕어가 된 라누벨은 더는 쫑알대지 않았다. 그러고는 흥미로운 시선으로 나를 관찰할 뿐이었다.

나는 무시하고 바람의 방향을 확인했다.

그리고 숨을 내뱉었다.

"후우우~~"

고작 1레벨인 내가 저 경비견 5마리를 동시에 조용히 처리하긴 힘들다. 하지만 여기에 고등급 스킬이 가미되면 얘기가 전혀 달라진다. SS등급 맹독. 일명, 용사의 숨결!

집 지키는 개 잡는 건 일도 아니다. 반응은 바로 나타났다.

"멍-?!"

"깨갱~?!"

순찰 중이던 경비견 2마리가 중독되어 바로 죽어버렸다. 놈들의 단말마를 들은 나머지 3마리가 달려와서는 똑같은 운명을 걸었다. 이걸로 경비견은 모두 처리됐다.

"라누벨. 따라와."

이왕 따라온 전력이니 보험을 들어두기로 했다.

"…네? 네!"

눈을 휘둥그레 뜬 라누벨의 노골적인 시선을 받으며, 나는 별장 출입문의 잠금장치를 부수고 안쪽으로 조용히 침투했다.

왕비에게 걸릴 걱정은 하지 않았다. 조금 전에 알현실에서 보았기 때문이다. 그녀가 남편의 의심을 사면서 곧장 별장으로 달려올 확률은 매우 낮다.

이왕 모인 김에 가족끼리 오붓한 식사 후에 천천히 올 것이다. 아니면 내일 새벽이나 아침쯤 오든가.

집 지키는 사람은 단 한 명뿐이었다.

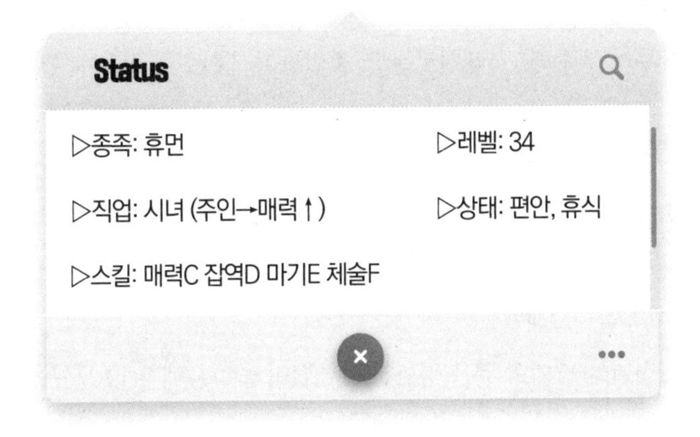

왕비의 전속시녀.

별장에서 쭉 생활하며 모든 가사노동을 홀로 처리한다.

가녀린 여성에게 너무 가혹한 업무부담이라고 생각할지 모르지만, 5레벨이 지구의 운동선수 수준의 체력을 발휘한다. 34레벨이면 홍콩영화 배우처럼 정말 날아다닌다.

'여기에 마기까지 있네. 어쭈? E등급이잖아.'

저 시녀는 계약한 악마의 힘을 빌려 쓰기에 통상적인 34레벨보다 훨씬 강하다. 내게는 거기서 거기지만.

침입자의 존재를 아직 눈치채지 못한 시녀가 내게 등을 보이자마자, 나는 깃털처럼 가볍게 도약했다.

발소리나 기척은 전혀 남기지 않았다. 내 암살 계통의 스킬도 A등급 이상이기 때문이다. 여기에 SS등급에 도달한 기본 스킬이 상승효과를 일으켰다.

2회차 요정왕도 일격에 죽인 조합.

시녀는 정말 아무것도 아니다.

경비견처럼 독무로 조용히 처리할 수 있다면 좋겠지만, 스킬이 아무리 우수해도 1레벨로는 영 불안했기에 확실한 쪽을 택했다.

우득.

34레벨 시녀에게 저항할 틈도 안 주고 가녀린 목을 손등으로 후려쳐서 부러트렸다. 이미 1레벨의 범주를 한참 넘어선 능력치. 하지만 이건 시작에 불과하다.

1레벨→12레벨

시녀를 죽이며 얻은 경험치로 레벨이 올라감에 따라 모든 스킬의 효율이 미미하게 상승했다.

보통은 여기서 끝.

하지만 나는 고등급 스킬이 매우 많기에 단순히 몇 배라고 측정할 수 없을 만큼 전투력이 뻥튀기된다.

지식인답게 수학식을 적용해보자!

지크: 1레벨, 통역A

(9+1)*(10+6)=160

시녀: 34레벨, 매력C 잡역D 마기E 체술F

(9+34)*(10+4+3+2+1)=860

나: 1레벨, 아무튼 많음

(9+1)*(10+9+8+8+8+8+8+8+8+8+8+8+7+7+7+7+7+7+7+7+7+7+7+7+7
+7+7+7+7+7+7+7+7+7+7+7+7+7+7+7+7+6+6+6+6+6+6+6+6+6+6+6+6+
6+6+6+6+6+6+6+6+6+6+6+6+6+6+6+6+6+6+6+6+6+6+6+6+6+6+6+6+6
+6+6+6+6+6+6+6+6+6+6+6+6…+1)=???

전투력이 실제로 이렇게 계산되진 않는다.

지크의 통역A, 시녀의 매력C와 잡역D 같은 생활보조용 스킬도 계산에서 빼야 하고, 비슷한 스킬끼리의 상승효과도 변수로 작용하며, 컴퓨터게임처럼 등급별 수치가 저렇게 딱딱 맞지도 않다.

대충 이런 느낌이란 예시일 뿐.

"아주 좋아."

운영자 계정으로 롤플레잉게임 하는 기분이다.

"…저기, 용사님? 1레벨 맞으시죠?"

"아니. 지금은 12레벨."

"……."

라누벨이 눈알을 굴리며 어찌할 바를 모른다.

그녀는 능력치를 볼 수 없지만, 목이 기형적인 방향으로 꺾인 채 죽은 시녀의 몸에서 흘러나오는 검은색 기운의 정체를 눈치 챘다.

악마의 힘, 마기.

그런데도 1레벨 용사가 단숨에 처치해서 놀란 듯했다.

미리 선수를 치기로 했다.

"라누벨. 계속 따라올 거면 닥쳐. 묻지 마."

"우우… 네."

별장 내부 여기저기에 마법진 함정이 깔려있다. 하지만 우수한 천재마법사인 라누벨은 당연히 안 걸렸고, 나는 SS등급 면역에 내성까지 달고 있어서 공기처럼 무시했다.

우리가 갈 곳은 처음부터 정해져 있었다.

찰칵.

보라색 옷장의 잠금장치를 풀고 비밀통로를 따라 쭉 들어갔다.

목적지는 악마숭배자들의 집회장.

사이비교 교주(教主)가 일장연설 중이었다.

"안녕?"

먼저 아는 척했다.

"네, 네놈은 누구냐?! 어떻게 들어왔지?!"

교주의 물음에 나는 마기SS를 활성화했다.

그걸로 대답은 충분했다.

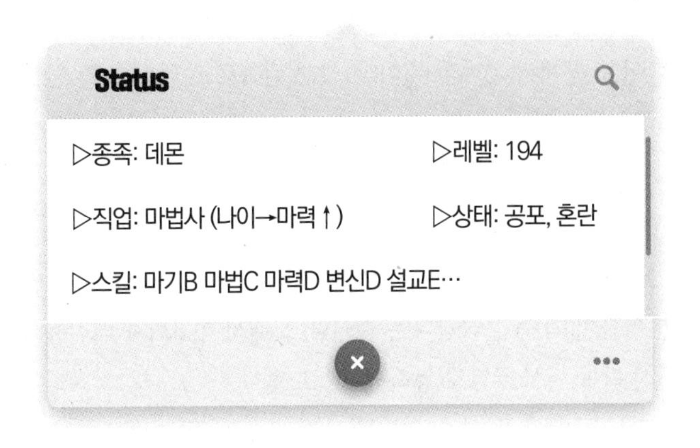

인간 교주로 변신해있던 악마는 내 SS급 마기를 느끼자마자 오들오들 떨었다. 좋은 신분증이다.

"이봐. B급. 오늘부터 여긴 내가 접수한다. 귀찮은 운영은 네가, 편안한 명령은 내가. 불만 있니?"

"어, 없습니다! 위대한 악마 대공(大公)이시여!"

B급 악마가 복종하듯 바짝 엎드렸다.

"위대한 분이시여!"

"위대한 분이시여!"

멀뚱멀뚱 서 있던 악마숭배자들도 눈치껏 교주를 뒤따라 하나둘 내 앞에 넙죽 부복했다.

"저기, 용사님?"

"야. 눈치껏 좀 닥쳐주라."

"……."

라누벨의 입을 다물게 한 후, B급 악마와 그 숭배자들 앞에 선 나는 연설을 시작했다. 목소리를 까는 게 포인트다.

"모두 들어라! 구더기 같은 종자들아! 우리는 이 왕국을 혼돈의 어둠 속에서 지배할 것이다. 그 첫걸음으로 너희가 할 일들을 차근차근 설명해주마."

"오오!"

"오오오!"

알현실에서 지크를 관찰해보며 깨달은 게 있다. 공짜로 일해주면 평판이 쭉쭉 올라간다는 것이다. 그래서 이 3회차 역전용사가 인심 팍팍 써서 무료로 봉사해주기로 했다.

만두 국왕이 푹 쉴 수 있도록.

"이 왕국은 내가 접수하겠다."

내가 용사로 소환되기 이전부터 이 왕국은 B급 악마와 악마숭배자들의 놀이터였다. 하지만 무너트리기도 쉽다. 열심히 충성하는 악마숭배자에게 마기를 공급해주는 B급 악마만 처치하면 도미노처럼 순식간에 지리멸렬하는 것이다.

그래서 이걸 역으로 활용해봤다.

B급 악마를 복종시켰다. 자연스럽게 악마숭배자들도 딸려왔다. 나는 순식간에 왕국이란 장난감을 손에 넣었다. 왕궁의 어느 사석에서 벌어지는 이 대화도 그 결과 중 하나였다.

왕비 왈.

"사랑하는 임이시여. 용사님께 활동자금을 지원해야 한다고 소녀는 생각하옵니다."

이에, 국왕의 대답은?

"활동자금? 굳이 왜 그런 쓰잘머리 없는 곳에 돈을…."

"소녀가 간청드리옵니다."

왕국 제일의 미녀가 팔뚝을 끌어안으며 간절히 부탁하자, 만두 국왕의 표정이 삽시간에 풀어졌다.

단순히 기분 좋아서 변한 게 아니다. 마치, 최면술에 걸린 것처럼 그의 동공도 풀렸다. 국왕이 고저 없는 목소리로 답했다.

"…왕비가 그렇게까지 말한다면 어쩔 수 없지."

"그리고 폐하. 이분은 쓰잘머리 없는 용사가 아니라, 저희가 경애해야 할 위대한 분이시옵니다. 이 점을 명심하시옵소서."

"…알겠소."

배불뚝이 남편에게 볼일이 끝난 왕비가 내게 윙크를 보냈다.

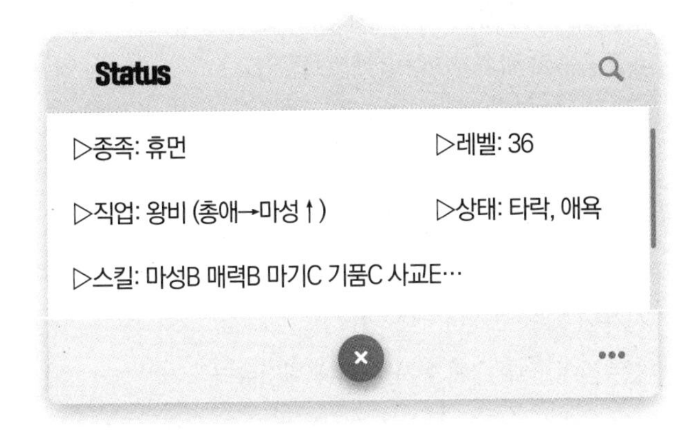

이 나라의 왕비야말로 B급 악마의 조커.

가장 경계해야 할 악마숭배자다.

나는 이런 왕비의 마기를 강화했다. 마기(魔氣)가 E등급에서 C급으로 상승함에 따라, 연관성이 짙은 마성(魔性) 또한 D등급에서 B등급으로 올라갔다.

마성은 이성을 홀리는 힘.

만두 국왕은 2회차 때처럼 내게 돈주머니를 건넸다. 서로 얼굴 붉혀가며 싸우지 않고 평화적으로.

이걸로 내 인성 점수에는 문제없다. 내가 2회차 때보다 발전했다는 증거였다.

"잘 쓰겠습니다, 폐하."

"소인이 위대한 용사님께 도움이 되어 기쁩니다. 더 필요하시면 언제든지 말씀해주십시오."

"그러지요. 아름다운 왕비님? 앞으로도 그 아름다움이 빛바래지 않고 오랫동안 간직하시길 기원합니다."

이미 왕비의 꿈은 이루어줬다.

내 도움으로 마기가 E등급에서 C등급으로.

그녀는 이전보다 요염하고 음탕해졌다.

"호호! 용사님께 도움이 되는 것이야말로 소녀의 기쁨. 나중에 제 별장에서 다과를 접대해드리고 싶사옵니다."

다과뿐만이 아닐 것이다.

"시간이 되면 그리하지요. 왕비님."

나는 만두 국왕에게 인사한 후에 퇴실했다.

악마숭배자들로부터 수금하는 방법도 있지만, 그들이 불법적으로 손에 넣은 돈을 만질 순 없었다.

마약, 인신매매, 살인, 협박, 고리대금….

온갖 악행으로 벌어들인 돈을 쓴다면 내 인성 점수에 마이너스로 적용될 뿐이다. 그래서 전부 백성들에게 환원시켰다. 대신, 합법적으로 국왕에게 활동자금을 받았다.

짤그랑!

금화로 가득한 돈주머니 소리가 참으로 마음에 들었다. 열심히 일해서 받은 서비스이기에 더욱 뿌듯한 게 아닐까.

이건 임금(賃金)이 아니다. 나는 여전히 무료로 봉사하는 중이다. 그 차이는 매우 크다.

"용사님-! 한쑤 용사님-!"

왕궁기사가 왕궁 저편에서부터 나를 향해 일직선으로 뛰어오는 모습이 보였다. 내게 시비를 걸려는 표정은 아니었다.

"흐음. 또 무슨 일이 터졌나?"

알렉스의 신나는 오리엔테이션은 연기됐다. 내가 악마숭배자들을 조종해서 왕국을 완벽하게 점령하는 과정에서 생긴 크고 작은 잡음 때문이다.

왕비는 악마숭배자, 국왕은 꼭두각시. 그 아래의 유력가문과 귀족들도 가족 중 누군가 악마숭배자이거나 어떤 식으로든 연결고리가 있다. 일당 독재체재라고 할까.

"한쑤 용사님! 좀 도와주십시오! 길거리에서 지크 용사님께서 귀족이랑 시비가 붙었는데, 도무지 대화가 되지 않습니다."

알렉스를 포함한 왕궁기사단은 아니다. 그들은 마기에 현혹될 만큼 호락호락하지 않다. 하지만 충성맹세를 한 국왕의 명령에 절대복종하는 시점에, 꼭두각시의 꼭두각시인 셈이다.

"지크가?"

이건 무슨 개뼈다귀 같은 소리래?

그 현장에 가보기로 했다.

][

봉건제도와 계급사회가 만연한 이 야만적인 세계의 귀족은, 살아있는 수류탄이나 다름없다. 평민이나 노예 때문에 기분이 언짢아지면, 정말 말도 안 되는 죄목을 뒤집어씌워서 구타하거나 감옥에 보낸다.

그래도 귀족은 처벌받지 않는다. 살인(殺人) 빼고.

경험치를 노리고 고의로 평민과 노예를 죽이는 사례가 빈번하게 발생한 탓이다.

그래서 살인만은 모든 국가에서 엄격하게 감시한다.

그렇다. 살인만. 살인 빼고는 정말 다 허용된다.

나라에서도 일부 왕족과 귀족들의 만행과 횡포를 알지만, 정치문제로 커지면 손해가 더 크기에 눈감아주는 실정이다. 애초에 그 나라를 운영하는 자들이 귀족이다. 귀족이 귀족에게 불리한 법을 제정할 리 없다.

하지만 어디에나 정의감과 오지랖 넘치는 친구가 있기 마련. 열혈(熱血)이라고 부르던가?

"내가 확실하게 봤다고! 저 돼지가 아가씨의 손을 잡고 강제로 끌고 가는걸!"

지크가 왕궁기사랑 실랑이 중이었다.

"지크 용사님. 냉정하게 잘 보십시오. 어딜 봐서 강제라는 겁니까? 이 아가씨는 정말로 남작님이 좋아서 따라간 겁니다. 못 믿겠다고 하셔서 직접 물어보기까지 하지 않았습니까."

왕궁기사가 피곤한 어조로 지크를 설득했다. 그러나 씨알도 먹히지 않았다.

"협박당해서 그렇게 말했겠지! 당연한 거 아니야? 여기서 강제라고 폭로하면 나중에 보복당할 테니까. 어제부터 저 돼지랑 사귀기 시작했다니. 딱 들어봐도 수상하잖아."

"하아…."

중재를 맡은 왕궁기사가 깊은 한숨을 내쉬었다.

그 뒤쪽, 아까부터 지크에게 계속 돼지라고 모욕당한 귀족은 화를 참듯 부들부들 떨고 있었다.

"대체 내가 뭘 잘못했다고 이런 모독을…."

"저 때문에 정말 죄송해요. 남작님."

그런 귀족의 두툼한 팔뚝을 끌어안은 예쁘장한 아가씨가 어쩔 줄 모르며 발만 동동 구르고 있었다.

"…무슨 상황인지 대충 알겠네."

아까부터 계속 용사에게 돼지라고 인신모독을 당하는 통통한 남작도 낯이 익었다. 그는 나를 모르지만, 나는 그를 알고 있다.

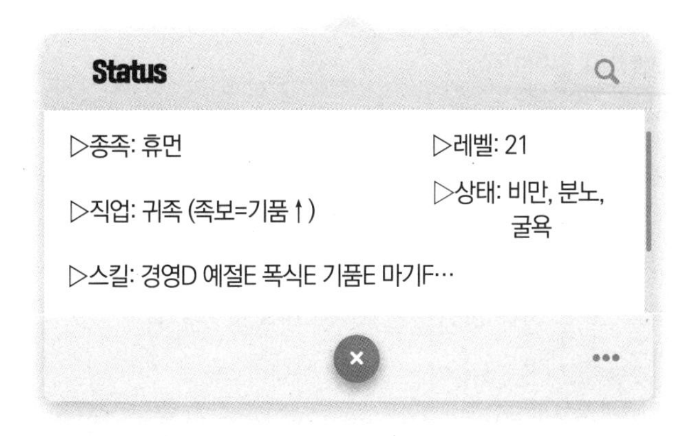

F급 악마숭배자이기 때문이다.

그는 어느 백작 가문의 정통후계자다. 풍족한 가정환경 속에서 후계자 수업 스트레스로 식욕을 주체하지 못한 그는, 고도비만과 각종 합병증이 한꺼번에 몰려왔다.

당뇨병, 고지혈증, 관절염, 담석증, 암….

판타지 마법도 만능은 아니다.

건강이 나빠진 남작은 마기에 손을 댔다. 비극의 시작이었다.

B급 악마의 농간으로 성정이 난폭해진 남작은 온갖 패악을 저지르며 물의를 일으킨다. 폭력, 강간, 행패, 방화….

용사의 심판을 받기 전까지. 1회차에선 그랬다.

"지크. 여기서 뭐 하고 있어?"

일단은 모르는 척하며 물었다.

"아! 한수야. 너도 말 좀 해줘. 이 돼지가 아가씨를 성추행하려는 걸 내가 똑똑히 봤는데, 자꾸 아니라고 부정하잖아."

"증거는?"

"있어! 너도 보이지? 이 돼지는 마기F 스킬을 갖고 있어! 악마숭배자란 뜻이야!"

나는 지끈거리는 관자놀이를 지그시 눌렀다.

마기SS인 내 앞에서 뭔 개소리래?

"지크. 마기를 품었다고 해서 다 악마숭배자는 아니야. 악마의 심장을 먹으면 영구적으로 몸에 마기가 생겨. 수련이나 영약으로 얻는 방법도 있고. 마기를 습득하는 방법은 다양해."

그렇다고 마기가 좋다는 의미는 아니다.

악마에게 통제받지 않는 마기는 제멋대로 날뛰기 때문이다. 소유주의 성격을 저급한 악마처럼 변질시킨다.

잔인, 교만, 오만, 집착, 음란, 과욕, 난폭….

그래도 많은 이들이 손을 댄다.

"저 돼지는 악마숭배자가 맞아."

지크가 우기기 시작했다. 아니, 이 친구의 말이 맞다. 남작은 아직 아무런 잘못도 저지르지 않았지만, 악마숭배자가 틀림없다.

분명 그렇긴 한데…. 옹호해줄 분위기가 아니었다. 구경꾼들의 시선이 매우 곱지 않았다.

"착한 남작님을 악마숭배자로 몰다니…."

"남작님이 돼지? 우리 식당 단골손님이시다!"

"저자가 전설의 용사라고? 허허! 말세로고."

원인이 된 아가씨가 마침표를 찍었다.

"식당을 운영하시는 제 아버지가 발을 접질리면서 남작님의 머리와 옷에 음식을 엎질렀어요. 그때 얼마나 놀랐던지…. 그런데 더 놀라운 건 그다음이었어요. 남작님께서 괜찮다면서 제 아버지를 용서해주셨어요. 그게 너무 고마워서, 어제부터 남작님께 제가 치근댄 거예요. 정말 죄송합니다! 남작님. 괜히 저 때문에 흑흑!"

야단났다. 여자를 울려버렸다.

여론이 돌이킬 수 없는 지경에 이르렀다.

턱!

왕궁기사가 지크의 어깨에 장갑 낀 손을 무겁게 얹으며 말했다.

"지크 용사님. 아직도 하실 말씀이 있습니까?"

"……."

"없으시면 돌아가시지요. 남작님께는 저희가 충분한 사과와 보상을 약속해드리겠으니 신경 쓰실 필요 없습니다."

"나, 나는…."

"너희 둘. 지크 용사님을 왕궁까지 정중히 모셔라."

지크는 죄인처럼 수습기사들에게 질질 끌려갔다.

"거참…."

패배한 개처럼 처량하게 퇴장하는 동료의 뒷모습을 바라보며, 내 머릿속도 엉킨 실타래처럼 복잡해졌다.

저 새끼가 정말로 나를 졸업시켜줄 수 있을까?

)(

내 불안감이 기우였던 것처럼 지크는 금세 활기를 되찾았다.

남자의 사생활을 관찰하는 취미는 없지만, 도덕 선생이 녀석을 보고 배우라고 했으니 어쩔 수 없었다.

로마에 가면 로마의 법을 따르라고 하잖는가?

지크는 아침에 일어나면 가장 먼저 씻는다.

왕국에서 엄선한 하녀들에게 몸을 맡기면 편한데, 숫총각 티를 팍팍 내면서 자기가 직접 씻는다. 그 뒤에는 왕국의 수도 여기저기 참견하고 다닌다.

곤경에 빠진 사람이 보이면 일단 달려간다. 그리고 사연의 진위(眞僞)도 확인해보지 않고 무료로 잔심부름이나 일을 돕는다.

주로 돕는 대상은 아름다운 여성.

지크는 종족, 나이를 불문하는 잡식성이었다.

이 녀석도 수컷이란 걸까…?

"주인님. 소녀에게 더 분부하실 일이 있으신지요?"

사근사근한 목소리로 나를 주인이라고 자연스럽게 칭하는 미녀는 이 나라의 어머니, 왕비였다.

악마의 힘에 빠진 자들의 신분과 지위는 무의미했다. 마약 같은 중독성에 정신을 지배받기 때문이다. 그렇기에 악마숭배자가 위험한 것이다.

나는 왕비에게 고개를 저었다.

"아니. 지금처럼 지크를 관찰해서 내게 보고해."

"알겠사옵니다."

"가봐."

"네. 언제든 불러만 주세요. 밤에라도."

몸을 돌린 왕비는 나를 유혹하듯 엉덩이를 좌우로 흔들며 도도한 발걸음으로 물러났다.

나는 창틀에 턱을 괸 채 왕궁의 창밖을 내다봤다.

"야! 꼼짝 마!"

"야옹~!"

새끼고양이랑 술래잡기 중인 지크가 보인다. 사건다운 사건이 없으니, 꼬마A의 잃어버린 애완동물이나 찾아주며 시간을 낭비하는 것이다.

그것도 당연했다. 내 수중에 떨어진 왕국은 지극히 평화로웠다.

마치, 폭풍전야처럼.

그것만이 아니다. 왕국에서 활동하는 모든 악마숭배자를 동원해서 내 평판을 야금야금 올리고, 왕족에 대한 반감 여론을 키우는 중이다.

만두 국왕이 영원히 쉴 수 있도록.
“실비아는 신경 쓸 거 없고.”
암시장을 급습한 미래의 요정왕은 예정대로 생포됐다.
열흘 뒤에 암시장 경매품목으로 올라오는 그녀를 용사가 사주지 않으면 변태 귀족에게 팔려갈 것이다.
나는 당연히 안 갈 거고, 암흑상회에서 통용되는 ‘약속의 언어’를 모르는 지크는 암시장에 들어갈 수조차 없다.
내가 1회차에서 썼던 편법은 미리 차단해뒀다.
실비아는 자연스럽게 퇴장.
이러면 도덕 선생도 아무 말 못 하겠지.
그리고 남은 건?
“알렉스.”
미래의 검왕. 2회차에선 일찌감치 내 손에 퇴장했다.
쓸모도 없고, 마음에도 안 들어서.
하지만 이번 3회차에서는 알렉스의 활용처를 발견한 탓에 아직은 멀쩡히 살려둔 상태였다.

▷반색: 드디어 동료의 가치를 인정하시는군요?

물론입니다. 도덕 선생님.
개똥도 약에 쓰인다고 하잖습니까? 히죽.

)(

악마숭배자들의 준동으로 어수선했던 왕국이 안정되면서, 출타했던 알렉스 또한 왕궁으로 귀환했다.

그리고 그날이 왔다.

"하하! 용사들. 왕궁훈련장에 잘 왔다! 계집처럼 상처 하나 없는 피부를 보니, 제대로 된 훈련을 받아본 적이 없는 모양이군. 하지만 걱정하지 마라. 왕국 제일의 검이 너희를 훌륭한 용사로 키워주마! 그것도 단시간에."

알렉스의 두근두근 오리엔테이션이 시작됐다.

"열심히 하겠습니다! 알렉스 교관님!"

"나도."

지크의 의욕이 충만했다. 대충 맞장구친 나는 알렉스의 다음 말을 기다렸다.

"하지만 훈련을 시작하기에 앞서, 오늘은 왕비님이 특별히 참관하셨다. 두 용사의 대련을 무척 고대하시더군."

"…예?"

"왕비님이 바라신다면야…."

친구랑 싸우기 싫어도 어쩔 수 없지!

"그렇게 됐으니, 최선을 다해서 붙어보도록. 참고로, 왕비님 앞에서 항복이나 도망치는 추태는 내 주먹이 용서하지 않을 것이다."

으름장을 놓은 알렉스가 뒤로 물러났다.

"자, 잠깐…. 한수야? 우리는 친구지?"

지크가 뒷걸음치며 내 이름을 애타게 부른다.

"얼른 덤벼. 왕비님이 우리의 대련을 바라신다면, 이 또한 공짜로 왕국을 위하는 길. 지크. 네가 바라던 일 아니야?"

"나는- 꾸엑?!"

우히히히-큼! 이게 아니지.

"정말 미안하다! 친구여!"

짐작은 하고 있었지만, 첫날부터 무료봉사를 지껄이던 지크의 턱주가리에 주먹을 꽂을 때마다 무척 괴로웠다.

퍽! 빠각!

표정 관리가 너무 힘들어서 죽겠다.

"원, 투, 원, 투~♪"

단백질끼리 착착 감기는 이 손맛!

어깨와 엉덩이를 좌우로 흔드는 리듬감!

사이다 탄산처럼 청량한 지크의 비명!

판타지 원주민의 부탁이니 사양할 거 없다. 꼬마A가 잃어버린 고양이도 공짜로 찾아주는데, 몸소 행차하신 아리따운 왕비님의 부탁 하나 못 들어주겠는가. 우리는 용사의 임무를 다하는 중이다.

이 또한 놀랍게도 공짜다. 이렇게 보람차고 즐거울 줄 알았다면 좀 더 빨리 시작했을 텐데.

"그, 그만- 커억?!"

"지크. 너도 마음껏 공격해."

나는 손과 발을 이용해서 지크의 온몸을 갈겨줬다.

정말 살살 두들겨주는 것이다. 조금이라도 진심이 담기면 한 방에 송장 치우기에, 지크를 유리세공품처럼 조심스럽게 다뤘다.

내 평판 점수는 소중하니까.

그렇다고 쉽게 끝내줄 마음 또한 없었다.

지크가 쓰러지지 않도록 좌우균형을 잡아서 때렸다. 좌로 넘어질 것 같으면 좌측을, 우로 넘어질 것 같으면 우측을-.

…어? 다리에 힘이 풀린 모양이네?

덥석.

주저앉지 못하도록 지크의 머리채를 왼손으로 붙잡은 후, 무릎을 쳐올리며 그의 안면을 찍었다.

"으아아아-!?"

지크의 고개가 뒤로 확 젖혀졌다.

"어? 이런."

너무 흥에 겨웠던 걸까? 내가 움켜쥐고 있던 머리카락 한 뭉치가 뜯긴 지크의 머리 한가운데에 새하얀 땜빵이 생겨버렸다! 하지만 저 정도로는 죽지 않는다.

대련을 속행했다.

"지크. 언제까지 나를 배려해서 방어만 할 거야?"

"으어어어~"

짐승처럼 울부짖는 지크의 두 눈에는 초점이 안 잡혀있었다. 뇌진탕도 살짝 오면서 정신이 혼미해진 걸까.

크게 걱정할 문제는 아니다. 내가 알렉스에게 자주 당해봐서 잘 안다. 판타지 마법과 치유의 축복으로 얼마든지 회복할 수 있다.

이 나라랑 이웃하는 성왕국(聖王國)의 1회차 동료, 성녀쯤 되면 기도 한 번으로 죽은 자도 벌떡 일으킨다.

이런 면에서 보자면, 판타지는 역시 판타지다.

Status

▷종족: 아크 휴먼
▷직업: 용사 (경험치 500%)
▷스킬: 통역A 체력F 맷집F 불굴F 통감F…
▷레벨: 3
▷상태: 중태, 혼란, 염좌, 탈골, 충격, 공포

지크의 능력치. 스킬이 실시간으로 불쑥불쑥 생성됐다.

상태도 뷔페식당 메뉴처럼 다양하게 나열됐다. 신기하게도 1레벨이 아니다.

왕비의 보고서에 따르면, 지크는 야생멧돼지의 몸통박치기에 혼쭐이 난 이후부터 사냥터 근처는 얼씬도 안 한다고 했다.

그런데도 3레벨.

마구간이나 창고에서 쥐라도 100마리쯤 잡은 걸까?

생명체마다 주는 경험치가 다르다. 만약, 모든 생명체가 최소 1레벨 경험치로 고정됐다면 농부와 어부는 레벨이 깡패였을 것이다.

"지크. 3레벨이 뭐냐. 사냥을 부지런히 했어야지."

"……."

평범한 동식물은 주는 경험치는 극미하다. 용사의 5배 경험치 특전으로도 티가 안 날 만큼.

하지만 지크는 용케도 몬스터 없는 도시에서 단시간에 레벨을 올렸다. 아니면 좀도둑이라도 살해한 걸까.

뭐가 됐든 내 앞에선 의미 없었다.

"어이? 지크. 내 얼굴 좀 봐봐."

"……."

온몸이 피투성이 걸레짝이 된 채 의식을 잃은 지크. 피거품을 문 얼굴은 시체처럼 창백했다.

고작 3분 만에? 이건 뭐, 인스턴트식품도 아니고.

나는 손아귀의 힘을 풀었다. 다진 오징어에 고추장 양념을 바른 것처럼 변한 지크가 흐느적거리며 쓰러졌다.

털썩.

"치, 치유사! 어서 용사님을…!"

"맙소사! 신이시여!"

용사들의 대련이 끝나길 조마조마한 심정으로 기다렸던 구급반이 잽싸게 움직였다. 그들은 지크를 들것에 실어서 훈련장 밖으로 옮겼다. 곧바로 마법과 축복이 효과를 발휘했다.

위이이잉-.

지크의 온몸에 난 상처에 빛이 스며들면서 빠른 속도로 아물었다. 퍼런 피멍의 부기가 빠지고, 찢어진 피부에는 새 살이 돋아났다. 어긋난 뼈도 제자리에 저절로 맞춰졌다.

하지만 바로 못 고치는 부위도 있었다.

이빨. 머리카락.

이 둘만은 꾸준한 치료가 필요했다.

아! 하나 더 있다.

"아으부, 아으…"

정신적인 부상도 본인 스스로 극복해야 할 문제.

산 자와 죽은 자의 정신에 간섭할 수 있는 '마음의 정령'이 도와준다면 회복 속도가 빨라지겠지만, 그 정령을 다룰 줄 아는 주술사는 요정 중에서도 매우 드물다.

이걸로 지크에게 용무는 끝났고, 다음은 알렉스였다.

"이봐, 용사. 너는 대련과 실전도 구분 못 하나? 약자를 괴롭히는 고약한 취미가 있는 모양인데, 진정한 강자가 어떤 존재인지 그 몸에 새겨주지."

그가 성큼성큼 내게 걸어오며 훈계했다.

듣고 헛웃음도 안 나왔다. 뭐? 약자를 괴롭히는 취미? 이 새끼는 양심도 없나?

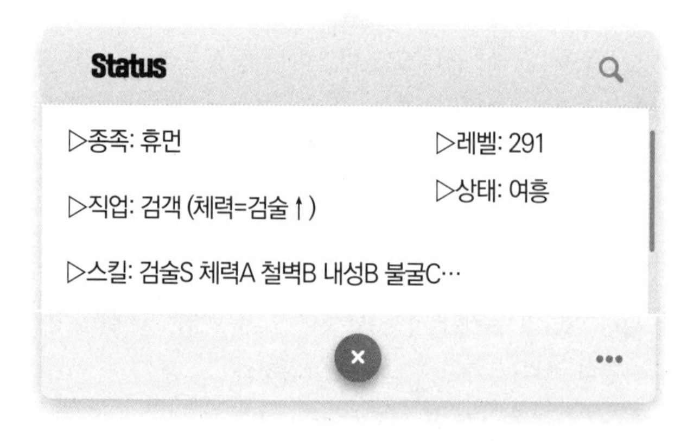

알렉스의 능력치는 1회차 초창기랑 다를 게 없었다.

그렇다고 마냥 무시할 순 없었다. 서로 경험치를 먹고 먹히는 전란(戰亂)이 아닌 평화의 시기에, 알렉스 정도면 굉장히 높은 편에 속하기 때문이다.

하지만 내게는 안 통한다. 나는 전란의 시기를 제대로 겪고 왔다. 2회차에서 중앙대륙 절반을 망룡왕이랑 초토화하고, 마왕 페도나르를 포함한 악마들을 몰살시켰다.

나 혼자서 전쟁을 일으키고 승리까지 거머쥐었다.

경험치, 숙련도. 그 둘을 셀 수 없이 많이 독식했다.

레벨은 초기화되고 말았지만.

"데자뷔인가."

내 복부를 노리는 알렉스의 주먹을 피하지 않았다. 그러면서 나도 똑같이 그의 복부를 향해 주먹을 내질렀다.

너도 한 방, 나도 한 방.

알렉스가 가소롭다는 표정을 지으며 여기에 응했다. 291레벨이나 되는 녀석이 양심도 없이 힘을 강하게 준다.

한 번 해보자는 거지? 환영하는 바이다.

퍽!

빠득-!

우리는 사나이답게 한 방씩 주고받았다.

"커억-?!"

수많은 스킬이 중첩된 나는 철벽처럼 굳건했지만, 그러지 못한 알렉스는 자기 배를 부여잡으며 무릎 꿇었다.

내 복부를 때린 주먹은 피투성이.

나를 올려다보는 알렉스의 눈빛이 묻고 있었다.

뭘 어떻게 한 거냐고.

빠각!

대답해줄 의무는 없었다. 아직 내 공격은 끝나지도 않았고.

291레벨 알렉스의 머리를 힘껏 걷어찼다. 3레벨 지크를 상대할 때처럼 힘을 조절할 필요가 덜해서 경쾌한 맛이 있었다.

"이, 이…. 억?!"

"또 간다."

본인도 약자란 생각은 못 했던 걸까?

공황에 빠진 알렉스의 짧은 머리채를 덥석 움켜쥔 후, 투포환처럼 빙글빙글 돌리며 멀리 내동댕이쳤다.

쿵-!

알렉스의 덩치가 큰 만큼 떨어지는 소리도 우렁찼다.

"내가 용사 따위- 컥?!"

"용사님이라고 경칭을 붙여. 잔챙이 주제에."

마무리는 요추(腰椎) 4번과 5번 사이.

높이 뛰어오른 나는, 무르팍으로 알렉스의 등을 유성처럼 내리찍어서 만성 허리디스크를 선물해줬다.

우드, 드드득.

허리가 아플 때마다 내 얼굴을 떠올려줬으면 기쁘겠다.

"네놈…! 흐허어어?!"

분개하며 벌떡 일어선 알렉스는 양손으로 급히 등허리를 부여잡으며 도로 고꾸라졌다. 허리디스크가 제대로 온 모양이다.

"알렉스. 네 오리엔테이션은 즐거웠어."

2회차 때보다 재미있었다!

그날로 나는 알렉스의 훈련에서 열외 됐다.

)(

무더운 열대야가 시작됐다.

중앙대륙은 가뭄으로 난리가 났다. 무료로 왕국을 지배 중인 나도 이 가뭄 피해를 최소화하기 위해 다방면으로 노력 중이었다.

물이 부족해서 식량난이 심각한 수준이었다.

전쟁이라도 벌여서 인구를 줄여볼까?

너무 바빠서 왕궁전용훈련장 주변에는 얼씬도 하지 않았다. 그래도 간간이 알렉스와 지크의 대화가 아련하게 들려왔다.

청력이 너무 발달해도 피곤하군.

"지크! 당장 일어서! 아니면 엉덩이에 칼침을 놔줄까? 그놈에게 복수할 때까지 너에게 휴식은 사치다!"

"더, 더는 무리- 꾸엑?!"

"포기하지 마라! 지크! 너는 할 수 있어! 두려워하지 말고 죽을 각오로 덤벼! 마법사와 치유사가 항시 대기 중이다!"

"아아아악~~!?"

어떤 고강도 훈련을 하는지 모르겠지만, 날마다 포기하려는 지크를 다그치는 알렉스의 목소리에는 진심과 열의가 묻어나 있었다. 내 1회차 때처럼 장난스러운 어투가 아니다.

둘의 관계는 매우 명료했다.

불량학생 vs 열혈교사.

훈련받기 싫어서 야반도주하려다가 알렉스에게 걸려서 질질 끌려오는 지크를 3번쯤 본 것 같다. 진짜 글러 먹은 친구다.

하지만 알렉스는 인내심을 갖고 열정적으로 지크를 가르쳤다. 강해지기 싫다는 지크의 황당한 어리광조차 전부 받아주며, 새벽부터 밤늦게까지 지도해준다.

"지크! 허리가 또 비었잖아! 빠샤!"

"아악~!? 죽인다! 알렉스! 죽여버린다!"

"명심해. 싸움에서 냉정함을 잃으면 죽는다."

"커어어억- 우엑?! 켁켁!"

1회차에선 볼 수 없었던 알렉스의 놀라운 변화. 지크에게 아무리 욕을 먹어도 절대 화를 내는 법이 없었다.

내가 욕하거나 대들면 죽도록 팼었는데….

지크의 변화 또한 눈부셨다.

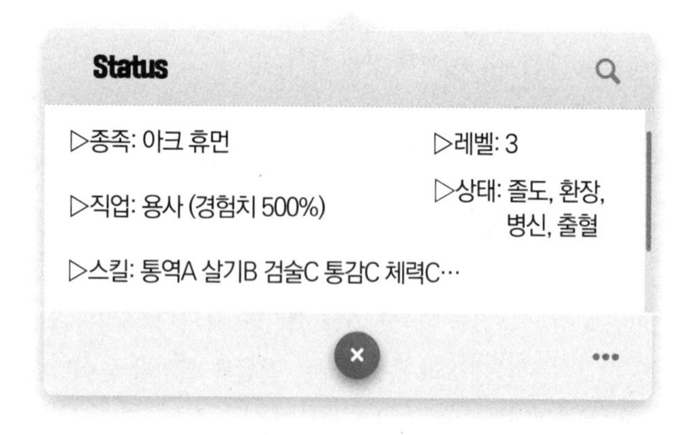

온종일 훈련장에만 있어서 레벨에는 진전이 없었지만, 스킬 등급의 급격한 성장을 이루어냈다. 다채로운 상태가 좀 걱정되긴 했지만, 빠른 성장에는 늘 대가와 부작용이 따르는 법이다.

그리고 솔직하게 인정할 건 인정하자.

알렉스의 열정이 빛을 발한 걸까? 같은 시간 대비, 1회차의 나보다 지크의 성장 속도가 훨씬 빨랐다.

"과연…."

모범생 하나 던져주고 알아서 배우라는 무책임한 도덕 선생의 교육방침을 인정하지 않을 수 없었다.

딱 봐도 알겠다. 지크는 나보다 용사의 자질이 우수하다.

저 속도라면, 3년 안에 악마 대군을 홀로 뚫고 마왕의 멱까지 딸 수 있지 않을까.

나는 10년이나 걸렸거늘.

팩트가 묵직하다!

▷당혹: 저기, 강한수 학생? 이게 대체 무슨 일인가요…?

어이쿠! 도덕 선생님! 진짜 오랜만에 오셨네요!

보시다시피 모범생을 관찰 중이었습니다.

▷두통: 끓는 솥에 찬물을 붓는 것은, 아궁이에서 불을 빼내는 것만 못하다고 합니다. 제가 추천한 용사 후보도 아직은 미성숙한 성장 단계입니다. 저 상태는 아무리 봐도 정상이 아닌데요.

…아니라고요?

그러면 당장 죽여야지.

안 그래도 자주 의심스러웠는데.

▷깜짝: 자, 잠시만요! 빵 조각보다는 말을 씹어야 한다고 했습니다. 진정하고 제 이야기를 다시 들어주세요! 입 밖으로 내지 않

는 말은 나의 노예이며, 입 밖으로 내는 말은 나의 주인입니다. 제가 부주의했습니다. 저 후보가 무척 힘들어 보인다는 의미로 한 말이었어요.

알렉스의 짝사랑으로 힘들어 보이긴 하네요.
그러면 알렉스를 죽일까요?

▷당혹: 죽인다는 선택지 외의 방법은 없나요? 한두 가지쯤 생각해뒀을 것 같은데요.

물론입니다!
…그런데 이상하네요.
분명히 아침까지만 해도 100가지쯤 있었는데, 시녀의 앙증맞은 가슴에 놓고 왔나 봅니다.
지금부터 다시 생각해보죠.

▷제안: 요즘 날씨가 매우 덥습니다. 남자 둘이서는 삭막하니, 아름다운 여인들과 물 좋은 곳에서 휴식을 취해보는 게 어떤가요?

도덕 선생님. 실망입니다.
지크는 아직 17살, 미성년자입니다. 판타지 법규상으로는 남자는 16세, 여자는 15세부터 짝짓기해도 되긴 합니다만.

▷식겁: 바다나 계곡을 말한 거였습니다!

아, 네.

조건이 까다롭다. 예쁜 여자와 물이 있는 곳. 여기가 지구라면 해수욕장으로 직행했을 텐데….

"아…!"

촤르르륵.

나는 집무실 책상 구석에 놓인 지도를 펼쳤다.

왕국은 현재 가뭄으로 고생 중이다. 하지만 정말로 물을 구할 곳이 없어서 농사를 못 짓는 건 아니다.

물은 풍부하다. 그 물을 쓸 수 없을 뿐.

커다란 호수를 독점하는 사악한 종족 탓이다.

인어(Mermaid). 이 물고기들만 처리하면 된다.

가뭄도 해결하고, 지크 레벨도 올리고, 뽕도 뽑고. 회 쳐 먹고. 옛 동료도 죽…. 아무튼, 나는 천재인가?

도덕 선생은 맹렬하게 반대했으나 지크는 반색했다.

"이거 괜찮은 거야? 인어는 서식지를 침범당하는 걸 끔찍이 싫어한다고 들었는데…."

"싫으면 말고."

"누가 싫대! 흠흠! 인어공주님도 있어?"

"당연하지."

때깔도 좋고 맛도 좋았던 거로 기억한다.

"그런데 한수야."

"왜?"

"동행이 왜 이렇게 많아?"

우리는 아기자기한 소수정예로 가지 않는다. 만두 국왕의 협찬을 받았다. 1회차 때처럼, 인어들이랑 화합과 공존이랍시고 여러 손해와 양보를 감수할 생각은 추호도 없다.

왕국은 올해 농사를 지을 물이 꼭 필요하고, 인어들은 호숫물이 줄어들면 삶의 터전이 좁아진다.

생존경쟁(生存競爭). 여기에 타협의 여지는 없다.

"전리품 분배는 너무 걱정하지 마. 인어공주가 5마리쯤 있는데, 전부 너에게 줄게."

"그런 얘기가 아닌데…."

코흘리개 용사 지크의 모험이 마침내 시작됐다!

듬직한 동료가 3만 명이다.

지휘관: 3명(200레벨)

마법사: 5명(150레벨)

왕궁기사: 20명(180레벨)

일반기사: 100명(130레벨)

수습기사: 300명(100레벨)

정예병: 1만(10레벨)

징집병: 2만(3레벨)

마왕 페도나르의 영토랑 인접한 왕국—통칭, 만두 왕국은 판타지아 대륙에서 평균 수준의 기사와 병사를 유지하고 있다.

만두 국왕은 실책을 범할 때마다 "악마 때문에 우리나라가 비상하지 못하는 것이다!"라고 매번 주장하는데, 단순한 이웃일 뿐인 악마들로선 참으로 억울한 일이다. 그런데도 만두 국왕의 주장은 받아들여지고 있다.

주변국들은 이 나라를 건드리지 않는다. 마왕의 침공에 가장 먼저 초토화되고 희생될 1차 방파제로서 놔두는 것이다.

이게 마냥 좋기만 할까? 절대 그렇지 않다.

고급인력이 전쟁으로 안 죽는 것까진 좋은데, 목숨을 건 경쟁이 없으면 레벨과 스킬도 올리기 힘들다.

그래서 만두 왕국 군사력의 질은 딱 평균.

나는 이번에 이 균형을 깰 생각이다.

"지금부터 하나하나 설명해줄게. 인어의 서식지는 500레벨대 사냥터야. 바다인어랑 달리, 우리가 상대할 민물인어는 레벨이 낮고 개체 수도 적으니 너무 걱정할 필요 없어."

"잠깐! 500레벨이 낮은 거라고…?"

지크가 내 말을 자르며 긴장한 어조로 질문했다.

어휴! 귀여운 3레벨 같으니.

"널리고 널린 하급 악마가 300레벨이다. 새끼고양이랑 숨바꼭질하고 있을 때가 아니야. 죽기 싫다면."

"마, 맙소사…."

상대는 500레벨 인어.

꼬리지느러미에 살짝만 스쳐도 인간은 묵사발이 된다.

"그렇다고 모든 인어가 500레벨인 건 아니야."

판타지 게임과 현실은 차이가 있다.

게임에서는 '500레벨대 사냥터'란 장소를 찾아가면, 그 지역의 모든 생명체의 레벨이 비슷하다.

토끼 490레벨, 오크 500레벨, 보스 510레벨.

게임은 이런 식으로 구성된다.

토끼 2마리가 오크 1마리보다 위협적인 놀라운 상황이 펼쳐지는 것이다!

하지만 현실은 그렇게까지 막장이 아니다.

500레벨대 사냥터라고 하면?

토끼 1레벨, 오크 50레벨, 보스 500레벨.

사냥터 외곽은 토끼와 사슴 같은 약하고 순한 동식물이 살고, 안쪽으로 들어갈수록 강력한 몬스터가 간간이 튀어나오는 식이다. 사냥터 레벨은 마지막 보스로 결정된다.

"인어의 여왕이 500레벨쯤 해."

그 밑으로는 변변찮다. 우성인자를 물려받은 공주들이 250레벨쯤 하지만, 나머지는 50레벨 이하의 예쁜 잉어나 다름없다. 까다로운 여왕만 잡으면 나머진 먹음직스러운 횟감이다.

"한수야. 일단은 대화로 해결해보는 게 어때?"

지크가 조심스럽게 제안한다.

내게 얻어터진 이후부터 애가 소심해졌다.

"당연하지. 내가 이끄는-폐하께서 내려주신 병사들은 야만인이 아니야. 호수로 흘러드는 물길을 모두 차단한 후에 협상에 들어간다."

"그, 그런…."

"걱정하지 마. 내 전술은 완벽해."

물을 끼고 싸우는 인어는 레벨이 낮아도 성가시다. 물속에서 숨을 쉴 수 없는 인간은 물가에서 화살이나 마법을 쏘는 것 외에는 뚜렷한 공격수단이 없기 때문이다. 그러니 인어를 육지로 끌어내야 한다.

호수에 맹독을 풀어서 인어들을 간단히 몰살시키고 싶지만, 이 호숫물로 농사도 지어야 하기에 어쩔 수 없다.

"저기, 용사님~"

라누벨이 내 소매를 당기며 관심을 유도했다. 요즘 바빠서 교정을 소홀히 했더니 귀여운 척하는 농도가 짙어졌다.

"왜?"

"정말로 인어들이랑 전쟁하실 건 아니죠? 역대 용사님들은 인어에게 호의적이었어요."

"색골들이 어련할까."

인어는 수컷이 존재하지 않는다.

어부나 뱃사람을 유혹해서 씨를 받으며 번식한다. 역대 용사들은 바다와 호수를 건너다가 인어를 만났고, 그녀들의 매끈한 피부와 몸매에 매료됐다. 내 1회차 동료도 그렇게 태어났다.

다른 종족의 수컷을 유혹해서 번식해야 하는 인어는 태생적으로 미(美)의 화신이다. 말라깽이 요정하고는 비교가 안 된다.

아! 요정A는 예외다.

"용사와 인어의 사랑! 낭만적이지 않나요?"

"맞아. 라누벨. 아무것도 모를 때는 낭만적이지."

아주 낭만적이다.

내 1회차가 그랬으니까.

)(

슬픈 노래의 호수.

우리가 원정 가는 호수의 이름이다. 그 이름의 기원은 그다지 오래되지 않았다.

약 100년 전, 용사가 이 호수를 건너다가 인어여왕이랑 사랑을 나눈 후에 떠났다. 그리고 다시 돌아오지 못했다. 페널티로 엄청 약한 마왕에게 패하는 등신이었던 탓이다.

여왕은 이때부터 슬픈 노래만 불렀다. 그믐달이 뜬 밤마다….

"우우…. 용사님이 제 역할을 가로채면 어떡해요. 고고학자 라누벨의 존재 가치가 희미해지잖아요."

"희미해도 좋으니 좀 닥쳐주라."

사실, 이건 1회차 라누벨에게 들은 이야기다. 나도 그때는 지금의 지크 같은 초롱초롱한 표정으로 경청했었다. 막연한 환상이 깨지기 전까지는.

슬픈 노래의 호수는 만두 왕국이랑 이웃하는 성왕국의 국경선 역할을 할 만큼 수심이 깊고 넓다. 항구도 있고, 인어들이랑 거래하는 마을도 있다. 주민의 절대다수가 남성으로, 동거(同居)하는 여자나 아내가 없음에도 동정(童貞)이 없다.

"슬픈 인어 마을이라고 불러요!"

라누벨이 자기 역할을 되찾기 위해 끼어들었다.

"그래. 그 이름처럼 아주 우중충한 마을이지."

우리는 목적지까지 닷새나 걸렸다.

뜨거운 햇볕 아래에서 3만에 달하는 병사들이 먹고 싸는 양도

어마어마했다. 이미 우리는 행군이란 치열한 전쟁을 치르는 중이었다. 그다지 소수정예보다 효율적이라고 말하기 힘들다. 하지만 이 또한 필요한 일이다.

'지금쯤 B급이 마지막 포섭을 끝냈겠군.'

이 요란한 원정은 악마숭배자들이 왕국을 완벽하게 점령하기 위한 마무리 작업이다.

대충 뽑은 3만 병력이 아니다. 특히, 그 지휘관들은 성가신 방해꾼들로만 합류시켰다.

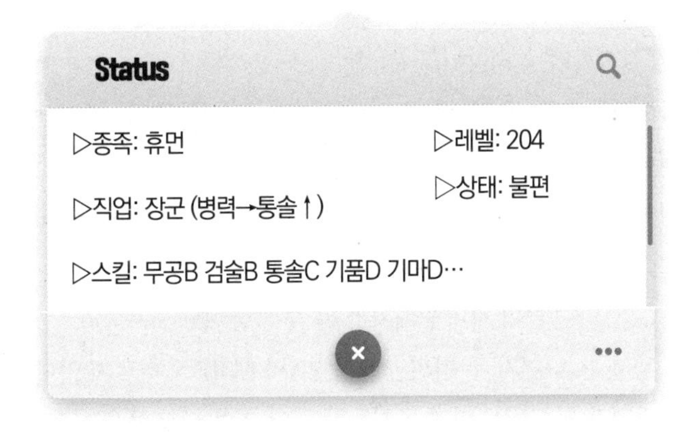

나이 지긋한 귀족이 군마를 몰며 내게 다가왔다. 직급으로만 따지면 이 무리에서 최고.

그가 사무적으로 말했다.

"용사여. 우리는 무엇을 하면 되지? 가뭄으로 식량이 부족한 이 시기에 군대를 움직이다니. 용사를 지지하는 폐하의 명령만 아니었어도 절대 받아들이지 않았을 거다."

용사들을 무척 아니꼽다는 듯이 쳐다본다.

나는 지지 않고 받아줬다.

"백작님. 지금부터 병력을 1만씩 셋으로 나눌 겁니다. 슬픈 노래의 호수로 흘러드는 가장 큰 물길도 셋. 우리는 그 상류에 둑을 쌓아서 물길을 우측으로 틀 겁니다. 이렇게."

간소한 전술지도에 선을 그어 보였다.

"호수에서 수성할 인어를 육지로 끌어낸다는 작전이군."

"그렇습니다."

"…좋소. 용사여. 폐하의 명도 있었으나, 그 전략이 현시점에서 가장 유효함을 인정하고 그대로 시행하겠다."

"감사합니다. 백작님."

이 백작A는 고지식하고 악마숭배자들을 증오하긴 하지만, 지휘관으로서 쓸모가 많은 귀족이다. 그렇기에 살려서 돌려보낼 것이다. 영지와 가문에서 잠시 떨어트려 놓는 것만으로도 소기의 목적은 이미 달성한 셈이니까.

그는 가족들이 악마숭배자가 된 줄은 꿈에도 모르리라.

함께 온 나머지 두 지휘관인 남작A와 백작B도 다르지 않다. 자기관리가 철저해서 마기가 침투할 틈이 없었다. 올곧은 성정으로 백성들의 신임 또한 매우 두텁다.

이들을 포섭할 수만 있다면, 왕국에서의 내 평판은 하늘로 날아오를 것이다.

"여러분들이 핵심입니다. 둑을 건설한 후에 확실하게 지켜주십시오."

지난 닷새 동안 설득은 대충 끝났다. 가뭄으로 고통받는 왕국의 백성들을 위해서라면, 세 지휘관은 얼마든지 냉정하게 대처할 수 있을 것이다. 이것은 침략이 아닌 생존싸움이다.
“그러지. 1군단은 나를 따르라!”
“무운을 빌겠소. 2군단. 좌로!”
“또 봅시다. 3군단. 전진한다!
3만의 대군이 호수를 포위하듯 둘러쌌다.
이번 작전에는 만두 왕국만 참여한 게 아니다. 슬픈 노래의 호수를 끼고 국경을 마주하는 성왕국에서도 1만의 군대와 영웅들을 파견했다.
하지만 그들은 우리에게 협조하고자 온 게 아니다.
어디까지나 경계. 만두 왕국이 호수가 아닌 성왕국을 침략할 가능성을 염두에 둔 군사행동이었다.
나와 지크, 라누벨은 인어 마을로 들어갔다.
우리에게 시비 거는 자는 없었다.
“헐. 진짜로 남자밖에 없네….”
지크가 문화충격을 받은 얼굴로 중얼거렸다.
“인어의 아름다움에 한 번 매혹된 남자는 인간 여성을 사랑할 수 없게 되니까. 이곳은 호수를 건너다가 마음을 빼앗긴 용병과 여행자들로 형성된 마을이야.”
“우우…. 내 역할이….”
“우리는 저기 보이는 여관으로 간다.”
물가에 지어진 고급 여관이다. 1층은 주점이고, 2층과 3층은 숙박시설이다. 숙소 창문을 열면 아름다운 호수가 끝없이 펼쳐지기에 마치 배 위에 탄 기분이 든다.
슬픈 노래의 호수를 건너고 싶은 부유한 상인과 귀족들이 주로 머무는 곳으로, 이 마을에서 가장 비싸고 시설도 좋다.

끼이익-.

여관 1층의 술집은 한산했다. 가격이 워낙 세서 아무나 이용할 수 없는 탓이다. 그래도 몇몇 손님이 보였다.

"……."

"……."

항상 귀여운 척하는 라누벨의 미색이면 어딜 가든 주목받지만, 여기서만큼은 통하지 않았다. 여행자B 취급이다.

압도적인 미모의 여관주인 탓이다.

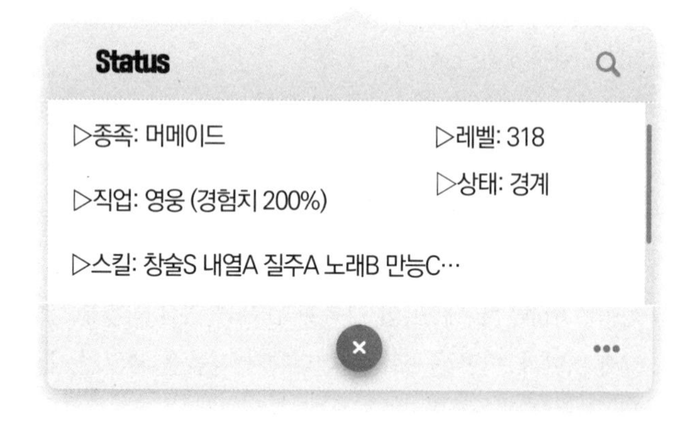

헐렁한 푸른색 원피스를 입은 묘령의 미녀. 언제든 물고기로 변신할 수 있도록 거추장스러운 속옷과 신발은 하고 있지 않다.

318레벨 인어.

이 호수에서 2번째로 강한 인어다.

육지로 올라온 현재는 사람이랑 다를 게 없는 두 다리를 가지고 있지만, 미역처럼 웨이브 진 청포도색 곱슬머리에 살짝 가려진 귓바퀴가 물고기의 지느러미처럼 생겼다. 저것이 인어라는 결정적인 증거다.

또한, 청록빛이 감도는 그녀의 뽀얀 피부는 참기름을 바른 것처럼 반들반들했다.

물의 저항을 줄여주는 특유의 윤활제지만, 남자들에게는 관능적으로 보이는 부수적인 효과가 있다. 삽입할 때도 부드럽게…. 아무튼,

"안녕하세요. 방문 목적을 여쭤도 될까요?"

여관주인이 화사한 미소를 가장하며 내게 물었다.

그녀는 내 1회차 동료이기도 하다.

인어공주 아쿠아.

이 호수 전설에 등장하는 용사의 딸이다. 공격과 방어의 균형을 중시한 알렉스가 용사의 하위호환이라면, 아쿠아는 공격과 속도에 특화된 돌격대장이다.

나도 웃는 얼굴로 답했다.

"식사와 숙박."

그와 동시에, 나는 완전히 넋 놓고 아쿠아의 얼굴과 가슴골을 번갈아 바라보는 지크의 발등을 밟았다.

"악-?!"

…너무 세게 밟았나? 하지만 죽는 것보다는 아픈 게 낫지.

318레벨 인어와 3레벨 인간이 부둥켜안고 하룻밤을 보내면, 용 사고 뭐고 1시간이면 송장이 되어있을 것이다.

물론, 아쿠아는 지크에게 관심 없다. 인어는 본능적으로 '강한 수컷'을 감지할 수 있는데, 인어공주 아쿠아의 남자 고르는 기준

은 600레벨부터 시작이다.

"호수를 건너는 여행자이신가요?"

아쿠아가 여기서 여관을 운영하는 목적은 2가지다.

첫째가 신랑감 찾기.

둘째가 괜찮은 수컷 추천.

자기 눈에 안 차더라도 괜찮은 사내가 보이면, 출항 시간 직전에 인어 친구나 자매들에게 넌지시 알려준다. 일종의 중매쟁이인 셈이다.

"아니."

"그러면 호수 관광?"

"아니."

"…우리를 노리고 오셨나요?"

깜빡했다. 세 번째 목적은 이 호수와 인어를 지키는 것이다.

그렇기에 가장 먼저 배제해야 할 1순위. 인어 주제에 육지에서도 자유롭게 움직일 수 있는 아쿠아의 존재는 대단히 위협적이다.

"어. 호수까지도."

촥-!

그 말이 끝나기 무섭게 아쿠아의 입에서 고압의 물줄기가 내 얼굴을 향해 쏘아졌다.

복잡한 마법 같은 게 아니다.

인어의 고유능력.

요정에게 활과 정령이 있다면, 인어에게는 변신과 물총이 있다. 저 침은 강력한 산성을 내포하고 있다. 맞으면 치명적.

치이이이….

하지만 나는 무시하고 거리를 좁혔다. 옷이 녹든 말든 신경 쓰지 않고 일직선으로 돌격했다.

살짝 놀란 아쿠아가 손에 쥔 빗자루로 대응했다. 창도 아니고 겉보기엔 평범한 빗자루지만, 이럴 때를 대비한 휴대용 무기다.

자루의 재질이 나무가 아닌 강철!

하지만 그뿐이다.

"늦어."

나는 그녀의 움직임을 1회차에서 파악해뒀다. 빗자루를 피하며 입술을 들이박았다.

쪽.

놀라면서도 재차 물총을 쏘고자 벌어진 그녀의 도톰한 입술. 나는 그 틈새로 혀를 쑥 밀어 넣었다.

"우우웁-?!"

두 눈을 부릅뜬 아쿠아가 저항하려고 했으나, 입안으로 흘러든 내 타액에 섞인 맹독SS에 굴복하며 축 늘어졌다.

"바, 방금 무슨 일이…?"

"용사님?"

지크와 라누벨이 붕어처럼 입술을 뻐끔거렸다.

나는 숨넘어가기 직전인 '고급 인질' 아쿠아를 짐짝처럼 어깨에 짊어지며 핀잔줬다.

"왜? 키스하다가 쇼크사한 여자 처음 봐?"

"어…. 응."

"처음 보는데요."

…그래? 이상하군.

나랑 키스하다가 죽은 여자가 제법 많은데.

끼이익-.

"아쿠아! 아쿠아! 큰일 났어요! 용사들이 인어를 사냥하려 한다는 엽기적인 소문이 들려서 알려주… 어?"

다급히 문을 열며 들어온 여인이랑 시선이 딱 마주쳤다.

"…용사는 뒷문으로 도망쳤습니다."

"제가 용사를 못 알아볼 리 없잖아요!"

성녀A가 빽 소리 질렀다.

역대 용사들에게는 어여쁜 짝꿍이 있었다. 용사의 성별에 상관없이 이 존재는 늘 여성이었다.

성녀(聖女). 마음이 여린 용사를 위한 보험, 수호천사.

용사가 동료의 죽음에 자책하거나 괴로워하지 않도록, 시체 부활이란 사기적인 능력을 보유하고 있다.

단, 본인은 부활할 수 없다.

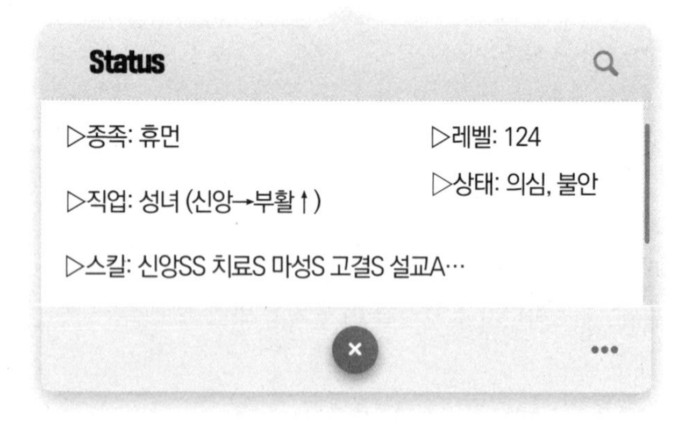

후방지원답게 레벨은 매우 낮다. 보조직업은 전투계열 스킬이 없거나 변변찮기에, 적을 처치하고 경험치를 획득할 기회가 터무니없이 적으니 어쩔 수 없다. 대신, 특수한 시스템이 있다.

성녀와 치유사들은 환자의 상처나 질병 등을 치료해준 대가로 힘(경험치)을 받는다. 본인의 의사랑 상관없이 환자에게서 흡수한다.

환자는 레벨이 높고 부상이 심할수록 잃는 경험치도 많아진다. 그렇기에 치유사만 믿고 막 싸웠다가는 레벨이 역으로 떨어지는 황당한 경험을 하게 된다.

만약, 환자가 1레벨이라면?

0레벨은 사망이다.

위이이잉-.

성녀A의 손에서 발현된 순백의 광휘(光輝), 치유의 축복이 318레벨 인어공주의 몸으로 빠르게 스며들었다.

"콜록콜록!"

죽기 직전에 눈을 뜬 아쿠아는 기침부터 했다. 내 맹독에 오장육부가 깡그리 망가졌음에도, 레벨을 대가로 순식간에 회복했다.

"당신…! 으윽!"

여관 침대에 눕혀져 있던 그녀는 나를 보자마자 상체를 벌떡 일으켰다가 도로 쓰러졌다.

아무리 판타지 치료술이 만능이라도, 죽다가 살아난 인간을 바로 팔팔하게 할 만큼 게임적이진 않다. 한동안은 후유증으로 빌빌거릴 수밖에 없다.

이 방에는 나, 지크, 라누벨, 성녀A, 아쿠아. 이렇게 다섯이 있다. 내가 살짝만 어루만지면 성녀A는 간단히 처리할 수 있다.

단, 감수해야 할 게 너무 많다.

"성녀님."

지크가 성녀A를 무척 잘 따른다.

"네. 용사님."

"성녀님."

"네. 말씀하세요. 지크 님."

"성녀님이 내 이름을…! 우헤헤헤!"

"저, 저기요…? 괜찮으신가요…?"

지크는 완전히 맛이 갔다.

저 녀석의 스마트폰 케이스에 그려진 성녀 캐릭터를 봤을 때부터 눈치챘어야 했는데, 성녀란 직업에 대한 환상이나 집착 같은 게 있는 듯했다. 저걸 페티쉬(fetish)라고 하던가?

그 심정을 아주 이해 못 할 건 아니다.

성녀A는 객관적으로 미인이다.

자애로운 어머니의 젖샘 같은 우윳빛 머리카락, 티끌 하나 없는 뽀얀 피부는 약간 발그스름한 홍조를 띤 황색이다. 작은 계란형 얼굴에 담긴 지적인 이목구비, 괘씸한 콜라병 몸매는 포교활동에 매우 유리하다. 미녀 of 미녀. 늙지 않는 건 보너스다.

"저는 매우 괜찮습니다! 성녀님! 한 번만 더 제 이름을 불러주시면 안 되겠습니까? 부탁드립니다!"

"…지크 님."

"우헤헤헤!"

"……."

만약, 주름 자글자글한 할머니가 성녀였다면, 지크도 저렇게까지 흥분하며 열광하진 않았을 것이다.

그나저나…. 저 해괴망측한 웃음소리가 점점 거슬려진다.

그렇다고 죽일 수도 없고.

"내가 전생에 무슨 죄를 저질렀기에…."

저건 아무리 봐도 비정상이다.

그런데 도덕 선생은 지크가 훌륭한 모범생이란다.

나도 저렇게 해야만 이 야만적인 세계에서 탈출할 수 있는 건가? 상상만으로도 소름이 돋았다. 저건 허들이 지나치게 높잖아.

문제의 성녀A가 나를 돌아보며 입술을 뗐다.

"용사님. 어째서 아쿠아를 공격했는지 해명해주시겠어요?"

"평화를 위해."

"저…. 음…. 제가 이해력이 부족한 건지 모르겠지만, 아쿠아가 무슨 해악이라도 저질렀나요?"

"아니. 평화를 위한 인질이야."

인어여왕은 아쿠아를 대단히 아낀다. 그런 딸을 생포해서 고문하거나 시신을 모독한다고 협박하면, 여왕은 흔들릴 수밖에 없다.

여기에 호수를 포위한 3만 대군.

이대로 흐지부지 장기전이 돼도 상관없다. 둑으로 막은 거대한 물줄기들을 왕국 방향으로 틀어서 가뭄을 해결하면 그만이다.

"인어들은 어떻게 하고요?"

내 계획의 전말을 들은 성녀A가 고운 이마를 찌푸리며 따졌다.

"뭐가?"

"호숫물이 줄어들잖아요."

"줄어든다고 죽지 않아. 집이 좁아져서 조금 답답할 뿐이지. 하지만 왕국은 올해 농사에 실패하면 많은 사람이 죽어."

공짜로 일해준 것도 서러운데 평판까지 떨어지는 건 곤란하다. 정말 곤란해서 바로 마왕의 멱을 따러 갈지도 모른다.

"인질 말고 대화로 풀면 되잖아요?"

"인질을 잡은 후에 유리한 조건에서 대화하려고 했어."

인어는 왕국의 백성이 아니다.

세금을 안 내고, 국방에 보탬도 안 된다.

나는 이 무법자들을 상대로, 왕국이 유리한 조건의 거래를 성사시킬 의무와 책임이 있다. 아무리 공짜로 일한다고 해도!

성녀A가 한숨을 푹 내쉬며 반박했다.

"인질 때문에 협상이 더 어렵게 될 수도 있잖아요?"

"아니."

용사의 피를 이어받은 영웅 아쿠아는 육지에서도 별 제약 없이 활동할 수 있는 유일한 인어다. 여왕이 가장 아끼는 딸로서도 가치가 매우 크다.

즉, 아쿠아를 제압하고 둑을 막으면, 슬픈 노래의 호수 민물인어들은 100% 항복할 수밖에 없다. 그러면 평화롭게 물을 구할 수 있다.

"그, 그건 그렇지만…. 으음…."

인어들 사정을 잘 아는 성녀A는 꿀 먹은 벙어리가 됐다.

"나는 성녀님의 주장이 옳다고 봐!"

지크가 끼어들었다.

"그렇게 생각하는 이유를 읊어봐."

"정의로운 용사가 무고한 공주님을 인질을 잡고 협박한다니, 아무리 생각해봐도 이상하잖아! 그건 마왕이나 할 법한 짓이야!"

…마왕 페도나르가 인질을 잡고 협박?

그 마왕은 이런 구차한 방법을 써야 할 만큼 약하지 않다. 약하긴커녕 너무 강해서 여유와 자비가 넘친다.

이 순간에도 요정 여왕이랑 로맨스 중이겠지.

"지크. 농사를 망쳐서 굶어 죽게 생긴 수십만 군중들 앞에서 똑같이 말해봐. 내가 자리를 마련해줄게."

"그, 그건 좀…."

"못 하겠으면 닥쳐. 얼간이처럼 끼어들지 말고."

"……."

지크를 조용히 시킨 나는 성녀A를 돌아봤다.

"다시 처음으로 돌아가서, 둑이 완성되는 닷새 안에 상황이 끝나. 인어여왕이 타협하든 전쟁을 원하든 왕국의 승리는 확정된 사항이야. 성녀님만 이 계획을 방해하지 않으면 돼."

성녀A는 성왕국의 대표다. 호수 근처에 1만 군대가 대기 중이고. 국제문제로 확대되면 상황이 복잡해진다.

"정녕 다른 길은 없나요?"

"비가 펑펑 쏟아지게 하는 기적이라도 발견한다면 또 모르지."

내가 알기로는 없다.

"있어요."

아쿠아가 나를 노려보며 끼어들었다.

"있다고? 정말로?"

"호수 밑바닥에 거대한 메기가 살고 있어요. 우리는 수호신 울룰루라고 부릅니다."

수호신 울룰루.

인어들이 이 호수에 정착하기 전부터 살던 터줏대감. 그 울룰루가 울면 비가 내린다고 한다. 하지만 매우 난폭하기에 인어들이 매일 교대로 자장가를 부르며 500년 넘게 봉인해둔 상태라고….

"처음 듣는 얘기인데. 라누벨, 알아?"

"아니요."

그렇다면 거짓말이 섞인 함정일 가능성이 크다.

나도 1회차에선 듣지 못했다.

"용사님들. 모두가 웃으며 끝낼 방법이 나왔습니다. 비의 규모가 어느 정도인지 모르지만, 전설의 절반만 사실이라도 가뭄을 극복할 수 있을 거예요. 토벌한다면 호수의 인어들도 더는 울룰루를 걱정할 필요 없어지겠고요."

성녀A가 상황을 빠르게 정리했다.

"한수야! 성녀님의 말씀대로 이게 최선 같은데? 그 울룰루란 메기 1마리만 쓰러트리면 모든 게 해결되잖아!"

내 눈치를 보던 지크가 성녀A의 주장을 지원하고 나섰다.

나는 곰곰이 따져본 후에 물었다.

"승산은?"

망룡왕 2탄은 사양하고 싶다. 태생이 메기라고 했으니 호수 밖으로는 나오지 못하겠지만, 5대 재앙은 그런 종족의 한계마저 뛰어넘었었다. 괜히 재앙이라고 불리는 게 아니다.

"솔직히 말하면, 절망적이에요."

힘겹게 상체를 일으킨 아쿠아가 단언했다.

인어들의 힘으로 잡을 수 있는 터줏대감이었다면 500년 동안 하루도 빠지지 않고 자장가를 부르지 않았을 것이다.

"절망적? 그러면 애초에 말을 꺼내지 말던가! 이 멍청한 물고기 년아! 지금이라도 당장 회 쳐줄까?"

"당신, 정말로 용사 맞나요?!"

그때, 방금까지 찌그러져 있던 지크가 씩씩하게 외쳤다.

"한수야. 싸워보기 전에는 몰라!"

"오냐. 네가 선두다."

내가 녀석을 죽이는 건 어렵지만, 지크가 자의(自意)로 싸우다가 죽으면 내 평판이나 인성에 악영향을 안 줄 것이다. 음?

'…생각보다 괜찮은 아이디어인데?'

이 하나만으로도 정체불명의 메기 사냥에 의미가 있었다. 지크를 내주고 업적과 평판을 얻는 것이다. 훌륭한 등가교환이다.

"나, 나는 아직 3레벨이라서 그건 좀 무리…."

"나도 아직 15레벨이란다."

이미 결정된 사안이다. 물리기 없기다.

늘 새로운 지식에 목마른 고고학자 라누벨이 오른손을 번쩍 들며 귀여운 척했다.

"라누벨도 울룰루 토벌에 찬성해요!"

"안 물었다."

"우우…."

그렇게 해서, 슬플 노래의 호수 터줏대감 울룰루 사냥이 결정됐다.

)(

…하지만 그건 그거고.

나는 왕국의 실질적인 지배자로서 의무를 다했다.

"인어여왕님. 이 용사님이 좋은 말로 할 때, 여기에 서명해. 딸이 인간들의 식탁에 오르는 아름다운 광경을 보기 싫다면."

"어, 어찌 이리도…."

가장 아끼는 막내딸 '아쿠아'가 용사님에게 붙잡혔다는 소식을 접한 인어여왕은 수면 위로 올라왔다. 그녀는 내가 출발 전부터 미리 작성해둔 계약서를 읽어보고는 부들부들 떨었다.

여전히 갈등하는 걸까.

"싫으면 지금부터 전쟁이다."

"윽…!"

"나쁜 제안은 아니잖아? 왕국에 소속되고 왕국의 법을 따른다. 공주 중 셋을 왕궁 정원의 연못에 관상용으로 상주시켜야 하지만, 그 대가로 왕국과 용사의 비호를 받을 수 있어."

물론, 왕국에 소속되면 인어들도 군사적으로 동원될 수 있다.

평소 업무는 국경을 마주하는 성왕국 견제.

굳이 인어들에게 세금을 걷지 않더라도, 이 하나만으로도 국방비를 대폭 절감할 수 있다. 내가 그린 최적의 시나리오다.

"우리는 지금까지 중립을 지켜왔어요…."

인어여왕이 아름다운 얼굴을 찌푸리며 쥐어짜듯 말했다.

"그렇다면 선택의 시간이 왔군."

"…당신은 제가 사랑했던 용사님이랑 너무나 다르군요."

"당연한 소리를."

나는 전대 용사랑 다르다.

마왕 페도나르에게 절대 패하지 않는다.

"하아…. 여기요. 부디, 당신의 판단이 옳았기를 빕니다."

인어여왕의 서명이 적힌 계약서를 쓱 확인해봤다.

흠. 문제없군.

"좋아. 이제부터 슬픈 노래의 호수 인어족은 왕국에 소속됐음을 선포한다! 왕국의 용사 지크가 그대들을 수호해줄 것이다."

"어? 잠깐. 나?"

옆에서 얌전히 듣고 있던 지크가 화들짝 놀라며 묻는다.

나는 눈살을 찌푸리며 답해줬다.

"군사동원부터 협상까지 내가 공짜로 도맡아서 처리했다. 지크. 너도 용사라면 하나쯤은 해라."

"나는 고작 3레벨인데…."

지크가 레벨을 핑계로 자꾸 빼려 할 때였다.

"꺅! 빨리 도망쳐!"

"모두 물가로 얼른!"

"수호신이 깨어났어요!"

벌써 시작된 모양이다. 실오라기 하나 걸치지 않은 수백 마리의 인어가 우르르 호수 밖까지 헤엄쳐서 뛰쳐나왔다.

보글보글….

특수한 거품에 휩싸인 그녀들의 꼬리지느러미가 비늘 하나 없는 인간의 늘씬한 맨다리로 변했다.

하지만 그뿐이었다. 인어들은 두 발로 서지 못하고 아기의 걸음

마처럼 육지를 엉금엉금 기어갔다.

그러나 그녀들은 멈추지 않았다.

"Ulluuuuuu!"

뒤편에서 포효를 터트리며 깨어난 거대한 존재 탓이다.

나는 여기가 물이 굉장히 풍부한 호수라고 1회차부터 쭉 생각했었는데, 아무래도 내 착각이었던 모양이다.

좌아아아-.

놈이 일어서자마자 수면(水面)이 낮아진다.

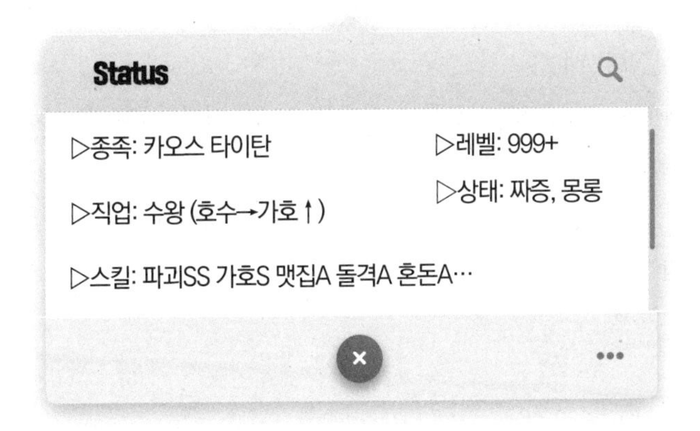

"메기는 메기인데…."

멍청한 물고기 년이 제대로 안 가르쳐줬다.

수호신 울룰루는 대가리만 메기였다.

쿵! 쿵! 쿵! 쿵!

고대부터 살아온 초대형 거인, 울룰루가 두 다리로 걸음을 옮길 때마다 대지가 크게 뒤흔들렸다.

놈이 물가로 올라온다.

그리고 우리를 무시한 채 미친 속도로 뛰기 시작했다.

"Ulluuuu…!"

만두 왕국의 영토로.

…뭐?

"형! 안 돼~! 돌아와~!"

내 평판과 업적이 몽땅 파괴되게 생겼다.

쿵! 쿵! 쿵! 쿵!

땅이 울릴 만큼 거대한 덩치로 뛰는 울룰루는 굉장히 빨랐다. A등급 스킬까지 달고 있으니 어련할까.

"망할 레벨!"

나는 마왕 페도나르를 손쉽게 잡으려고 경험치 획득을 피해왔다. 그런데 이런 식으로 뒤통수를 맞게 될 줄이야!

객관적으로, 울룰루는 5대 재앙에 비빌 수준은 아니었다. 하지만 15레벨로 잡긴 무리다.

…오!

"CuCu…?"

53레벨 야생 오크를 발견했다.

"빨리 뒤져!"

"KuKu~~?!"

"더! 더! 더! 더!"

일직선으로 쭉 돌진하는 울룰루를 추적하면서 사냥도 병행했다. 레벨을 조금이라도 더 올리려면 다른 방도가 없었다.

"Ulluuuu!"

그렇다고 아주 절망적인 상황은 아니었다.

놈의 출현에 놀란 몬스터들이 숲에서 뛰쳐나왔다. 나는 그것들을 아낌없이 때려죽이며 경험치를 수확했다.

그러나 이 또한 한계가 있었다. 레벨 높은 보스는 웬만해선 자기 영역을 벗어나지 않는 탓이다. 울룰루가 난동 부려도 꿈쩍하지 않았다. 역시, 부족한 시간이 문제다.

"거, 거인이다!"

"우리 마을로 온다! 도망쳐!"

"오오! 신이시여…."

"히이익?! 엄마얏?!"

울룰루의 이동 경로 위에 있는 어느 마을.

공황에 빠진 마을주인들은 허겁지겁 마을 밖으로 도망쳤다. 멍하니 구경하고 있다간 밟혀 죽을 게 확실하기 때문이다.

"Ulluuu."

울룰루는 전방에 가로막은 마을을 신경 쓰지 않았다. 잡초를 상대하듯 대충 걷어차며 지나갔다.

하지만 여기에는 파괴SS의 묘리가 담겨있다.

특수한 파동이 퍼져나갔다.

콰직! 쾅!

마을 하나가 흔적도 없이 파괴됐다.

"아, 안 돼…!"

평판 점수 깎이는 소리가 머릿속에서 울리는 듯했다.

마을, 도시, 마을, 마을, 도시, 마을….

줄줄이 도미노처럼 파괴돼간다. 현기증이 몰려온다.

"용사님~!"

수풀에서 무작위로 튀어나오는 야생 몬스터를 사냥하면서 울룰루를 추적하던 나는 하늘을 힐끔 올려다봤다.

라누벨이 비행마법으로 나를 따라오고 있었다. 나는 바로 지시를 내렸다.

"마법으로 놈의 발목이라도 잡아!"

"네!"

라누벨의 활약 따위는 기대하지 않는다. 200레벨짜리 마법사가 999레벨을 넘어선 거인의 진격을 무슨 수로 저지하겠는가? 썩은 지푸라기라도 잡는 심정으로 지시했을 뿐이다.

멈칫하게라도 할 수 있다면 기적-.

"Ulluuu~~?!"

콰당-! 우당탕! 쿵-!

울룰루가 요란하게 넘어졌다.

한여름에 뜬금없이 생성된 조잡한 빙판을 밟고, 그 거대한 덩치가 몸개그 하며 맥없이 미끄러진 것이다.

"용사님! 라누벨이 해냈어요!"

라누벨이 손가락으로 내게 브이(V)를 그리며 귀여운 척했다.

"…어이없네."

하지만 나도 이번만큼은 라누벨의 공을 인정하지 않을 수 없었다. 그래서 그녀의 거슬리는 귀여운 척도 넘어갔다.

자, 그럼.

라누벨이 제공해준 이 초현실적인 기적의 기회를 허투루 날릴 생각은 추호도 없었다.

내가 가진 능력들을 총동원했다.

불끈!

힘줄이 돋아난 근육을 최대로 활성화했다.

내분비샘에서 엔도르핀과 아드레날린이 홍수처럼 쏟아지고, 심장은 폭주 기관차처럼 마구 뛰었다.

막대한 열량 소모는 신경 쓰지 않았다. 삼킨 물질을 완전분해할 때까지 굴리는 슬라임처럼, 내 몸속의 소화기관에서 음식물을 끊임없이 되새김질하기 때문이다.

타액의 아밀라아제.

위액의 펩신.

쓸개즙의 지방 유화.

이자액의 트립신, 키모트립신, 리파아제.

장액의 말타아제, 펩티다아제.

탄수화물은 포도당으로, 단백질은 아미노산으로, 지방은 글리세롤로 바뀐다. 그리고 소장과 대장의 융털로 흡수된다.

여기서 열량(calorie)이란?

영양소 분해로 생성된 에너지원이다.

즉, 소화기관은 생체 원자력발전소라고 할 수 있다.

하지만 아직 부족하다.

“마스터 몰랑, 만세~~!”

인간 본연의 소화능력으로는 한계가 있다. 여기에 마스터 몰랑의 완전분해효소가 가미되어야 진정한 핵발전소가 완성된다.

그 힘을 담아서 높이 뛰어올랐다.

그리고,

“우선은 허리디스크…!”

막 일어서려는 울룰루의 등에 올라탄 후, 요추(腰椎) 4번과 5번 사이를 무릎으로 정확하게 찍었다. 덩치가 크니 디스크를 찌르기도 좋았다.

"Ulluu…!"

거대한 두 손으로 대지를 짚은 울룰루가 분노의 포효를 지르며 벌떡 일어섰다.

쿵, 쿠구궁.

하지만 도로 절규하며 바닥을 굴렀다. 삐끗한 허리가 무거운 상체를 견디지 못한 탓이다.

"큰일이네. 화력이 부족해."

역시 레벨이 문제다. 마스터 몰랑의 가르침과 무지막지한 스킬들의 조합으로 동레벨의 마왕도 가지고 노는 나지만, 상대는 그런 페널티가 없는 거인이었다.

내 공격은 유효했으나, 딱 그뿐이다. 결정력이 없었다.

"용사님! 저희도 가세하겠습니다!"

"한수야! 도와줄게!"

내가 빠르게 사냥을 못 하고 미적거리니, 뒤늦게 따라잡은 잡것들이 경험치를 노리는 하이에나처럼 우르르 몰려왔다.

뒷목이 땅기기 시작했다.

"뭔가 방법이…. 아!"

있었다. 여전히 부활의 후유증으로 빌빌거리는 아쿠아.

여긴 인어가 살기 좋은 물속이 아닌 육지였으며 열대야였다. 평범한 인어였으면 벌써 열사병에 걸렸을 것이다.

그런데도 아쿠아는 억지로 쫓아왔다.

"아쿠아! 네 도움이 필요해!"

"헉, 헉헉. 용사님. 제가 무엇을 하면 될까요? 싸우고자 창은 챙겨왔으나 그다지 도움은 안 될 겁니다."

"괜찮아!"

"무, 무슨…. 또?! 우읍!"

나는 아쿠아의 입술을 빼앗았다.

그리고 이번에야말로 확실하게 숨통을 끊어줬다.

우득.

"용사님! 이게 무슨 짓이에요! 그녀를 왜…!"

한 박자 늦게 도착한 성녀A가 그 현장을 포착하고는 내게 따지듯 소리 질렀다. 나는 힘없이 늘어진 아쿠아를 내려놓으며 부탁했다.

"부활시켜줘."

"지금 그걸 말이라고 하나요! 용사님을 도와주려고 힘든 몸을 이끌고 온 아쿠아를 죽인 게 문제라고요!"

"나도 알아."

울룰루가 허리디스크를 극복하고 일어서려 한다.

지금이 아니면 시간이 없었다.

"알면서도 그랬다고요?!"

"아쿠아가 상실한 레벨은 내가 책임지고 채워줄 거야. 그러니 그만 짹짹거려."

"짹짹?!"

쫑알대는 성녀A를 무시하고 힘을 활성화했다.

푸화아아아-!

내 주위로 폭풍이 휘몰아쳤다.

게임은 지금부터다.

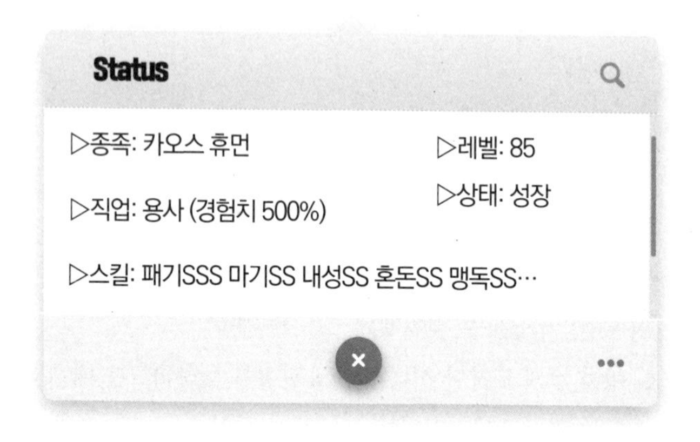

318레벨 인어 경험치를 맛있게 먹었다.

시간이 좀 더 넉넉했다면 야생 몬스터를 잡았겠지만, 100레벨 이상은 사냥터 중앙지에서 보스로 군림한다.

지금은 찾아갈 여유가 없다.

그래서 맛있는 인어 도시락을 깠다.

21레벨 → 85레벨

단순한 수학식으로는 약 4배쯤 강해진 셈이지만, 고등급 스킬의 상호보완과 상승효과로 실질적인 성장 폭은 계산이 어렵다.

단 하나 알 수 있는 건, 매우 강해진다는 것뿐.

"우선은 한 방…!"

스킬의 폭풍을 몰면서 울룰루에게 도약했다.

막 일어선 울룰루는 나를 돌아보지도 않고 다시 달리려고 했다. 저 달리려는 본능은 어떻게 안 되는 걸까?

억지로라도 세워야겠다.

나는 울룰루의 오른발 아킬레스건을 힘껏 걷어찼다.

딱-!

힘줄이 끊어지는 경쾌한 소리.

순수한 물리력이었다면 충격은 줄 수 있어도, 안쪽의 근섬유를 절단하긴 힘들었을 것이다.

하지만 방금 한 방에는,

패기SSS 마기SS 혼돈SS 맹독SS 근력SS 민첩SS 투기SS 학살S 격투S 체술S 파괴S 심판S 금강S 몰살S 추적S 기력S 관통A 투과A 각력A 집중A 연계A 참격A 신속A 강타A 투시A 살인A 용살A 습격A 절개A 파열A 투살A…

수많은 스킬의 효과가 중첩되어 있다.

이것들의 조화와 조합이 증폭을 거듭했다.

"Ulluuuu~~?!"

견디지 못한 울룰루가 헛발질하며 고꾸라졌다. 나는 분노를 담아서 외쳤다.

"이것은 아쿠아의 복수다!"

저 멀리서 "당신이 죽였잖아요!"라는 성녀A의 딴죽은 무시하고, 울룰루의 메기처럼 생긴 널찍한 머리를 주먹으로 후려쳤다.

퍼엉.

물컹한 머리가 움푹 들어갔다.

"Ulluu…."

울룰루의 조그마한 두 눈에서 초점이 사라졌다.

놈은 덩치도 크고 레벨도 높다. 하지만 오랜 수면과 휴식으로 스킬 등급이 대폭 낮아졌다. 파괴SS가 걸리긴 했으나, 스킬 하나로 내게 비비기엔 역부족이었다.

나는 오른팔을 뒤로 감으며 말했다.

"아쉽네. 뇌비우스보다 일찍 만났다면 우리는 좋은 한 팀이 됐을지도 모르는데."

지금은 아니다. 망룡왕 2탄은 사양이다.

내 졸업장을 위해서 빨리 퇴장해주길 바란다.

퍼엉-!

움푹 들어간 울룰루의 머리에 추가 타격.

호수에서 싸웠다면 이리 간단하지 않았을 것이다. 하지만 울룰루는 수왕의 가호 상승효과를 포기하고 육지로 올라왔다.

녀석은 왜 이런 미련한 선택을 한 걸까?

"Ulluuu, luuu."

울룰루가 양팔을 앞으로 뻗는다. 공격하려는 움직임이 아니었다. 어린아이가 무언가를 달라고 보채듯이 계속 앞으로….

쿵, 쿠웅!

놈은 숨이 끊어질 때까지 헛손질하다가 무릎을 꿇으며 쓰러졌다. 잠꼬대나 몽유병이었던 걸까.

하지만 나는 울룰루의 행동을 허투루 넘기지 않았다.

내가 용사 경력 10년 차다. 척하면 척이다.

"울룰루가 가려던 방향에 뭐가 있더라…?"

원한은커녕 면식조차 없는 만두 국왕을 죽이려고 돌진하던 건 절대 아닐 것이다. 울룰루가 원한을 따졌다면, 500년이나 자신을 봉인한 인어들부터 몰살시켰을 테니까.

하지만 놈은 깨어나자마자 육지를 달렸다.

저 방향에 뭐가 있기에?

그때, 대량의 경험치가 내 몸으로 흡수됐다.

레벨이 쭉쭉 상승했다.

85레벨→750레벨

지나치게 쭉쭉 상승한 것 같지만, 마왕 페도나르를 수월하게 상대하기엔 여전히 충분한 '낮은 레벨'이었다.

몸에서 힘이 넘쳐났다. 워낙 스킬 등급들이 높아서 이쪽은 변화가… 어?

■■F→■■E

딱 하나 있었다. 내게 2회차 스킬을 고스란히 계승하게 해준 고마운 블랙박스의 등급이 한 단계 상승했다.

F등급에서 E등급으로!

여기에 맞춰서 효과도 추가됐다.

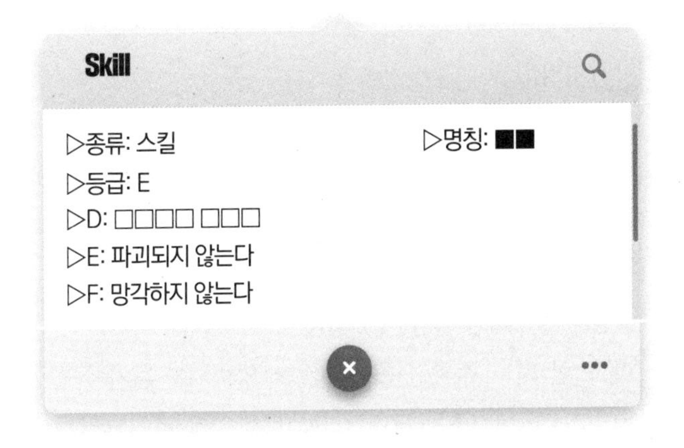

"파괴되지 않는다…?"

나는 손톱으로 내 손등을 긁어봤다.

주르륵….

바로 피부에서 피가 흘러내렸다. 내 사기적인 자연치유력으로 순식간에 회복되긴 했지만, 육체가 파괴되지 않는 건 아니었다.

물리적인 효과가 아닌 걸까?

"용사님~!"

내 상념을 깨듯 라누벨이 외쳤다.

비행마법으로 날아온 그녀는 건방지게도 내 품에 뛰어들려 했다. 양팔을 벌리며 힘껏 다이빙한다.

덥석.

한 손으로 라누벨의 안면을 붙잡았다.

"앗, 아앗?!"

"어디서 귀여운 척이야."

울룰루의 목적지 추적은 잠시 접어두기로 했다. 당장 처리해야 할 문제가 산더미다.

쏴아아아-!

촤아아-!

하늘에서 비가 떨어지기 시작했다. 마치, 울룰루의 죽음을 애도하듯 정말 펑펑 쏟아져 내렸다.

전설이 사실이었던 걸까? 울 틈도 없이 죽여버리긴 했지만.

울룰루의 거대한 시신은 그 비에 녹아내렸다.

"말도 안 돼…. 수호신 울룰루를 저 양아치가 혼자서…? 선대 용사이셨던 아버지조차 포기한 거신(巨神)인데…."

성녀A의 힘으로 부활한 인어공주 아쿠아가 멍하니 중얼거렸다. 양아치란 표현이 거슬렸으나 이번만 참아주기로 했다. 내게 죽으면서 레벨이 급감했기 때문이다.

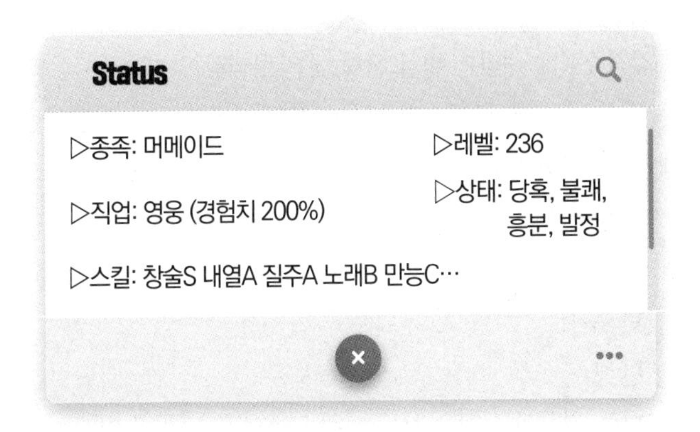

…발정?

몇 초간 고개를 갸웃하며 생각하다가 내 레벨이 문득 떠올랐다.

750레벨.

오! 맙소사!

"용사님께서 저를 책임져주신다면서요?"

비슷한 발언을 하긴 했었다.

내 평판과 인성 점수를 위해, 성녀A에게 아쿠아의 레벨은 책임지고 복구시켜준다고 약속했었다.

결코, 미래를 책임진다는 말은 안 했다.

"비린내 나는 몸으로 들러붙지 마. 가증스러운 물고기 년아."

"용사님~♪"

여자의 변신은 무죄라고 했던가? 방금까지 적대적이던 아쿠아가 욕망 가득한 눈빛으로 내 몸을 쓱 훑으며 아양을 떨었다. 먹이를 발견한 암상어 같다.

한 박자 늦게, 지크와 성녀A가 도착했다.

갑작스럽게 내리는 비를 홀딱 맞은 우리랑 달리, 두 사람의 옷은 먼지 하나 없이 뽀송뽀송했다. 동행한 성왕국의 마법사들이 생활보조마법으로 우산처럼 비를 차단해준 덕분이었다.

지크가 의지 가득한 눈동자로 나를 바라본다.

3레벨 주제에 뭔가 있어 보인다.

"한수야!"

"말해."

"나는 전설의 성검을 찾는 여행을 떠나기로 했어! 이대로는 너에게 계속 뒤처지기만 할 것 같아서. 내 옆의 성녀님이랑 함께."

"……."

지목된 성녀A는 내게 찰싹 달라붙으려고 애쓰는 아쿠아를 멍하니 쳐다보는 중이었다.

"저기, 성녀님?"

"아! 네."

지크의 부름에 정신을 차린 그녀는 말했다.

"…그런 방법도 있다는 예시였습니다, 지크 님. 오해는 마시길! 저는 오늘부터 용사의 후예인 아쿠아의 신변을 보호할 생각입니다. 저 불결한 용사가 그녀를 건드리지 못하도록!"

"네에?!"

"그렇게 됐으니 성검은 자력으로 찾아보세요. 찾는 과정도 지크 님의 성장에 보탬이 될 겁니다."

“그, 그럴 수가…!”

…대충 이야기가 정리된 듯하다.

지크가 당당히 나가고 성녀A가 멋대로 합류했다.

촤아아아-!

쏴아아-!

이 와중에도 비는 억수로 내렸다. 막힌 둑이 무너진 것처럼 정말 쉴 새 없이 전국적으로 쏟아졌다.

이젠 호숫물을 차지한다고 아등바등할 필요가 없었다. 끔찍했던 가뭄이 단숨에 해결됐다. 만두 왕국뿐만 아니라, 가뭄에 고통받고 있던 중앙대륙의 모든 나라에서 나를 찬양하기 바빴다.

내 착각이 아니라 정말로!

평판 오르는 소리가 들리는구나! 우후후후!

그런데….

“비가 왜 안 그치는 거야?!”

닷새 만에 평판이 역주행하기 시작했다.

하늘 높은 줄 모르고 치솟았던 용사의 평판이 곤두박질쳤다.

도시의 하수구가 역류하고, 강이 범람해서 마을이 잠기고, 둑이 무너지고, 홍수에 집과 가축이 떠내려가고…. 온갖 문제가 대륙적으로 벌어진 탓이었다.

불행 중 다행이라면?

끔찍했던 폭우가 열흘 만에 그쳤다.

하지만 내 평판도 이미 함께 떠내려간 지 오래였다.

“4회차로 넘어갈까….”

먹음직스러운 인어공주 3마리가 헤엄치는 연못이 보이는 왕궁의 3층 창문. 그 최고의 명당 앞에 앉아서 멍하니 창밖을 내다봤다. 비가 그친 하늘은 구름 한 점 없이 맑고 푸르렀다.

마왕의 멱을 따기 참 좋은 날씨로구나!

▷황당: 마왕은 재시험 수험표가 아니에요….

아! 도덕 선생님.

휴가를 망치자마자 딱 맞춰 오셨네요.

▷위로: 심심한 유감을 표합니다. 하지만 강한수 학생. 도끼 머리가 빠졌다고 도낏자루를 버리지 말라고 했습니다. 당신의 의도랑 다르게 엉망진창이 되긴 했지만, 결과적으로 가뭄을 해결하고 인어들도 속박에서 해방됐습니다. 긍정적인 면도….

저는 사악한 인어들에게 속은 겁니다!

그 물고기 년들이 이상한 메기를 깨우는 바람에 제 평판만 박살 났다고요! 싹 다 잡아다가 초밥과 매운탕으로….

▷만류: 그것만은 참아주세요! 그리고 아직 끝난 게 아닙니다. 평판은 넘치든 모자라든 당신을 알리는 역할을 합니다. 대륙 사람들이 당신을 주목하기 시작했어요. 좋은 일을 한다면 충분히 무마할 수 있을 겁니다.

좋은 일이라….

▷제안: 친구의 성장을 돕는 건 어떨까요? 이대로는 당신의 발목-이 아니라, 언제 죽어도 이상하지 않습니다. 혼자서 성검을 찾으러 가게 놔두긴 불안하잖아요? 믿으실지 모르겠지만, 교직원들이 예측해본 그의 인성은 A학점입니다. 충분히 참고할 가치가 있어요.

…지크가 인성 A학점이라고요?

이런 세상은 좀 멸망했으면 좋겠다.

"이놈의 무료는 끝이 없군…."

지크의 레벨은 아무리 생각해도 심각한 수준이었다.

최근에 조금 올라서 5레벨.

안 그래도 용사들의 평판이 절망적인 상황에서, 지크 혼자서 모험을 떠났다가 산적들에게 붙잡히거나 객사라도 하는 날에는 진짜 개망신이다.

결국, 해답은 정해져 있다.

미친 척하고 한 번만 도와주자.

][

지크에게 전폭적인 지원을 약속해줄 것 같았던 성녀A가 오리발을 내밀면서, 지크의 처지 또한 깃털처럼 붕 떠버렸다.

왕국의 관계자들은 깊은 분노를 느꼈다.

소환해주고, 먹여주고, 씻겨주고, 재워주고, 입혀주고, 부려주고, 밟아주고, 때려주고, 시켜주고….

그런데 이 용사 새끼가 성왕국으로 떠나려 했다고?

은혜도 모르는 용사로 낙인 찍혔다.

그래도 알렉스는 한결같이 지크를 아꼈다.

혼자서 모험을 떠나기엔 너무 약하다면서 온종일 지도해줬다. 그 열정에 파묻힌 지크가 조만간 자살할 것 같긴 했지만.

살짝 숨통을 틔워주기로 했다.

"알렉스 경."

"예. 말씀하십시오. 왕비님."

마기에 완전히 물든 후, 내 발등에 입술을 맞추는 일조차 주저하지 않을 만큼 맹목적으로 따르는 왕비.

나는 그녀에게 명령을 내렸다. 알렉스를 움직이라고.

"무(武)를 모르는 여인네의 주제넘은 참견이겠지만…."

"그게 무슨 말씀이십니까! 소신에게 무슨 명령이든 내려주십시오. 왕비님."

초주검이 된 지크를 쓰레기처럼 걷어차서 멀리 내동댕이친 알렉스가 왕비 앞에 부복했다. 저 야만인이 그래도 충성심은 있다.

"그러면 알렉스 경. 왕궁 하수구에 출현한 위협을 제거해주세요. 심상치 않다는 소문이 들립니다."

내 지시를 받은 왕비가 알렉스에게 그대로 읊었다.

사냥터 위치, 위험성, 들어가는 방법….

가장 중요한 보스의 레벨 빼고 전부 알렉스에게 전달했다.

하지만 그것만으로도 충분했다. 왕궁과 왕족을 지키는 사명을 띤 왕궁기사단장으로서 절대 거부할 수 없는 명령이기 때문이다.

알렉스가 망설임 없이 대답했다.

"왕국의 수호는 기사의 사명. 왕비님의 명을 따르겠습니다!"

알렉스는 곧바로 왕궁기사들을 소집했다.

연달아 찾아온 가뭄, 홍수란 지랄 맞은 날씨가 끝나고, 오랜만에 기사다운 일거리라서 다들 의욕이 넘쳤다.

그때, 흙바닥에 널브러진 채 벌레처럼 꿈틀거리며 엿듣던 지크가 쉰 목소리로 외쳤다.

"저도 돕겠습니다-!"

내 예상대로의 흐름.

멀찍이서 관찰한 지크의 흉흉한 검은색 눈동자가 제법 마음에 들었다. 저것은 경험치에 목마른 자의 얼굴이다.

온종일 왕궁전용 훈련장에서 알렉스에게 일방적으로 얻어맞으면서 지크도 깨달은 것이다. 이대로는 전설의 성검을 찾긴커녕, 알렉스의 샌드백 신세조차 영원히 못 벗어난다는 것을.

레벨이 낮아서 스킬 효율이 떨어진다.

종일 맞으니 공격 스킬도 부실하다.

"지크가 바란다면 데려가야지."

알렉스는 지크의 부탁을 순순히 들어줬다.

쭉 신경질적이던 알렉스의 표정이 조금은 느슨하게 풀렸다. 자진해서 무료봉사하겠다는 용사의 태도가 마음에 들었던 걸까.

"크…!"

하지만 곧 허리를 부여잡으면서 도로 험악해졌다.

잊을만하면 찾아오는 허리디스크!

바로 내 작품이다.

"감사합니다! 알렉스 씨!"

주먹을 불끈 쥐는 지크는 경험치 싹쓸이를 꿈꾸는 듯했다. 바람직한 태도이긴 한데, 5레벨로 무리하진 않았으면 좋겠다.

죽어버리면 의미 없잖은가?

나는 훈련장이 보이는 창문 너머로 고개를 빼꼼 내민 채 넌지시 물어봤다.

"나도 따라가 줄까?"

"아니."

"됐어."

알렉스와 지크가 거의 동시에 거절 의사를 보냈다.

나랑 경험치를 나눠 먹기 싫다는 뜻일까.

"아니면 말고."

나는 고집부리지 않고 순순히 물러났다.

인성 A학점 예정인 지크의 목숨만은 부지해주고 싶었는데, 당사자와 인솔자 모두 바라지 않는다니 어쩌겠는가?

나는 할 만큼 했다.

"하수구로 이동!"

"아자!"

지크와 알렉스의 왕궁 하수구 탐사가 시작됐다.

그리고 2박 3일이 흘렀다.

)(

나는 싫다는 놈들을 무료로 호위해줄 만큼 한가하지 않다.

하수구로 내려간 두 사람과 왕궁기사단을 몰래 따라가는 궁상맞은 짓은 하지 않았다.

라누벨, 성녀A, 아쿠아.

세 여자를 상대해주는 것만으로도 온종일 스트레스니까. 1회차의 안 좋은 추억들이 새록새록 떠오르는 건 덤이다.

지금은 평판 작업으로 한창 바쁘다.

"알렉스 단장을 추모하며, 건배!"

"건배!"

"건배!"

나는 친애하는 토니의 술집에서 잔치를 벌였다.

만두 국왕에게 받은 돈주머니를 활짝 풀어서, 술집을 드나드는 모든 손님에게 맥주를 한 잔씩 돌렸다.

공짜의 힘은 역시 굉장했다. 아깝다는 생각은 조금도 들지 않았다.

알렉스가 죽었다.

왕궁 하수구에 사는 450레벨 키메라(Chimera).

1회차에서 나는 똑같은 구성원으로 무난하게 사냥했었다. 3회차랑 달라진 점이라면, 내가 지크로 바뀌었을 뿐.

하지만 결과는 정반대였다.

이렇게 기분 좋은 날에 어찌 안 마실 수 있겠는가?

술에 취할 수 없는 고성능 몸뚱이지만, 술집의 이 와글와글한 파티장 분위기가 좋았다.

매상을 올려주면서 토니하고도 사이가 좋아졌다.

재시험으로 쌓인 스트레스가 확 풀리는 기분.

"용사 오빠. 너무 자상하세요."

"그러게. 알렉스는 용사님 욕하면서 돌아다녔는데."

"너무 멋지세요. 이렇게 추모까지 해주시고."

술집의 예쁜 아가씨들이 내 옆에 바짝 붙어서 한마디씩 했다. 성녀A와 아쿠아의 미색에는 한참 못 미친다.

하지만 나는 이 아가씨들이 좋았다. 내게 공짜 술을 얻어먹은 서비스로 기분을 맞춰주기 때문이다.

그러나 그녀들은 오늘따라 나를 좀 어려워했다.

왜냐하면,

"라누벨. 좋은 말로 할 때 꺼져."

아쿠아는 여전히 환자라서 술집에 올 수 없었고, 성녀A가 그 물고기의 간호를 맡으면서 둘은 자연스럽게 떨어졌다.

하지만 이 방해꾼은 거머리처럼 따라왔다.

내 인생에 정말 도움이 안 되는군!

아! 2회차에선 조금 됐다.

"용사님! 저도 이 술집의 손님이에요!"

"그러면 테이블에 턱을 괸 채 귀여운 척하지 말고 술이나 곱게 처먹고 가던가. 얼굴 닳는 사람 기분 나쁘게."

"여기 아가씨들도 용사님을 빤히 쳐다보잖아요."

"그러면 너도 오늘 밤에 할래?"

내 의미심장한 제안에 라누벨이 빵긋 웃으며 경쾌하게 대답했다.

"아뇨! 라누벨이 얼른 닥칠게요! 실례 많았습니다!"

"너, 진짜 짜증 난다!"

세상에 공짜 싫어하는 사람은 드물다.

도시 전역에서 소문을 듣고 찾아든 손님들로 앉을 자리가 없을 만큼 빽빽한 토니의 술집.

우리는 라누벨을 빼놓고 흥겹게 먹고 마셨다.

모두가 한마음으로 외쳤다.

"알렉스 단장을 추모하며, 건배!"

"건배!"

"건배!"

솔직히, 알렉스가 정말로 죽을 줄은 몰랐다.

450레벨 보스가 300레벨 알렉스보다 레벨이 높긴 하지만, 보스를 포함한 대다수 몬스터가 스킬 등급이 매우 낮다. 여기에 180레벨대 왕궁기사들도 함께 갔으니, 이기진 못하더라도 충분히 탈출할 수 있다고 판단했다.

하지만 변수가 끼어있었다.

"용사 지크를 위해서도 건배!"

"건배!"

"건배!"

알렉스와 왕궁기사들은 용사 지크를 살리기 위해 몸을 던졌다. 탈출을 포기하고 무모하게 보스랑 싸웠다.

용사가 한 명뿐이 아님을 모르진 않았을 텐데?

그들은 너무나 어리석은 선택을 했다.

"멍청한 깡통들. 뒤에 남은 처자식은 어쩌라고…. 흠흠! 마지막까지 용맹하게 쓰러져간 왕궁기사단을 위해서도 건배!"

"건배!"

"건배!"

희생으로 떡칠한 최악의 승리.

후발대가 사경을 헤매는 지크를 발견하고 구출했다.

전사들의 시신은 이후에 회수됐다.

성녀A가 알렉스와 왕궁기사단의 부활을 시도해봤지만, 시신의 훼손이 심하고 시간이 꽤 경과하는 바람에 구할 수 있었던 자는 극소수밖에 없었다. 여기에 알렉스는 포함되지 않았다.

그래서 함께 추모 중인 지크의 표정은 푸르죽죽했다.

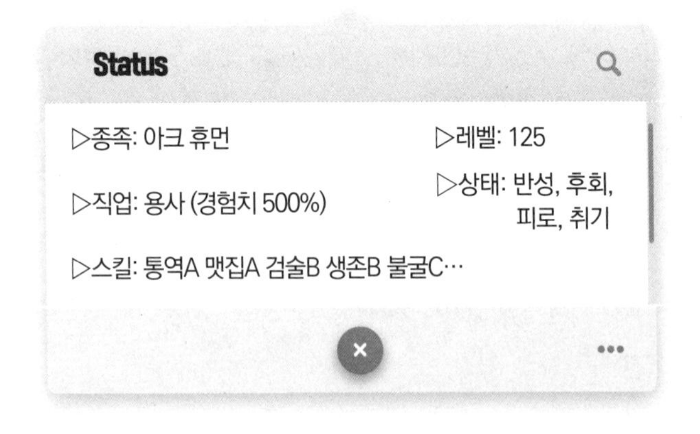

하수구 사냥터를 정리하면서 레벨이 큰 폭으로 상승했다.

스킬들이 여전히 방어에 치중된 게 흠이지만, 차차 개선해나가면 될 것이다.

"나 때문에 알렉스가…. 딸꾹!"

"자자, 지크. 그렇게 풀 죽어 있을 필요 없어. 알렉스를 먹은 보스를 네가 처치하고 경험치를 먹었잖아? 원 플러스 원! 결과적으로 너는 알렉스랑 하나가 된 셈이지! 그러니 힘을 내!"

알렉스는 지크의 가슴 속에서 영원히 숨 쉴 것이다.

"으어어어엉…! 알렉스으으…!"

지크가 맥주병을 끌어안고 울기 시작했다.

"…이 자식, 진짜 성가시네."

17세 미성년자에게 술을 주지 말았어야 했다.

하지만 조금은 예상 밖이었다. 지크가 배덕한 성녀A에게 푹 빠져있는 줄 알았는데, 사실은 마초 같은 남자를 좋아할 줄이야!

설마, 맞는 걸 즐기는 마조히스트였나…?

"싫어하는 척하면서도 알렉스 씨를 많이 의지했었나 봐요."

라누벨이 지크를 가엽다는 듯이 쳐다봤다.

"네가 귀여운 척하는 것처럼?"

"척이 아니에요, 용사님! 제 귀여움은 타고난 거예요!"

"푸하하하!"

"에-? 왜 갑자기 웃으세요?"

"오늘 최고로 웃겼다! 라누벨! 양심 어디? 푸하하하!"

"우우…!"

펑펑 우는 지크의 모습.

1회차에선 흔히 볼 수 있었던 광경이다.

동료가 죽으면 파티 전체에 음울한 기류가 흘렀다. 성녀의 부활이 만능처럼 보여도, 시신의 상태가 나쁘거나 시간이 지체될수록 필요한 경험치도 많아진다는 전제조건이 있다.

가장 절망적인 상황은 성녀의 죽음일까?

판타지아 대륙에 성녀가 한 명뿐인 건 아니지만, 성녀들은 각자 숭배하는 신이 다른 경쟁 관계라서 절대 함께하는 법이 없다. 용사1 성녀1 원칙이랄까.

내 경험상, 성능과 외모는 A, B, C가 다 엇비슷하다.

하지만 밤 한정으로 성녀C가 최고다.

아무튼,

"거참…. 일이 자꾸 꼬이네."

지크 레벨을 올려주려고 짠 계획이었는데, 엄한 알렉스와 왕궁 기사들이 죽어버렸다.

"저기, 용사님."

알아서 닥치겠다던 라누벨이 또 참견했다.

"왜?"

"정말 궁금해서 묻는 건데요. 사람이 죽으면 술판을 벌이는 추모문화가 언제부터 생겼어요?"

"어? 몰라?"

"네. 모르겠어요."

그렇다면 정말로 모르는 모양이다.

"그러면 나도 몰라."

"네…. 네?!"

"판타지아 대륙 어딘가에 그런 문화가 하나쯤 있겠거니 했지. 네가 모를 정도면 전혀 없는 모양이네."

"……."

하지만 이곳의 원래 추모문화는 안다.

도시마다 최소 하나씩 있는 신전(神殿)을 방문해서 기도하고 기부금을 내면, 신관이 시신에 축복을 걸어서 자연으로 돌려보낸다. 마치, 경험치를 주고 사라지는 몬스터처럼.

"내 추모방식에 불만 있어?"

"아뇨."

"없으면 닥치고 내 술이나 받아. 옳지! 잘 마시네. 취해서 뻗으면 내가 업어갈 테니 걱정하지 말고."

어디에 묻어야 잘했다고 소문이 안 날까?

"한 잔 더욧! 더덧! 히끅!"

"그, 그래."

우리는 밤새도록 주거니 받거니 했다. 나는 취하지 않았지만, 벌컥벌컥 들이켜며 쌓인 물을 자주 배출해줘야만 했다.

그리고 깨달았다. 1회차에선 왜 몰랐을까?

"이 계집애, 정말 사람 맞나…?"

붓다시피 먹인 양으로 봐선 혈중알코올농도가 0.45는 가볍게 초과했을 것이다. 그런데도 라누벨은 죽지 않았다.

빵빵했던 내 지갑만 사망했다.

술잔에 독약이라도 슬쩍 탔어야….

▷당부: 동료들 좀 가만히 놔두세요! 제발!

크흠! 누가 뭐랍니까.

불쑥불쑥 나오셔서 심장병 걸리겠-.

탕!

어머나! 이 용사가 왜 사람을 놀라게 하고 지랄이야. 큼! 도덕선생님이 지랄했다는 의미는 아닙니다.

술집 테이블을 양손으로 내리치며 벌떡 일어선 지크.

녀석이 큰 소리로 선언했다.

"알렉쓰으으! 당신의 꿈과 의지는 이 지크가 이어받겠쑵니다아! 지금 당장 가슴 벅찬 모험을, 가즈아아아…! 딸꾹!"

…이 새끼, 진심인가?

아무래도 진심이었던 모양이다.

그대로 비틀거리며 술집에서 뛰쳐나간 지크. 아무런 대책도 없이 다음날 짐보따리 챙겨서 모험을 떠났다.

거참! 여전히 사춘기인가?

▷설득: 갈대는 약하지만 다른 나무들을 엮는다고 합니다. 한 손이 다른 손을 씻겨주고요. 그래서 걱정입니다. 동료를 잃은 충격으로 후보가 뒤틀린 듯한….

그러면 죽일까요?

망한 시험지와 썩은 동아줄을 붙잡을 생각은 없다. 3회차가 망했다면 4회차로 넘어가면 그만.

내가 레벨을 안 올리려는 이유도 그것을 위함이다.

마왕의 페널티.

용사 레벨이 낮을수록 마왕도 약해진다.

평판이 망했거나 안 풀린다 싶으면, 언제든 마왕 페도나르를 암살하고 재시험을 시작할 수 있도록 준비하는 것이다.

▷황당: 강한수 학생. 마왕은 동네북이 아닙니다.

누가 뭐랍니까.

▷두통: 남들처럼 사랑과 우정으로 이겨주세요….

"용사님! 용사님! 큰일 났어요!"

저 멀리, 그렇게 밤새 처먹고도 벌써 술에서 깬 라누벨이 깜짝 한 척하며 달려오는 모습이 포착됐다. 다가온 그녀에게 물었다.

"왜? 포르말린에 담가진 기분이야?"

술에 찌든 라누벨은 죽어도 시체가 썩지 않을 것 같다.

"용사님! 지금은 그런 못 알아들을 소리나 하고 계실 때가 아니에요! 지크 님에게 여자가 생겼어요!"

"…정말로?"

"네! 그것도 셋이나요! 굉장하지 않아요?!"

굉장함을 넘어서서 기적처럼 들렸다.

지크의 모험에 동행한 동료는 총 3명이었다.

각각 직업은 사제, 궁수, 도적.

셋 다 왕국의 용병중개소에서 제법 알아주는 실력파 미녀들이라고 한다. 사제는 유명한 백작 가문의 영애고, 궁수는 전직 노예였던 요정. 도적은 신분이 불분명하다고 한다.

아무튼, 젊고 예쁘단다.

"거참, 신통방통하네."

날이면 날마다 알렉스에게 처맞기 바쁘던 녀석이 여자는 언제? 그것도 미녀로만 셋이나?

나는 마왕을 바로 죽인다는 계획을 잠시 보류했다.

그 지크가 여자들이랑 모험이라니? 아씨! 너무 궁금하잖아!

…하지만 지크의 탈주로 내가 할 일들이 늘어났다. 이놈의 무료 봉사는 정말 끝이 없다.

"망할 알렉스. 똥을 싸지르고 뒤지다니."

알렉스는 죽어서도 내 속을 썩이고 있었다.

용사 지크를 살리고 싶으면 자기만 희생해야 할 것 아닌가? 그런데 왕궁기사단도 함께 죽음의 구렁텅이로 몰아넣었다.

그 결과, 왕국의 국력이 곤두박질쳤다. 일반 병사는 타격이 없어서 아직은 치안에 문제없지만, 정예라고 부를 수 있는 현장지휘관이 대폭 감소해버렸다.

왕궁의 경비가 허술해진 것도 당연지사. 이대로는 곤란했다.

내가 왕국을 뒤에서 조종하고 있다는 건, 직접 명령받은 수많은 악마숭배자가 이미 알고 있기 때문이다. 머지않은 미래에 비밀이 새나갈 것이다.

그때, 왕국의 상태가 좋지 않다면 내 평판과 인성에 치명적인 타격이 올 것이다. 안 그래도 홍수로 엉망이거늘!

현재로선 지크의 모험을 신경 쓸 틈이 없다.

"악마숭배자들을 전력으로 돌려야 해."

이 판타지 세계는 사악할수록 레벨과 스킬이 높다. 타인을 죽이면 경험치와 숙련도가 오르기 때문이다.

악마숭배자들도 다르지 않다. 정계(政界)와 상계(商界)에 깊숙이 파고든 자도 있고, 1회차에선 만두 왕국을 멸망시킬 만큼 강했던 무장세력도 있었다.

암흑기사단.

이들은 왕국만이 아니라 대륙 곳곳에 흩어져 있다.

비밀리에 재능있는 고아들을 거둬들여서 혹독한 훈련으로 단련시킨 최정예.

만두 왕국에도 암흑기사단이 있다.

하지만 그들이 왕궁기사단을 앞지르고 왕국을 전복시킬 만큼 강해지려면 앞으로 3년은 더 기다려야 한다. B급 악마가 추진해서 그렇다.

하지만 나 같은 SS급이 나서면 '요정왕 먹기'나 다름없다.

"용사님! 용사님!"

라누벨이 끈덕지게 따라와서 쫑알댄다.

"또 왜?"

"지크를 안 따라가실 거예요?"

"너, 미쳤니? 내 평판과 왕국은 어쩌라고? 원래는 내가 아닌 지크가 왕국을 지탱했어야 했어. 알렉스가 자기 때문에 죽었으면 그 책임도 져야지. 이 새끼가 발랑 까져서는 여자들이랑 여행을 떠나버리네."

인성이 쓰레기 수준이다.

그런데도 지크가 인성 A학점이라고?

교직원 일동이 제정신인지 의심스러웠다.

▷용호: 이 후보는 책임을 외면하고 현실도피 하는 게 아닙니다. 모험으로 강해져서 생명의 은혜를 보답할….

그때까지 왕국은 누가 지키고요?

▷침묵: 그가 빨리 강해지길 빌어야지요….

허술하다.

너무나 방만하다.

현재, 400레벨 악마 1마리만 침범해도 이 왕궁은 지옥으로 변한다. 순식간에 만두 국왕과 두 왕자는 죽고, 왕비와 공주는 수많은 악마의 노리개로 전락할 것이다.

지금도 내가 마음만 먹으면, 나는 손가락 하나 까딱하지 않고 왕위를 찬탈할 수 있다.

악마숭배자들은 이미 왕국을 완벽하게 통제하고 지배 중이다. 왕국에서 내 손길이 닿지 않는 곳은 없다고 해도 과언이 아니다.

이 평화는 그냥 만들어진 게 아니다.

▷답답: 강한수 학생. 현실을 너무 부정적으로만 보지 마세요. 우리를 행복하게 만드는 것은 우리가 처한 상황이 아니라 우리 영혼의 기질입니다. 꿈과 희망을 가슴 깊숙이 안아보세요. 그러면 역경 속에서도 앞으로 나아갈 수 있습니다.

그걸 현실도피라고 합니다만?

도덕 선생이 하고 싶은 말은 잘 알겠다.

지크는 자기가 성장할 때까지 왕국은 무사할 거라는 꿈과 희망을 품고 모험을 떠났다.

현재를 보지 않고 막연한 미래만을 쫓고 있다.

하! 완전히 도박꾼이잖아?

하지만 나는 다르다.

현재를 직시하고 미래를 이끌 것이다.

그래서 이 자리를 준비했다.

"왕궁기사단이 유명무실해졌다. 앞으로는 제군들이 이 왕국의 미래다."

"……."

"…꿀꺽."

내 앞에는 300명의 젊은 남녀가 정렬 중이었다.

아직은 젖비린내 나는 애송이들이지만, 앞으로 3년 이내에 이 왕국을 충격과 공포로 몰아넣는 살인귀로 돌변한다.

지금은 가소로울 따름이지만.

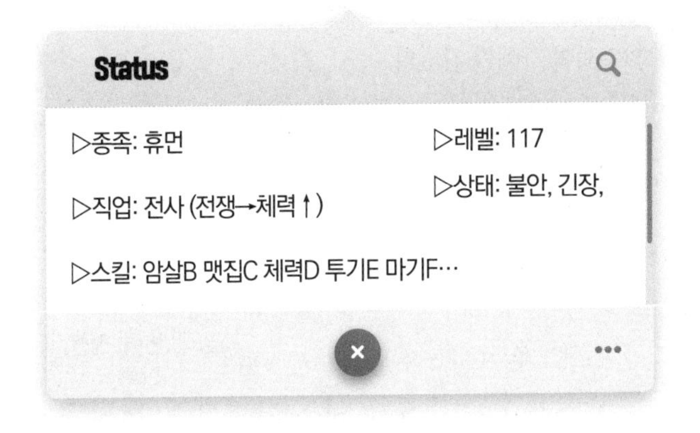

오직 전투만을 중시한 스킬 구성.

그 등급도 저 나잇대에 가지기 힘든 수준이었다.

약 1만 명의 아이들을 비정한 전쟁 같은 살인적인 훈련에 투입

해서 300명만 남았다. 훈련법이 알렉스만큼이나 제정신이 아니다. 사람을 갈아서 만든 결과물.

아직 끝난 게 아니다.

앞으로 이들을 3년이나 더 굴러서 200명이 낙오되고 100명만이 끝까지 남는다. 1만 명 중에서 1%만 살아남은 셈.

효율마저 의심스러운 훈련 방식.

그래서 나는 중단시켰다.

"제대로 된 이름조차 가지지 못한 너희에게 기회를 주겠다! 강해져서 스스로 이름을 찾아라! 내가 그 길을 제시해줄 테니."

마기SS를 활성화했다. B급 악마랑 격이 다른 극상의 힘!

야만인들은 이걸 '악마의 계약'이라고 부른다.

파아앗-!

내 몸에서 방출된 어둠의 기운이 300명의 젊은 남녀에게 골고루 흡수되며 자취를 감췄다.

그들의 능력치에 바로 변화가 찾아왔다.

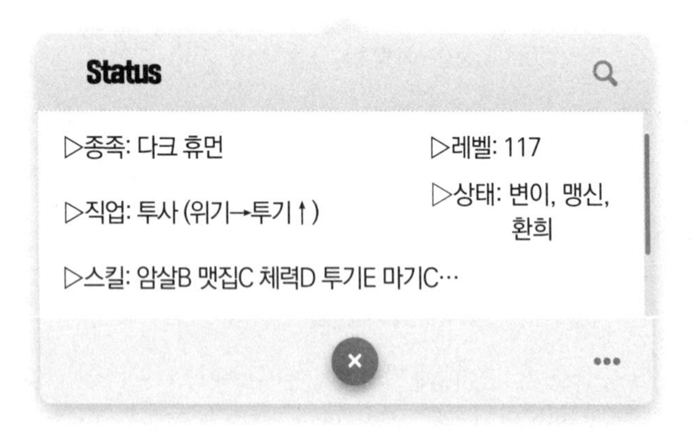

종족, 직업, 스킬, 상태. 레벨 빼고 모든 게 달라졌다.

외모도, 판타지 원주민답게 머리카락과 눈동자가 가지각색이었다가 검은색으로 통일됐다. 자세히 보면, 귓바퀴 위쪽에 돌기 같은 게 생겼다. 순수한 악마는 아니기에 뿔이 자라다가 만 것이다. 그래도 순수한 인간보다는 월등한 육체가 됐다.

종족 보정치가 달라졌다.

"너희는 다시 태어났다. 나를 믿는가?"

"믿어요!"

"믿습니다!"

마음에 드는 반응들이다.

명예와 체면을 위해 수련을 등한시하고, 숙녀의 뒤꽁무니만 쫓아다니는 일반적인 기사들이랑 차별됐다.

이들은 용사 같은 경험치 특전이 없다. 그런데도 이만한 성장을 이룩해냈다. 나는 여기에 충분한 보상을 해주지 않으면 안 된다.

내 1회차 지식을 활짝 풀자.

"지금부터 너희에게 걸맞은 사냥터를 알려주겠다. 기한은 한 달. 죽을 각오로 200레벨을 찍어라. 아! 실패해도 낙심하지 마라. 약자에게는 약자에 어울리는 일을 맡길 테니. 가라!"

"1소대 출발!"

"2소대 준비!"

"3소대 대기!"

미래의 암흑기사단이 일사불란하게 움직였다.

저들이 성장해서 알렉스와 지크가 싸지른 똥을 치워줄 것이다. 그리고 내게 긍정적인 평판을 안겨주리라.

앞으로 한 달.

좀 팍팍한 일정이 되겠지만, 내가 왕국에 체류하면서 암흑기사단을 집중적으로 육성하는데 이만큼이면 충분하다.

그 뒤에는 나도 왕국을 나와서 대륙을 여행할 계획이다.

인성논란에 휩싸이지 않게 주의하면서 업적을 쌓고, 평판은 이 왕국을 중심으로 점차 확장할 것이다.

'울룰루.'

놈의 목적지를 조사하는 게 이번 여행목표다.

그래도 영 아니다 싶으면 바로 마왕 잡으러 가면 그만이고.

조급해할 필요는….

"용사님! 정말 굉장하세요!"

얌전히 지켜보고 있던 라누벨이 생뚱맞게 아부했다.

"뭐가?"

"용사님의 분위기가 하도 무시무시해서 마왕 페도나르의 화신인 줄 알았어요! 연기력이 엄청 뛰어나세요!"

"…야. 라누벨."

"네?"

"마왕을 본 적은 있니?"

나는 목숨을 건 정상회담만 2번째인데.

"에…. 아뇨. 없는데요."

"없으면 말을 하지 마! 너처럼 덜떨어진 애들이 꼭 추측성 유언비어를 퍼트려서 남의 평판을 떨어트려 놓지! 내가 죽이지 않고 나쁜 말로 할 때 닥쳐!"

"우우…."

2회차 평판은 아무리 생각해도 수긍이 안 된다.

나는 악마들을 몰살시켰다. 귀중한 천연기념물을 사냥한 게 아니다. 그런데 평판은 오르긴커녕 오히려 떨어졌다.

이건, 2회차 라누벨이 제대로 일하지 않았다는 증거다. 그러니 이번에는 다른 수단을 강구해봐야 한다.

현재 성적을 추측해봤다.

1) 전투력: 신경 안 씀.

2) 업적: 요정왕 또 잡자!

3) 평판: 망하기 직전.

4) 인성: 문제없음.

울룰루 사냥으로 개판이 된 평판을 복구하는 게 급선무다. 이걸 어떻게 하지 않으면 4회차 확정.

하지만 내게도 그럴싸한 계획이 있다.

악마추종자들. 놈들은 대륙 곳곳에 퍼져있다. 이들을 싹 규합해서 "강한수 용사님! 최고!" 여론을 조장하도록 명령할 생각이다. 우매한 야만인들은 속이기 쉽다.

"완벽해."

그 첫발은 만두 왕국이 될 것이다.

)(

어느새 2달이 흘렀다. 내 완벽한 계획은 별 탈 없이 진행됐다.

암흑기사단은 정말로 한 달 만에 전원이 200레벨을 넘겼다. 300레벨에 근접한 녀석도 적지 않았다.

같은 시간.

지크가 꾸린 소소한 하렘도 성장했다. 하지만 보고받을 때마다 답답한 건 어쩔 수 없었다.

"남편과 자식들을 여의고 혼자 사는 할머니의 외로움을 달래주기 위해 이틀 동안 청소와 요리, 빨래 등을 하면서 체류하는 건 대체…?"

용사는 노인복지도 신경 써야 한다는 걸까.

지크의 모험은 괴상했다.

용사가 아니라도 누구나 할 수 있는 복지활동이 대부분이었다. 힘들게 쓰러트린 경험치를 살려주는 이상행동도 적지 않았다. 덕분에 지크 파티의 성장은 절망적인 수준이었다.

용사B: 125레벨→124레벨

사제A: 56레벨→73레벨

궁수A: 245레벨→247레벨

도적A: 118레벨→125레벨

모험을 떠났더니 약해지는 놀라운 마법!

지크는 용사의 경험치 500% 특전을 받고도 레벨이 하락하는 기적적인 성장을 보여주는 중이었다.

이젠 부정할 수 없다. 지크는 마조히스트가 틀림없다.

용사B를 치료해주며 쑥쑥 성장한 사제A가 그 증거.

"용사님. 또 지크를 걱정하고 계세요? 나의 용사님은 너무 다정하신 것 같아요~♪"

"BuBu…!?"

아쿠아가 창으로 615레벨 오크 족장의 목을 찌르며 말했다.

"아쿠아! 아쿠아! 다친 데는 없나요?"

"너무 멋진 용사님 덕분에 이번에도 없어요~♪"

"…그렇군요."

아쿠아의 뒤편에는, 여행 내내 심기가 불편한 성녀A가 있었다. 따라올 필요 없다고 했는데도 그녀는 기어코 쫓아왔다.

울룰루의 목적지를 찾는 여행.

이제 보름쯤 지났다.

용사A: 750레벨→ 751레벨

학자A: 200레벨→ 352레벨

영웅A: 236레벨→ 537레벨

성녀A: 124레벨→ 124레벨

지크의 모험을 참고해서 잡것들을 업어 키우는 중이다.

도덕 선생님. 보고 계십니까?

제 인성과 평판 점수에 잘 반영해주세요.

"용사님! 라누벨은 너무너무 힘들어요!"

라누벨이 귀여운 척하며 수풀에 주저앉는다.

…얘가 착한 용사를 시험하네.

"당장 일어나! 너처럼 근성 없는 애들은 붙잡혀서 몸으로 대화해봐야 정신 차리지! 그렇게 경험해보고 싶어?"
"히익?!"
아무튼, 매우 순조롭다. 우리는 경험치를 쓸어담았다.
울룰루의 목적지가 있을 법한 경로를 따라 쭉 걸으며, 근처의 사냥터란 사냥터는 몽땅 거치는 중이다.
마스터 몰랑이 사는 마을을 찾아갈 때처럼 단숨에 날아가면 가장 좋겠지만, 어디에 있는지 모르기에 샅샅이 뒤지며 갈 수밖에 없었다.
"용사님~ 이래도 괜찮을까요?"
오뚝이처럼 벌떡 일어선 라누벨이 입술을 빼쭉 내밀며 불만을 토로했다.
"뭐가?"
"저희가 먼저 찾아가서 일방적으로 도륙하는 거요. 역대 용사님들은 나쁜 짓을 한 몬스터와 악당들만 혼내주셨어요."
"그러니 세상이 이 꼴이지."
"네?"
"역대 용사들은 위선자야. 사람이 죽거나 다쳐서 도움을 요청할 때까지 기다렸다가 구해줬잖아. 지크만 봐도 알 수 있지."
부르면 정말 어디든지 달려간다.
그리고 무료로 도와준다.
여기까지만 보면 정말 아낌없이 퍼주는 무료봉사자다.
하지만 이걸 냉정하게 바라보면, 누군가 불러주기 전에는 절대 나서지 않는다는 걸 알 수 있다.
살인이든 약탈이든 문제가 터져서 피해가 발생한 후에 해결한다. 미리 예방할 생각 따위 하지 않는다.

하지만 평판 작업에는 좋을 것 같다.

"라누벨. 네 의견도 일리가 있어."

"그렇죠…?"

"그래. 우리가 잡은 최상위 몬스터가 벌써 몇 마리째인데, 사람들이 전혀 안 알아주잖아."

고생은 고생대로 하고 아무런 보상도 받지 못했다.

지난 두 달 동안 야금야금 상승한 지크 파티의 명성에 반해, 우리는 그 수천 배의 위협을 몰살시키고도 제자리걸음 상태였다.

요령이 부족한 걸까?

이건 개선할 필요가 있었다.

"에…. 맞는 말 갖기도 하고, 아닌 것 같기도 하고…."

라누벨이 고개를 갸우뚱하며 귀여운 척했다.

나는 지적하려다가 멈칫했다.

"멈춰. 전방에 트롤 4마리."

트롤(Troll).

지구에서는 북유럽 신화와 스칸디나비아, 스코틀랜드 전설에 등장하는 괴물이다. 신화마다 생김새는 다르지만, 판타지아의 트롤은 '악랄한 도깨비'라고 불리는 신장 3m의 흉측한 요정이다.

특징은 매부리코와 뾰족한 귀, 길고 두꺼운 팔.

하지만 트롤의 무서움은 외형이 아니다.

심장을 잃기 전까지는 머리가 잘려도 죽지 않는 판타지 같은 생존력. 재생력 또한 매우 우수해서 잘린 신체마저도 금방 복구한다.

무엇보다도 악랄하다.

체인질링(Changeling). 일명, 아이 바꿔치기.

트롤은 인간의 갓난아이와 5세 미만의 어린아이만을 노골적으로 노린다. 도둑처럼 마을이나 도시로 조용히 숨어들기도 한다.

그리고 잡아먹는다.

먹을 때마다 심장이 늘어나며 강해지기 때문이다.

"Trooog?"

"Troon."

"Trooook!"

나는 지금까지 트롤이 보이는 족족 척살해왔다.

하지만 지크 파티의 얍삽하면서도 비열한 평판 작업을 보면서 생각을 다시 하게 됐다.

저놈들은 아직 아무런 짓도 하지 않았다.

뭔가 저지른 후에 처리해야 할까?

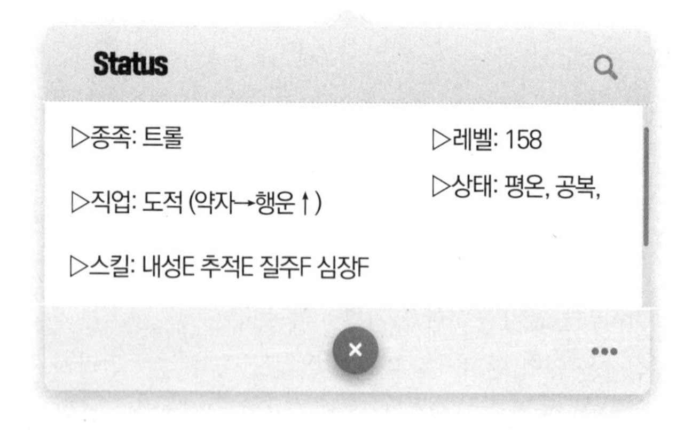

트롤 고유의 스킬 '심장'이 F등급이다.

이건 심장이 1개뿐이란 뜻으로, 자연에서 태어난 지 얼마 안 된 트롤일 확률이 높다.

나머지 3마리의 능력치도 엇비슷했다.

아! 들켰네.

"Trool…?"

"Trooos?"

"Troom…!"

놈들은 우리를 발견하고는 슬금슬금 도망쳤다.

적당히 강했다면 막무가내로 덤볐겠지만, 격차가 이리 뚜렷하면 아예 엄두를 못 낸다. 내 751레벨의 위엄이었다.

"용사님~! 트롤들이 도망쳐요!"

라누벨이 발을 동동 구르며 쫑알댔다.

"이번에는 그냥 무시해봐. 저것들이 인간을 공격했다는 증거도 없잖아? 지크의 비폭력주의를 흉내 내보자고."

트롤들을 지켜보기로 했다.

저 파릇파릇한 경험치를 그냥 보낸다니?

내 성미에는 안 맞는 방식이었지만, 졸업을 위해서 일단은 참아보기로 했다.

그때,

"용사님."

성녀A가 나를 불러세웠다.

지난 보름 동안, 나는 치료와 부활이 필요 없어서 그녀를 공기 취급했다. 성녀A도 나는 무시한 채 아쿠아만 챙겼었다.

그런데 무슨 심경 변화일까?

"왜?"

"당신이 강하다는 사실은 슬픈 노래 호수의 울룰루 사태 때부터 현재까지 질리도록 알 수 있었습니다. 그런데 어째서 약하고 얼빠진 지크 님에게 집착하시는 건가요?"

성녀A가 당사자 없는 곳에서 심한 말을 했다.

지크가 그녀의 평을 들었다면 목매달고 자살하지 않았을까.

확실히, 성녀A의 의심은 타당했다.

교직원 일당과 졸업시스템을 모르는 절대다수의 원주민들은 그렇게 느낄 수밖에 없으리라.

마왕을 잡는다고 끝이 아니다. 나도 따지고 싶다.

"역으로 묻자. 네가 본 지크의 장점은 뭔데?"

"……."

"…뭔데?"

"보채지 마세요! 생각 중이잖아요!"

성녀A가 드물게 짜증 섞인 어조로 내게 핀잔 줬다. 내가 너무 어려운 질문을 한 모양이다.

"지크 님의 장점. 희망이요."

성녀A는 용사의 특전을 안다.

경험치 500%.

하지만 마왕의 페널티가 굉장하다는 건 모른다. 1회차의 성녀A처럼 '마왕은 용사에게 취약하다.'는 정도의 지식밖에 없었다.

그렇기에 마왕을 쓰러트릴 수 있는 희망.

여기까진 예상했던 대답이었다.

"그리고?"

"없습니다."

"…음? 없다고?"

"네. 없어요. 용사는 용사입니다. 용사라는 직업을 빼고 본다면, 지크 님은 여자를 밝히는 17살짜리 남성일 뿐이에요. 하지만 용사이기에 그는 특별한 겁니다."

성녀A의 설명을 들으니, 교직원 일동의 목적이 더욱 의심스러워졌다.

나도 지크가 평범하다고 생각한다.

취향이 좀 독특하긴 하지만.

"…라고 지금까지 쭉 생각했었는데요. 당신을 계속 보고 있으면, 선택받은 용사의 인품과 상식이 못해도 정상인은 돼야 한다고 절절히 느끼는 중입니다."

"켁! 내가 어때서?"

"정상인은 인어를 죽이지 않아요…."

우리는 두런두런 이야기를 나누면서 트롤 4마리의 뒤를 추적했다. 그리고 기회가 왔다.

"Troor…!"

"Trooob…!"

"트롤의 습격이다!"

"헉! 무려 4마리나!"

트롤들이 산길을 지나가는 귀족 마차를 습격했다.

기사와 병사들이 철통같이 지키고 있었지만, 트롤들은 자신들의 재생력을 믿고 돌파를 시도했다. 모두가 똑같은 목적을 갖고.

"놈들이 마차를 노린다!"

"지켜! 무슨 수를 써서라도!"

"방패로 막- 크악?!"

트롤은 마차를 둘러싼 인간들의 날붙이를 맨몸으로 맞으면서 돌진했다. 피해가 상당했으나, 1마리가 기어코 마차까지 도달했다.

콰직-!

튼튼한 원목으로 된 마차의 문짝이 트롤의 거대한 손에 뜯겨나갔다. 놈들의 목적은 인간의 몰살이 아니다.

"꺅-?!"

마차 안에서 놀란 여성의 찢어지는 비명을 질렀다.

청순한 녹색 드레스를 입은 귀족 여인의 품에는 자그마한 생명이 안겨 있었다.

"Troood…!"

"아, 안 돼! 차라리 날 먹어…!"

마차를 부순 트롤의 목적은 여자가 아니었다. 자신을 희생하려는 그녀의 애원 따위는 들은 척도 하지 않았다.

트롤의 목적은?

"Troov!"

여인이 안고 있는 갓난아이.

트롤이 악랄하다고 평가받는 이유다.

퍽-!

응. 거기까지.

나는 트롤의 등을 수도(手刀)로 가볍게 내리쳤다.

"Trooow~?!"

그것만으로도 전투는 끝났다.

심장이고 뭐고 몸이 납작하게 짓눌린 트롤은 즉사. 변두리에서 얼쩡대는 나머지 3마리는 아쿠아와 라누벨이 처리했다.

부상자들은 성녀A가 치료하면서 마무리!

깔끔한 전투였다.

“구해주셔서 감사합니다. 정말 감사드려요!”

귀족 여인은 아이를 부둥켜안은 채 연신 고맙다고 인사했다.

나는 10년 경력의 예의범절을 발휘했다.

“무사하셔서 다행입니다. 저는 용사고, 이쪽은 잡것들입니다.”

“아! 용사님이셨군요. 저기….”

“정말 죄송합니다.”

“네?”

“목적지까지 함께해드리고 싶지만, 시간이 아까-운 건 아닌데, 한시가 급한 일이 있습니다. 하지만 너무 실망하지 마시길! 제 부하들이 여러분을 목적지까지 안전하게 지켜줄 겁니다.”

지크의 무료봉사는 너무나 비효율적이다.

나는 모든 수단을 이용할 생각이다.

척! 척! 척!

얼마 안 지나서 내 지원병력이 도착했다. 암흑기사단.

나는 이들로 왕궁기사단의 빈자리를 채우고, 남은 병력은 차출해서 주변국의 악마추종자들을 힘으로 복속시켰다.

제법 쓸만한 잡것들이다.

“헉! 저들은 마인…!”

“저렇게나 많이?!”

“악마의 하수인들이 어째서….”

마차를 호위하는 기사와 병사들이 식겁했다. 경장갑을 걸친 암흑기사들의 머리에 난 돌기를 본 탓이리라.

그들의 짐작대로다.

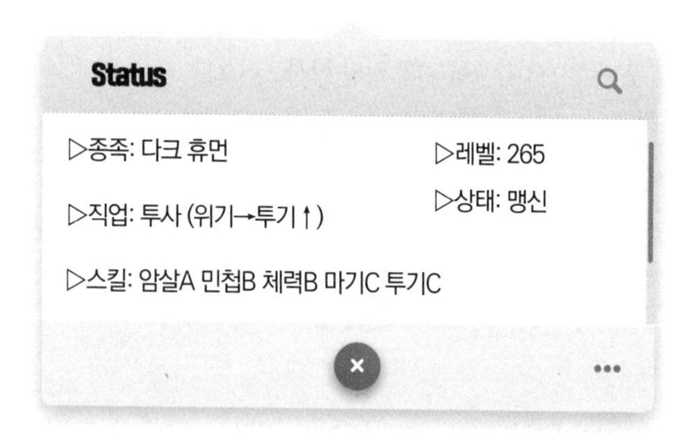

마기에 물든 인간. 마인(魔人).

이들은 2회차의 짐꾼 업그레이드 버전이다.

이번에 부른 암흑기사단 1분대의 인원은 10명. 개개인의 전투력은 이미 하급 악마를 간단히 썰어버릴 수준이었다.

전원이 힘을 합치면 중급 악마도 처치 가능.

트롤 100마리가 돌격해와도 끄떡없다.

솔직히, 마차 호위 따위에 쓰기엔 좀 많이 과한 전력이다.

"명령을 내려주십시오. 위대한 용사님."

"흠."

하지만 나는 서비스 정신을 발휘했다.

기껏 살려놨더니 "용사님의 마무리가 시원찮았어요."라고 뒷말이 나오면 곤란하기 때문이다.

도와주고도 욕먹는 것만큼 짜증 나는 일도 없다. 그래서 확실하게 하기로 했다.

"이들을 목적지까지 호위해라."

"명을 받듭니다."

나는 바짝 긴장한 귀족 여인에게 부드러운 미소를 지었다. 내가 자신 있는 분야다.

"목적지까지 안심하셔도 됩니다."

"아, 안 도와주셔도 돼요! 위대한 용사님!"

이래서 귀족은 상대하기 피곤하다. 꼭 시답잖은 예의를 차린답시고 한 번씩 튕겨서 사람을 번거롭게 한다.

"부인. 사양하지 마십시오."

"힉?! 네! 죄송합니다! 기쁜 마음으로 호위를 받겠습니다!"

"겁내지 마십시오. 트롤은 다 죽었습니다."

"네, 네네…!"

흉흉한 트롤 앞에서 아기를 지킬 때는 제법 강단 있는 여자인 줄 알았는데, 내가 잘못 본 모양이다.

) (

부상자들의 치료와 수리를 마친 마차는 곧 출발했다. 그 주위를 암흑기사 10명이 감싸듯 호위했다. 마치, 어린 양들을 몰이하는 늑대 같다.

"용사님께서 마인까지 복종시키신 줄은 몰랐습니다. 비슷한 사례가 과거에 전혀 없었던 건 아니지만…."

성녀A가 곤란한 얼굴로 말끝을 흐렸다. 나는 그녀를 무시하고 하늘을 슬쩍 올려다봤다. 해가 떨어지려 한다.

"위기에 빠진 사람만 돕는 지크의 비열한 방식이 효과가 있는 건 확실한데, 시간이 너무 오래 걸려. 잡것들에게 안 맡기고 우리가 호위했으면 더욱 지체됐겠지."

그건 곤란하다.

우리는 울룰루의 진격 방향을 나아가는 중이다.

그 메기의 최종목적지가 어디였는지는 아직 모르지만, 이대로 쭉 가면 숨겨진 유적이든 미궁이든 뭔가 나오지 않겠는가?

1회차의 지식으로는 짐작 가는 바가 없었다.

고고학자 라누벨도 모르는 듯했다.

'이건 서둘러야 해.'

내 감이 말해주고 있다. 도덕 선생이 눈치채기 전에 그곳에 가야 한다고.

하지만 이대로 정직하게 가면 들킬 것이다. 졸업하려고 애쓴다는 모습을 계속 보여줄 필요가 있다.

이번 여행의 실질적인 목적이다. 그렇지 않았다면,

"용사님~♪"

내가 미쳤다고 이 물고기 년을 계속 키우겠는가? 이미 레벨은 한참 전에 복구가 끝난 상태다. 이자까지 곁들여서.

하지만 나는 웃었다.

"그래. 아쿠아. 일단은 내 옷에서 그 파렴치한 손부터 빼렴. 잘라버리기 전에."

지크의 방식을 조금만 업그레이드하기로 했다.

위기에 빠지길 기다리는 건 번거롭다.

그러니 위기를 조성해보자.

숨을 깊게 들이켰다. 그리고 힘차게 토해냈다.

"Chaoooooooo~~!!"

내가 친애하는 동료, 망룡왕 뇌비우스의 포효를 흉내 냈다. 단순한 소리뿐이라면 5대 재앙의 이름을 먹칠할 뿐이다.

혼돈SS! 파괴SS! 망각SS!

나는 진심을 담아서 내질렀다.

그리고 반응이 왔다.

"KuKu~!?"

"Troooop~?!"

"OwOw~?!"

이 일대에 사는 모든 몬스터가 줄행랑치기 시작했다.

원초적인 공포에 휩싸인 놈들은 포효의 근원지로부터 멀어지고자 무작정 달렸다.

두두두두-.

쿵, 쿵, 쿵-

놈들이 밟아대는 땅이 쉴 새 없이 울렸다.

숲의 나무들이 도미노처럼 줄줄이 쓰러졌다.

"우으…. 저기, 용사님. 뭘 하신 거예요~?"

내 우렁찬 포효를 바로 옆에서 얻어맞은 세 여자는 혼절했다. 그중 가장 먼저 정신을 회복한 라누벨이 내게 질문했다.

아주 좋은 질문이다.

나는 씩 웃으며 전문용어로 답했다.

"평판 알레르기성 비염 때문에 재채기가 좀 세게 나왔네."

"…예?"

"모르면 됐어."

이제, 위기에 빠진 도시를 구하러 가보자!

"용사님! 제정신이세요?! 용사가 평판을 올리려고 인간의 도시를 공격한다니요?! 전대미문이에요!"

성녀A가 창백하게 질린 얼굴로 쫑알댔다.

"어허! 공격한다니. 이 성녀가 경칠 소리 하네. 나는 알레르기 때문에 기침했을 뿐이야. 여기에 놀란 야생동물이 뛰쳐나와서 우연히 도시로 돌격한 거지."

전대미문? 아니다. 과거에도 수차례 있었던 사건이다.

용사가 강적이랑 치열하게 싸우는 과정에서 지형지물을 파괴한다. 그러면 그곳에 살던 몬스터들이 겁먹고 대규모로 줄행랑을 치면서, 근처 도시와 마을을 습격하는 형태로 이어졌다.

"그걸 말이라고…."

"자! 얼른 구하러 가자!"

우리는 위협받는 도시로 조금 빠르게 이동했다.

성녀A의 걱정처럼 큰 문제는 아직 없었다. 갑작스러운 기습이 아니다. 망룡왕을 사칭한 내 포효는 몬스터만 들은 게 아니기 때문이다. 도시에 사는 사람들도 위기감을 느꼈다.

용(dragon)의 포효.

이 판타지에선 군부대 총성만큼 흔하다.

몬스터들이 서식지를 뛰쳐나올 것까지도 예상했다.

"몬스터 대군이 몰려온다!"

"어서 영주님께 이 소식을!"

"봉화를 올리고 종을 쳐!"

판타지 원주민들에게 피난과 대피는 일상이다. 물론, 망룡왕의 포효쯤 되면, 핵무기가 떨어지는 폭발음만큼이나 충격과 공포에 휩싸이지만.

"LuLu…!"

"Trooot!"

"Mu~!"

몬스터 대군이 무질서하게 도시로 돌진했다. 울룰루가 날뛸 때도 꿈쩍 않던 보스 몬스터마저 도망치는 행렬에 간간이 섞여 있었다.

그만큼 망룡왕 뇌비우스가 유명하다는 방증.

내가 친애하는 동료다운 위엄이다.

나는 잡것들이랑 그런 몬스터 대군을 앞질러서 도시로 들어갔다. 평소 같으면 성의 입구에서 검문 절차가 있었겠지만, 비상사태이기에 도시는 성문을 활짝 개방하고 모든 사람을 안으로 받았다.

그 모든 과정이 물 흐르듯 빠르게 진행됐다.

딩딩딩-!

도시 곳곳에 설치된 종이 시끄럽게 울었다.

"몬스터 대군이 도시로 몰려온다!"

"전설의 망룡왕이 500년 만에 깨어난 건가!"

"용감한 남자는 무기를 들라!"

2회차에서 많이 본 광경이다. 망룡왕이랑 파티를 맺고 중앙대륙 여기저기 모험할 당시, 사람들은 우리를 저렇게 환영해줬었다.

충격, 공포, 절망, 탄식, 광란, 공황….

개성적인 반응들을 보여줬었다.

겁에 질린 사람들이 가게를 닫고 집으로 도망치고, 말을 탄 기사들이 거리를 질주하며 시민의 참전을 독려했다. 평화로웠던 도시가 순식간에 전장 한복판이 돼버렸다.

때가 무르익었다.

나는 가파른 성벽을 밟으며 망루로 올라가서 큰 소리로 외쳤다.

"여러분! 이 용사에게 맡겨주십시오!"

홍보를 겸한 일장연설을 하고 싶지만, 그랬다간 사망자가 속출할 것이다. 그러면 구해주고도 욕먹는 사태가 벌어진다.

말할 시간 있으면 싸우라고.

그렇게 불만이면 네놈들이 직접 싸우던가 용사활동비를 지원하라고 윽박지르고 싶지만, 평판을 위해 꾹 참았다.

망루에서 뛰어내린 나는 몬스터 대군을 향해 달렸다.

"용사님~! 저희는 뭘 할까요?"

"함께 싸우겠습니다!"

"아쿠아가 간다면 저도."

잡것들이 말도 안 되는 헛소리를 한다. 기껏 무대를 마련했는데, 어디서 숟가락을 얹으려고.

"너희는 자기 몸이나 지켜! 방해다!"

"……."

"……."

불만 가득한 눈빛들.

나는 어쩔 수 없이 잡것들에게 성문을 지키라고 대충 둘러댔다. 여기가 뚫리면 시민들이 위험하다는 숭고한 양념을 쳐서.

잡것들은 그제야 수긍하고 물러났다.

"하! 우정의 힘은 무슨."

약자들이 쓰는 비겁한 수단일 뿐이다.

혼자서 마왕의 뚝배기와 모가지를 날린 전적이 있는 3회차 용사님에게는 하등 쓸모없는 잡기다.

"쓰레기 청소는 현자 놈의 역할이었는데."

현자는 광범위 마법으로 몬스터와 악마 대군을 쓸어버렸었다.

독약과 함정 같은 간접살해, 대규모 학살 계통의 사냥법은 경험치를 적게 받는 페널티가 있다. 그걸 고려하더라도 현자는 레벨을 날로 먹었다.

이제는 내가 그럴 차례다.

Skill

▷종류: 스킬 ▷명칭: 몰살
▷등급: SS
▷SSS: 경험치 감소가 사라진다
▷SS: 광범위 피해를 준다
▷S: 지형의 구애를 안 받는다
▷A: 피해 범위가 매우 넓어진다
▷B: 피해 위력이 매우 증가한다
▷C: 관통 속성이 추가된다
▷D: 피해 범위가 넓어진다

▷E: 피해 위력이 증가한다
▷F: 범위 피해를 준다

몰살SS. 대단히 아름다운 스킬이다.

보통은 칼을 휘두르면 2차원 선상을 베면서 끝난다. 하지만 이 스킬이 가미되면 3차원 면을 난도질하게 된다.

스킬 몰살은 S등급까진 "이게 몰살인가?"라는 의문이 드는 귀여운 수준이고, SS등급부터가 진짜라고 할 수 있다. 정말 광범위하게 긁어버리기 때문이다.

여기에 다른 스킬의 효과들이 더해진다. 몰살처럼 최적화되어 있진 않더라도 부분적으로.

패기SSS 파괴SS 투기S 학살S 관통S…

"엔드미온이 아쉽네."

정령검 엔드미온.

내 입맛에 맞춰서 잘 길들여놨는데, 회귀하면서 사라졌다. 요정 나라에 가서 또 구해와도 헛고생이기에 포기했다.

다른 무기도 마찬가지.

그래서 나는 맨손이나 싸구려 무기를 쓴다. 이건 회귀해도 얼마든지 쓸 수 있으니까.

부우웅-!

몬스터 대군이 몰려오는 방향으로 주먹을 내질렀다. 아무것도 없는 허공에.

그러나 헛손질로 끝나지 않았다.

"HuHu~?!"

"Ow~~?!"

"keeee~!?"

수백 마리의 몬스터가 내 일격(一擊)에 뼈와 살이 뭉개졌다. 놈들은 어째서 자기가 죽는지 짐작조차 못 할 것이다.

몰살SS.

야구장 면적의 부채꼴 피해.

범위 피해의 위력은 체감상 5% 내외다. 원래 내 주먹의 5% 물리력이 광범위하게 반영된다는 뜻이다. F등급은 위력이 1%쯤 하며, 범위는 탁구대쯤 한다. 차이가 극명하다고 할 수 있다.

퍼버버벅-.

실시간으로 몬스터 대군이 고깃덩어리로 변했다.

몰살 스킬에 재사용시간이 있는 것도 아니고, 소모자원이나 제한조건, 딜레이 또한 없다. 고작 5%지만, 내 주먹이 마왕의 뚝배기를 깰 만큼 막강하면 5%만으로도 커다란 바위를 가루로 만들 수 있다. 그런 공격이 광범위하게.

"원, 투, 원 투~♪"

이 전투는 진지함이나 치열함이랑 거리가 멀다. 실력 차이가 극명하기 때문이다.

몬스터 평균 레벨은 50 내외. 경험치가 필요하다면 차라리 보스 1마리를 찾아가서 죽이는 편이 훨씬 효율적이다.

지금 하는 것은, 내 평판을 위해 먼지 같은 피라미들을 밟는 단순한 반복작업에 지나지 않는다.

"OwOw-!"

간혹 한두 마리가 몰살SS를 뚫고 내게 접근했다. 맷집이나 철벽같은 방어계통 스킬에 '범위 피해'를 상쇄하거나 줄여주는 효과가 있기 때문이다.

그러나 그뿐이다.

퍽-!

약간의 번거로움에 지나지 않는다.

범위 피해가 안 통한다면 직접 타격하면 그만. 옷에 몬스터의 피와 살이 안 튀도록 피해야 한다는 귀찮음이 있을 뿐이다.

몰살 작업도 곧 끝났다.

평원에 더는 살아있는 몬스터가 없었다.

살던 곳으로 도망친 극소수가 있지만, 도시의 위협은 완벽하게 사라졌다고 표현해도 과언이 아니다.

훼손된 밭과 논의 농작물 피해가 약간 있긴 했어도, 시민의 원망을 들어야 할 인명피해는 없었다.

751레벨→ 754레벨

레벨도 정말 소소하게 올랐다.

경험치 페널티가 진짜 양심 없는 수준이다.

나는 큰 소리로 외쳤다.

"시민 여러분! 용사 강한수의 활약으로 도시는 안전합니다! 안심하고 생업에 종사하십시오!"

"……."

"……."

그런데 어째 반응들이 시원찮다.

뒤쪽의 도시 성벽을 돌아보니, 내 활약에 다들 놀라서 넋을 놓고 있었다.

"용사님! 용사님! 정말 굉장하셨어요!"

폴짝폴짝 뛰며 달려온 라누벨만 정상적인 반응을 보였다. 은근슬쩍 안기려고만 안 했으면 100점이었을 텐데.

"…그래."

시민들의 박수갈채까진 기대하지 않았지만, 환호는커녕 살았다는 기쁨과 감격의 눈물조차 흘리지 않는다.

…뭐가 잘못된 걸까?

내가 모르는 곳에서 심각한 피해가 있었는지 두루 살폈다. 하지만 이 도시의 시장이나 영주를 직접 만나서 이야기를 들어보기 전에는 알 수 없을 듯했다.

"가, 가, 감사합니다! 용사님!"

헐레벌떡 뛰어나온 영주는 굉장히 젊었다. 본인도 싸울 생각이었는지 예쁜 깡통 같은 갑옷을 입고 있었다. 내 활약으로 헛짓이 돼버렸지만.

대신, 목숨을 건졌으니 된 게 아닐까? 감사하는 게 당연하다.

"용사로서 당연히 해야 할 일이었습니다."

수고비를 받고 싶지만, 평판의 극대화를 위해 꾹 참았다. 내 활약과 수고를 고려하면 이 성을 통째로 넘겨도 부족하기 때문이다.

그 사실을 아는 걸까? 영주는 바짝 긴장한 상태였다.

내가 수고비로 성을 달라고 할 걸 걱정하는 듯했다.

바로 그때였다.

"용사님! 용사님! 정신 차리세요!"

한 젊은 처자의 애처로운 목소리가 이 정적을 깼다.

…내 정신은 멀쩡하다만?

"으으윽…"

내가 아니었다.

용사 사칭범도 아니었다.

지크였다.

몬스터 대군을 피해서 가까운 이 도시까지 흘러든 듯했다.

지크의 복장은 참으로 꾀죄죄했다. 무료봉사만 해온 녀석에게 무슨 돈이 있겠는가? 정성스럽게 닦은 흔적이 여기저기 묻어난 낡은 가죽 갑옷은 줘도 안 입을 싸구려였다.

그나마 무기는 좀 나았다. 사브르(Sabre) 계열의 한손검.

판타지 세계의 기사들이 가장 애용하는 검 중 하나다. 말 탄 병사가 한 손으로 다룰 수 있도록 가볍고 길게 제작됐다. 특징이라면, 외날에다가 완만하게 굽혀져 있다.

저 검의 출처는 왕비의 보고서에도 있었다. 지크가 20레벨대 산적들에게 납치된 대장장이의 딸을 구해준 후, 그 대장장이에게 받은 가보(家寶)였다.

하지만 희귀한 금속으로 만든 검은 아니다. 아마추어의 혼신과 정성이 깃들었다는 데 의미가 있다.

"무슨 일이야?"

"헉! 지크 님이잖아!"

"어쩌다가 이런 부상을…!"

시민 중 일부가 지크를 알아보고는 호들갑 떨었다.

흘러드는 이야기를 대충 들어보니, 귀족의 마차에 치일 뻔한 저 처자를 구해주고 자기는 자빠졌다는 듯했다.

진짜 덜떨어진….

“역시 용사님이십니다!”

“지크 님 덕분에 제 딸이 살았습니다!”

“제 친구를 구해주셔서 고마워요!”

시민들이 지크를 부축하면서 칭찬하기 시작했다. 그 소문은 삽시간에 퍼져나갔다.

고작 여자 하나 구한 일이 삽시간에 대단한 업적으로 둔갑했다. 몬스터를 무찌른 용사도 내가 아닌 지크로 착각하는 자마저 등장했다.

“…기가 막히네.”

내가 몬스터를 몰살시키지 않았으면 싹 죽었을 인간들이 엉뚱한 녀석의 평판을 올려주고 있었다. 불쾌감을 넘어서서 짙은 패배감을 느꼈다.

“용사님~ 저희는 용사님의 활약을 알고 있어요!”

“정말 멋지셨어요. 용사님~♪”

“당신은 여전히 터무니없는 양아치 용사군요.”

잡것들이 그런 나를 위로했다.

하지만 내 기분은 전혀 나아지지 않았다. 여자 셋의 칭찬 따위로 졸업할 수 있었다면 진즉 했을 것이다.

“지크의 강점을 알겠군.”

마냥 얼빠진 녀석인 줄 알았는데 전부 연기였다.

나는 녀석에게 여론조작의 진수를 보았다.

"그래. 대전제부터 잘못됐던 거야."

사람을 얼마나 구했는지는 중요하지 않다.

2회차에서 나는 최소한의 금전손해와 인명피해로 마왕 페도나르를 처치했다. 하지만 내 평판은 1회차 때보다 더욱 떨어졌다. 그 이유를 이제야 알겠다.

여론.

우매한 판타지 원주민들이 "이 용사는 착하고 대단해!"라고 믿기만 하면 되는 것이다. 진실은 하등 중요하지 않았다.

"잡것들아. 가자. 울룰루의 목적지까지. 중간에 사냥은 없다."

"네? 네."

소꿉장난 같은 무료봉사는 오늘로 끝났다. 지금부터는 냉전(冷戰)이다.

"언론을 통제한다."

도둑연합, 암살단, 흑막, 정보상인….

내 수족처럼 움직일 수 있는 악마숭배자들과 암흑기사단에 명령했다. 판타지아 대륙의 모든 정보망을 점령하라고.

전문용어로 선전(propaganda).

평판 SS학점을 찍어주마.

악마들의 지휘체계는 매우 단순명료하다. 마기가 높은 놈이 무조건 상관(上官).

내 마기는 현재 SS등급으로, 성의 옥좌에 틀어박힌 마왕 페도나르를 제외하면 견줄 자가 대공A와 왕자1밖에 없다.

하지만 그 둘은 최소 5년 동안 활동이 없으니, 내가 실질적인 이

인자인 셈이다.

현재, 판타지 인간들은 전란이 없는 평화의 시기라고 믿지만, 5개 대륙은 이미 수많은 악마가 깊게 뿌리 내린 지 오래다.

그들이 여태 얌전히 있는 이유는 단 하나.

인류의 수호자.

이 존재가 두려워서 암약만 하는 것이다.

그건 다시 말해, 암약은 얼마든지 가능하다.

"한쑤 용사님이 대단하대!"

"그분이 뭘 했는데?"

"뭔지 몰라도 대단하대!"

"그, 그렇구나! 대단하시군!"

…이런 식으로 대륙의 여론을 싹 바꿨다.

정보교류와 소통이 쉽지 않은 세상에서 바람잡이와 음유시인들이 부지런히 선동하면, 거짓도 진실로 탈바꿈한다.

내 평판이 무한정 치솟았다!

또한,

"지난 홍수는 지크 때문에 벌어졌대."

"한쑤가 아니라? 자세히 얘기해줘."

"자세히는 나도 몰라. 그렇다고 하더라."

견제는 기본이다.

"용사 지크가 온종일 여자들이랑 논다더군!"

"나도 봤어. 거리에서 시시덕거리는 광경을."

"반면에 한쑤 용사님은 의젓하시지!"

"맞아. 미녀 엉덩이도 가차 없이 걷어차시더라!"

지크는 방탕한 카사노바로 몰고, 나는 여자에게 절대 흔들리지 않는 강철의 용사로 널리 홍보했다. 아직 동정(童貞)도 못 뗀 지크에게는 조금 미안했지만, 승부의 세계는 원래 냉혹한 법이다.

자비는 베풀지 않으리라!

"우후후후…."

"용사님. 무척 즐거워 보이시네요. 제가 이렇게 팔짱을 껴도 가만히 놔두시고~♪"

아쿠아가 육감적인 몸을 비비며 싱글벙글 웃었다.

"기분 좋지. 좋고말고."

지능적인 냉전이 시작된 이후부터 내 여행은 탄력을 받았다.

이래저래 운이 정말 좋았다. 위기에 빠진 상단이나 마차의 구조요청 목소리는 전혀 들리지 않았기 때문이다.

전부 기분 탓이다.

용사A와 잡것들은 계속 직진했다.

하루, 열흘, 보름, 달포….

울룰루가 맹목적으로 가려던 방향으로 하염없이 걸었다. 몬스터에게 쫓기는 사람 따위는 보지 못했다.

그리고 목적지에 도착했다.

"허! 바닷속이라니."

1회차에서 그 존재조차 몰랐던 게 당연했다.

용사는 물고기가 아니다.

마왕도 물고기가 아니다.

그렇기에 1회차 10년 동안, 내가 바닷속에 들어간 경우는 손에 꼽을 정도로 적었다. 다른 대륙으로 넘어가기 위해 배를 탄 적은 자주 있었지만, 유령선이나 물에 잠긴 사원, 해저 동굴은 1번씩밖에 가지 않았다.

이 바닷가에는 하나의 전설이 있었다. 인근 어부들만 아는 이야기다.

"용사님. 정말로 이 앞의 해저(海底)에 절세미녀가 살까요?"

라누벨이 고개를 갸웃하며 반신반의했다.

심기가 불편한 성녀A가 참견했다.

"헛소문일 겁니다, 고고학자 라누벨. 아름다운 여자가 전설의 성검(聖劍)을 지키고 있다니요? 성검은 세상에 단 한 자루뿐입니다. 북대륙의 전대 용사 무덤에 잠들어 있어요."

전설을 요약하면 둘의 이야기가 맞다.

이 앞에 두 번째 성검이 있단다.

"확인하고 싶어도 망망대해에서 어떻게 찾느냐가 문제인데…."

"용사님. 제가 잠수해서 확인해볼까요~♪"

아쿠아가 옷을 벗으면서 말했다. 이 멍청한 물고기 년은 갑갑한 가죽옷을 벗을 핑계와 명분이 필요했던 것뿐이다.

말 그대로, 물 만난 물고기다.

"너는 민물인어잖아. 소금에 절인 인어 젓갈이 되고 싶니? 아! 맛이 궁금하긴 하네."

"잠깐이라면 괜찮아요~♪"

바로 그때였다.

"Ulluuu…."

"Ulluuuuu…."

"Ulluuuuuuu…."

파도에 섞인 울룰루의 울음소리가 아련하게 들려왔다.

그 카오스 타이탄은 내 경험치가 되어 영원히 함께하고 있다. 그러니 당사자가 낸 소리는 아닐 터. 저 바닷속의 누군가가 울룰루의 힘을 느낀 듯했다. 그래서 저리 구슬프게 부르는 게 아닐까.

"흠…. 이걸 어쩐다…?"

그 메기는 이미 내 뱃속에 들어갔다고 답해줄 수도 없는 노릇이고. 내가 이 문제로 고민하고 있을 때,

파아아앗-.

바닷속에서 붉은색 빛이 반짝였다.

마치, 내가 여기에 있다고 알려주는 듯했다.

"…거참. 부른다면 가야지. 너희는 전설을 들려준 어촌에서 대기하고 있어. 따라오면 죽인다."

절세미녀가 지킨다는 두 번째 성검.

어디, 맛이나 한번 볼까?

둘 다.

)(

내 스킬들은 2회차 때 얻은 것뿐이다.

바닷속은커녕 호수조차 들어갈 일이 없었기에 수영 계열의 보조계통은 익히지 못했다. 하지만 상관없다.

"수중호흡은 간단하지."

물고기의 아가미 비슷한 호흡기관을 만들면 그만이다. 마스터 몰랑처럼 무호흡의 완전한 생명체로 거듭나고 싶지만, 아직은 연

구와 자료가 더 필요했다. 그래도 수중호흡까진 간단했다. 인어공주 아쿠아의 허파를 참고했다.

그 뒤, 나는 물속을 천천히 나아갔다. 붉은색 빛이 반짝인 곳으로.

하지만 수상하거나 숨겨진 비밀장소가 늘 그렇듯, 여기도 초대하지 않은 외부인을 쉽게 들여보내지 않았다.

방해꾼? 파수꾼이라 해야 할까.

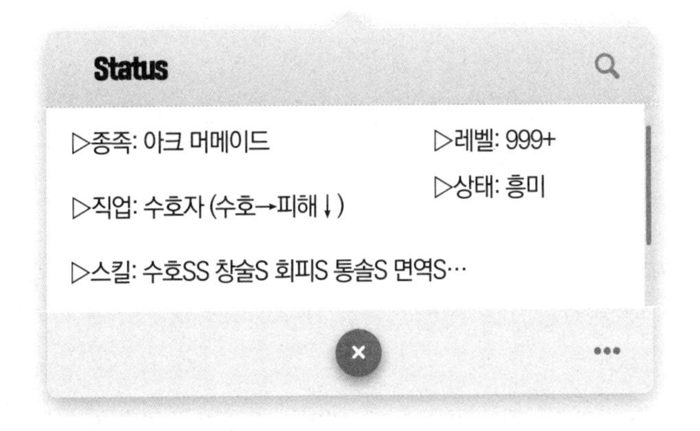

종족부터 격이 다른 보스가 나타났다.

아쿠아도 인어공주로 불리지만, 특별한 힘을 가진 건 아니다. 어디까지나 사회적인 신분이 공주일 뿐이다.

하지만 이쪽은 태생부터 진짜 왕족이었다.

"현생의 용사여. 물러나세요."

물이 진동하며 아름다운 음파가 내 고막을 때렸다.

상대는 머리부터 꼬리지느러미까지 고귀한 공주님이란 분위기가 물씬 풍기는 바다인어였다. 유려한 몸의 곡선이 내 눈을 현란하게 했다.

참 먹음직스럽게도 생겼네. 하지만,

"지나가겠다면 어쩔 건데?"

나는 흉흉하게 웃으며 질문했다. 지크가 이 인어랑 마주쳤다면 100번 싸워서 100번 졌겠지만, 내게는 가소로운 생선일 뿐이다.

인어가 생긋 웃으며 답했다.

"유감스럽게도 그 바람은 무리입니다. 당신은 아무것도 기억하지 못할 테니까요. 해변에서 눈을 뜬 용사님은 다시 아름다운 모험을 떠나게 될 거랍니다. 랄랄라~♪♬"

노래가 들려왔다. 자장가처럼 감미로운 목소리였다.

"비싼 생선아. 내 기억이 어쨌다고?"

"랄라~♪ 랄- 꺅?!"

물살을 헤치며 도약한 나는 인어의 머리채를 잡아서 고정한 후, 무릎으로 그녀의 예쁜 얼굴을 찍었다.

빠각!

한 방에 제압할 의도였는데, 인어의 수호자 직업과 SS등급 수호 스킬의 효과로 실패했다. 피해감소가 양심 없는 수준이다.

그렇다면,

빠각! 빠각! 빠각!

기절할 때까지 찍으면 그만이다.

"우으으…."

팔딱거리던 인어의 양팔과 꼬리지느러미가 축 늘어졌다.

가지런했던 앞니와 높은 콧대가 전부 부러지며 피투성이가 된 얼굴이 참으로 마음에 들었다.

내 기억이 어쨌다고? 건방진 생선 대가리는 응징이다.

"하지만 내 기억 운운하는 꼴을 보니, 제대로 찾아오긴 한 모양이네."

어쩌면 1회차 때도 이런 장소를 우연히 발견하지 않았을까. 10년이나 대륙을 샅샅이 돌아다녔으니 말이다.

단지, 내가 기억하지 못하는 거라면?

하지만 3회차의 나는 다르다.

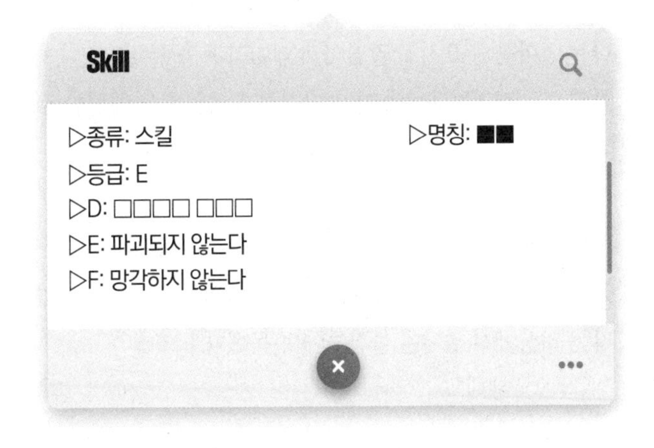

인어의 노래는 블랙박스 F등급 효과에 간단히 막혔다.

"정말로 두 번째 성검이 존재하는 건가…?"

"……."

나는 인어를 바로 죽이지 않고 질질 끌고 갔다. 번거롭긴 하지만, 일부 비밀의 장소는 수호자가 아니면 쉽게 들어갈 수 없도록 꽁꽁 감추어져 있기 때문이다.

아니면 말고.

스르륵….

스륵….

감옥의 쇠창살처럼 진로를 가로막고 있던 산호초들이 좌우로 벌어지며 길을 열었다.

빙고! 정말로 수호자에게 반응하는 듯했다.

울룰루가 애타게 가고자 했던 장소가 모습을 드러냈다.

"예쁜 생선아. 안내해줘서 고마워."

우득.

나는 고마움의 표시로 깔끔하게 인어의 목을 분질러줬다.

들어오는 경험치로 수호자가 확실하게 죽었음을 확인한 후, 느긋하게 주위를 구경했다.

이곳은 소박한 인어의 집이었다.

바다에서 구할 수 있는 조개와 산호 등으로 만들어진 가구와 생활용품이 즐비하고, 지상에서 수입한 물건들이 간간이 보였다.

나는 지상에서 넘어온 물건들에 주목했다.

"무척 오래됐네."

고대의 유적에서나 출토될 법한 골동품들이었다. 수호자는 이것들을 용케도 버리지 않고 사용했다.

이 인어가 육지로 올라가서 거래하지 않고 묵묵히 이곳만을 지켰다는 방증이었다.

매일 똑같은 풍경과 생활이 갑갑하지도 않나?

무엇을 지키고 있었기에 그렇게까지?

집의 안쪽으로 들어갔다.

"Ulluuu…."

해변에서 들었던 그 소리가 틀림없었다.

천천히 소리의 근원지로 다가간 나는 해초와 산호 등으로 뒤덮인 사람 형태의 무언가를 발견했다. 관찰한다고 애쓸 필요가 없었다.

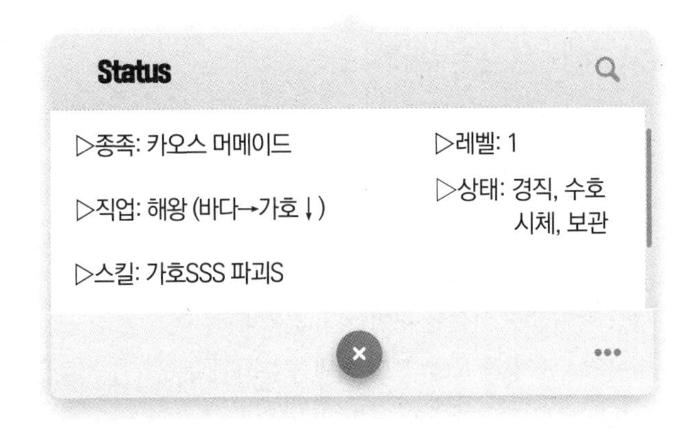

종족이 특이한 인어였다.

심연의 잔잔한 바다 같은 남청색 눈은 지적이고, 파도처럼 물결치는 남청색 머리카락은 생동감이 넘쳤다.

가녀린 목부터 좁은 어깨, 봉긋한 젖가슴, 잘록한 허리, 뇌쇄적인 골반에 다다르는 곡선은 예술품이라고 칭하기에 부족함이 없었으나, 두 다리 대신 달린 지느러미가 매우 아쉬웠다.

내가 이런 말은 잘 안 하는데….

“포르말린에 담가서 소장하고 싶군.”

어떤 맛일지도 궁금하다.

아무튼, 그 인어 곁에는 검(劍) 한 자루가 함께했다.

꼬리지느러미에 칼끝이 박혀 있다. 그녀 스스로 박은 듯한데,

하트(♡) 모양의 유치한 칼자루를 자기 심장처럼 양팔로 소중히 끌어안은 채였다.

보자마자 알 수 있었다.

"또 다른 성검. 전설이 정말이었네…?"

내가 익히 아는 황금색 바스타트 모양의 성검이 아니었다.

붉은색 브로드소드(broad sword).

널찍한 칼날부터 자루까지 온통 새빨간 탓일까? 성검보다는 마검에 더 가까운 불길한 분위기를 풍겼다.

"색감이 딱 내 취향이네!"

성검의 사용법이라면 1회차에서 충분히 인지해뒀다.

나는 감상으로 시간을 허비하지 않았다.

이곳의 수호자가 죽었다. 그 이변을 눈치챈 누군가가 새로운 훼방꾼으로 나타나지 말란 법은 없었다.

도덕 선생이라든가?

▷경악: 자, 잠시만요-!

등장 타이밍이 예술이었으나 내가 더 빨랐다. 내 오른손은 이미 붉은색 성검의 손잡이를 꽉 쥐고 있었다.

용사와 성검은 원래부터 짝꿍.

정령검 엔드미온처럼 길들일 필요도 없다.

스르르….

내 영혼에 무언가 침투하는 기분이 든 직후, 인어의 꼬리지느러미에 막혀 있던 성검이 신기루처럼 사라졌다.

성검은 소멸한 게 아니다. 착검(着劍) 상태.
용사가 성검의 칼집 역할을 하는 것이다.

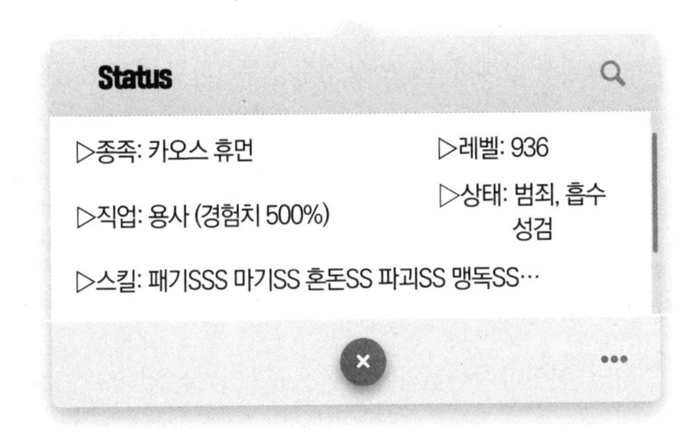

내 상태에 '성검'이 추가됐다. 완벽한 도난방지 서비스!
탁.
정신을 집중하면 언제든 성검이 소환된다.
기존 성검보다 묵직해서 좋군?
벌써부터 손맛이 기대됐다.

▷체념: 인류의 수호자를 살해하고, 봉인해둔 불량품을 탈취해서 어쩌자는 건가요…. 하나의 검집에 들어갈 수 있는 검은 한 자루뿐. 당신은 이제 원래의 성검을 쥘 수 없어요.

도덕 선생님. 걱정하지 마세요.
성검 없이도 마왕은 잘만 잡았습니다.

▷절망: 그런 당신이 이상한 겁니다! 마왕을 성검과 동료 없이 쓰러트린다는 대전제부터 비정상이에요! 아아! 사유서를 작성하는 틈에 이런 대참사가 또 벌어지다니…! 그리고 강한수 학생. 인류의 수호자를 살해하고도 인성 점수가 무사하길 바라는 건 아니겠지요?

정당방위였는데요?
기억이 지워질 뻔했습니다.

▷황당: 본인이 무단침입한 무장강도란 자각은 없나요?

도굴과 약탈은 용사의 미덕입니다.
그 얼빠진 지크도 출입금지의 유적 하나를 털었는걸요.

▷불안: 으으. 경질당할지도….

도덕 선생은 그 말을 끝으로 사라졌다.
경질되면 다른 선생이 오는 걸까? 온다면 잔소리 말고 말귀가 좀 통하는 친구였으면 좋겠다.
"Ulluu…."
내게 성검을 빼앗긴 인어의 도톰한 입술 사이로 그런 웅얼거림이 재차 들려왔다.
울룰루랑 친구였던 걸까?
연인 사이는 아니었다고 믿고 싶다.

보글보글.

아름다운 인어의 탐스러운 몸이 물거품으로 변하면서 바닷물에 사르르 녹아들었다.

성검을 뽑기 전에 맛부터 봤어야 했나?

살짝 아쉬움이 남았다. 그나저나,

"이 성검이 불량품이라고…?"

착착 감기는 손맛이 일품이거늘.

정령검 엔드미온에게 미안한 얘기지만, 사랑과 우정은 원래 돌고 도는 법이다.

성검2.

우리는 좋은 한 팀이 될 것 같다.

내 예감은 틀린 적이 없다.

)(

성검2를 획득하고 육지로 올라온 용사A. 곧바로 인근 어촌에서 잡것들이랑 합류했다.

그런데 뭔 일이 터졌는지 마을이 시끌벅적했다.

"용사님! 용사님! 큰일 났어요! 인간들에게 범해진 딸을 보고 분노한 요정왕이 선전포고해왔어요!"

"지크도 요정들이랑 함께 있다고 합니다."

라누벨과 성녀A가 초조한 얼굴로 조잘댔다.

변태 귀족에게 팔려간 실비아를 지크가 구출한 모양이다.

그래서? 진짜 별것도 아닌 일로 호들갑이다.

"좀 닥쳐봐. 따끈따끈한 성검으로 베어버리기 전에."

"……."

"……."

이게 나비효과란 걸까? 실비아 공주가 변태 귀족에게 팔려가도록 놔뒀더니 몇 달 만에 종족전쟁으로 확대됐다.

내게도 일부 책임이 있었다. 그러니,

"이 용사님만 믿어달라구! 종족전쟁을 막을 좋은 묘수가 있어!"

손바닥도 마주쳐야 소리가 나는 법. 안 마주치면 전쟁도 없다.

업적 SS학점을 수확할 때가 됐다.

전쟁은 전력이 엇비슷할 때나 성립한다. 한쪽이 압도적으로 강하면 전쟁이라고 부르지 않는다. 이땐 학살이라고 표현한다.

"도, 도망쳐!"

"저자는 악마인가!"

"피해- 꺅!"

일참(一斬).

만두 왕국으로 진격 중이던 요정들의 비실비실한 허리가 짚단처럼 우수수 베어졌다. 지평선을 따라서, 상체와 하체가 분리된 수천의 요정이 피를 뿌리며 차가운 대지랑 키스했다.

인류를 위협하는 난폭한 요정들을 멸절한다!

내 평판을 올려줄 최고의 무대다.

덤으로,

"성검2는 성검1이랑 확실히 다르네."

새로운 파트너의 성능을 시험해볼 기회이기도 했다.

성검1에는 필살기가 들어있었다. 주위에 동료가 많으면 많을수록 강해지는 공격기술. 그 결과, 원래대로라면 절대 이길 수 없는 강적도 '우정의 힘'으로 역전할 수 있었다.

필살기 외에도 각종 기능이 들어있다.

자동방어, 자동공격, 자동경비, 자동수납….

판타지 오토매틱의 끝판왕!

반면, 내가 획득한 성검2는 단순했다.

하트 모양의 검자루가 빛나면서 용사의 스킬들을 강화해준다. 등급을 올려주진 않고, 일부 효과가 상승한다.

몰살SS를 예로 들자면,

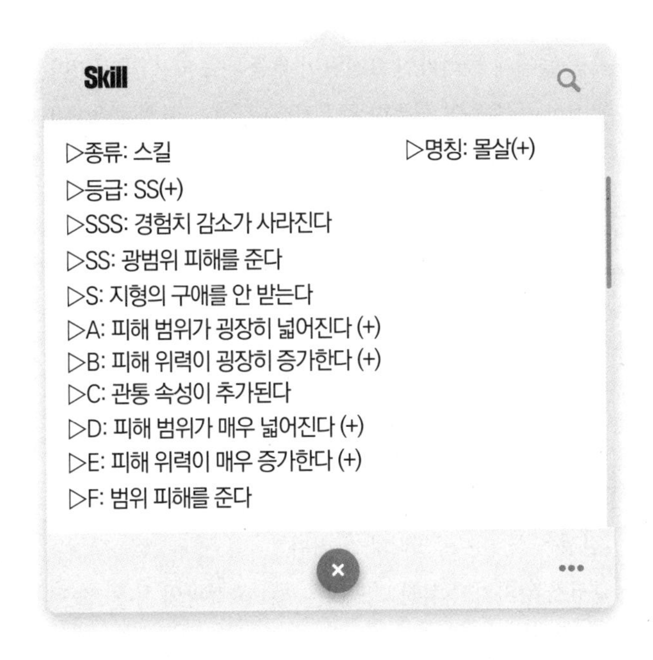

야구장 면적이었던 범위 피해가 스키장으로 바뀌었다.

성검2를 3번 휘두르니 요정 군단이 전멸했다.

그 뒤로는 일방적인 추격전.

요정들이 전부 한 방에 죽는 바람에, 몰살의 범위 피해 위력이 얼마만큼 증폭됐는지는 알 수 없었다.

하지만 기존 5%는 가볍게 넘어섰다는 건 확실했다. 아니, 그 이상이다.

다른 스킬들도 효과가 상승했기 때문이다.

시너지가 수십 배로 뻥튀기됐다.

파트너. 너, 상당히 마음에 든다?

"어, 어째서 이런 일이…."

측근들에게 둘러싸인 요정왕이 부들부들 떠는 게 보였다.

참전한 동족들의 허무한 죽음보다도, 인간 따위에게 패배했다는 사실에 분노하는 듯했다. 요정왕은 그 감정을 담아서 정령들을 소환하기 시작했다.

수십, 수백, 수천, 수만….

이번에는 손이 미끄러져서 죽이긴 힘들었다. 하지만 딱히 걱정할 필요 없었다.

푹-!

적의 적은 아군이기 때문이다.

"커억?! 나서스…! 이게 무슨 짓이냐…!"

"전쟁을 끝내는 중입니다. 아버지."

나서스 왕자가 정령검 엔드미온으로 요정왕의 등을 찔렀다. 척추를 자르면서 심장까지 꿰뚫는 깔끔한 일격이었다. 요정왕이라도 이러면 살 수 없다.

털썩.

2회차에 이어 3회차에서도 허무하게 퇴장하는 요정왕.

업적 SS학점은 물 건너갔지만, 이미 충분히 쌓였다.

종족전쟁의 승리도 업적 아니겠는가?

"아버지…!"

"요정왕님…!"

실비아와 지크의 비명이 차례대로 들려왔다.

둘 사이의 거리나 분위기가 묘하게 커플 같다고 느껴지는 건 나만의 착각일까?

"엘브하임은 항복한다."

요정왕을 죽이고 왕위를 찬탈한 나서스가 선언했다.

"나서스 오라버니! 어째서 아버지를…!"

"실비아, 나의 무능한 동생아. 이 주위를 보아라. 어리석은 왕 때문에 수많은 동족이 죽었다. 이 이상의 희생은 정통후계자인 내가 용납할 수 없다."

"당신은 요정왕이 될 자격이 없어!"

이러쿵저러쿵 신파극이 10분쯤 진행됐다.

말발로 밀리는 실비아 공주를 지원하기 위해 남자친구 지크가 나섰지만, 멍청한 둘이 힘을 합친다고 풀릴 문제가 아니었다.

결국은 야만적인 힘으로 승부를!

하지만 이건 대결 구도 자체가 성립되지 않았다.

나서스는 내가 인정한 중간보스이기 때문이다.

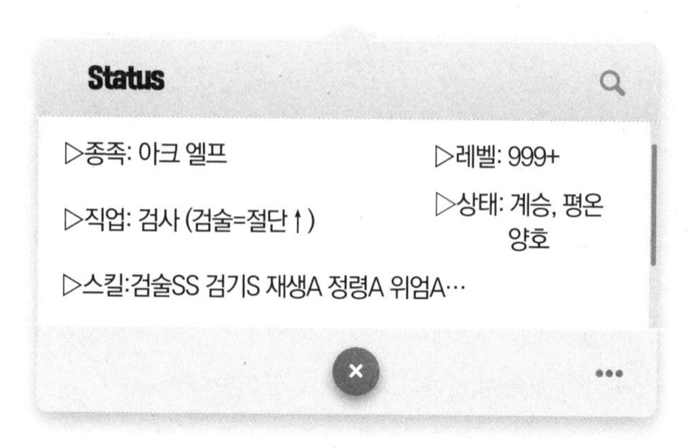

지금의 내 상대는 안 되지만, 레벨과 스킬만으로 판단할 수 없는 연륜과 경험이 이 왕자에게는 있었다. 손가락 까딱 안 하고 정령들에게 전투를 위임한 요정왕하고는 급이 다른 진정한 싸움꾼이다. 그에게 도전하는 여동생은 어떠한가면….

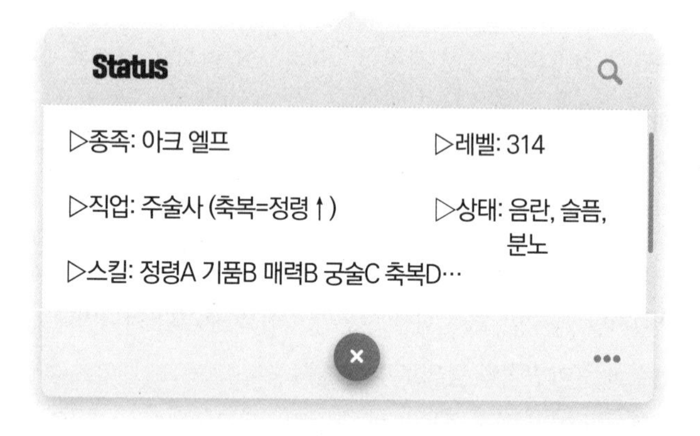

레벨은 2회차의 마지막보다 높았지만, 스킬이 전체적으로 대폭 하락했다. 온갖 고초를 겪었음을 알 수 있는 대목이었다.

내 눈에는 실비아가 자살 희망자로 보였다.

"꺄-?!"

실제로도, 오누이의 전투는 싱겁게 끝났다. 나서스는 정령검 엔드미온으로 실비아가 소환한 정령을 베어내며 그 틈새로 파고든 후, 여동생의 복부에 사정없이 주먹을 꽂아 넣었다.

한 호흡에 이루어진 부드러운 연계기.

털썩.

눈이 뒤집힌 실비아가 마리오네트처럼 쓰러졌다.

나서스가 그런 여동생을 내려다보며 말했다.

"죽이진 않으마, 실비아. 너는 휴전과 동맹의 증표로서 인간 왕국에 볼모로 가줘야겠으니."

"누구 마음대로-!"

눈 깜짝할 사이에 당한 여자친구를 구하려는 지크. 힘찬 함성을 내지르며 돌격했다.

자살 희망자2였다.

Status

▷종족: 아크 휴먼

▷레벨: 131

▷직업: 용사 (경험치 500%)

▷상태: 분노, 긴장, 성검

▷스킬: 맷집A 검술A 통역A 생존A 축복B…

…라고 생각했었는데, 지크의 상태가 어째 이상했다.

탁.

저 멀리, 북대륙에 다녀왔을 리 없는 그의 손에 한 자루의 황금빛 바스타드가 소환됐다. 하트 모양의 촌스러운 내 성검2의 디자인하고는 차별된 판타지 감성의 고풍스러운 예술품이었다.

나는 이렇게 부른다.

"성검1이 왜 지크의 손에…?"

성검1. 내가 잘못 본 게 아니었다.

나도 1회차에서 몇 년간 사용했었기에 모를 수가 없었다.

진짜가 현현했다. 그 성능 또한 명불허전이었다.

챙, 챙, 챙, 챙, 챙…!

중간보스와 131레벨 용사가 막상막하의 대결을 펼쳤다.

레벨, 스킬, 연륜, 경험, 상태….

코흘리개 용사보다 모든 면에서 우월한 정상급 검사가 전혀 선전하지 못했다. 엄밀히 따지면, 나서스는 성검1의 자동기능이랑 싸우는 중이다. 지크는 성검1에 끌려다니는 검집에 지나지 않는다.

"용사님! 힘내세요!"

"꼭 승리하세요! 용사님!"

"지크 님을 믿어요!"

"지크…. 꼭 이겨…."

지크의 하렘에 속해있는 궁수, 도적, 사제가 응원했다. 그리고 막 기절에서 깨어난 실비아도 간절히 기도했다.

우정과 사랑이 흘러넘치기 시작했다.

파아앗-!

성검1의 황금색 광채가 강렬해졌다. 필살기가 내리꽂힌다.

"터무니없는!?"

나서스가 경악한다.

용사의 성검1이 요정 왕국의 3대 비보 중 하나인 정령검 엔드미온의 칼날을 부러트리고도 그 기세를 잃지 않았다.

서걱.

급기야 황금빛 물결이 나서스의 가슴까지 갈랐다.

누구 말마따나 터무니없는 결과였다.

털썩.

중간보스 나서스가 용사 지크의 검에 무릎 꿇었다. 고작 131레벨의 신출내기에게.

이것이 성검1의 힘이었다.

여기까진 내 예상대로의 결과인데….

"강한수! 아무리 동향이라도 너를 용서할 수 없다! 평화와 자연을 사랑하는 요정들을 학살하다니! 여기서 너를 쓰러트리겠다!"

지크가 내게 삿대질하며 개소리를 지껄였다.

나는 헛웃음을 터트렸다.

"너 대신 개죽음 당한 알렉스가 그리 시키던? 요정의 편에 서서 인간과 왕국을 공격하라고."

"알렉스도 이해해줄 거야."

"…그래?"

나는 성검2의 소환을 해제했다.

그리고 도약했다.

허세와 날조로 가득한 131레벨 용사 지크 따위는 내 움직임에 반응할 수 없지만, 성검1의 자동방어 기능은 그런 제약을 무시했다.

휙-.

성검1이 멋대로 지크의 팔을 움직이며 내 주먹을 막아섰다. 내 눈에는 한없이 가소로웠다.

"예상대로인가."

성검1의 움직임은 1회차랑 다를 게 없었다. 빠르고 강하며 유동적이다. 검술 SS등급의 천재 검사 수준.

하지만 자동은 결국 자동일 뿐이다.

성검1이 내 주먹을 막고자 지크의 오른쪽 어깨 쪽으로 움직였다. 방어하고 반격까지 고려한 신묘한 일검(一劍).

뚝.

그 수법을 잘 아는 나는 주먹을 끝까지 내지르지 않고 의도적으로 중간에 끊었다. 처음부터 이럴 의도였다.

그리고 발차기.

휙-.

성검1이 이번에는 내 발을 막으려는 동작을 취했다. 나는 또 도중에 공격을 멈췄다.

휙- 뚝.

휘익- 뚝.

즉, 공격하는 시늉만 계속 반복했다.

그러나 폭풍처럼 몰아쳤다.

점점 빨라지는 성검1의 자동전투에 계속 끌려다니는 지크의 몸개그는 안 보는 편이 낫다.

상대를 웃겨서 실수를 유도한다는 작전일까?

이게 몇 차례 반복되면 재미난 현상이 발생한다.

퍽!

“꾸에에엑-?!”

시원하게 울리는 지크의 목소리.

때리지 않는 척하다가 갈긴 내 주먹이 지크의 대갈통에 꽂혔다.

휙-?!

성검1의 자동방어는 제대로 작동하지 않았다. 아주 간단한 심리전에 걸린 자동방어시스템에 혼선이 온 탓이다.

나는 이걸 1회차 때 눈치챘다.

“지크. 무기가 대신 싸워주니 편하지?”

“우으으….”

남에게 맡기고 자기는 승리와 명성만 취한다. 너무나 매력적이지만, 성검1의 허점은 연습대련 몇 번 해보면 금방 탄로 난다. 그리고 진짜 강적에게는 통하지 않는다.

물론, 이걸 극복하는 수단이 있다.

“용사님…!”

“꼭 이기세요-!”

“지크 님!”

“지크! 힘내!”

사랑과 우정이 지크에게 모여든다. 성검1이 다시금 환하게 빛나기 시작했다.

내 주먹 한 방에 인사불성이 된 지크를 오뚝이처럼 일으켜 세운 성검1이 필살기를 준비한다. 검집(용사)의 의사 따위는 무시한다. 주위에서 응원하는 여자들은 지크가 근성으로 다시 일어섰다고 착각 중이겠지. 그리고 그의 승리 또한 의심하지 않을 터.

사랑과 우정의 힘. 그 위력은 내가 더 잘 안다.

하지만,

"파트너."

탁.

성검은 지크만 가지고 있는 게 아니다.

북대륙에 잠들어 있던 성검1을 지크가 무슨 수로 획득했는지 의문이지만, 그건 나도 별반 다르지 않으니 넘어가자.

두 번째 성검.

성검2는 그 존재조차 세상에 알려지지 않았다.

디자인 또한 골동품처럼 굉장히 촌스럽다.

그러나 강하다.

툭! 툭! 툭! 툭!

궁수, 도적, 사제, 주술사.

지크를 응원하던 여인들의 머리통이 피를 뿌리며 땅에 떨어졌다. 몰살SS를 응용한 원거리 공격이다.

털썩, 털썩, 털썩, 털썩.

머리를 잃은 몸뚱이들이 실 끊긴 목각인형처럼 뒤늦게 허물어졌다. 내게 적대적인 구경꾼들을 살려둘 리 없잖아?

고통은 없었을 것이다.

"시, 실비아…!"

필살기를 준비하던 지크가 부르짖었다.

파앗-!

성검1이 더욱 찬란한 빛을 뿜었다. 사랑과 우정을 잃은 용사의 분노가 한껏 가미된 것이다.

"덤벼. 지크."

"강한수…!"

용사B의 필살기가 내 머리 위로 내리꽂힌다. 새하얀 광채가 신의 철퇴처럼 수직으로 떨어진다.

성검2에는 저런 필살기 같은 게 없다.

그러나 나는 웃었다.

"이것도 업적으로 쳐주려나?"

콰아악-!

성검1을 피하거나 막지 않고 맨몸으로 받아줬다.

내성SS, 맷집SS, 파괴SS, 불굴S, 체력S, 불사S, 회복S, 인내S, 활력S, 근성S, 저항S, 재생S, 면역S, 철벽S, 금강S….

피해감소 계열의 스킬들이 중첩 적용됐다. 성검2 덕분에 효과가 더욱 극대화됐다.

픽-.

내 이마에 일직선으로 35mm의 생채기가 생겼다.

0.7초 만에 새 살이 돋아나며 아물었다.

"마, 말도 안 돼…!"

지크가 현실을 부정하듯 부르짖었다.

"간지럽군?"

원래 같으면, 온갖 방어계열 스킬로 피해를 줄여도 치명타였을 성검1의 필살기가 생채기 수준으로 변했다.

용사A와 용사B의 레벨과 스킬 차이도 한몫했다.

이걸로 명확해졌다.

성검1: 초보자용

성검2: 전문가용

어떤 파트너가 더 유용한지는 비교할 필요도 없다.

나는 성검2를 휘둘렀다.

"으악-!?"

성검1을 쥔 지크의 오른팔이 어깻죽지부터 떨어졌다. 마음 같아서는 머리를 베고 싶다.

하지만 지크가 아무리 타락한 용사일지라도 죽여버리면, 내 인성과 평판이 무사하지 못하기에 꾹 참았다. 이번 3회차는 내 인내심을 자주 시험하는 듯했다.

나는 주위를 쓱 훑어보았다. 난폭한 요정들의 시체가 대지에 즐비했다.

"좋아. 지금이 적기야."

판타지아의 5개 대륙에선 나를 찬양하기 바빴다. 하지만 "뭐가 대단한데?"라는 질문에는 뚜렷한 답을 내놓지 못했다.

하지만 이젠 아니다.

1) 인간을 적대한 요정 왕국 응징!

2) 타락한 용사 지크 제압!

3) 인명피해 없는 완벽한 휴전!

뚜렷한 업적이 생겼다. 악마숭배자들이 부지런히 홍보해줄 것이다. 이 기세대로라면 평판 SSS학점도 찍을 것 같다.

지금이야말로 마왕 페도나르를 쓰러트릴 최적의 타이밍이라고 나는 판단했다. 감개무량했다.

“지크. 정말 고맙다.”

“강한수! 너는 악마야…!”

“너만 할까.”

나는 지크에게 비열한 평판 작업의 진수를 배웠다.

굴욕적인 고배를 마시며 성장했다.

이제, 때가 됐다.

“마왕을 잡기에 좋은 날씨군.”

번거로운 잡것들은 이제 필요 없다.

나는 지구행 열차표가 기다리는 마왕의 성까지 악마들을 몰살시키며 질주했다.

)(

콰-!

마음껏 실례하겠습니다!

“크흠! 용사여! 노크할 줄 모르는가……!”

노크는 무슨!

꼬락서니들을 보니, 해도 듣지 못했을 것 같다.

“내 사랑. 용사에게 지지 마세요.”

“흠. 물론이다.”

마왕 페도나르의 뺨에 애인처럼 쪽, 무운을 빌듯 입술을 맞춘 요정왕 마누라가 엉덩이를 씰룩이며 요염하게 퇴장했다.

2회차(22일)보다 둘의 사이가 더 돈독해진 것 같다. 음양의 이치와 조화는 종족과 이데올로기마저 초월한다는 걸까?

우리는 그 뒤에야 본격적인 정상회담을 진행할 수 있었다.

"마왕님. 빨리 끝내자고."

"뭣? 잠깐! 용사여! 뭘 그렇게 서두르는 거지? 마왕과 용사의 최종결전이다. 이 역사적인 순간에 자기소개조차 안 할 셈인가?"

SSS등급 마기를 사방으로 퍼트리는 요란한 퍼포먼스를 준비하던 마왕 페도나르가 당황하며 묻는다. 잘난 마왕이 자기소개 같은 시답잖은 이유를 들먹이며 시간을 끄는 이유는 간단하다.

마왕의 페널티. 급락한 레벨에 적응할 시간이 필요한 것이다.

나는 머릿속으로 주판알을 굴렸다.

자기소개는 시간 낭비다.

나는 마왕 페도나르랑 3번째 만나는 중이고, 곧 죽을 마왕에게 가르쳐줄 이름 따위 없다.

하지만 이 상황을 이용해줄 마음은 있다.

시간이 필요한 마왕이 거부할 수 없는 대화를 유도했다.

"울룰루에 대해 읊어봐."

최초의 악마로 불리는 페도나르다. 머리통이 메기처럼 생긴 그 개성적인 거인을 모를 리 없다. 마왕은 시간을 벌고, 나는 정보를 얻고. 나쁘지 않은 거래다.

"울룰루라…. 재미난 질문을 하는군. 그렇다면 짐이 해줄 말도 정해져 있다. 흠흠. 잘 듣도록."

쏴아아아-.

어둠의 기운이 폭사했다.

"용사여! 여기까지 잘 왔다! 짐이야말로 모든 마(魔)의 정점, 이 세상을 어둠으로 물들일 페도나르다! 그 하찮은 사랑과 우정의 힘으로 짐을 쓰러트려 보아라! 그러면 진실의 문에 접근할 수 있을지니!"

거래는 결렬됐다.

하지만 뜸을 들이며 주절주절 자기소개한 마왕은 시간을 제법 벌었으니, 완전한 실패는 아닐 것이다.

나는 고개를 끄덕였다.

"사랑과 우정이 하찮다는 건 공감이야."

"……."

"왜?"

"그대는 정녕 용사가 맞는가?"

"맞아."

그것도 무려 3회차 용사님이지!

마왕 페도나르는 거짓말하지 않았다. 마왕을 쓰러트리면 진실의 문에 접근한다는 건 틀림없는 사실이기 때문이다.

성적표가 기다리고 있을 줄 누가 상상이나 했겠는가?

나는 성검2를 소환했다.

"저주받은 성검…!"

성검2를 본 마왕 페도나르의 눈이 크게 뜨며 외쳤다.

무척 흥미로운 반응이다. 용사랑 가장 밀접한 관계인 성녀조차도 두 번째 성검의 존재를 부정했었기 때문이다.

그런데 마왕은 알고 있었던 눈치.

"이 성검을 아는 모양이네?"

시간을 끌수록 마왕 페도나르가 하락한 레벨에 익숙해질 테지만, 나는 정보수집을 우선시했다. 마왕이 진지한 어조로 답했다.

"…천기(天機)를 무시하고 비가 쏟아질 때 눈치챘어야 했거늘. 그 작은 힘으로 울룰루를 쓰러트리고 비밀에 근접했다는 건가…. 이번 대의 용사는 정말 터무니없군."

스르릉-.

거기까지 말한 마왕은 허리에 찬 마검을 뽑았다.

실컷 방심했던 2회차랑 다른 반응. 성검2를 경계하는 듯했다.

"마왕님. 뒤지기 전에 설명해주는 게 어때?"

"용사여. 짐을 쓰러트리면 저절로 알게 될 것이다.

"모르겠던데."

뚝배기를 깨고, 모가지를 쳐도 모르겠더라.

"그대는 바보인가? 아니면 난청인가? 짐을 쓰러트리면 비밀을 알 수 있다고 했다. 아직은 모르는 게 당연하지. 무식한 티를 내지 말아줬으면 좋겠군."

"……."

협상이 결렬된 용사A와 마왕이 충돌했다.

)(

야만적인 판타지 세상을 0번 멸망시킬 뻔한 접전이 막을 내렸다.

성검2와 마검이 충돌하자마자 결판이 났다.

댕강!

마검이 잘려나갔다. 마왕의 튼실한 허리도 함께.

"이, 이럴 수가…?"

상체와 하체가 예쁘게 분리된 마왕 페도나르가 믿기지 않는다는 듯이 중얼거렸다. 나는 천연덕스럽게 어깨를 으쓱해줬다.

"내가 좀 강해."

성검2의 증폭기는 나랑 시너지가 좋았다. 용사와 마왕의 레벨이 같아지면, 이때부터는 스킬과 연륜이 우세한 쪽이 유리해진다.

전체적인 스킬 등급은 여전히 마왕이 우세하다.

하지만 성검2가 끼어들면서 역전됐다.

"용사여…!"

마왕이 힘겹게 입술을 뗐다.

"중간에 죽지 말고 요약해서 핵심만."

찜찜한 복선이나 떡밥 따위는 거절하겠다.

"500년 전에 홀연히 사라진 망룡왕 뇌비우스에게 그 저주받은 성검을 보여줘라. 짐이 해줄 수 있는 말은 여기까지-켁?!"

"그러면 죽어."

시답잖은 유언은 듣고 싶지 않다.

마왕 페도나르의 숨통이 끊어졌다.

부릅뜬 그의 두 눈동자에 담긴 너무하다는 원망의 시선은 가볍게 무시해줬다.

스멀스멀.

죽은 마왕의 주검에서 마기가 흘러나왔다. 그리고 내게 경험치처럼 흡수됐다.

"강력한 악마를 죽이면 마기를 계승하기도 하는데…."

일종의 저주다. 차츰 미쳐버리게 하는 힘.

1회차에서도 획득했었는지는 기억이 불분명하다. 당시엔 고향별로 얼른 귀환하고 싶다는 마음밖에 없었던 탓이다.

하지만 이젠 아니다.

블랙박스로 스킬을 망각하지 않게 된 나는 2회차 마왕을 쓰러트리고 얻은 SS등급 마기를 3회차까지 가져왔다.

그리고 이번 3회차에서도.

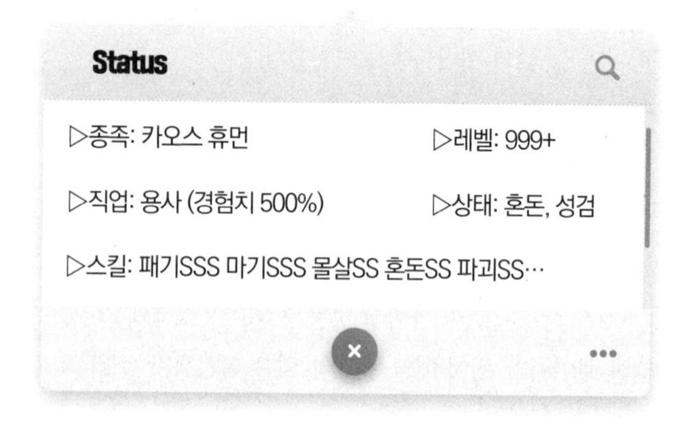

쭉 SS등급이었던 마기가 SSS등급으로 상승했다. 마기의 총량이 페도나르랑 비슷해졌다.

"거참! 이젠 내가 마왕이라고 우겨도 믿겠는데?"

나머지 능력치도 아름답게 변했다. 1회차의 나보다는 레벨이 낮아도 훨씬 강해졌다. 최초의 마왕조차 하나뿐이었던 SSS등급 스킬이 둘. 여기에 성검2의 효과 증폭까지 고려하면 전투력 측정은 무의미해진다. 그렇기에 더욱 속이 쓰렸다.

"성검2가 좀 아깝네."

얼마 써보지도 못하고 반납해야 한다니.

스르륵….

나는 마왕의 심장에 꽂은 성검2의 소환을 해제했다. 그림의 떡을 계속 봐서 뭐하겠는가.

이제, 차분히 모험의 결과를 기다렸다.

▷용사님. 모험은 즐거우셨나요?

아뇨. 조금도 즐겁지 않았습니다.

비열한 경쟁자와 무료봉사 탓에 심신이 지쳤습니다.

▷진정한 용사의 길은 실로 험난합니다. 하지만 꿈과 희망을 잃지 않은 당신을 응원해준 수많은 인연이 있었습니다. 그들에게 우정과 사랑을 배우며 함께 성장한 당신은 마침내 사악한 마왕을 처치했습니다. 진심으로 축하합니다!

저 똑같은 대사가 오늘따라 와 닿았다.

3회차는 정말로 험난했다.

위선과 선전의 대가인 지크 때문에 몇 번이나 좌절할 뻔했고, 악마숭배자들의 응원으로 힘을 낼 수 있었다.

사랑과 우정은 없었으나, 우리가 함께 성장한 것만은 틀림없다.

악마숭배자들이 열심히 내 평판을 올려준 덕분에, 나는 홀가분한 마음으로 마왕을 처치할 수 있었다. 진심으로 고맙게 생각한다.

▷지금부터 성적을 알아볼까요?

나는 3회차를 회상했다.

이번에는 정말 철저하게 준비했다. 나서스 왕자가 요정왕을 선수 치면서 업적이 살짝 불안했지만, 평판과 인성은 완벽하다고 자부한다. 전투력은 볼 것도 없고.

이번에는 트리플 SS학점을 확신한다!

성적표

- 성적표를 꼼꼼히 확인해주세요!
- 이름: 강한수
- 전투력: SS
- 업적: SS
- 평판: A+
- 인성: FF
- 비고: 가장 쉬운 인성 과목이 왜 이따위야?

…어라?

나도 왜 이따위로 나왔는지 전혀 모르겠다.

▷불합격했습니다.

▷사유: 총체적 난국이라서 어디서부터 지적해야 좋을지 모르겠습니다. 용사는 꿈과 희망을 품고 모험을 떠나야 합니다. 선동과 날조로 채운 모험은 신기루나 다름없습니다.

잠깐! 그 신기루는 지크가 먼저 시작했는데?

나는 똑같이 흉내 냈을 뿐이다.

▷재시험을 시작합니다.

내 정당한 항의를 무시한 빛이 몸을 감싸기 시작했다.

"야! 이 새끼들아! 지랄하지 마! 무슨 기준으로 내 인성을 평가하는 건데! 지구에서 잘 살던 사람을 납치한 네놈들의 인성이나…!"

▷교직원 일동이 당신의 건승을 애원합니다.

▷전문교사가 파견됩니다.

▷전문교사가 파견됩니다.

▷전문교사가 파견됩니다.

▷파견할 전문교사가 없습니다.

〈2권에서 계속〉

FFF급 관심용사 1

초판 1쇄 발행 2019년 6월 30일

저자 파르나르
삽화 あやみ

편집 정다움
디자인 윤아빈
주간 홍성완
마케팅 김정훈
발행인 원종우
발행처 (주)이미지프레임

주소 (13814) 경기도 과천시 뒷골1로 6, 3층
영업부 02-3667-2653 **편집부** 02-3667-2654 **팩스** 02-3667-2655
메일 edit03@imageframe.kr **웹** vnovel.co.kr

ISBN 979-11-6085-936-2 04810 (세트) 979-11-6085-937-9 04810